Echo Park

Michael Connelly

Traducción de Javier Guerrero

Rocaeditorial

Título original: *Echo Park*

Primera edición: febrero de 2008

Marquès de l'Argentera, 17. Pral. 1.ª
08003 Barcelona
correo@rocaeditorial.com
www.rocaeditorial.com

Impreso por Brosmac, S.L.
Carretera Villaviciosa - Móstoles, km 1
Villaviciosa de Odón (Madrid)

ISBN: 978-84-96791-60-2
Depósito legal: M. 55.402-2007

Dedicado a Jane Wood, que mantiene a Harry Bosch bien alimentado y cerca del corazón. Muchas, muchas gracias.

High Tower

1993

Era el coche que habían estado buscando. Faltaba la placa de matrícula, pero Harry Bosch no tenía ninguna duda: un Honda Accord de 1987, con la pintura granate descolorida por el sol. Lo habían puesto al día en 1992 con la pegatina verde de la campaña Clinton en el parachoques, y ahora incluso eso estaba descolorido. El adhesivo lo fabricaron con tinta barata cuando aún faltaba tiempo para las elecciones, sin intención de que durara. Estaba aparcado en un garaje de una plaza tan estrecho que Bosch se preguntó cómo se las habría arreglado el conductor para salir. Sabía que tendría que decirle al equipo de investigación forense que pusiera especial atención al buscar huellas en el exterior del coche y en la pared interior del garaje. La gente del departamento se enfurecería por el comentario, pero si se callaba, se quedaría preocupado.

El garaje tenía una puerta basculante con tirador de aluminio. No era un buen material para obtener huellas, y Bosch se lo indicaría también a los forenses.

—¿Quién lo encontró? —preguntó a los agentes de patrulla.

Acababan de colocar la cinta amarilla en la entrada del callejón, que estaba formado por dos filas de garajes individuales a ambos lados de la calle, así como en la entrada del complejo de apartamentos High Tower.

—El casero —replicó el agente de más edad—. El garaje pertenece a un apartamento que está desocupado, así que debería estar vacío. Hace un par de días lo abre porque ha de guardar muebles y trastos y ve el coche. Piensa que quizás es de alguien que está visitando a un inquilino, así que deja pasar unos días, pero al ver que el coche sigue allí empieza a preguntar a los residentes. Nadie conoce el coche, nadie sabe de quién es. Así que nos llama porque empieza a pensar que podría ser robado, dado que faltan las placas de matrícula. Mi compañero y yo teníamos la orden de búsqueda de Gesto en la visera del coche patrulla. En cuanto llegamos aquí lo entendimos enseguida.

Bosch asintió con la cabeza y se acercó al garaje. Respiró profundamente por la nariz. Marie Gesto llevaba diez días desaparecida. Si estaba en el maletero, lo sabría por el olor. Su compañero Jerry Edgar se unió a él.

—¿Algo? —preguntó.

—No lo creo.

—Bien.

—¿Bien?

—No me gustan los casos de maletero.

—Al menos tendríamos a la víctima para trabajar.

Era sólo parloteo mientras Bosch escrutaba el coche, buscando algo que pudiera ayudarles. Al no ver nada, sacó un par de guantes de látex del bolsillo del abrigo, los sopló como globos para extender la goma y se los puso. Levantó los brazos como un cirujano que accede a una sala de operaciones y se colocó de lado para entrar en el garaje y acercarse a la puerta del conductor sin tocar ni alterar nada.

Bosch se adentró en la oscuridad de la cochera. Se apartó unas telarañas de la cara. Volvió a salir y preguntó al agente de patrulla si podía prestarle la linterna Maglite que éste llevaba en el cinturón. De nuevo en el garaje, la encendió y enfocó el haz de luz a las ventanas del Honda. Lo primero que inspeccionó fue el asiento de atrás, donde vio las botas de montar y el casco. Había una bolsa pequeña de plástico junto a las botas con el logo del supermercado Mayfair. No tenía forma de saber lo que había en la bolsa, pero comprendió que eso abría una vía de investigación en la cual no habían pensado antes.

Siguió avanzando. En el asiento del pasajero se fijó en una pequeña pila de ropa bien doblada encima de un par de zapatillas de correr. Reconoció los tejanos y la camiseta de manga larga: era la ropa que vestía Marie Gesto la última vez que la vieron unos testigos, mientras se dirigía a Beachwood Canyon para montar a caballo. Encima de la camiseta había unos calcetines cuidadosamente doblados, unas bragas y un sujetador. Bosch sintió el golpe seco del terror en el pecho. No porque tomara la ropa como confirmación de que Marie Gesto estaba muerta —instintivamente ya lo sabía; todo el mundo lo sabía, incluso los padres, que aparecieron en televisión rogando por el regreso de su hija sana y salva. Era la razón por la que el caso, originalmente de Personas Desaparecidas, se había reasignado a Homicidios de Hollywood—: fue la ropa lo que impresionó a Bosch. La forma en que estaba tan meticulosamente doblada. ¿Lo hizo ella? ¿O lo había hecho quien se la había llevado de este mundo? Lo que siempre le inquietaba, lo que llenaba de terror su vacío interior, eran los detalles.

Después de examinar el resto del vehículo a través del cristal, Bosch salió del garaje con cuidado de no tocar nada.

—¿Hay algo? —preguntó de nuevo Edgar.

—La ropa. El equipo de montar. Quizás algo de comida. Hay un Mayfair debajo de Beachwood. Puede que pasara de camino a los establos.

Edgar asintió con la cabeza. Una nueva pista a investigar, un lugar donde buscar testigos.

Bosch salió de debajo de la puerta levantada y observó los apartamentos High Tower. Era un lugar único en Hollywood, un complejo de viviendas construidas en el granito de las colinas, detrás del Hollywood Bowl. Eran de estilo *streamline* y todas estaban conectadas al centro por la esbelta estructura que albergaba el ascensor: la torre que daba nombre a la calle y al complejo. Bosch había vivido una temporada en ese barrio, de niño. Desde su casa, cerca de Camrose, oía las orquestas que ensayaban en el Hollywood Bowl en los días de verano. Desde el tejado se contemplaban los fuegos artificiales del Cuatro de Julio y del final de la temporada. De noche había visto luz tras las ventanas de los apartamentos High Tower. Había visto pasar el ascensor por delante de ellas al subir para dejar a otra persona en su casa. De niño había pensado que vivir en un lugar donde un ascensor te dejaba en casa tenía que ser el súmmum del lujo.

—¿Dónde está el gerente? —le preguntó al agente de patrulla con dos galones en las mangas.

—Ha vuelto a subir. Ha dicho que cojan el ascensor hasta el final y que su casa es la primera al otro lado del pasillo.

—Vale, vamos arriba. Espere aquí al equipo de Forense y a la grúa. No deje que los de la grúa toquen el coche hasta que la gente de Forense eche un vistazo.

—Claro.

El ascensor de la torre era un pequeño cubo que rebotó con el peso de los detectives cuando Edgar abrió la puerta corredera y entraron. La puerta se cerró automáticamente y tuvieron que deslizar asimismo una puerta interior de seguridad. Sólo había dos botones, 1 y 2. Bosch pulsó el 2 y la cabina inició el ascenso dando una sacudida. Era un espacio reducido, con capacidad para cuatro personas a lo sumo antes de que la gente tuviera que empezar a degustar el aliento del vecino.

—¿Sabes qué? —dijo Edgar—. Aquí nadie tiene piano, eso seguro.

—Brillante deducción, Watson —dijo Bosch.

En el nivel superior abrieron las puertas y salieron a una pasarela de hormigón que estaba suspendida entre la torre y los apartamentos construidos en la ladera. Bosch se volvió y admiró una vista que, más allá de la torre, abarcaba casi todo Hollywood y regalaba la brisa de la montaña. Levantó la mirada y vio un gavilán colirrojo encima de la torre, como si los estuviera observando.

—Vamos —dijo Edgar.

Al volverse, Bosch vio que su compañero señalaba un corto tramo de escaleras que conducía a las puertas del apartamento. Vieron un cartel que ponía GERENTE debajo de un timbre. Antes de que llegaran, un hombre delgado y de barba blanca abrió la puerta. Se presentó como Milano Kay, el gerente del complejo de apartamentos. Bosch y Edgar mostraron sus placas y le preguntaron si podían ver el piso vacante al cual estaba asignado el garaje con el Honda. Kay los acompañó.

Volvieron a pasar junto a la torre y enfilaron otra pasarela que conducía a un apartamento. Kay introdujo una llave en la cerradura de la puerta.

—Conozco este sitio —dijo Edgar—. Este complejo y el ascensor. Han salido en el cine, ¿no?

—Sí —dijo Kay—. A lo largo de los años.

Bosch pensó que era normal. Un lugar tan especial no podía pasar desapercibido a la industria local.

Kay abrió la puerta e hizo una señal a Bosch y Edgar para que entraran primero. El apartamento era pequeño y estaba vacío. Constaba de una sala de estar, cocina con un pequeño espacio para comer y un dormitorio con cuarto de baño en suite. No tenía ni cuarenta metros cuadrados, y Bosch sabía que con muebles parecería todavía más pequeño. Pero la clave era la vista. Una pared curvada de ventanas ofrecía la misma vista de Hollywood que se contemplaba desde la pasarela de la torre. Una puerta de cristal conducía a un balcón que seguía la forma curva. Bosch salió y contempló la panorámica que se extendía desde allí. Vio las torres del centro de la ciudad a través de la niebla. Sabía que la vista sería mejor de noche.

—¿Cuánto tiempo lleva vacío este apartamento? —preguntó.

—Cinco semanas —respondió Kay.

—No he visto ningún cartel de Se alquila.

Bosch miró el callejón y vio a dos agentes de patrulla que esperaban a los de Forense y al camión grúa del garaje de la policía. Estaban uno a cada lado del coche patrulla, apoyados en el capó y dándose la espalda. No parecían una pareja bien avenida.

—No me hace falta poner carteles —dijo Kay—. Normalmente se corre la voz de que tenemos una vacante. Hay mucha gente que quiere vivir aquí; es una curiosidad de Hollywood. Además, tenía que prepararlo, repintar y hacer pequeñas reparaciones. No tenía prisa.

—¿Cuánto es el alquiler? —preguntó Edgar.

—Mil al mes.

Edgar silbó. A Bosch también le pareció caro. Pero sabía que alguien estaría dispuesto a pagarlo por la vista.

—¿Quién podía saber que el garaje de allí abajo estaba vacío? —preguntó, volviendo a lo que les ocupaba.

—Bastante gente. Los residentes, por supuesto, y en las últimas semanas he mostrado el apartamento a varias personas interesadas. Normalmente les enseño el garaje. Cuando me voy de vacaciones hay un inquilino que echa un vistazo a las cosas. Él también enseñó el apartamento.

—¿El garaje se quedó sin cerrar con llave?

—No se cierra. No hay nada que robar. Cuando llega el nuevo inquilino puede poner un candado si quiere. Lo dejo a su criterio, aunque siempre lo recomiendo.

—¿Mantiene algún registro de a quién mostró el apartamento?

—La verdad es que no. Puede que conserve algunos números de teléfono, pero no tiene sentido guardar el nombre de nadie a no ser que lo alquile. Y como ven, no lo he hecho.

Bosch asintió con la cabeza. Iba a ser un camino difícil de seguir. Mucha gente sabía que el garaje estaba vacío, sin cerrar con llave y disponible.

—¿Y el anterior inquilino? —preguntó—. ¿Qué pasó con él?

—De hecho, era una mujer —dijo Kay—. Vivió aquí cinco años, tratando de hacerse actriz. Finalmente se rindió y volvió a su casa.

—Es una ciudad dura. ¿De dónde era?

—Le mandé la devolución del depósito a Austin, Texas.

Bosch asintió.

—¿Vivía aquí sola?

—Tenía un novio que la visitaba y se quedaba a menudo, pero creo que esa historia terminó antes de que ella se fuera.

—Necesitaremos que nos dé esa dirección de Texas.

El encargado asintió con la cabeza.

—Los agentes dicen que el coche pertenecía a una chica desaparecida —dijo.

—Una mujer joven —explicó Bosch.

Buscó en un bolsillo interior de la chaqueta y sacó una fotografía de Marie Gesto. Se la mostró a Kay y le preguntó si la reconocía como alguien que podía haber visto el apartamento. El casero dijo que no la reconocía.

—¿Ni siquiera de la tele? —preguntó Edgar—. Lleva diez días desaparecida y ha salido en las noticias.

—No tengo tele, detective —dijo Kay.

Sin televisor. En Los Ángeles eso lo clasificaba como librepensador, pensó Bosch.

—También ha salido en los periódicos —probó Edgar.

—Leo los diarios de vez en cuando —dijo Kay—. Los cojo de las papeleras de abajo, y normalmente son viejos cuando los hojeo. Pero no he visto ningún artículo sobre ella.

—Desapareció hace diez días —explicó Bosch—, el jueves día 9. ¿Recuerda algo de entonces? ¿Algo inusual?

Kay negó con la cabeza.

—Yo no estaba aquí. Estaba de vacaciones en Italia.

Bosch sonrió.

—Me encanta Italia. ¿Adónde fue?

El rostro de Kay se iluminó.

—Fui al lago de Como y luego a un pueblo de la colina llamado Asolo. Robert Browning vivió allí.

Bosch asintió con la cabeza como si conociera los sitios que había mencionado y quién era Robert Browning.

—Tenemos compañía —dijo Edgar.

Bosch siguió la mirada de su compañero hasta el callejón. Una furgoneta de televisión con una antena parabólica encima y un gran número 9 pintado en un lateral había aparcado junto a la cinta amarilla. Uno de los agentes de patrulla caminaba hacia ella.

Harry volvió a dirigirse al casero.

—Señor Kay, tendremos que volver a hablar en otro momento. Si es posible, mire qué números o nombres puede encontrar de gente que haya visitado el apartamento o que haya llamado interesándose. También necesitaremos hablar con la persona que controló las cosas cuando usted estuvo en Italia y que nos dé el nombre y la dirección de la antigua inquilina que se trasladó a Texas.

—No hay problema.

—Y vamos a necesitar hablar con el resto de inquilinos para ver si alguien vio cómo dejaban el coche en el garaje. Trataremos de no ser entrometidos.

—No hay problema con eso. Veré qué números de teléfono puedo encontrar.

Salieron del apartamento y Kay los acompañó al ascensor. Se despidieron del gerente. La cabina de acero dio bandazos otra vez antes de empezar a descender con más suavidad.

—Harry, no sabía que te gustara Italia —dijo Edgar.

—No he estado nunca.

Edgar asintió con la cabeza, dándose cuenta de que había sido una táctica para hacer hablar a Kay y obtener información de coartada.

—¿Estás pensando en él? —preguntó.

—No. Sólo contemplo todas las posibilidades. Además, si fue él, ¿por qué poner el coche en el garaje de su propia casa? ¿Por qué llamar?

—Sí. Pero quizás es lo bastante listo para saber que pensaríamos que es lo bastante listo para no hacer eso, ¿entiendes? A lo mejor es más listo que nosotros, Harry. Quizá la chica fue a ver el apartamento y las cosas se torcieron. Oculta el cadáver, pero sabe que no puede mover el coche porque podría pararle la policía. Así que espera diez días y llama como si pensara que podría ser robado.

—Entonces quizá deberías verificar su coartada italiana, Watson.

—¿Por qué yo soy Watson? ¿Por qué no puedo ser Holmes?

—Porque Watson es el que habla demasiado.

—¿Qué te preocupa, Harry?

Bosch pensó en la ropa cuidadosamente doblada en el asiento delantero del Honda. Sintió de nuevo esa presión en las entrañas, como si su cuerpo estuviera atado y estuvieran tensando la cuerda por detrás.

—Lo que me preocupa es que tengo un mal presagio.

—¿Qué clase de mal presagio?

—El presagio de que nunca la encontraremos. Y si no la encontramos a ella, no lo encontraremos a él.

—¿Al asesino?

El ascensor se detuvo con un sobresalto, rebotó una vez y se quedó inmóvil. Bosch abrió las puertas. Al final del corto túnel que conducía al callejón y los garajes vio a una mujer que sostenía un micrófono y a un hombre que los esperaba cámara en mano.

—Sí —dijo—. Al asesino.

Primera parte

El asesino

1

La llamada se recibió cuando Harry Bosch y su compañera, Kiz Rider, estaban sentados ante sus escritorios en la unidad de Casos Abiertos, terminando con el papeleo de la acusación de Matarese. El día anterior habían pasado seis horas en una sala con Victor Matarese, interrogándolo acerca del asesinato en 1996 de una prostituta llamada Charisse Witherspoon. El ADN extraído del semen hallado en la garganta de la víctima y conservado durante diez años coincidía con el de Matarese, cuyo perfil genético había sido almacenado por el departamento de Justicia en 2002, después de una condena por violación. Pasaron otros cuatro años hasta que Bosch y Rider reabrieron el caso Witherspoon, sacaron el ADN y lo enviaron al laboratorio del estado para una búsqueda a ciegas.

Era un caso inicialmente cimentado en el laboratorio. Pero como Charisse Witherspoon había sido una prostituta activa, la coincidencia de ADN no garantizaba la condena. Éste podría haber pertenecido a cualquiera que hubiera estado con ella antes de que apareciera el asesino y la golpeara repetidamente en la cabeza con un palo.

Así pues, el caso no se reducía a la ciencia. La clave era la sala de interrogatorios y lo que pudieran sacarle a Matarese. A las ocho de la mañana lo despertaron en el centro de reinserción social donde estaba ingresado a raíz de su libertad condicional en el caso de violación y lo llevaron al Parker Center. Las primeras cinco horas en la sala de interrogatorios fueron extenuantes. En la sexta, Matarese finalmente se quebró y lo reconoció todo, admitiendo haber matado a Witherspoon y añadiendo otras tres víctimas, todas ellas prostitutas a las que había matado en el sur de Florida, antes de trasladarse a Los Ángeles.

Cuando Bosch oyó que lo llamaban por la línea uno pensó que sería una respuesta desde Miami. No lo era.

—Bosch —dijo al descolgar el teléfono.

—Freddy Olivas. Homicidios, división del noreste. Estoy en Archivos, buscando un expediente que dicen que usted ya ha firmado.

Bosch se quedó un momento en silencio mientras vaciaba la mente del caso Matarese. No conocía a Olivas, pero el nombre le resultaba familiar. Simplemente no conseguía situarlo. Por lo que a firmar informes respectaba, su trabajo consistía en revisar viejos casos y buscar formas de utilizar los avances de la ciencia forense para resolverlos. En un momento cualquiera, él y Rider podían tener hasta veinticinco casos de Archivos.

—He sacado muchos casos de Archivos —dijo Bosch—, ¿de cuál estamos hablando?

—Gesto. Marie Gesto. Es un caso del año noventa y tres.

Bosch no respondió enseguida. Sintió un nudo en el estómago. Siempre le ocurría cuando pensaba en Gesto, incluso trece años después. En su mente, siempre surgía la imagen de aquellas prendas tan cuidadosamente dobladas en el asiento delantero del coche de la víctima.

—Sí. Tengo el expediente. ¿Qué ocurre?

Se fijó en que Rider levantaba la mirada de su trabajo al registrar el cambio en su tono de voz. Sus escritorios estaban tras una mampara y colocados uno frente a otro, de manera que Bosch y Rider se veían las caras mientras trabajaban.

—Es un asunto delicado —dijo Olivas—. Información privilegiada. Está relacionado con un caso en curso y el fiscal quiere revisar el expediente. ¿Puedo pasarme por ahí a recogerlo?

—¿Tiene un sospechoso, Olivas?

Olivas no respondió de inmediato y Bosch arremetió con otra pregunta.

—¿Quién es el fiscal?

Tampoco hubo respuesta. Bosch decidió no rendirse.

—Mire, el caso está activo, Olivas. Lo estoy trabajando y tengo un sospechoso. Si quiere hablar conmigo, hablaremos. Si tienen algo en marcha, yo participo. De lo contrario, estoy ocupado y le deseo que pase un buen día, ¿de acuerdo?

Bosch estaba a punto de colgar cuando Olivas habló finalmente. El tono amistoso había desaparecido.

—Mire, deje que haga una llamada, campeón. Le llamaré enseguida.

Colgó sin decir adiós. Bosch miró a Rider.

—Marie Gesto —dijo—. La fiscalía quiere el expediente.

—Ése era tu caso. ¿Quién llamaba?

—Un tipo de noreste, Freddy Olivas. ¿Lo conoces?

Rider asintió con la cabeza.

—No lo conozco, pero he oído hablar de él. Es el detective del caso Raynard Waits, ya sabes cuál.

Bosch situó el nombre. El caso Waits era sonado, y Olivas probablemente lo veía como un billete de ascenso. El departamento de Policía de Los Ángeles estaba compuesto por diecinueve divisiones geográficas, cada una con su comisaría y su propia oficina de detectives. Las unidades de Homicidios divisionales trabajaban los casos menos complicados y eran vistas como trampolines a las brigadas de élite de la división de Robos y Homicidios, que operaba desde el cuartel general de la policía en el Parker Center. Allí estaba el estrellato. Y una de esas brigadas era la unidad de Casos Abiertos. Bosch sabía que si el interés de Olivas en el expediente Gesto estaba relacionado con el caso Waits, aunque sólo fuera remotamente, guardaría con celo su posición a fin de evitar una invasión de Robos y Homicidios.

—¿No dijo qué tenía en marcha? —preguntó Rider.

—Todavía no. Pero algo hay. Si no, ni siquiera me habría dicho con qué fiscal está trabajando.

—Rick O'Shea lleva el caso Waits. No creo que Olivas tenga nada más en marcha. Acaban de terminar con el preliminar y van de cabeza al juicio.

Bosch se mantuvo en silencio y consideró las posibilidades. Richard O'Shea dirigía la sección de acusaciones especiales de la oficina del fiscal. Era una celebridad e iba en camino de hacerse aún más famoso. Formaba parte de un ramillete de fiscales y abogados externos que presentaban su candidatura al cargo de fiscal del distrito, después de que éste anunciara en primavera que había decidido no presentarse a la reelección. O'Shea había superado las primarias con el máximo número de votos, pero estaba lejos de una mayoría. La carrera se acercaba a la última recta muy apretada; no obstante, O'Shea todavía se aferraba a la calle interior. Contaba con el respaldo del fiscal saliente, conocía la oficina de arriba abajo y gozaba de un envidiable historial como fiscal que había ganado casos importantes, un atributo al parecer raro en la última década en la fiscalía. Su oponente se llamaba Gabriel Williams. Era un intruso que, si bien tenía credenciales como antiguo fiscal, había pasado las últimas dos décadas en el ámbito privado, sobre todo concentrándose en casos de derechos civiles. Era negro, mientras que O'Shea era blanco. Se presentaba con la promesa de controlar y reformar las prácticas de los distintos cuerpos policiales del condado. Pese a que miembros del equipo de O'Shea se esforzaban en ridiculizar la plataforma y la capacidad de Williams para ocupar el puesto más alto de la fiscalía, las encuestas dejaban claro que su posición de personaje externo y su programa de reforma estaban cuajando. La distancia se estaba acortando.

Bosch conocía lo que estaba ocurriendo en la campaña Williams-O'Shea, porque había estado siguiendo las elecciones locales con un interés que nunca antes había sentido. En una carrera apretada para una concejalía, él apoyaba a un candidato llamado Martin Maizel. Maizel se presentaba a su tercer mandato y representaba a un distrito occidental alejado del lugar de residencia de Bosch. En general, se le veía como un político consumado que hacía promesas a escondidas y que estaba controlado por grandes intereses económicos en detrimento de su propio distrito. No obstante, Bosch había contribuido generosamente a su campaña y esperaba asistir a su reelección. El oponente de Maizel era un antiguo subdirector de la policía llamado Irvin R. Irving, y Bosch estaba dispuesto a hacer todo lo que estuviera en su mano por verlo derrotado. Como Gabriel Williams, Irving prometía reforma y el objetivo de sus discursos de campaña era siempre el departamento de Policía de Los Ángeles. Bosch había chocado con Irving en numerosas ocasiones cuando éste servía en el departamento. No quería verlo sentado en el ayuntamiento.

Bosch se había mantenido al corriente de otras disputas,

además de la lucha entre Maizel e Irving, gracias a los artículos electorales y los resúmenes que se publicaban casi a diario en el *Times*. Lo sabía todo sobre la pugna en la que estaba implicado O'Shea. El fiscal trataba de cimentar su candidatura con anuncios sonados y casos concebidos para mostrar el valor de su experiencia. Un mes antes había colocado la vista preliminar del caso Raynard Waits en los titulares y los principales informativos. Éste, acusado de doble asesinato, fue parado en Echo Park en un control de automóviles a última hora de la noche. Los agentes vieron en el suelo de su furgoneta bolsas de basura de las cuales goteaba sangre. Si alguna vez hubo un caso seguro y de impacto garantizado para que un candidato a fiscal lo usara para captar la atención de los medios, ése parecía ser el caso del asesino de las bolsas de Echo Park.

El problema era que los titulares estaban en activo en ese momento. Waits iba a ser llevado a juicio al final de la vista preliminar. Puesto que se trataba de un caso de pena de muerte, para ese juicio, y la renovación de titulares consecuente, faltaban todavía meses. La vista se celebraría mucho después de las elecciones. O'Shea necesitaba captar titulares y mantener el impulso. Bosch no pudo evitar preguntarse qué pretendía hacer el candidato con el caso Gesto.

—¿Crees que Gesto puede estar relacionada con Waits? —preguntó Rider.

—Ese nombre no surgió nunca en el noventa y tres —dijo Bosch—. Ni tampoco Echo Park.

Sonó el teléfono, y Bosch lo cogió enseguida.

—Casos Abiertos. Habla el detective Bosch, ¿en qué puedo ayudarle?

—Olivas. Traiga el archivo a la planta dieciséis a las once en punto. Le esperará Richard O'Shea. Está dentro, campeón.

—Allí estaremos.

—Espere un momento: ¿qué es eso de estaremos? He dicho usted, usted estará allí con el expediente.

—Tengo una compañera, Olivas. Iré con ella.

Bosch colgó sin decir adiós. Miró a Rider.

—Empezamos a las once.

—¿Y Matarese?

—Ya veremos.

Pensó en la situación por un momento, luego se levantó y se acercó al armario cerrado que había detrás de su escritorio. Sacó el expediente Gesto y volvió a colocarlo en su sitio. Desde que el año anterior había vuelto al trabajo tras su retiro, había sacado el expediente de Archivos en tres ocasiones diferentes. Cada vez lo había leído a conciencia, había hecho algunas llamadas y visitas y había hablado con algunos de los individuos que habían surgido en la investigación trece años antes. Rider conocía el caso y lo que significaba para Bosch. Le daba espacio para que trabajara en él cuando no había nada más apremiante.

Pero el esfuerzo no dio frutos. No había ADN, ni huellas, ni indicios sobre el paradero de Gesto —aunque a él no le cabía duda de que estaba muerta— ni tampoco ninguna pista sólida de su captor. Bosch había insistido repetidamente en el único hombre que había estado más cerca de ser un sospechoso, pero no había llegado a ninguna parte. Era capaz de trazar los pasos de Marie Gesto desde su apartamento al supermercado, pero no más allá. Tenía su coche en el garaje de los apartamentos High Tower, pero no podía llegar a la persona que lo había aparcado allí.

Bosch contaba con muchos casos sin resolver en su historial —no se pueden resolver todos y cualquier detective de Homicidios lo admite—, pero el caso Gesto era uno de los que tenía atravesados. Cada vez que trabajaba en él durante más o menos una semana, se topaba con un callejón sin salida y devolvía el expediente a Archivos, pensando que había hecho todo lo que se podía hacer. Pero la absolución sólo duraba unos pocos meses y al cabo allí estaba otra vez rellenando el formulario de salida en el mostrador. No iba a rendirse.

—Bosch —le llamó otro de los detectives—. Miami en la dos.

Bosch ni siquiera había oído sonar el teléfono en la sala de brigada.

—Yo lo cogeré —dijo Rider—. Tienes la cabeza en otro sitio.

Rider levantó el teléfono y Bosch abrió una vez más el expediente Gesto.

2

Bosch y Rider llegaban diez minutos tarde por culpa de la cola de gente que esperaba los ascensores. Bosch detestaba ir al edificio de los tribunales precisamente por los ascensores. La espera y los empujones que hacían falta para entrar en uno de ellos le generaba una ansiedad de la que prefería prescindir.

En la recepción de la oficina del fiscal, en la decimosexta planta, les dijeron que esperaran a un escolta que los llevaría al despacho de O'Shea. Al cabo de un par de minutos, un hombre franqueó el umbral y señaló el maletín de Bosch.

—¿Lo ha traído? —preguntó.

Bosch no lo reconoció. Era un hombre latino de tez oscura y vestido con un traje gris.

—¿Olivas?

—Sí. ¿Ha traído el expediente?

—He traído el expediente.

—Entonces pase, campeón.

Olivas se dirigió de nuevo hacia la puerta por la que había entrado. Rider hizo ademán de seguirlo, pero Bosch puso la mano en el brazo de su compañera. Cuando Olivas miró atrás y vio que no le estaban siguiendo, se detuvo.

—¿Vienen o no?

Bosch dio un paso hacia él.

—Olivas, dejemos algo claro antes de ir a ninguna parte: si me vuelve a llamar campeón, voy a meterle el expediente por el culo sin sacarlo del maletín.

Olivas levantó las manos en ademán de rendición.

—Lo que usted diga.

Sostuvo la puerta y accedieron a un recibidor interno. Recorrieron un largo pasillo y giraron dos veces a la derecha antes de llegar al despacho de O'Shea. Era amplio, especialmente según los criterios de la fiscalía. Las más de las veces, los fiscales comparten despacho, con dos o cuatro en cada uno, y celebran sus reuniones en salas de interrogatorios situadas al final de cada pasillo y utilizadas según un horario estricto. En cambio, la oficina de O'Shea era de tamaño doble, con espacio para un escritorio grande como un piano de cola y una zona de asientos separada. Ser el jefe de Casos Especiales obviamente tenía sus ventajas. Y ser el heredero aparente del cargo principal también.

O'Shea les dio la bienvenida desde detrás de su escritorio, levantándose para estrecharles las manos. Rondaba los cuarenta años y tenía un porte atractivo, con el pelo negro azabache. Era de corta estatura, como Bosch ya sabía, aunque no lo había visto nunca en persona. Al ver las noticias del preliminar del caso Waits se había fijado en que la mayoría de periodistas que se concentraban en torno a O'Shea, en el pasillo exterior de la sala, eran más altos que el hombre al que señalaban con sus micrófonos. Personalmente, a Bosch le gustaban los fiscales bajos. Siempre estaban tratando de reivindicarse y normalmente era el acusado el que acababa pagando el precio.

Todo el mundo tomó asiento, O'Shea detrás del escritorio, Bosch y Rider en sillas situadas enfrente del fiscal, y Olivas en el lado derecho, en una silla posicionada delante de una pila de carteles que decían RICK O'SHEA HASTA EL FINAL apoyados contra la pared.

—Gracias por venir, detectives —dijo O'Shea—. Empecemos por aclarar un poco la situación. Freddy me dice que ustedes dos han tenido un inicio complicado.

Estaba mirando a Bosch mientras hablaba.

—No tengo ningún problema con Freddy —dijo Bosch—. Ni siquiera le conozco lo suficiente para llamarlo Freddy.

—Debería decirle que cualquier reticencia por su parte para ponerle al día de lo que tenemos aquí es responsabilidad mía y se debe a la naturaleza sensible de lo que estamos haciendo. Así que, si está enfadado, enfádese conmigo.

—No estoy enfadado —dijo Bosch—. Estoy feliz. Pregúntele a mi compañera… Soy así cuando estoy feliz.

Rider asintió con la cabeza.

—Está feliz —dijo—. Segurísimo.

—Muy bien, pues —dijo O'Shea—. Todo el mundo es feliz. Así que vamos al trabajo.

O'Shea se estiró y puso la mano encima de un grueso archivador de acordeón situado en el lado derecho de su escritorio. Estaba abierto, y Bosch vio que contenía varias carpetas individuales con etiquetas azules. Bosch estaba demasiado lejos para leerlas, sobre todo sin ponerse las gafas que había empezado a llevar recientemente.

—¿Está familiarizado con el procesamiento de Raynard Waits? —preguntó O'Shea.

Bosch y Rider asintieron con la cabeza.

—Habría sido difícil no enterarse —contestó Bosch.

O'Shea ofreció una leve sonrisa.

—Sí, lo hemos puesto delante de las cámaras. Ese tipo es un carnicero, un hombre muy malvado. Desde el principio hemos dicho que vamos a ir a por la pena de muerte.

—Por lo que he visto y oído, Waits tiene todos los números —dijo Rider, animándolo.

O'Shea asintió sombríamente.

—Ésa es una de las razones de que estén ustedes aquí. Antes de que explique lo que tenemos, permítanme que les pida que me hablen sobre su investigación del caso Marie Gesto. Freddy dijo que sacaron el expediente de Archivos tres veces el pasado año. ¿Hay algo activo?

Bosch se aclaró la garganta, decidiendo dar primero y recibir después.

—Podría decir que yo tengo el caso desde hace trece años. Me tocó en 1993, cuando la chica desapareció.

—Pero ¿no surgió nada?

Bosch negó con la cabeza.

—No teníamos cadáver. Lo único que encontramos fue el coche, y eso no era suficiente. Nunca acusamos a nadie.

—¿Hubo algún sospechoso?

—Investigamos a mucha gente, y a un tipo en particular. pero nunca pudimos establecer las conexiones, así que nadie se elevó a la categoría de sospechoso activo. Luego yo me retiré en el 2002 y el caso fue a parar a Archivos. Pasaron un par de años, las cosas no fueron como pensé que irían en la jubilación y volví al trabajo. Eso fue el año pasado.

Bosch no consideró necesario decirle a O'Shea que había copiado el expediente del caso Gesto y se lo había llevado, junto con otros casos abiertos, cuando entregó la placa y abandonó el departamento de Policía de Los Ángeles en 2002. Copiar los expedientes había sido una infracción de las normas y cuanta menos gente lo supiera mejor.

—Este último año he sacado el expediente Gesto cada vez que he tenido un rato para estudiarlo —continuó—. Pero no hay ADN ni huellas. Sólo es trabajo de calle. He hablado otra vez con los implicados, con todo el mundo que he podido encontrar. Hay un tipo del que siempre pensé que podría ser el asesino, pero nunca he conseguido nada. Incluso hablé con él dos veces este año, presionándole muy duro.

—¿Y?

—Nada.

—¿Quién es?

—Se llama Anthony Garland. Dinero de Hancock Park. ¿Ha oído hablar de Thomas Rex Garland, el industrial del petróleo?

O'Shea asintió.

—Bueno, pues T. Rex, como se le suele llamar, es el padre de Anthony.

—¿Cuál es la conexión de Anthony con Gesto?

—«Conexión» puede que sea una palabra demasiado fuerte. El coche de Marie Gesto se encontró en un garaje de una plaza de un edificio de apartamentos de Hollywood. El apartamento correspondiente estaba vacío. Nuestra sensación en ese momento fue que no era coincidencia que el coche terminara allí; pensamos que quien lo ocultó sabía que el piso estaba vacante y que esconder allí el cadáver le daría cierto tiempo.

—Bien. ¿Anthony Garland conocía el garaje o conocía a Marie?

—Conocía el garaje. Su ex novia había vivido en el apartamento. Ella había roto con Garland y se había trasladado a Texas. Así que Garland conocía el apartamento y sabía que el garaje estaba vacío.

—Eso es muy poca cosa. ¿Es lo único que tiene?

—Casi. Nosotros también pensamos que era poco, pero luego sacamos la foto del carnet de conducir de la ex novia y resultó que ella y Marie se parecían mucho. Empezamos a pensar que quizá Marie había sido una especie de víctima sustituta. No podía abordar a su ex novia porque se había ido, así que abordó a Marie.

—¿Fueron a Texas?

—Dos veces. Hablamos con la ex, y ella nos dijo que el principal motivo de su ruptura con Anthony fue su temperamento.

—¿Fue violento con ella?

—Declaró que no. Dijo que le dejó antes de que llegara a ese punto.

O'Shea se inclinó hacia delante.

—Así pues, ¿Anthony Garland conocía a Marie? —preguntó.

—No lo sabemos. No estamos seguros. Hasta que su padre le mandó a su abogado y él dejó de hablar con nosotros, negó haberla conocido.

—¿Cuándo fue eso? El abogado, me refiero.

—Entonces y ahora. Yo volví a él un par de veces este año. Le presioné y él recurrió otra vez a sus abogados. Consiguieron una orden de alejamiento contra mí. Convencieron a un juez para que me ordenara permanecer alejado de Anthony a no ser que tuviera a un letrado a su lado. Mi suposición es que convencieron al juez con dinero. Es la forma de hacer de T. Rex Garland.

O'Shea se echó atrás en la silla, asintiendo reflexivamente.

—¿Este Anthony Garland tiene algún tipo de historial delictivo antes o después de Gesto?

—No, no tiene historial delictivo. No ha sido un miembro muy productivo de la sociedad, vive de lo que le da su papi, por lo que sé. Se ocupa de la seguridad en varias empresas de su padre. Pero nunca ha habido nada delictivo que yo haya podido encontrar.

—¿No sería lógico que alguien que ha raptado y matado a una mujer joven tuviera otra actividad criminal en su historial? Normalmente estas cosas no son aberraciones, ¿no?

—Si se basa en los porcentajes, es cierto. Pero siempre hay

excepciones a la regla. Además, está el dinero del papá. El dinero suaviza muchas cosas, hace que desaparezcan.

O'Shea asintió de nuevo, como si estuviera recibiendo su primera clase acerca del crimen y los criminales. Era una mala actuación.

—¿Cuál iba a ser su próximo movimiento? —preguntó.

Bosch negó con la cabeza.

—No lo había pensado. Envié el expediente a Archivos, y eso fue todo. Luego, hace un par de semanas, bajé y lo retiré de nuevo. No sé lo que iba a hacer; quizá hablar con algunos de los amigos más recientes de Garland y ver si mencionó alguna vez a Marie Gesto o alguna cosa sobre ella. De lo único de lo que estaba seguro era de que no iba a rendirme.

O'Shea se aclaró la garganta, y Bosch supo que iba a ocuparse del motivo por el que los habían llamado.

—¿El nombre Ray o Raynard Waits apareció alguna vez en todos estos años de investigación acerca de la desaparición de Gesto?

Bosch lo miró un momento y sintió un nudo en el estómago.

—No. ¿Debería haber aparecido?

O'Shea sacó una de las carpetas del archivo de acordeón y la abrió en la mesa. Levantó un documento que parecía una carta.

—Como he dicho, hemos hecho público que vamos a por la pena de muerte en el caso Waits —dijo—. Después del preliminar creo que se dio cuenta de que la condena está cantada. Tiene una apelación por la causa probable de la detención de tráfico, pero no llegará a ninguna parte y su abogado lo sabe. Una defensa por demencia tampoco tiene la más mínima posibilidad: este tipo es el más calculador y organizado de los asesinos que he acusado. Así que la semana pasada respondieron con esto. Antes de que se lo muestre he de saber que comprende que es una carta de un abogado. Es un compromiso legal. No importa lo que ocurra, tanto si seguimos adelante con esto como si no, la información contenida en esta carta es confidencial. Si decidimos rechazar esta oferta, no puede surgir ninguna investigación de la información de esta carta. ¿Lo entiende?

Rider asintió con la cabeza. Bosch no.

—¿Detective Bosch? —le instó O'Shea.

—Entonces quizá no debería verla —dijo Bosch—. Quizá no debería estar aquí.

—Usted era el que no iba a darle el expediente a Freddy. Si el caso significa tanto para usted, entonces creo que debería estar aquí.

Bosch asintió finalmente.

—De acuerdo —dijo.

O'Shea deslizó el papel por la mesa y Bosch y Rider se inclinaron para leerlo al mismo tiempo. Antes, Bosch desdobló las gafas y se las puso.

12 de septiembre de 2006

Richard O'Shea, ayudante del fiscal del distrito
Oficina del fiscal del distrito del condado de Los Ángeles
Despacho 16-11
210 West Temple Street
Los Ángeles, CA 90012-3210

Re: *California vs. Raynard Waits*

Estimado señor O'Shea:

Esta carta pretende abrir discusiones relativas a una disposición sobre el caso arriba referenciado. Todas las afirmaciones realizadas en lo sucesivo en relación con estas discusiones se hacen en el conocimiento de que son inadmisibles según la ley de pruebas de California, párr. 1153, Código Penal de California, párr. 1192.4 y *Estado vs. Tanner*, 45 Cal. App. 3d 345m 350, 119 Cal. Rptr. 407 (1975).

Les notifico que el señor Waits estaría dispuesto, en los términos y condiciones abajo señalados, a compartir con ustedes y con investigadores de su elección información relacionada con nueve homicidios, excluidos los dos del caso arriba referenciado, así como a declararse culpable de los cargos en el caso arriba referenciado, a cambio de un compromiso del estado de no solicitar la pena de muerte en los actuales cargos de homicidio y no presentar cargos en relación con los homicidios acerca de los cuales proporcionaría información.

Asimismo, a cambio de la cooperación e información que el señor Waits aportaría, deben aceptar que todas y cada una de las declaraciones del señor Waits, así como cualquier información derivada de ellas, no serán usadas contra él en ningún caso penal; ninguna información proporcionada conducente a este acuerdo puede divulgarse a ningún otro cuerpo de seguridad estatal o federal, a no ser y hasta que dichas agencias, a través de sus representantes, accedan a considerarse constreñidos por los términos y condiciones de este acuerdo; ninguna declaración u otra información proporcionada por el señor Waits durante cualquier compromiso legal confidencial podría ser usada contra él en el caso de referencia de la fiscalía; ni puede hacerse un uso derivativo o seguimiento de cualquier pista de investigación sugerida por cualquier declaración hecha o información proporcionada por el acusado.

En el supuesto de que el caso arriba referenciado fuera a juicio, si el señor Waits ofreciera testimonio sensiblemente diferente de cualquier declaración realizada o de otra información proporcionada en cualquier compromiso legal o discusión, entonces la fiscalía, podría, por supuesto, acusarlo en relación con tales declaraciones anteriores o información inconsistente.

Considero que las familias de ocho jóvenes mujeres y de un varón hallarán algún tipo de cierre con el conocimiento de lo que se desvele en relación con sus seres queridos y, en ocho de estas instancias, podrán llevar a cabo ceremonias religiosas apropiadas y sepulturas después de que el señor Waits guíe a sus investigadores a los lugares en los que ahora descansan esas víctimas. De manera adicional, estas familias hallarán, quizás, algún consuelo al saber que el señor Waits está cumpliendo una sentencia de cadena perpetua sin posibilidad de libertad condicional.

El señor Waits ofrece proporcionar información en relación con nueve homicidios conocidos y desconocidos cometidos entre 1992 y 2003. Como oferta inicial de credibilidad y buena fe, sugiere que los investigadores revisen la investigación de la muerte de Daniel Fitzpatrick, de sesenta y tres años, que fue quemado vivo en su casa de empeños de Hollywood Boulevard el 30 de abril de 1992. Los informes de investigación revelarán que el señor Fitzpatrick estaba armado y se encontraba detrás de la persiana de seguridad situada en la puerta de su tienda cuando un asaltante le prendió fuego usando combustible de mechero y un encendedor de butano. La lata de combustible de mechero EasyLight se abandonó allí, de pie delante de la persiana de seguridad. Esta información nunca se hizo pública.

Asimismo, el señor Waits sugiere que se revisen los archivos de la investigación policial en relación con la desaparición en 1993 de Marie Gesto como muestra adicional de su colaboración y buena fe. Los registros revelarán que, aunque el paradero de la señorita Gesto nunca se determinó, su coche fue localizado por la policía en el garaje de un complejo de apartamentos de Hollywood conocido como High Tower. El coche contenía la ropa y el equipo ecuestre de Gesto, además de una bolsa de comida con un paquete de medio kilo de zanahorias. La señora Gesto pretendía usar las zanahorias para alimentar a los caballos que ella cepillaba a cambio de cabalgar en los establos de Sunset Ranch, en Beachwood Canyon. Una vez más, esta información nunca se hizo pública.

Considero que si puede alcanzarse un acuerdo de disposición, tal acuerdo se encuadraría en las excepciones a la prohibición del estado de California de los acuerdos con el fiscal en delitos graves puesto que, sin la cooperación del señor Waits, no hay suficientes pruebas ni testigos materiales para probar la tesis del Estado en relación con estos nueve homicidios. Además, la indulgencia del estado en relación con la pena de muerte es completamente discrecional y no representa un cambio sustancial en la sentencia (Código Penal de California, párr. 1192.7a).

Ruego contacte conmigo lo antes que sea posible si lo precedente es aceptable.

Sinceramente,
Maurice Swann, abogado público
101 Broadway
Suite 2
Los Ángeles, CA 90013

Bosch se dio cuenta de que había leído casi toda la carta sin respirar. Tragó un poco de aire, pero éste no desplazó la tensión que se estaba acumulando en su pecho.

—No va a aceptar esto, ¿verdad? —preguntó.

O'Shea le sostuvo la mirada un momento antes de responder:

—De hecho, estoy negociando con Swann ahora mismo. Éste fue el compromiso inicial. He mejorado sustancialmente la parte del estado desde que llegó.

—¿De qué forma?

—Tendrá que declararse culpable de todos los casos. Tendrá once condenas de asesinato.

«Y usted conseguirá más titulares para la elección», pensó Bosch, aunque no lo dijo.

—Pero ¿aun así se libra? —preguntó.

—No, detective, no se libra. Nunca más verá la luz del día. ¿Ha estado alguna vez en Pelican Bay, el lugar al que envían a los condenados por crímenes sexuales? De bonito sólo tiene el nombre.

—Pero no hay pena de muerte. Le concede eso.

Olivas hizo una mueca como si Bosch no viera la luz.

—Sí, eso es lo que le concedemos —dijo O'Shea—. Es lo único que le concedemos. No hay pena de muerte, pero desaparece para siempre.

Bosch negó con la cabeza, miró a Rider y luego otra vez a O'Shea. No dijo nada porque sabía que la decisión no era suya.

—Pero antes de acceder a ese trato —dijo O'Shea— hemos de asegurarnos de que es culpable de esos nueve crímenes. Waits no es un bobo. Esto podría ser un truco para evitar la inyección letal, o ser la verdad. Quiero que ustedes dos colaboren con Freddy en descubrir de qué se trata. Haré unas llamadas y tendrán carta blanca. Ése será su cometido.

Ni Bosch ni Rider respondieron. O'Shea insistió.

—Es obvio que conoce cosas sobre los dos casos-cebo citados en la carta. Freddy confirmó lo de Fitzpatrick. Lo mataron durante los disturbios después de que se conociera el veredicto de Rodney King, quemado vivo detrás de la persiana de su casa de empeños. Iba fuertemente armado en ese momento y no está claro cómo el asesino logró acercarse tanto para prenderle fuego. La lata de EasyLight se encontró tal y como dijo Waits, de pie delante de la persiana de seguridad.

»La mención del caso Gesto no pudimos confirmarla porque no teníamos el archivo, detective Bosch. Ya ha confirmado la parte del garaje. ¿Tenía razón en lo de la ropa y las zanahorias?

Bosch asintió a regañadientes.

—El coche era información pública —dijo—. Los medios estaban en todas partes. Pero la bolsa de zanahorias era nuestro as en la manga. No lo sabía nadie excepto yo, mi compañero de entonces y el técnico de pruebas que abrió la bolsa. No lo hicimos público porque al final creímos que era el sitio donde ella se había cruzado en su camino. Las zanahorias eran de un supermercado Mayfair de Franklin, al pie de Beachwood Canyon. Resultó que la víctima tenía la costumbre de parar allí antes de subir a los establos. El día que desapareció, Gesto siguió su rutina. Salió con las zanahorias y posiblemente con el asesino tras ella. Encontramos testigos que la situaban en la tienda. Nada más, después de eso. Hasta que encontramos el coche.

O'Shea asintió. Señaló la carta, que todavía estaba en el escritorio, delante de Bosch y Rider.

—Entonces esto pinta bien.

—No, no pinta bien —dijo Bosch—. No haga esto.

—¿No haga qué?

—No haga el trato.

—¿Por qué no?

—Porque si es quien raptó a Marie Gesto y la mató, y mató a esas otras ocho personas, quizás incluso las despedazó como a los dos cuerpos con los que lo pillaron, entonces no debería permitírsele vivir ni siquiera en una celda. Deberían atarlo, clavarle la aguja y enviarlo al agujero al que pertenece.

O'Shea asintió con la cabeza como si fuera una consideración válida.

—¿Y esos casos abiertos? —contraatacó—. Mire, no me gusta la idea de este tipo viviendo su vida en una celda privada de Pelican Bay más de lo que le gusta a usted. Pero tenemos la responsabilidad de resolver esos casos y proporcionar respuestas a las familias de esa gente. Además, ha de recordar que hemos anunciado que buscamos la pena de muerte. Eso no significa que sea algo automático. Hemos de ir a juicio y ganar y luego hemos de repetirlo todo para convencer al jurado de que recomiende la pena capital. Estoy seguro de que sabe que hay un buen número de cosas que pueden torcerse. Sólo hace falta un miembro del jurado para perder un caso. Y sólo hace falta uno para detener la pena de muerte. En última instancia sólo hace falta un juez débil que no haga caso de la recomendación del jurado.

Bosch no respondió. Sabía cómo funcionaba el sistema, que

podía manipularse y que nada era seguro. Aun así, le molestaba. También sabía que una sentencia de cadena perpetua no siempre significaba una cadena perpetua. Cada año gente como Charlie Manson y Sirhan Sirhan tenían su oportunidad. Nada dura para siempre, ni siquiera una cadena perpetua.

—Además, está el factor coste —continuó O'Shea—. Waits no tiene dinero, pero Maury Swann aceptó el caso por el valor publicitario. Si llevamos esto a juicio, él estará preparado para la batalla. Maury es un abogado excelente. Hemos de esperar encontrarnos expertos que rebatan a nuestros expertos, análisis científicos que rebatan nuestros análisis... El juicio durará meses y costará una fortuna al condado. Sé que no quiere oír que el dinero es una consideración en esto, pero ésa es la realidad. Ya tengo a la oficina de control presupuestario encima con este caso. Este compromiso podría ser la manera más segura y mejor de asegurarnos de que este hombre no haga daño a nadie más en el futuro.

—¿La mejor manera? —preguntó Bosch—. No la correcta, si me lo pregunta.

O'Shea cogió una pluma y tamborileó ligeramente en la mesa antes de responder:

—Detective Bosch, ¿por qué ha sacado tantas veces el expediente Gesto?

Bosch sintió que Rider se volvía a mirarlo. Ella le había preguntado lo mismo en más de una ocasión.

—Se lo he dicho. Lo saqué porque había sido mi caso. Me molestaba que nunca culpáramos a nadie por eso.

—En otras palabras, le ha atormentado.

Bosch asintió de manera vacilante.

—¿La víctima tenía familia?

Bosch asintió otra vez.

—Tenía a sus padres en Bakersfield, y ellos tenían un montón de sueños para su hija.

—Piense en ellos. Y piense en las familias de los otros. No podemos decirles que fue Waits hasta que lo sepamos seguro. Mi suposición es que querrán saber y que están dispuestos a cambiar ese conocimiento por la vida del asesino. Es mejor que se declare culpable de todos ellos a que lo pillemos sólo por dos.

Bosch no dijo nada. Había dejado constancia de su protesta.

Sabía que había llegado el momento de ponerse a trabajar. Rider estaba en la misma onda.

—¿De cuánto tiempo disponemos? —preguntó ella.

—Quiero trabajar deprisa —dijo O'Shea—. Si esto es verdadero, quiero aclararlo y terminar.

—Hay que presentarlo antes de las elecciones, ¿no? —dijo Bosch.

Lo lamentó de inmediato. Los labios de O'Shea formaron una línea apretada. La sangre pareció acumulársele bajo la piel y en torno a los ojos.

—Detective —dijo—. Le concederé esto: me presento a las elecciones y solucionar once asesinatos podría ser útil para mi causa. Pero no insinúe que las elecciones son mi única motivación aquí. Cada noche que esos padres que tenían sueños para su hija se van a dormir sin saber dónde está o qué le ocurrió es una noche de terrible dolor por lo que a mí respecta. Incluso después de trece años. Así que quiero avanzar deprisa y con seguridad, y puede guardarse para usted sus especulaciones sobre cualquier otra cosa.

—Bien —dijo Bosch—. ¿Cuándo hablamos con ese tipo?

O'Shea miró a Olivas y luego otra vez a Bosch.

—Bueno, creo que primero deberíamos hacer un intercambio de expedientes. Ustedes han de coger velocidad con Waits y a mí me gustaría que Freddy se familiarice con el expediente Gesto. Hecho esto, prepararemos algo con Maury Swann. ¿Qué le parece mañana?

—Mañana está bien —dijo Bosch—. ¿Swann estará ahí durante el interrogatorio?

O'Shea dijo que sí con la cabeza.

—Maury va a llevar este caso de principio a fin. Aprovechará todos los ángulos, probablemente terminará con un contrato para un libro y una película antes de que termine. Quizás incluso un puesto de comentarista en Court TV.

—Sí, bueno —dijo Bosch—, al menos entonces estará fuera del tribunal.

—Nunca lo había pensado de esa manera —dijo O'Shea—. ¿Ha traído el expediente del caso Gesto?

Bosch abrió el maletín sobre su regazo y sacó el expediente de la investigación, que estaba en el interior de una carpeta azul de ocho centímetros de grosor. Se lo pasó a O'Shea, quien a su vez se lo entregó a Olivas.

—Yo le daré esto a cambio —dijo O'Shea.

Guardó la carpeta en el archivador de acordeón y se lo pasó por encima de la mesa.

—Disfruten de la lectura —dijo—. ¿Están seguros acerca de lo de mañana?

Bosch miró a Rider para ver si ella tenía alguna objeción. Disponían de un día más antes de entregar el pliego de cargos de Matarese a la fiscalía. Pero el trabajo estaba casi acabado y sabía que Rider podría ocuparse del resto. Al ver que Rider no decía nada, Bosch miró a O'Shea.

—Estaremos listos —dijo.

—Entonces llamaré a Maury y lo prepararé.

—¿Dónde está Waits?

—Aquí mismo, en el edificio —dijo O'Shea—. Lo tenemos en alta seguridad y en celda de aislamiento.

—Bien —comentó Rider.

—¿Y los otros siete? —preguntó Bosch.

—¿Qué pasa con ellos?

—¿No hay expedientes?

—El compromiso legal, así como Maury Swann, indica que fueron mujeres que nunca se encontraron y cuya desaparición probablemente nunca se denunció —dijo O'Shea—. Waits está dispuesto a conducirnos a ellas, pero no hay trabajo previo que podamos hacer al respecto.

Bosch asintió.

—¿Alguna pregunta más? —preguntó O'Shea, señalando que la reunión había terminado.

—Se lo haremos saber —dijo Bosch.

—Ya sé que me estoy repitiendo, pero siento la necesidad de hacerlo —dijo O'Shea—. Toda esta investigación es confidencial. Ese expediente es un compromiso que forma parte de una negociación de acuerdo. Nada en ese archivo ni nada que les diga podrá usarse jamás en un caso contra él. Si esto se va a pique, no podrán usar la información para perseguirle. ¿Se entiende con claridad?

Bosch no respondió.

—Está claro —dijo Rider.

—Hay una excepción que he negociado —continuó O'Shea—. Si miente, si pueden cogerlo en algún momento en una mentira o si cualquier elemento de información que les da durante este proceso se demuestra falso, se rompe la baraja y podemos ir tras él por todo. Él también es plenamente consciente de esto.

Bosch asintió. Se levantó. Rider también lo hizo.

—¿Necesitan que llame a alguien para que los libere a los dos? —preguntó O'Shea—. Puedo hacerlo si hace falta.

Rider negó con la cabeza.

—No lo creo —dijo—. Harry ya estaba trabajando en el caso Gesto. Las siete mujeres pueden ser víctimas desconocidas, pero en Archivos tiene que haber un expediente sobre el hombre de la casa de empeños. Todo ello implica a Casos Abiertos. Podemos manejarlo con nuestro supervisor.

—Vale, pues. En cuanto tenga la entrevista preparada, les llamaré. Entretanto, todos mis números están en el expediente. Los de Freddy también.

Bosch saludó a O'Shea con la cabeza y lanzó una mirada a Olivas antes de volverse hacia la puerta.

—¿Detectives? —dijo O'Shea.

Bosch y Rider se volvieron hacia él. Ahora estaba de pie. Quería estrecharles la mano.

—Espero que estén de mi lado en esto —dijo O'Shea.

Bosch le estrechó la mano, sin estar seguro de si O'Shea se estaba refiriendo al caso o a las elecciones. Dijo:

—Si Waits puede ayudarme a llevar a Marie Gesto con sus padres, entonces estoy de su lado.

No era un resumen preciso de sus sentimientos, pero le sirvió para salir del despacho.

3

De nuevo en Casos Abiertos, se sentaron en el despacho de su supervisor y lo pusieron al corriente de los acontecimientos del día. Abel Pratt estaba a cuatro semanas de la jubilación después de veinticinco años de trabajo, así que les prestó atención, pero no demasiada. En un lado de su mesa había una pila de guías de viaje Fodor de islas del Caribe. Su plan era entregar la placa, dejar la ciudad y encontrar una isla donde vivir con su familia. Era un sueño de jubilación común a muchos agentes de las fuerzas del orden: dejar atrás toda la oscuridad de la que habían sido testigos durante tanto tiempo en el trabajo. La realidad, no obstante, era que, después de seis meses en la playa, la isla se volvía muy aburrida.

Un detective de grado tres de Robos y Homicidios llamado David Lambkin iba a ser el jefe de la brigada tras la marcha de Pratt. Era un experto en crímenes sexuales reconocido en todo el país y lo habían elegido para el trabajo porque muchos de los casos antiguos que estaban investigando en la unidad respondían a una motivación sexual. Bosch tenía ganas de trabajar con Lambkin y habría preferido departir con él en lugar de hacerlo con Pratt, pero las fechas eran ésas.

Trabajaban con quien les tocaba, y una de las cosas positivas de Pratt era que iba a darles rienda suelta hasta que se marchara. Simplemente no quería ninguna onda expansiva, nada que le explotara en la cara. Quería un último mes en el trabajo tranquilo y sin acontecimientos.

Como la mayoría de los polis con veinticinco años de servicio en el departamento, Pratt era un vestigio del pasado, de la vieja escuela, y prefería trabajar con máquina de escribir que con ordenador. Enrollada hasta la mitad en una IBM Selectric que tenía junto al escritorio, había una carta que Pratt estaba redactando cuando llegaron Bosch y Rider. Bosch había echado un vistazo al sentarse y vio que estaba dirigida a un casino de las Bahamas. Pratt estaba intentando conseguir un empleo de seguridad en el paraíso, y eso dejaba muy claro dónde tenía la cabeza en esos días.

Después de escuchar el informe, Pratt dio su aprobación para que trabajaran con O'Shea y sólo se animó cuando emitió una advertencia sobre el abogado de Raynard Waits, Maury Swann.

—Dejad que os hable de Maury —dijo Pratt—. Hagáis lo que hagáis cuando os reunáis con él, no le deis la mano.

—¿Por qué no? —preguntó Rider.

—Una vez tuve un caso con él. Fue hace mucho. El acusado era un pandillero metido en un 187.[1] Cada día, cuando empezaba la vista, Maury hacía ostentación de estrecharme la mano y luego la del fiscal. Probablemente habría estrechado también la mano del juez si hubiera tenido ocasión.

—¿Y?

—Después de haber sido condenado, el acusado trató de conseguir una sentencia reducida delatando al resto de los implicados en el homicidio. Una de las cosas que me dijo durante el informe era que pensaba que yo era corrupto, pues, a lo largo del el juicio, Maury le había dicho que podía comprarnos a todos. A mí, al fiscal, a todos. Así que el pandillero pidió a su chica que le consiguiera efectivo y Maury le explicó que cada vez que nos daba la mano nos estaba pagando, pasando billetes de palma a palma. Además, siempre da esos apretones con las dos manos. Estaba vendiéndole eso a su cliente mientras él se guardaba la pasta.

—¡Joder! —exclamó Rider—. ¿No lo acusaron?

Pratt rechazó la idea con un gesto de la mano.

1. El 187 es un código numérico que usan las fuerzas del orden para referirse a casos de homicidio, especialmente en el estado de California. Actualmente, esta cifra es utilizada por numerosas bandas callejeras en Estados Unidos como sinónimo de asesinato, y ello ha trascendido incluso al ámbito de la música hip-hop y rap. *(N. de la E.)*

—Fue a posteriori, y además era uno de esos casos de mierda de «yo dije, él dijo». No habría llegado a ninguna parte, y menos teniendo en cuenta que Maury es un miembro de la judicatura que tiene buenas relaciones con todo el mundo. Pero desde entonces siempre he oído que Maury da mucho la mano. Así que cuando entréis en esa sala con él y Waits no le deis la mano.

Dejaron a Prat sonriendo en su despacho tras contar la anécdota y volvieron a su lugar de trabajo. La distribución de tareas la habían acordado en el camino de vuelta desde el tribunal. Bosch se ocuparía de Waits y Rider de Fitzpatrick. Conocerían perfectamente los expedientes en el momento en que se sentaran frente a Waits en la sala de interrogatorios al día siguiente.

Puesto que Rider tenía menos que leer en el caso Fitzpatrick, ella también terminaría con la acusación de Matarese. Eso significaba que Bosch quedaba eximido y podría dedicar todo su tiempo a estudiar el universo de Raynard Waits. Después de sacar el expediente Fitzpatrick para Rider, eligió llevarse a la cafetería el archivo de acordeón que le había dado O'Shea. Sabía que la aglomeración de la hora del almuerzo estaría disminuyendo y que podría esparcir las carpetas y trabajar sin las distracciones constantes del teléfono y la charla en la sala de brigada de Casos Abiertos. Tuvo que usar una servilleta para limpiar una mesa de la esquina, pero enseguida pudo ponerse con la revisión del material.

Había tres carpetas sobre Waits: el expediente de homicidios del departamento de Policía de Los Ángeles compilado por Olivas y Ted Colbert, su compañero en la brigada de la división de Homicidios del noreste; una carpeta sobre una detención anterior, y el archivo de la acusación compilado por O'Shea.

Bosch decidió leer primero el expediente de homicidio. Pronto se familiarizó con Raynard Waits y los detalles de su detención. El sospechoso tenía treinta y cuatro años y vivía en un edificio de planta baja en Sweetzer Avenue, en West Hollywood. No era un hombre grande, medía un metro sesenta y cinco y pesaba sesenta y cinco kilos. Era el dueño y operario de un negocio de una sola persona: una empresa de limpieza de ventanas llamada Clear View Residential Glass Cleaners. Según los informes policiales, a la 1.50 de la noche del 11 de mayo llamó la atención de dos agentes, un novato llamado Arnolfo González y su agente de instrucción, Ted Fennel. Los agentes estaban asignados a un Equipo de Respuesta ante Delitos (ERD) que estaba vigilando un barrio de las colinas en Echo Park, a raíz de una reciente racha de robos en domicilios acaecidos en las noches en que había partido de los Dodgers. Aunque vestían de uniforme, González y Fennel se hallaban en un coche sin identificar cerca de la intersección de Stadium Way y Chavez Ravine Place. Bosch conocía el sitio. Estaba en un extremo del complejo del estadio de los Dodgers, y encima del barrio de Echo Park que el ERD estaba vigilando. Bosch también sabía que estaban siguiendo una estrategia estándar de este tipo de equipos: permanecer en el perímetro del barrio objetivo y seguir a cualquier vehículo o persona de aspecto sospechoso o que pareciera fuera de lugar.

Según el informe redactado por González y Fennel, éstos sospecharon de que una furgoneta marcada en los laterales con carteles que decían CLEAR VIEW RESIDENTIAL GLASS CLEANERS estuviera en la calle a las dos de la mañana. La siguieron a cierta distancia y González usó los binoculares de visión nocturna para leer el número de matrícula. A continuación, González utilizó el terminal digital móvil del coche, pues los agentes prefirieron usar el ordenador de a bordo en lugar de la radio por si el ladrón que trabajaba en el barrio iba equipado con un escáner de radio policial. El ordenador reveló una irregularidad. La matrícula estaba registrada a un Ford Mustang con dirección en Claremont. Creyendo que la placa de matrícula de la furgoneta era robada y que disponían de una causa probable para parar al conductor, Fennel aceleró, puso las luces de emergencia y detuvo a la furgoneta en Figueroa Terrace, cerca del cruce con Beaudry Avenue.

«El conductor del vehículo parecía agitado y se asomó por la ventanilla para hablar con el agente González, en un intento por impedir que el agente llevara a cabo una revisión visual del vehículo —se leía en el informe de la detención—. El agente Fennel se acercó al lado del pasajero e iluminó la furgoneta con su linterna. Sin entrar en el vehículo, el agente Fennel se fijó en lo que parecían varias bolsas de plástico de basura en el suelo, delante del asiento del pasajero del vehículo. Una sustancia que parecía sangre goteaba desde el nudo de una de las bolsas.»

Según el informe, «al preguntar al conductor si aquello era sangre, éste respondió que se había cortado antes, cuando uno de los ventanales que estaba limpiando se hizo añicos. Afirmó que había usado varios trapos de limpiar cristales para empapar la sangre. Al solicitársele que mostrara dónde se había cortado, el conductor sonrió y de repente hizo ademán de girar la llave de contacto del vehículo. El agente González metió la mano por la ventanilla para impedirlo. Después de una breve lucha, el conductor fue sacado del vehículo y colocado en el suelo para ser esposado. Luego fue situado en el asiento de atrás del vehículo sin identificar. El agente Fennel abrió la furgoneta e inspeccionó las bolsas. Al hacerlo, descubrió que la primera que abrió contenía restos humanos. Las unidades de investigación fueron convocadas inmediatamente a la escena».

La licencia de conducir del hombre que sacaron de la furgoneta lo identificaba como Raynard Waits. Lo metieron en el calabozo de la división noreste mientras esa misma noche, en Figueroa Terrace, se llevaba a cabo una investigación de su furgoneta y de las bolsas de basura. Sólo después de que los detectives Olivas y Colbert, el equipo de guardia esa noche, asumieran la investigación y retrazaran algunos de los pasos tomados por González y Fennel, se supo que el agente novato había escrito mal el número de matrícula en el terminal digital, marcando una F por una E y obteniendo el registro de matrícula del Mustang de Claremont.

En términos de las fuerzas policiales era «un error de buena fe», lo que significaba que la causa probable para obligar a detenerse al conductor de la furgoneta todavía podría sostenerse, porque los agentes habían actuado de buena fe al cometer el error. Bosch supuso que ésa era la base de la apelación que había mencionado O'Shea.

Bosch dejó a un lado el expediente de la investigación del asesinato y abrió la carpeta de la acusación. Revisó rápidamente los documentos hasta que vio una copia de la apelación. La examinó por encima y encontró lo que había esperado: Waits denunciaba que escribir mal el número de matrícula era una práctica común en el departamento de Policía de Los Ángeles y que se empleaba con frecuencia cuando los agentes de brigadas especializadas querían detener y registrar un vehículo sin contar con una causa legítima probable para ello. Aunque un juez del Tribunal Superior falló que González y Fennel habían actuado de buena fe y sostuvo la legalidad del registro, Waits había apelado la decisión al Tribunal de Apelación del Distrito.

Bosch retornó al archivo de la investigación. Al margen de la cuestión de la legalidad de la detención de tráfico, la investigación de Raynard Waits había avanzado con rapidez. La mañana siguiente a la detención, Olivas y Colbert obtuvieron una orden de registro para el apartamento en el que Waits vivía solo. Tras un registro de cuatro horas y el examen forense del mismo se hallaron varias muestras de pelo y sangre humanos obtenidas de los sifones del lavabo y de la bañera, así como un espacio oculto bajo el suelo que contenía varias piezas de joyería y múltiples fotos Polaroid de mujeres jóvenes desnudas que parecían dormidas, inconscientes o muertas. En un lavadero había un congelador industrial que estaba vacío, salvo por dos muestras de vello púbico halladas por un técnico de la policía científica.

Entretanto, las tres bolsas de plástico halladas en la furgoneta fueron transportadas a la oficina del forense. Se descubrió que contenían restos de dos mujeres jóvenes, cada una de las cuales había sido estrangulada y desmembrada después de la muerte del mismo modo. Un hecho digno de mención era que las partes de uno de los cadáveres mostraban signos de haber sido descongeladas después de una congelación.

Aunque no se hallaron herramientas de corte en el apartamento ni en la furgoneta de Waits, las pruebas recopiladas dejaban claro que, buscando un ladrón, los agentes González y Fennel se habían topado con lo que parecía ser un asesino en serie en pleno trabajo. La hipótesis era que Waits ya había desechado o escondido sus herramientas y que estaba en el proceso de desembarazarse de los cadáveres de las dos víctimas cuando atrajo la atención de los oficiales del ERD. Había indicios de que podría haber más víctimas. Los informes del archivo detallaban los esfuerzos realizados en las varias semanas siguientes para identificar los dos cuerpos, así como a las otras mujeres que aparecían en las fotografías Polaroid halladas en el apartamento. Waits, por supuesto, no ofreció ninguna ayuda en este sentido, contratando los servicios de Maury Swann la mañana de su detención y eligiendo permanecer en silencio mientras proseguía el trabajo policial y Swann montaba una defensa basada en la causa probable de la parada de tráfico.

Sólo se identificó a una de las dos víctimas conocidas. Las huellas dactilares extraídas de una de las mujeres descuartizadas coincidían con las de una ficha de la base de datos del FBI. Fue identificada como una fugada de diecisiete años de Davenport, Iowa. Lindsey Mathers había salido de casa dos meses antes de ser hallada en la furgoneta de Waits y sus padres no habían tenido ninguna noticia suya en ese tiempo. Mediante fotos proporcionadas por su madre, los detectives lograron reconstruir su pista en Los Ángeles. Fue reconocida por consejeros juveniles en varios albergues de Hollywood. Había utilizado diversos nombres para evitar ser identificada y presumiblemente enviada a casa. Había claros indicios de que estaba involucrada en el consumo de droga y la prostitución callejera. Las marcas de agujas encontradas en su cuerpo durante la autopsia eran aparentemente el resultado de una larga práctica de inyectarse drogas. Un análisis de sangre llevado a cabo durante la autopsia halló heroína y PCP en su flujo sanguíneo.

A los consejeros del albergue que ayudaron a identificar a Lindsey Mathers también les mostraron las fotografías de Polaroid halladas en el apartamento de Waits y fueron capaces de proporcionar una serie de nombres diferentes de, al menos, tres de las jóvenes. Sus historias eran similares a la de Mathers. Eran fugadas, posiblemente implicadas en la prostitución como medio de ganar dinero para comprar droga.

Para Bosch estaba claro por las pruebas e información recopiladas que Waits era un depredador que se centró en mujeres jóvenes que no fueron echadas en falta de inmediato, moradoras de los márgenes que no contaban para la sociedad y cuyas desapariciones, por consiguiente, pasaron inadvertidas.

Las fotografías del espacio oculto en el apartamento de Waits estaban en el archivo, metidas en hojas de plástico, cuatro por página. Había ocho páginas con múltiples instantáneas de cada mujer. Un informe de análisis adjunto afirmaba que la colección fotográfica contenía imágenes de nueve mujeres diferentes: las dos mujeres cuyos restos se hallaron en la furgoneta de Waits y siete desconocidas. Bosch sabía que las desconocidas probablemente eran las siete mujeres de las que Waits se ofrecía a hablar a las autoridades además de Marie Gesto y el hombre de la casa de empeños. De todos modos, estudió las fotos en busca del rostro de Marie Gesto.

No estaba allí. Las caras de las fotos pertenecían a mujeres que no habían causado el mismo revuelo que Marie Gesto. Bosch se sentó y se quitó las gafas de lectura para descansar la vista unos segundos. Recordó a uno de sus primeros maestros en Homicidios. El detective Ray Vaughn tenía una compasión especial por los llamados «don nadies asesinados», las víctimas que no contaban. Enseguida le enseñó a Bosch que en la sociedad no todas las víctimas eran iguales, pero que debían serlo para un verdadero detective.

«Cada una de ellas era la hija de alguien —le había dicho Ray Vaughn—. Todas cuentan.»

Bosch se frotó los ojos. Pensó en la oferta de Waits de resolver nueve asesinatos, incluidos los de Marie Gesto y Daniel Fitzpatrick, así como los de las siete mujeres que nunca habían importado a nadie. Había algo que no encajaba. Fitzpatrick era una anomalía porque era un varón y el crimen no parecía tener una motivación sexual. Él siempre había asumido que el de Gesto era un crimen sexual. Pero ella no era una víctima olvidada: Gesto había aparecido en las noticias de máxima audiencia. ¿Waits había aprendido de ella? ¿Había afilado su habilidad después de ese crimen para asegurarse de que nunca volvería a atraer semejante atención policial y de los medios? Bosch pensó que quizás el revuelo que él mismo había generado en el caso Gesto había provocado que Waits mutara, que se convirtiera en un asesino más habilidoso y astuto. Si era así, tendría que tratar con esa culpa posteriormente. Por el momento debía concentrarse en lo que tenía delante.

Volvió a ponerse las gafas y retornó a los archivos. Las pruebas contra Waits eran sólidas. No hay nada como hallar a alguien en posesión de partes de dos cadáveres. Era la pesadilla de un abogado defensor y el sueño de un fiscal. El caso había superado la vista preliminar en cuatro días y la oficina del fiscal había subido las apuestas con el anuncio de O'Shea de que solicitaría la pena capital.

Bosch tenía una libreta a un lado de la carpeta abierta para poder escribir preguntas para O'Shea, Waits u otros. Estaba en blanco cuando llegó al final de su revisión de los archivos de la investigación y la acusación. Ahora anotó las únicas preguntas que se le ocurrieron.

¿Si Waits mató a Gesto, por qué no había ninguna foto suya en el apartamento?

Waits vivía en West Hollywood. ¿Qué estaba haciendo en Echo Park?

La primera pregunta podía explicarse fácilmente: Bosch sabía que los asesinos evolucionaban. Waits podría haber aprendido del asesinato de Gesto que necesitaba guardar recuerdos de su trabajo. Las fotos podían haber empezado después de Gesto.

La segunda pregunta era más inquietante. No había ningún informe en el archivo que tratara esa cuestión. Se había pensado simplemente que Waits iba camino de desembarazarse de los cadáveres, posiblemente enterrándolos en la zona verde que rodeaba el Dodger Stadium. No se había llevado a cabo ninguna investigación posterior sobre este particular. Sin embargo, a juicio de Bosch, era algo a considerar. Echo Park se encontraba a, al menos, media hora de coche desde el apartamento de Waits en West Hollywood. Eso era mucho tiempo para conducir con cadáveres desmembrados metidos en sacos. Además, Griffith Park, que era más grande y tenía más áreas de terreno aislado y dificultoso que la zona que rodeaba el estadio, estaba mucho más cerca del apartamento de West Hollywood y habría sido la mejor elección para deshacerse de un cadáver.

A juicio de Bosch, eso significaba que Waits tenía un destino específico en mente en Echo Park. Eso había sido pasado por alto o desestimado como poco importante en la investigación original.

A continuación anotó dos palabras.

perfil psicológico?

No se había llevado a cabo un examen psicológico del acusado y Bosch estaba levemente sorprendido de ello. Pensó que quizás había sido una decisión estratégica de la fiscalía. O'Shea podría haber decidido no seguir ese camino porque no sabía adónde podía llevar exactamente. Quería juzgar a Waits en base a los hechos y enviarlo a la cámara de gas. No deseaba ser responsable de abrir una puerta a una posible defensa por demencia.

Aun así, pensó Bosch, un examen psicológico habría resultado útil para la comprensión del acusado y de sus crímenes. Debería haberse llevado a cabo. Tanto si el sujeto cooperaba como si no, debería haberse trazado un perfil de los crímenes en sí, así como de lo que se sabía de Waits mediante su historia, aspecto, los hallazgos en su apartamento y los interrogatorios llevados a cabo con aquellos con quienes trabajaba y a quienes conocía. Tal perfil también habría proporcionado a O'Shea una posición ventajosa contra una estrategia de la defensa para alegar demencia.

Ahora era demasiado tarde. El departamento tenía un equipo psicológico reducido y Bosch no tendría forma de que se hiciera nada antes del interrogatorio de Waits al día siguiente. Y enviar una solicitud al FBI supondría una espera de dos meses en el mejor de los casos.

A Bosch, de repente, se le ocurrió una idea, pero decidió madurarla un poco antes de hacer nada. Aparcó las preguntas por el momento y se levantó a rellenar su taza de café. Usaba una taza de café de verdad que se había bajado de la unidad de Casos Abiertos porque la prefería a las de papel. Se la había dado un famoso escritor y productor de televisión llamado Stephen Cannell, que había pasado tiempo en la unidad mientras investigaba para uno de sus proyectos. Impresa en un lado de la taza estaba la frase favorita de Cannell. Decía «¿Qué pretende el malo?». A Bosch le gustaba, porque pensaba que era una buena pregunta que un detective de verdad también debería considerar siempre.

Volvió a la mesa de la cafetería y miró el último archivo. Era el más delgado y el más viejo de los tres. Apartó las ideas de Echo Park y de los perfiles psicológicos y abrió la carpeta. Contenía los informes de investigación relacionados con la detención de Waits en febrero de 1993 por merodear con intenciones ilícitas. Era la única señal en el radar relacionada con Waits hasta su detención en la furgoneta con restos humanos trece años después.

Los informes explicaban que Waits fue detenido en el patio de atrás de una casa del distrito de Fairfax después de que una vecina con insomnio mirara por la ventana mientras caminaba por su casa a oscuras. Ella lo vio mirando por las ventanas de atrás de la casa de al lado. La mujer despertó a su marido y éste rápidamente salió en silencio de la vivienda, saltó sobre el hombre y lo retuvo hasta que llegó la policía. El sospechoso fue hallado en posesión de un destornillador y acusado de merodear con intenciones ilícitas. No llevaba ninguna identificación y dio el nombre de Robert Saxon a los agentes que lo detuvieron. Dijo que tenía sólo diecisiete años, pero su treta fracasó y poco después fue identificado como Raynard Waits, de veintiún años, cuando una huella de pulgar obtenida durante el proceso de fichado coincidió con la de una licencia de conducir emitida nueve meses antes a nombre de Raynard Waits. Esa licencia contenía el mismo día y mes de nacimiento, pero había un cambio. Decía que Raynard Waits era cuatro años mayor de lo que aseguraba ser con el nombre de Robert Saxon.

Una vez identificado, Waits reconoció ante la policía durante su interrogatorio que había estado buscando una casa para robar. No obstante, se señaló en el informe que la ventana a través de la cual había estado mirando correspondía a la del dormitorio de una chica de quince años que vivía en la casa. Aun así, Waits evitó cualquier tipo de acusación sexual en un acuerdo negociado por su abogado, Mickey Haller. Fue sentenciado a dieciocho meses de libertad vigilada, la cual, según los informes, cumplió con buenas notas y sin cometer ninguna infracción de las normas.

Bosch se dio cuenta de que el incidente era una temprana advertencia de lo que estaba por venir. Pero el sistema estaba demasiado sobrecargado y era ineficiente para reconocer el peligro que encarnaba Waits. Bosch estudió las fechas y se dio cuenta de que mientras Waits completaba con éxito el periodo de libertad condicional también se graduaba de merodeador a asesino. Marie Gesto fue raptada antes de que él finalizara la condicional.

—¿Cómo va?

Bosch levantó la cabeza y enseguida se quitó las gafas para poder enfocar a distancia. Rider había bajado a buscar café. Llevaba una taza vacía de «¿Qué pretende el malo?». El autor había regalado una a cada miembro de la brigada.

—Casi he terminado —dijo—. ¿Y tú?

—He terminado con lo que nos dio O'Shea. He llamado a Almacenamiento de Pruebas para pedir la caja de Fitzpatrick.

—¿Qué hay allí?

—No estoy segura, pero el libro del inventario sólo enumera el contenido como registros de empeños. Por eso quiero sacarlo. Y mientras espero voy a terminar con Matarese y dejarlo listo para presentarlo mañana. Depende de cuándo hablemos con Waits, entregaré lo de Matarese a primera o a última hora. ¿Has comido?

—Se me ha olvidado. ¿Qué has visto en el expediente de Fitzpatrick?

Rider cogió la silla opuesta a la de Bosch y se sentó.

—El caso lo llevó la efímera Fuerza de Crímenes en Disturbios, ¿los recuerdas?

Bosch asintió con la cabeza.

—Tenían un porcentaje de resolución de más o menos el diez por ciento —dijo Rider—. Básicamente, cualquiera que hiciese algo durante esos tres días se salvó a no ser que lo pillaran en cámara, como ese chico que le lanzó ladrillos al conductor de un camión mientras tenía un helicóptero de las noticias justo encima.

Bosch recordó que hubo más de cincuenta muertos durante los tres días de disturbios en 1992 y muy pocos casos se resolvieron o explicaron. Había sido un periodo sin ley, de libertad para todos en la ciudad. Recordó haber caminado por Hollywood Boulevard y haber visto edificios en llamas a ambos lados de la calle. Uno de esos edificios probablemente era la casa de empeños de Fitzpatrick.

—Era una tarea imposible —dijo.

—Lo sé —dijo Rider—. Construir casos a partir de aquel caos... Por el expediente de Fitzpatrick me doy cuenta de que no gastaron mucho tiempo con él. Trabajaron la escena del crimen con un equipo de antidisturbios custodiando el lugar. Todo se descartó enseguida como violencia aleatoria, aunque había algunas cosas que deberían haber estudiado rutinariamente.

—¿Como qué?

—Bueno, para empezar, parece que Fitzpatrick era un tipo cabal. Tomaba huellas de los pulgares a todos los que llevaban material a empeñar.

—Para no aceptar propiedad robada.

—Exacto. ¿A qué prestamista de esa época conoces capaz de hacer eso voluntariamente? También tenía una lista de ochenta y seis clientes que eran persona non grata por varios motivos y clientes que se quejaron o lo amenazaron. Aparentemente no es raro que vuelva gente para comprar la mercancía que ha empeñado y se encuentre con que ha pasado el periodo de almacenamiento y ha sido vendida. Se ponen furiosos, a veces amenazan al prestamista y etcétera etcétera. La mayoría de esta información la proporcionó un tipo que trabajaba en la tienda con él. No estaba presente la noche del incendio.

—¿Revisaron la lista de los ochenta y seis?

—Parece que estaban revisando la lista cuando ocurrió algo. Se detuvieron y descartaron el caso como violencia aleatoria relacionada con los disturbios. A Fitzpatrick lo quemaron con combustible de mechero. La mitad de los incendios en tiendas del bulevar empezaron de la misma manera. Así que dejaron de devanarse los sesos y pasaron al siguiente. Había dos tipos en el caso: uno se ha retirado y el otro trabaja en Pacífico. Ahora es sargento de patrulla, turno de tarde. Le he dejado un mensaje.

Bosch sabía que no tenía que preguntarle si Raynard Waits estaba en la lista de los ochenta y seis. Eso habría sido lo primero que Rider le habría dicho.

—Seguramente será más fácil que contactes con el tipo retirado —propuso Bosch—. Los tipos retirados siempre quieren hablar.

Rider asintió.

—Buena idea —dijo.

—La otra cosa es que Waits usó un alias cuando lo detuvieron por merodear en 1993: Robert Saxon. Ya sé que has buscado a Waits en la lista de los ochenta y seis. Quizá deberías buscar también a Saxon.

—Entendido.

—Mira, ya sé que tienes todo eso en marcha, pero ¿sacarás tiempo para buscar a Waits en AutoTrack hoy?

La distribución de quehaceres de la pareja de detectives le dejaba a Rider todo el trabajo con el ordenador. AutoTrack era una base de datos informatizada que podía proporcionar el historial de direcciones de un individuo a través de contratos de servicios públicos y servicios de cable, registros de tráfico y otras fuentes. Era tremendamente útil para seguir la pista a las personas a través del tiempo.

—Creo que podré ocuparme.

—Sólo quiero ver dónde vivía. No se me ocurre por qué estaba en Echo Park y parece que nadie se lo ha pensado mucho.

—Para deshacerse de las bolsas, supongo.

—Sí, claro, eso lo sabemos. Pero ¿por qué Echo Park? Vivía más cerca de Griffith Park y probablemente sea un mejor lugar para enterrar o deshacerse de cadáveres. No lo sé, algo falta o no encaja. Creo que iba a algún sitio que conocía.

—Podría haber buscado la distancia. Quizá pensó que cuanto más lejos, mejor.

Bosch asintió, pero no estaba convencido.

—Creo que voy a irme para allí.

—¿Y qué? ¿Crees que vas a descubrir dónde iba a enterrar esas bolsas? ¿Te me estás volviendo médium, Harry?

—Todavía no. Sólo quiero ver si puedo tener una sensación de Waits antes de hablar con el tipo.

Decir el nombre hizo que Bosch hiciera una mueca y negara con la cabeza.

—¿Qué? —preguntó Rider.

—¿Sabes lo que estamos haciendo aquí? Estamos ayudando a que este tipo siga vivo. Un tipo que descuartiza mujeres y las guarda en el congelador hasta que se le acaba el sitio y ha de deshacerse de ellas como de basura. Nuestro trabajo es encontrar la forma de dejarle vivir.

Rider frunció el entrecejo.

—Sé cómo te sientes, Harry, pero he de decirte que coincido

con O'Shea en esto. Creo que es mejor que todas las familias lo sepan y que resolvamos todos los casos. Es como lo de mi hermana. Queríamos saber.

Cuando Rider era adolescente, su hermana mayor fue asesinada en un tiroteo. El caso se resolvió y tres pandilleros pagaron por ello. Fue la principal razón de que se hiciera policía.

—Probablemente a ti te pasó lo mismo con tu madre —añadió.

Bosch la miró. Su madre había sido asesinada siendo él un niño. Más de tres décadas después, él mismo resolvió el caso porque quería saber.

—Tienes razón —dijo—. Pero no puedo tragármelo ahora mismo.

—¿Por qué no vas a dar esa vuelta y te despejas un poco? Te llamaré si sale algo en AutoTrack.

—Supongo que lo haré.

Empezó a cerrar las carpetas y a apartarlas.

4

A la sombra de las torres del centro y bajo el brillo de las luces del Dodger Stadium, Echo Park era uno de los barrios más antiguos y siempre cambiantes de Los Ángeles. A lo largo de las décadas había sido el destino de los inmigrantes de clase baja de la ciudad: primero llegaron los italianos y luego los mexicanos, los chinos, los cubanos, ucranianos y todos los demás. De día, un paseo por la calle principal de Sunset Boulevard requería conocimientos en cinco o más idiomas para leer los carteles de las fachadas. De noche, era el único sitio de la ciudad donde el aire podía cortarse por el ruido de armas de fuego de una banda, los vítores de un *home-run* y el aullido de los coyotes en la ladera, todo al mismo tiempo.

Estos días Echo Park era también un destino favorito de otra clase de recién llegado, el joven y enrollado. El *cool*. Artistas, músicos y escritores se estaban instalando en el barrio. Cafés y tiendas de ropa *vintage* se hacían un hueco junto a bodegas y puestos de marisco. Una ola de aburguesamiento estaba rompiendo en las llanuras y subiendo por las colinas bajo el estadio de béisbol. Significaba que el carácter del barrio estaba cambiando. Significaba que los precios del mercado inmobiliario estaban subiendo, expulsando a la clase trabajadora y las bandas.

Bosch había vivido una breve temporada en Echo Park cuando era niño. Y muchos años atrás, había un bar de polis en Sunset llamado Short Stop. Pero los polis ya no eran bien recibidos allí. El local ofrecía servicio de aparcacoches y se dirigía a la gente guapa de Hollywood, dos cosas que garantizaban que el poli fuera de servicio no pisara el bar. Para Bosch, el barrio de Echo Park había caído en el olvido. Para él no era un destino. Era un barrio de paso, un atajo en su camino a la oficina del forense para trabajar o a un partido de los Dodgers por ocio.

Desde el centro siguió un corto tramo por la autovía 101 en dirección norte hasta Echo Park Road y allí tomó de nuevo al norte, hacia el barrio de la colina donde había sido detenido Raynard Waits. Al pasar Echo Lake vio la estatua conocida como la *Dama del lago* observando los nenúfares y con las palmas de ambas manos levantadas como la víctima de un atraco. De niño había vivido casi un año con su madre en los apartamentos Sir Palmer, enfrente del lago, pero había sido una mala temporada para ella y para él y el recuerdo casi se había borrado. Recordaba vagamente la estatua, pero nada más.

Giró a la derecha por Sunset hasta Beaudry. Desde allí se dirigió colina arriba por Figueroa Terrace. Aparcó cerca del cruce donde habían detenido a Waits. Unos pocos bungalós viejos construidos en los años treinta y cuarenta seguían en pie, pero la mayor parte de las casas eran edificaciones de hormigón de después de la guerra. Viviendas modestas, con patios con verja y ventanas de barrotes. Los coches de los senderos de entrada no eran nuevos ni llamativos. Era un barrio de clase trabajadora, que Bosch sabía que en la actualidad era en su mayor parte latina y asiática. Desde las partes de atrás de las casas del lado oeste se abrían bonitas vistas de las torres del centro con el edificio de la compañía de agua y electricidad delante y en el centro. Los hogares en el lado este tenían patios traseros que se extendían hasta el terreno arisco de las colinas. Y en la cima de esas colinas se hallaban los aparcamientos más alejados del complejo del estadio de béisbol.

Pensó en la furgoneta de lavado de ventanas de Waits y se preguntó de nuevo por qué había estado en esa calle y en ese barrio. No era la clase de barrio donde habría tenido clientes. No era la clase de calle donde se esperaría una furgoneta a las dos de la mañana, en cualquier caso. Los dos agentes del Equipo de Respuesta ante Delitos habían acertado al tomar nota de ello.

Bosch aparcó y paró el motor. Salió y miró a su alrededor y luego se apoyó en el vehículo mientras reflexionaba. Todavía no lo entendía. ¿Por qué había elegido ese sitio Waits? Después de unos momentos abrió el móvil y llamó a su compañera.

—¿Aún no has hecho esa búsqueda en AutoTrack? —preguntó.

—Acabo de hacerla. ¿Dónde estás?

—En Echo Park. ¿Ha surgido algo cerca de aquí?

—No, acabo de verlo. Lo más al este lo coloca en los apartamentos Montecito, en Franklin.

Bosch sabía que Montecito no estaba cerca de Echo Park, si bien no estaba lejos de los apartamentos High Tower, donde se había encontrado el coche de Marie Gesto.

—¿Cuándo estuvo en Montecito? —preguntó.

—Después de Gesto. Se instaló allí, a ver, en el noventa y nueve, y se fue al año siguiente. Un año de estancia.

—¿Algo más digno de mención?

—No, Harry. Sólo lo habitual. El tipo se trasladó cada año o dos. No le gusta quedarse, supongo.

—Vale, Kiz. Gracias.

—¿Vas a volver a la oficina?

—Dentro de un rato.

Cerró el teléfono y se metió otra vez en el coche. Condujo por Figueroa Lane hasta Chavez Ravine Place y llegó a otra señal de stop. En cierta época toda la zona era conocida simplemente como Chavez Ravine. Pero eso fue antes de que la ciudad trasladara a toda la gente y demoliera todos los bungalós y casuchas que habían sido sus hogares. Supuestamente tenía que construirse un gran complejo de viviendas subvencionadas en el barranco, con áreas de juegos, escuelas y centros comerciales que invitaran a volver a quienes habían sido desplazados. Pero una vez que lo despejaron todo, el complejo de viviendas fue borrado de los planes municipales y lo que se construyó en su lugar fue un estadio de béisbol. Bosch tenía la impresión de que, hasta donde le alcanzaba la memoria, en Los Ángeles los chanchullos siempre habían estado presentes.

Bosch había estado escuchando últimamente el cedé de Ry Cooder llamado *Chávez Ravine*. No era jazz, pero estaba bien. Era su propio estilo de jazz. Le gustaba la canción «It's just work for me», un canto fúnebre a un conductor de excavadora que llega al barranco para derribar las casuchas de la gente pobre y se niega a sentirse culpable al respecto.

Vas a donde te mandan
cuando eres conductor de excavadora...

Giró a la izquierda en Chavez Ravine y enseguida llegó a Stadium Way y al lugar donde Waits había llamado por primera vez la atención de la patrulla del Equipo de Respuesta ante Delitos al pasar en su camino a Echo Park.

En la señal de stop examinó el cruce. Stadium Way desembocaba en los enormes aparcamientos del estadio. Para que Waits llegara al barrio desde ese lado, como afirmaba el atestado, tendría que haber venido desde el centro, el estadio o la autovía de Pasadena. Éste no habría sido el camino desde su casa en West Hollywood. Bosch permaneció desconcertado durante unos segundos, pero determinó que no disponía de información suficiente para sacar conclusión alguna. Waits podría haber conducido por Echo Park asegurándose de que no lo seguían y luego atraer la atención del ERD después de girar para volver.

Se dio cuenta de que había muchas cosas que no conocía de Waits y le molestaba encontrarse cara a cara con el asesino al día siguiente. Bosch no se sentía preparado. Una vez más consideró la idea que había tenido antes, pero esta vez no vaciló. Abrió el teléfono y llamó a la oficina de campo del FBI en Westwood.

—Estoy buscando a una agente llamada Rachel Walling —le dijo al operador—. No estoy seguro de en qué brigada está.

—Un segundito.

Más bien un minuto. Mientras esperaba, un coche que llegó por detrás hizo sonar el claxon. Bosch avanzó por la intersección, hizo un giro de ciento ochenta grados y luego aparcó fuera de la calle a la sombra de un eucalipto. Finalmente, transcurridos casi dos minutos, su llamada fue transferida y una voz masculina dijo:

—Táctica.

—Con la agente Walling, por favor.

—Un segundo.

—Sí —dijo Bosch después de oír el clic.

Pero esta vez la transferencia se hizo deprisa y Bosch oyó la voz de Rachel Walling por primera vez en un año. Vaciló y ella estuvo a punto de colgarle.

—Rachel, soy Harry Bosch.

Esta vez fue ella la que dudó antes de responder.

—Harry…

—¿Qué es eso de Táctica?

—Es sólo el nombre de la brigada.

Bosch comprendió. Rachel no respondió, porque era asunto confidencial y la línea probablemente estaba siendo grabada en algún sitio.

—¿Por qué llamas, Harry?

—Porque necesito un favor. De hecho me vendría bien tu ayuda.

—¿Para qué? Estoy liada aquí.

—Entonces no te preocupes. Pensaba que podrías…, bueno, no importa, Rachel. No es nada importante. Puedo ocuparme yo.

—¿Estás seguro?

—Sí, estoy seguro. Dejaré que vuelvas a Táctica, sea lo que sea. Cuídate.

Cerró el teléfono y trató de no dejar que la voz de Rachel y el recuerdo que había conjurado le distrajeran de la tarea que le ocupaba. Miró hacia el otro lado del cruce y se dio cuenta de que probablemente estaba en la misma posición que el coche del ERD cuando González y Fennel habían localizado la furgoneta de Waits. El eucalipto y las sombras de la noche les habían proporcionado una pantalla.

Bosch tenía hambre ahora, después de saltarse la comida. Decidió que cruzaría la autovía hacia Chinatown y compraría comida para llevársela a la sala de brigada. Se incorporó al tráfico de la calle y estaba considerando si llamar a la oficina y ver si alguien quería algo de Chinese Friends cuando sonó su móvil. Comprobó la pantalla, pero vio que la identificación estaba bloqueada. Contestó de todos modos.

—Soy yo.

—Rachel.

—Quería cambiar a mi móvil.

Hubo una pausa. Bosch se dio cuenta de que no se había equivocado con los teléfonos de Táctica.

—¿Cómo estás, Harry?

—Bien.

—Así que hiciste lo que dijiste que harías. Has vuelto con los polis. Leí acerca de ese caso tuyo del año pasado en el valle de San Fernando.

—Sí, mi primer caso al volver. Desde entonces todo ha estado por debajo del radar. Hasta este asunto en el que estoy trabajando ahora.

—¿Y por eso me has llamado?

Bosch percibió el tono de su voz. Habían pasado más de dieciocho meses desde la última vez que habían hablado. Y eso fue al final de una intensa semana en la que sus caminos se habían cruzado en un caso que Bosch trabajaba en privado antes de volver al departamento y que a Walling le sirvió para resucitar su carrera en el FBI. El caso condujo a Bosch de vuelta al azul y a Walling a la oficina de campo de Los Ángeles. Si Táctica, fuera lo que fuese, constituía una mejora respecto a su puesto previo en Dakota del Sur era algo que Bosch no sabía. Lo que sí sabía era que antes de que ella cayera en desgracia y fuera desterrada a las reservas indias de las Dakotas, Rachel Walling había sido una *profiler* en la Unidad de Ciencias de Comportamiento del FBI en Quantico.

—Llamaba porque pensaba que a lo mejor te interesaba poner a trabajar otra vez tu antiguo talento —dijo.

—¿Te refieres a un perfil?

—Más o menos. Mañana he de encontrarme cara a cara en una sala con un reconocido asesino en serie y no tengo la menor idea de qué es lo que lo mueve. Este tipo quiere confesarse autor de nueve asesinatos a cambio de evitar la aguja. He de asegurarme de que no quiere engañarnos. He de averiguar si nos está contando la verdad antes de que nos demos la vuelta y le digamos a todas las familias (a las familias que conocemos) que tenemos al tipo adecuado.

Esperó un momento a que ella reaccionara. Al ver que no lo hacía, Bosch insistió.

—Tengo crímenes, un par de escenas del crimen y datos forenses. Tengo el inventario de su apartamento y fotos. Pero no le acabo de pillar. Llamaba porque estaba pensando en si podía enseñarte parte de este material y ver si me dabas algunas ideas sobre cómo manejarlo.

Hubo otro largo silencio antes de que ella respondiera.

—¿Dónde estás, Harry? —preguntó ella al fin.

—¿Ahora mismo? Voy hacia Chinatown para comprar un arroz frito con langostinos. No he comido.

—Yo estoy en el centro. Podría reunirme contigo. Yo tampoco he comido.

—¿Sabes dónde está Chinese Friends?

—Claro. ¿Dentro de media hora?

—Pediré antes de que tú llegues.

Bosch cerró el teléfono y sintió una emoción que sabía que era producto de algo más que de la idea de que Rachel Walling podría ser capaz de ayudar en el caso Waits. El último encuentro entre ambos había terminado mal, pero el malestar se había erosionado con el tiempo. Lo que quedaba en su recuerdo era la noche que habían hecho el amor en una habitación de motel de Las Vegas y él había creído que conectaba con un alma gemela.

Miró el reloj. Le sobraba tiempo, aunque fuera a pedir antes de que ella llegara. En Chinatown aparcó delante de la puerta del restaurante y abrió otra vez el teléfono. Antes de entregar el expediente de Gesto a Olivas había anotado nombres y números de teléfono que podría necesitar. Llamó a Bakersfield, a la casa de los padres de Marie Gesto. La llamada no sería una sorpresa absoluta para ellos. Había mantenido la costumbre de telefonearlos cada vez que sacaba el expediente para echar otro vistazo al caso. Pensaba que a los padres les proporcionaba cierto alivio pensar que él no se había rendido.

La madre de la joven desaparecida contestó al teléfono.

—Irene, soy Harry Bosch.

—Oh.

Siempre había esa nota inicial de esperanza y excitación cuando uno de ellos respondía.

—Todavía no hay nada, Irene —respondió con rapidez—. Sólo tengo una pregunta para usted y para Dan, si no les importa.

—Claro, claro. Me alegro de oírle.

—También es bonito oír su voz.

Habían pasado más de diez años desde que había visto en persona a Irene y Dan Gesto. Después de dos años habían dejado de ir a Los Ángeles con esperanzas de encontrar a su hija, habían renunciado al apartamento de Marie y se habían ido a casa. Después de eso, Bosch siempre llamaba.

—¿Cuál es la pregunta, Harry?

—Es un nombre, en realidad. ¿Recuerda si Marie mencionó alguna vez el nombre de Ray Waits? ¿Quizá Raynard Waits? Raynard es un nombre inusual. Podría recordarlo.

Oyó que Irene Gesto contenía el aliento y de inmediato se dio cuenta de que había cometido un error. La reciente detención y las vistas del caso Waits habían llegado a los medios de Bakersfield. Bosch debería haber sabido que Irene tendría interés en ese tipo de información de Los Ángeles. Ella sabría de qué se acusaba a Waits. Sabría que lo llamaban el Asesino de las Bolsas de Echo Park.

—¿Irene?

Supuso que su imaginación había echado a volar de manera terrible.

—Irene, no es lo que piensa. Sólo estoy comprobando algunas cosas de este tipo. Parece que ha oído hablar de él en las noticias.

—Por supuesto. Esas pobres chicas. Terminar así. Yo…

Bosch sabía lo que ella estaba pensando, aunque quizá no lo que estaba sintiendo.

—Intente recordar lo que sabe de antes de verlo en las noticias. El nombre. ¿Recuerda si su hija lo mencionó alguna vez?

—No, no lo recuerdo, gracias a Dios.

—¿Está su marido ahí? ¿Puede comprobarlo con él?

—No está aquí. Todavía está en el trabajo.

Dan Gesto se había entregado al máximo en la búsqueda de su hija desaparecida. Después de dos años, cuando ya no le quedaba nada espiritual, física ni económicamente, regresó a Bakersfield y volvió a trabajar en una franquicia de John Deere. Ahora, vender tractores y herramientas a los granjeros le mantenía vivo.

—¿Puede preguntárselo cuando llegue a casa y luego llamarme si recuerda el nombre?

—Lo haré, Harry.

—Otra cosa, Irene. El apartamento de Marie tenía esa ventana alta en la sala de estar, ¿lo recuerda?

—Claro. Ese primer año fuimos a verla por Navidad en lugar de que viniera ella. Queríamos que ella sintiera que era un camino de doble sentido. Dan puso el árbol en aquella ventana y las luces se veían desde toda la manzana.

—Sí. ¿Sabe si alguna vez contrató a alguien para que limpiara esa ventana?

Hubo un largo silencio mientras Bosch esperaba. Era un agujero en la investigación, un ángulo que debería haber seguido trece años antes, pero que nunca se le había ocurrido.

—No lo recuerdo, Harry. Lo siento.

—Está bien, Irene. Está bien. ¿Recuerda cuando usted y Dan volvieron a Bakersfield y se llevó todo lo del apartamento?

—Sí.

Lo dijo con voz estrangulada. Bosch sabía que ahora estaba llorando y que la pareja había sentido que en cierto modo estaban abandonando a su hija, así como su esperanza, cuando regresaron a Bakersfield después de dos años de buscar y esperar.

—¿Lo guardan todo? ¿Todos los registros y las facturas y todo el material que les devolvimos cuando acabamos con ello?

Bosch sabía que si hubiera habido un recibo de un limpiador de ventanas, se habría comprobado esa pista. Pero tenía que preguntárselo de todos modos para confirmar la negativa, para asegurarse de que no se había colado entre las rendijas.

—Sí, lo tenemos. Están en su habitación. Guardamos todas sus cosas en una habitación. Por si…

«Alguna vez vuelve a casa.» Bosch sabía que su esperanza no se extinguiría del todo hasta que encontraran a Marie, de un modo u otro.

—Entiendo —dijo Bosch—. Necesito que mire en esa caja, Irene. Si puede. Quiero que busque un recibo de un limpiaventanas. Revise sus talonarios de cheques y mire si le pagó a un limpiaventanas. Busque una compañía llamada Clear View Residential Glass Cleaners, o quizá una abreviación de eso. Llámeme si encuentra algo. ¿Vale, Irene? ¿Tiene un bolígrafo? Creo que tengo un número de móvil distinto desde la última vez que se lo di.

—Sí, Harry —dijo Irene—. Tengo un boli.

—El número es 3232445631. Gracias, Irene. Ahora he de

colgar. Por favor, transmítale mis mejores deseos a su marido.

—Lo haré. ¿Cómo está su hija, Harry?

Bosch hizo una pausa. A lo largo de los años, él les había contado todo sobre sí mismo. Era una forma de mantener la solidez del vínculo y la promesa de encontrar a la hija de los Gesto.

—Está bien. Es genial.

—¿Qué curso hace?

—Tercero, pero no la veo demasiado. Vive en Hong Kong con su madre en este momento. El mes pasado fui a pasar allí una semana. Ahora tienen un Disneyworld.

No sabía por qué había dicho esa última frase.

—Ha de ser muy especial cuando está con ella.

—Sí. Ahora también me manda *mails*. Sabe más que yo de eso.

Era extraño hablar de su propia hija con una mujer que había perdido a la suya y que no sabía dónde ni por qué.

—Espero que vuelva pronto —dijo Irene Gesto.

—Yo también. Adiós, Irene. Llámeme cuando quiera.

—Adiós, Harry. Buena suerte.

Ella siempre decía «buena suerte» al final de cada conversación. Bosch se sentó en el coche y pensó en la contradicción que suponía su deseo de que su hija viviera con él en Los Ángeles. Temía por su seguridad en el lugar lejano en el que se hallaba en ese momento. Quería estar cerca para poder protegerla. Pero traerla a una ciudad donde chicas jóvenes desaparecían sin dejar rastro o terminaban descuartizadas en bolsas de basura ¿era una mejora en cuanto a la seguridad? En su interior sabía que estaba siendo egoísta y que no podía protegerla viviera donde viviese. Todo el mundo tenía que recorrer su propio camino en esta vida. Imperaban las leyes de Darwin y lo único que podía hacer él era esperar que el camino de su hija no se cruzara con el de alguien como Raynard Waits.

Recogió los archivos y salió del coche.

5

Bosch no vio el cartel de CERRADO hasta que llegó a la puerta de Chinese Friends. Sólo entonces se dio cuenta de que el restaurante cerraba después del mediodía, antes de que empezara la actividad de la cena. Abrió el teléfono para llamar a Rachel Walling, pero recordó que ella había bloqueado su número cuando le llamó. Sin nada que hacer salvo esperar, compró un ejemplar del *Times* de un dispensador de diarios de la calle y lo hojeó apoyado en su coche.

Examinó rápidamente los titulares, sintiendo que en cierto modo estaba perdiendo el tiempo y el impulso al leer el periódico. El único artículo que leyó con algo de interés era un breve que señalaba que el candidato a fiscal del distrito Gabriel Williams había obtenido el refrendo de la Comunidad de Iglesias Cristianas del Sur del condado. No era una gran sorpresa, pero resultaba significativo porque suponía una indicación temprana de que el voto de las minorías sería para Williams, el abogado de los derechos civiles. El artículo también mencionaba que Williams y Rick O'Shea aparecerían la noche siguiente en un foro de candidatos patrocinado por otra coalición que representaba al sector sur, los Ciudadanos por un Gobierno Sensible. Los candidatos no debatirían entre ellos, sino que se dirigirían a la audiencia y aceptarían preguntas de ésta. Después, el CGS anunciaría a qué candidato daba su apoyo. También aparecerían en el foro candidatos a la concejalía como Irvin Irving y Martin Maizel.

Bosch bajó el periódico y fantaseó con aparecer en el foro y jugársela a Irving desde el público, preguntando cómo sus tejemanejes en el departamento de Policía lo calificaban como candidato al cargo.

Salió de su ensueño cuando un coche federal sin identificar aparcó delante del suyo. Vio salir a Rachel Walling. Iba vestida de manera informal, con pantalones negros y una blusa de color crema. El pelo de color castaño oscuro le llegaba a los hombros y eso era probablemente lo más informal de todo. Estaba guapa y Bosch retrocedió a aquella noche en Las Vegas.

—Rachel —dijo, sonriendo.

—Harry.

Caminó hacia ella. Era un momento extraño. No sabía si abrazarla, besarla o simplemente estrecharle la mano. Estaba la noche en Las Vegas, pero después vino el día en Los Ángeles, en la terraza de atrás de su casa, cuando todo se hizo añicos y las cosas terminaron antes de que empezaran de verdad.

Ella le ahorró la elección al estirar la mano y tocarle suavemente en el brazo.

—Pensaba que ibas a entrar a pedir comida.

—Resulta que está cerrado. No abren para la cena hasta las cinco. ¿Quieres esperar o vamos a otro sitio?

—¿Adónde?

—No lo sé. Está Philippe's.

Ella negó con la cabeza enfáticamente.

—Estoy harta de Philippe's. Comemos allí siempre. De hecho, hoy no he comido porque toda la brigada iba allí.

—¿Táctica, eh?

Bosch supuso que si ella estaba cansada de un local del centro, no estaría trabajando desde la oficina de campo principal en Westwood.

—Conozco un sitio. Yo conduciré y tú puedes mirar los archivos.

Bosch se acercó a su coche y abrió la puerta. Tuvo que coger las carpetas del asiento del pasajero para que ella pudiera entrar. Se las pasó a Rachel y fue a colocarse en el lado del conductor. Echó el periódico en el asiento de atrás.

—Vaya, esto es muy Steve McQueen —dijo ella del Mustang—. ¿Qué le ha pasado al todoterreno?

Bosch se encogió de hombros.

—Necesitaba un cambio.

Aceleró el motor para darle el gusto y arrancó. Enfiló por

Sunset y giró hacia Silver Lake. La ruta los llevaría a través de Echo Park por el camino.

—Bueno, ¿qué quieres de mí exactamente, Harry?

Ella abrió la carpeta de encima que tenía en el regazo y empezó a leer.

—Quiero que eches un vistazo y me cuentes tus impresiones de este tipo. Voy a hablar con él mañana y quiero tener toda la ventaja que pueda. Quiero asegurarme de que si hay alguien manipulado, sea él y no yo.

—He oído hablar de este tipo. Es el Carnicero de Echo Park, ¿no?

—De hecho lo llaman el Asesino de las Bolsas.

—Entendido.

—Tuve una conexión previa con el caso.

—¿Cuál es?

—En el noventa y tres trabajaba en la División de Hollywood y me tocó el caso de una chica desaparecida. Se llamaba Marie Gesto y nunca la encontraron. Fue un caso sonado en su momento, mucha prensa. Este tipo con el que me voy a meter en la sala, Raynard Waits, dice que es uno de los casos que quiere ofrecernos.

Rachel Walling miró a Bosch y luego de nuevo al expediente.

—Sabiendo cómo te tomas los casos, Harry, me pregunto si es sensato que tú trates con este hombre ahora.

—Estoy bien. Todavía es mi caso. Y tomármelos en serio es la forma de trabajar del verdadero detective. La única forma.

La miró a tiempo de ver cómo ella ponía los ojos en blanco.

—Has hablado como el maestro zen de Homicidios. ¿Adónde vamos?

—A un sitio llamado Duffy's, en Silver Lake. Tardaremos cinco minutos y te encantará. Pero no empieces a llevar a tus colegas del FBI. Lo arruinarían.

—Te lo prometo.

—¿Aún tienes tiempo?

—Te he dicho que no he comido. Pero en algún momento he de volver para fichar la salida.

—Entonces ¿trabajas en el tribunal federal?

Ella respondió mientras seguía examinando y pasando páginas de la carpeta.

—No, estamos fuera del recinto.

—Uno de esos sitios federales secretos, ¿eh?

—Ya conoces la historia. Si te lo dijera, tendría que matarte.

Bosch sonrió por el chiste.

—Eso significa que no puedes decirme lo que es Táctica.

—No es nada. Una abreviatura de Inteligencia Táctica. Somos recopiladores. Analizamos datos en bruto que sacamos de Internet, transmisiones de móvil, satélites. Lo cierto es que es muy aburrido.

—Pero ¿es legal?

—De momento.

—Suena a una movida de terrorismo.

—Salvo que las más de las veces terminamos pasándole pistas a la DEA. Y el año pasado nos encontramos con más de treinta estafas diferentes por Internet relacionadas con la ayuda humanitaria del huracán. Como te he dicho, son datos en bruto. Pueden llevar a cualquier parte.

—Y tú cambiaste los amplios espacios abiertos de Dakota del Sur por el centro de Los Ángeles.

—En cuanto a carrera profesional era la opción adecuada. No me arrepiento. Pero sí echo de menos algunas cosas de las Dakotas. Bueno, deja que me concentre en esto. ¿Quieres mi opinión o no?

—Sí, lo siento. Sigue con eso.

Bosch condujo en silencio durante los últimos minutos y se detuvo delante de la pequeña fachada del restaurante. Se llevó consigo el periódico. Rachel le dijo que le pidiera lo mismo que iba a tomar él. Sin embargo, cuando llegó el camarero y Bosch pidió una tortilla francesa, ella cambió de idea y empezó a examinar el menú.

—Pensaba que habías dicho que íbamos a comer, no a desayunar.

—Tampoco he desayunado. Y las tortillas son buenas.

Rachel pidió un sándwich de pavo y devolvió el menú.

—Te advierto que mi impresión va a ser muy superficial —dijo ella cuando los dejaron solos—. Obviamente no va a haber suficiente tiempo para un informe psicológico completo. Sólo arañaré la superficie.

Bosch asintió con la cabeza.

—Ya lo sé —dijo—. Pero no tengo más tiempo, así que me quedaré con lo que puedas darme.

Walling no dijo nada más y volvió a los archivos. Bosch miró las páginas de Deportes, pero no estaba demasiado interesado en la crónica del partido de los Dodgers del día anterior. Su pasión por el juego había decaído notablemente en los últimos años. Utilizó la sección del periódico básicamente como pantalla para poder sostenerlo y simular que estaba leyendo cuando en realidad estaba mirando a Rachel. Aparte del cabello largo, había cambiado poco desde la última vez que la había visto. Seguía siendo vibrantemente atractiva y transmitía la sensación intangible de una herida interior. Estaba en su mirada. No eran los ojos endurecidos de poli que había visto en tantas otras caras, incluida la suya cuando se miraba al espejo. Eran ojos que estaban heridos desde el interior. Tenía los ojos de una víctima y eso le atraía.

—¿Por qué me estás mirando? —dijo ella de repente.

—¿Qué?

—Eres muy transparente.

—Sólo…

Le salvó la llegada de la camarera, que se presentó y colocó los platos de comida. Walling apartó las carpetas y Bosch detectó una pequeña sonrisa en su rostro. Continuaron en silencio mientras empezaron a comer.

—Está bueno —dijo ella al fin—. Estoy muerta de hambre.

—Sí, yo también.

—Bueno, ¿qué estabas buscando?

—¿Cuándo?

—Cuando hacías ver que leías el periódico.

—Um, yo… supongo que estaba intentando ver si de verdad estabas interesada en mirar esto. Bueno, parece que tienes muchas cosas en marcha. Quizá no quieras meterte otra vez en esta clase de historias.

Ella levantó la mitad de su sándwich, pero se detuvo antes de morder.

—Odio mi trabajo, ¿vale? O mejor dicho, odio lo que estoy haciendo ahora mismo. Pero mejorará. Un año más y mejorará.

—Bien. ¿Y esto? ¿Está bien esto? —Bosch señaló las carpetas que estaba en la mesa, junto al plato de Rachel.

—Sí, pero es demasiado. No puedo ni empezar a ayudarte. Es una sobrecarga de información.

—Sólo tengo el día de hoy.

—¿Por qué no puedes retrasar el interrogatorio?

—Porque no es mi interrogatorio. Y porque hay política por medio. El fiscal se presenta a fiscal del distrito. Necesita titulares. No va a esperar a que yo coja velocidad.

Ella asintió.

—Hasta el final con Rick O'Shea.

—Yo tuve que hacerme un sitio en el caso por Gesto. Ellos no van a frenar para que yo los atrape.

Walling puso la mano encima de la pila de carpetas como si en cierto modo tomarles la medida pudiera ayudarla a tomar la decisión.

—Deja que me quede los archivos cuando me lleves de vuelta. Terminaré mi trabajo, ficharé la salida y continuaré con esto. Iré a verte esta noche a tu casa y te daré lo que tenga. Todo.

Él la miró, buscando el significado oculto.

—¿Cuándo?

—No lo sé, en cuanto termine. A las nueve como muy tarde. He de empezar temprano mañana. ¿Servirá?

Bosch asintió. No esperaba eso.

—¿Todavía vives en esa casa de la colina? —preguntó ella.

—Sí. Estoy allí, en Woodrow Wilson.

—Bien. Yo vivo cerca de Beverly, no está lejos. Iré a tu casa. Recuerdo la vista.

Bosch no respondió. No estaba seguro de lo que acababa de invitar a su vida.

—¿Puedo darte algo para que vayas pensando mientras tanto? —preguntó ella—. ¿Quizá comprobar algunas cosas?

—Claro, ¿qué?

—El nombre. ¿Es su nombre real?

Bosch arrugó el entrecejo. No había pensado en el nombre. Había asumido que era real. Waits estuvo encarcelado. Sus huellas dactilares habrían pasado por el sistema para confirmar la identidad.

—Supongo que sí. Sus huellas coincidían con las de una detención previa. Esa vez anterior trató de dar un nombre falso, pero una huella de pulgar lo reconoció como Waits. ¿Por qué?

—¿Sabes quién es Renart? Renart o Reynard, deletreado Rey en lugar de Ray.

Bosch negó con la cabeza. Era algo completamente inesperado. No había pensado en el nombre.

—No, ¿quién es?

—Estudié folclore europeo en la facultad, cuando pensaba que quería dedicarme a la diplomacia. En el folclore francés medieval hay un personaje que es un zorro joven llamado Renart, en inglés Reynard. Es un embaucador. Hay historias y épica sobre el zorro tramposo llamado Reynard. El personaje ha aparecido repetidamente a través de los siglos en libros, sobre todo en libros infantiles. Puedes buscarlo en Google cuando vuelvas a la oficina y estoy segura de que encontrarás muchos resultados.

Bosch asintió. No iba a decirle que no sabía cómo buscar en Google. Apenas sabía cómo enviar un mensaje de correo electrónico a su hija de ocho años. Rachel tamborileó con un dedo en la pila de carpetas.

—Un zorro joven sería un zorro pequeño —dijo ella—. En la descripción el señor Waits es de baja estatura. Si lo tomas todo en el contexto del nombre completo...

—El pequeño zorro espera[2] —dijo Bosch—. El zorro joven espera. El embaucador espera.

—A la zorra. Quizás es así cómo ve a sus víctimas.

Bosch asintió con la cabeza. Estaba impresionado.

—Se nos pasó eso. Puedo hacer algunas comprobaciones en cuanto vuelva.

—Y con un poco de suerte tendré más para ti esta noche.

Ella continuó comiendo y Bosch continuó observándola.

2. Waits significa «espera» en inglés. *(N. del T.)*

6

En cuanto Bosch dejó a Rachel Walling en su coche, abrió el teléfono y llamó a su compañera. Rider le informó de que estaba terminando con el papeleo del caso Matarese y le dijo que pronto estarían listos para presentar los cargos en la oficina del fiscal al día siguiente.

—Bien. ¿Algo más?

—Tengo la caja de Fitzpatrick de Archivos de Pruebas y resultó que eran dos cajas.

—¿Qué contienen?

—Más que nada registros de la tienda de empeño, de los que puedo decirte que no se miraron nunca. Entonces estaban empapados, en el agua de cuando extinguieron el incendio. Los tipos de Crímenes en Disturbios los metieron en tubos de plástico y han estado juntando moho desde entonces. Y, tío, apestan.

Bosch asintió con la cabeza al registrar la información. Era un callejón sin salida, pero no importaba. Raynard Waits estaba a punto de confesar el asesinato de Daniel Fitzpatrick de todos modos. Sabía que Rider estaba mirándolo de la misma forma. Una confesión sin coerción es una escalera real. Lo supera todo.

—¿Has tenido noticias de Olivas o de O'Shea? —preguntó Rider.

—Todavía no. Iba a llamar a Olivas, pero quería hablar contigo antes. ¿Conoces a alguien en el registro municipal?

—No, pero si quieres que llame allí puedo hacerlo por la mañana. Ahora han cerrado. ¿Qué estás buscando?

Bosch miró su reloj. No se dio cuenta de lo tarde que se había hecho. Supuso que la tortilla en Duffy's iba a servir de desayuno, comida y cena.

—Estaba pensando que deberíamos estudiar el negocio de Waits y ver cuánto tiempo lo ha tenido, si hubo alguna vez quejas, esa clase de cosas. Olivas y su compañero deberían haberlo hecho, pero no hay nada en el expediente al respecto.

Rider se quedó en silencio un rato antes de hablar.

—¿Crees que puede haber sido la conexión con High Tower?

—Quizá. O quizá con Marie. Ella tenía un gran ventanal en su apartamento. Es algo que recuerdo que surgió entonces. Pero tal vez se nos pasó.

—Harry, a ti nunca se te pasa nada, pero me pondré con eso ahora mismo.

—La otra cosa es el nombre del tipo. Podría ser falso.

—¿Qué?

Le explicó que había contactado con Rachel Walling y que le había pedido que mirara los expedientes. La información fue inicialmente recibida con un silencio atronador, porque Bosch había franqueado una de esas fronteras invisibles del departamento de Policía de Los Ángeles al invitar al FBI al caso sin aprobación oficial de un superior, aunque la invitación a Walling fuera extraoficial. Pero cuando Bosch le habló a Rider de Reynard el Zorro ella empezó a abandonar su silencio y se puso escéptica.

—¿Crees que nuestro limpiador de ventanas es experto en folclore medieval?

—No lo sé —respondió—. Walling dice que podría haberlo sacado de un libro infantil. No importa. Es suficiente para que miremos los certificados de nacimiento y nos aseguremos de que existe alguien llamado Raynard Waits. En el primer expediente, cuando fue detenido por merodear en el noventa y tres, fue fichado con el nombre de Robert Saxon (el nombre que dio), pero luego les salió Raynard Waits cuando se encontró su huella dactilar en el ordenador de Tráfico.

—¿Qué estás viendo ahí, Harry? Si tenían su huella en el archivo entonces, quizás el nombre no sea falso al fin y al cabo.

—Quizá. Pero sabes que no es imposible conseguir un carné de conducir con un nombre falso en este estado. ¿Y si Saxon era su nombre real pero el ordenador escupió su alias y él simplemente siguió con él? No sería una novedad.

—Entonces, ¿por qué mantener el nombre después? Tenía un historial como Waits. ¿Por qué no volver a Saxon o el que sea su nombre real?

—Buenas preguntas. No lo sé. Pero hemos de comprobarlo.

—Bueno, lo tenemos, no importa cuál sea su nombre. Buscaré en Google Raynard el Zorro ahora mismo.

—Escríbelo con e.

Bosch esperó y oyó los dedos de ella sobre el teclado del ordenador.

—Ya está —dijo finalmente—. Hay un montón de material sobre Reynard el Zorro.

—Eso es lo que dijo Walling.

Hubo un largo momento de silencio mientras Rider leía. Finalmente ella habló.

—Dice aquí que parte de la leyenda es que Reynard el Zorro tenía un castillo secreto que nadie podía encontrar. Usaba todo tipo de artimañas para atraer a sus víctimas. Luego se las llevaba al castillo y las devoraba.

La información flotó en el ambiente durante unos segundos. Finalmente Bosch habló.

—¿Tienes tiempo de hacer otra búsqueda en AutoTrack y ver si puedes encontrar algo sobre Robert Saxon?

—Claro.

No había mucha convicción en su tono. Pero Bosch no iba a dejar que Rider se zafara del anzuelo. Quería mantener la investigación en movimiento.

—Léeme su fecha de nacimiento del informe de la detención —dijo Rider.

—No puedo. No lo tengo aquí.

—¿Dónde está? No lo veo en tu escritorio.

—Le di los archivos a la agente Walling. Los recuperaré esta noche. Tendrás que ir al ordenador para sacar el atestado de la detención.

Hubo un silencio prolongado antes de que Rider respondiera.

—Harry, son archivos oficiales de investigación. Sabes que no deberías haberte desprendido de ellos. Y vamos a necesitarlos mañana para la entrevista.

—Te lo he dicho, los recuperaré esta noche.

—Esperemos. Pero he de decirte, compañero, que estás yendo otra vez de llanero solitario y no me gusta mucho.

—Kiz, sólo intento mantener la inercia. Y mañana en la sala quiero estar preparado para ese tipo. Lo que Walling va a contarme nos dará una ventaja.

—Bien. Confío en ti. Quizás en algún momento confiarás en mí lo suficiente como para pedirme mi opinión antes de tomar decisiones que nos afectan a los dos.

Bosch sintió que se ponía colorado, sobre todo porque sabía que Rider tenía razón. No dijo nada porque disculparse por haberla dejado en fuera de juego no iba a zanjarlo.

—Vuelve a llamarme si Olivas nos da una hora para mañana —dijo ella.

—Claro.

Después de cerrar el teléfono, Bosch pensó en la situación por un momento. Trató de dejar atrás su vergüenza por la indignación de Rider. Se concentró en el caso y en lo que había dejado al margen de la investigación hasta el momento. Al cabo de unos pocos minutos volvió a abrir el teléfono, llamó a Olivas y le preguntó si se había fijado un lugar y hora para la entrevista con Waits.

—Mañana por la mañana a las diez en punto —dijo Olivas—. No se retrase.

—¿Iba a decírmelo, Olivas, o se supone que tenía que adivinarlo telepáticamente?

—Acabo de enterarme. Me ha llamado antes de que pudiera llamarle yo.

Bosch no hizo caso de la excusa.

—¿Dónde?

—En la oficina del fiscal del distrito. Lo llevaremos allí desde alta seguridad y lo pondremos en una sala de interrogatorios.

—¿Está en la fiscalía ahora?

—Tengo que tratar unos asuntos con Rick.

Bosch dejó que la frase flotara sin respuesta.

—¿Algo más? —preguntó Olivas.

—Sí, tengo una pregunta —dijo Bosch—. ¿Dónde está su compañero en todo esto? ¿Qué le ha pasado a Colbert?

—Está en Hawai. Volverá la semana que viene. Si esto dura hasta entonces, formará parte de ello.

Bosch se preguntó si Colbert sabía siquiera lo que estaba ocurriendo o que mientras estaba de vacaciones se estaba perdiendo un caso que potencialmente podía propulsar su carrera. Por todo lo que Bosch sabía de Olivas, no sería una sorpresa que le escondiera un as a su propio compañero en un caso de gloria.

—¿A las diez en punto, entonces? —preguntó Bosch.

—Sí, a las diez.

—¿Algo más que debería saber, Olivas?

Tenía curiosidad por saber qué hacía Olivas en la oficina del fiscal del distrito, pero no quería preguntarlo directamente.

—De hecho, hay una cosa más. Digamos que es una cuestión delicada. Voy a hablar de eso con Rick.

—¿Qué es?

—Bueno, adivine qué estoy viendo aquí.

Bosch dejó escapar el aliento. Olivas pensaba alargarlo. Hacía menos de un día que lo conocía y Bosch ya sabía sin la menor duda que el tipo no le caía bien y que nunca le iba a caer bien.

—No tengo ni idea, Olivas. ¿Qué?

—Sus cincuenta y uno de Gesto.

Se estaba refiriendo a la cronología de la investigación, una lista maestra ordenada por día y hora de todos los aspectos de un caso, desde un relato de los movimientos de los detectives en cada momento a las anotaciones de las llamadas de rutina y mensajes a solicitudes de los medios y pistas de los ciudadanos. Normalmente, estaban manuscritos con todo tipo de códigos y abreviaturas empleadas porque se actualizaba a lo largo del día, a veces de hora en hora. Finalmente, cuando se llenaba una página, se escribía a máquina en un formulario llamado 51, que sería completo y legible si el caso llegaba alguna vez a los tribunales y los abogados, jueces y miembros del jurado necesitaban revisar los archivos de la investigación. Las páginas manuscritas originales se tiraban.

—¿Qué pasa? —preguntó Bosch.

—Estoy mirando la última línea de la página catorce. La entrada es del 29 de septiembre de 1993 a las 18:40. Debía de ser la hora de salir. Las iniciales de la entrada son JE.

Bosch sintió que la bilis le subía a la garganta. Fuera cual fuese el objetivo de Olivas, le estaba sacando todo el jugo.

—Obviamente —dijo con impaciencia— se trata de mi compañero de entonces, Jerry Edgar. ¿Qué dice la entrada, Olivas?

—Dice... Voy a leerla. Dice: «Robert Saxon, fecha de nacimiento, 3/11/71. Vio artículo *Times*. Estuvo en Mayfair y vio a MG sola. Nadie la seguía». Pone el número de teléfono de Saxon y nada más. Pero era suficiente, campeón. ¿Sabe lo que significa?

Bosch lo sabía. Acababa de darle el nombre de Robert Saxon a Kiz para que investigara su historial. O bien era un alias o quizás el nombre real de un hombre conocido en la actualidad como Raynard Waits. Ese nombre en el 51 conectaba ahora a Waits con el caso Gesto. También significaba que, trece años atrás, Bosch y Edgar habían tenido al menos una oportunidad con Waits/Saxon. Pero por razones que no recordaba o que desconocía no lo investigaron. No recordaba la entrada específica en el 51. Había decenas de páginas en la cronología de la investigación repletas de anotaciones de una o dos líneas. Recordarlas todas —incluso con sus frecuentes revisiones de la investigación a lo largo de los años— habría sido imposible.

Le costó un buen rato encontrar la voz.

—¿Es la única mención en el expediente del caso? —preguntó.

—Que yo haya visto —dijo Olivas—. Lo he repasado todo dos veces. Incluso se me pasó la primera vez. Entonces la segunda vez dije: «Eh, conozco ese nombre». Es un alias que usó Waits a principios de los noventa. Debería haber estado en los archivos que tiene.

—Lo sé. Lo he visto.

—Eso significa que les llamó. El asesino les llamó y usted y su compañero la cagaron. Parece que nadie hizo un seguimiento ni buscó su nombre en el ordenador. Tenían el alias del asesino y un número de teléfono y no hicieron nada. Claro que no sabían que era el asesino; sólo un ciudadano que llamaba para contar lo que había visto. Seguramente estaba tratando de jugar con ustedes de alguna forma, tratando de averiguar cosas sobre el caso. Sólo que Edgar no jugó. Era tarde y probablemente quería ese primer martini.

Bosch no dijo nada y Olivas estuvo más que encantado de llenar el vacío.

—Lástima. Quizá todo esto podría haber terminado entonces. Creo que se lo preguntaremos a Waits por la mañana.

Olivas y su mundo mezquino ya no le importaban a Bosch. Las espinas no podían penetrar la gruesa y oscura nube que ya se estaba formando encima de él. Porque sabía que si el nombre de Robert Saxon había surgido en la investigación Gesto, entonces deberían haberlo comprobado por rutina en el ordenador. Y eso habría revelado un resultado en la base de datos de alias que los habría conducido a Raynard Waits y a su anterior detención. Eso lo habría convertido en sospechoso. No sólo en una persona de interés como Anthony Garland, sino en un sospechoso firme. Y sin lugar a dudas habría llevado la investigación en una dirección completamente nueva.

Pero eso nunca ocurrió. Aparentemente, ni Edgar ni Bosch habían investigado el nombre en el ordenador. Era un descuido, y Bosch sabía ahora que probablemente había costado la vida a las dos mujeres que terminaron en bolsas de basura y a las otras siete de las que Waits iba a hablarles al día siguiente.

—¿Olivas? —dijo Bosch.

—¿Qué, Bosch?

—No olvide llevar el expediente mañana. Quiero ver los 51.

—Oh, lo haré. Lo necesitaremos para la entrevista.

Bosch cerró el teléfono sin decir ni una palabra más. Notó que el ritmo de su respiración se disparaba. Pronto estuvo a punto de hiperventilarse. Sentía calor en la espalda, apoyada en el asiento del coche, y estaba empezando a sudar. Abrió las ventanas y trató de reducir el ritmo de cada inspiración. Estaba cerca del Parker Center y aparcó el coche.

Era la pesadilla de cualquier detective. El peor escenario. Una pista no seguida o echada a perder que permite que algo espantoso se desate en el mundo. Algo oscuro y malvado, que destruye vida tras vida al moverse a través de las sombras. Era cierto que todos los detectives cometen errores y han de vivir con el arrepentimiento. Pero Bosch sabía instintivamente que ése era un tumor maligno. Crecería cada vez más en su interior hasta que lo oscureciera todo y él se convirtiera en la última víctima, la última vida destruida.

Se incorporó al tráfico para que corriera el aire por las ventanas. Hizo un giro de ciento ochenta grados con chirrido de neumáticos y se dirigió a casa.

7

Desde la terraza trasera de su casa, Bosch observaba el cielo que empezaba a oscurecerse. Vivía en Woodrow Wilson Drive, en una casa en voladizo que colgaba de un lado de la colina como un personaje de dibujos animados que pende del borde de un acantilado. A veces, Bosch se sentía como ese personaje, y así era esa noche. Estaba bebiendo vodka con hielo. Era la primera vez que tomaba alcohol de alta graduación desde que se reincorporara al departamento el año anterior. El vodka le hacía sentir la garganta como si estuviera tragándose fuego, pero estaba bien. Estaba tratando de quemar sus pensamientos y cauterizar las terminaciones nerviosas.

Bosch se consideraba un verdadero detective, uno que lo digería todo y al que le importan las víctimas. «Todo el mundo cuenta o nadie cuenta», eso era lo que decía siempre. Eso le hacía bueno en el trabajo, pero también le hacía vulnerable. Los errores podían afectarle, y Raynard Waits era el peor error que había cometido.

Agitó el vodka y el hielo y echó otro largo trago hasta que se acabó la copa. ¿Cómo algo tan frío podía quemarle tan intensamente en la garganta? Volvió a entrar en la casa para echar más vodka al hielo. Lamentó no tener limón o lima para exprimir en la bebida, pero no había hecho paradas de camino a casa. En la cocina, con otra copa llena en la mano, cogió el teléfono y llamó al móvil de Jerry Edgar. Todavía se sabía el número de memoria. El número de un compañero es algo que nunca se olvida.

Edgar respondió y Bosch oyó el ruido de fondo de la televisión. Estaba en casa.

—Jerry, soy yo. He de preguntarte algo.

—¿Harry? ¿Dónde estás?

—En casa, tío. Pero estoy trabajando en uno de los viejos.

—Ah, bueno, deja que repase la lista de obsesiones de Harry Bosch. Veamos, ¿Fernández?

—No.

—Esa chica. ¿Spike como se llamara?

—No.

—Me rindo, tío. Tienes demasiados fantasmas para que les siga la pista a todos.

—Gesto.

—Mierda. Debería haber empezado por ella. Sé que has estado trabajando el caso de vez en cuando desde que volviste. ¿Cuál es la pregunta?

—Hay una entrada en los 51. Lleva tus iniciales. Dice que llamó un tipo llamado Robert Saxon y dijo que la había visto en Mayfair.

Edgar esperó un momento antes de responder.

—¿Eso es todo? ¿Ésa es la entrada?

—Eso es. ¿Recuerdas haber hablado con el tipo?

—Mierda, Harry, no recuerdo las anotaciones de los casos en los que trabajé el mes pasado. Por eso tenemos los 51. ¿Quién es Saxon?

Bosch agitó el vaso y echó un trago antes de contestar. El hielo chocó en su boca y se derramó vodka por la mejilla. Se limpió con la manga de la chaqueta y volvió a llevarse el teléfono a la boca.

—Es él… Creo.

—¿Tienes al asesino, Harry?

—Casi seguro. Pero… podríamos haberlo tenido entonces. Quizá.

—No recuerdo que me llamara nadie llamado Saxon. Debió de tratar de correrse llamándonos. Harry, ¿estás borracho, tío?

—Casi.

—¿Qué pasa, hombre? Si tienes al tipo, mejor tarde que nunca. Deberías estar feliz. Yo estoy feliz. ¿Aún no has llamado a sus padres?

Bosch se había apoyado en la encimera de la cocina y sintió la necesidad de sentarse. Pero el cable del teléfono no le alcanzaba para llegar a la sala de estar o a la terraza. Con cuidado de no derramar la bebida, se deslizó hasta el suelo, sin despegar la espalda de los armarios.

—No, no los he llamado.

—¿Qué se me ha pasado, Harry? Estás jodido y eso significa que algo va mal.

Bosch esperó un momento.

—Lo que va mal es que Marie Gesto no fue la primera víctima y no fue la última.

Edgar permaneció en silencio al registrarlo. El sonido de fondo de la televisión se apagó y luego habló con la voz débil de un niño que pregunta cuál será su castigo.

—¿Cuántas hubo después?

—Parece que nueve —dijo Bosch con voz igualmente tranquila—. Probablemente sabré más mañana.

—Joder —susurró Edgar.

Bosch asintió. En parte estaba enfadado con Edgar y quería echarle las culpas de todo. Pero en parte sabía que eran compañeros y que compartían lo bueno y lo malo. Esos 51 estaban en el expediente para que cualquiera de los dos los leyera y reaccionara.

—Entonces, ¿no recuerdas la llamada?

—No, nada. Hace demasiado tiempo. Lo único que puedo decir es que si no hubo seguimiento, es que la llamada no sonaba creíble o que saqué todo lo que había de quién llamó. Si él era el asesino, probablemente estaba jugando con nosotros.

—Sí, pero no pusimos el nombre en el ordenador. Si lo hubiéramos hecho, habría dado un resultado en el archivo de alias. Quizás era eso lo que quería.

Ambos se quedaron en silencio mientras sus mentes cribaban las arenas del desastre. Finalmente, habló Edgar.

—Harry, ¿lo has encontrado tú? ¿Quién lo sabe?

—Lo ha encontrado un tipo de Homicidios del noreste. Tiene el expediente Gesto. Él lo sabe y un fiscal del distrito que se ocupa del sospechoso lo sabe. No importa. La cagamos.

«Y murió gente», pensó, aunque no lo dijo.

—¿Quién es el fiscal? —preguntó Edgar—. ¿Se puede contener?

Bosch sabía que Edgar ya había pasado a pensar en cómo limitar el daño profesional que algo así podía causar. Bosch se preguntó si la culpa de Edgar en relación con las nueve víctimas simplemente se había desvanecido o había sido convenientemente compartimentada. Edgar no era un verdadero detective. Mantenía los sentimientos al margen.

—Lo dudo —dijo Bosch—. Y la verdad es que no me importa. Deberíamos haber pillado a este tío en el noventa y tres, pero se nos pasó y ha estado descuartizando mujeres desde entonces.

—¿Qué estás diciendo? ¿Descuartizando? ¿Estamos hablando del Asesino de las Bolsas de Echo Park? ¿Cómo se llama, Waits? ¿Él era nuestro tipo?

Bosch asintió con la cabeza y sostuvo el vaso frío contra la sien izquierda.

—Exacto. Va a confesar mañana. Finalmente saldrá a la luz porque Rick O'Shea va a exprimirlo. No habrá forma de ocultarlo, porque algún periodista listo va a preguntar si Waits surgió alguna vez en el caso Gesto.

—Entonces diremos que no, porque es la verdad. El nombre de Waits nunca surgió. Era un alias y no tenemos que hablarles de eso. Has de hacérselo ver a O'Shea, Harry.

La voz de su antiguo compañero tenía un tono urgente. Bosch lamentó haberle llamado. Quería que Edgar compartiera la carga de la culpa con él, no urdir una forma de eludir su responsabilidad.

—Da igual, Jerry.

—Harry, para ti es fácil decirlo. Estás en el centro y en tu segundo turno. Yo estoy a punto para un puesto de detective en Robos y Homicidios y esto va a joder cualquier oportunidad si surge.

Bosch ya quería colgar.

—Te he dicho que da igual. Haré lo que pueda, Jerry. Pero sabes que a veces, cuando la jodes, has de asumir las consecuencias.

—Esta vez no, compañero. Ahora no.

A Bosch le molestó que Edgar hubiera recurrido a la vieja «ley del compañero», pidiendo a Bosch que lo protegiera por lealtad y por la regla no escrita de que el vínculo entre compañeros dura para siempre y es más fuerte todavía que un matrimonio.

—He dicho que haré lo que pueda —le repitió a Edgar—. Ahora he de colgar, «compañero».

Se levantó del suelo y colgó el teléfono en la pared.

Antes de volver a la terraza de atrás sirvió más vodka en el vaso con hielo. Fuera, se acercó a la barandilla y apoyó los codos. El ruido del tráfico de la autovía procedente de la ladera era un siseo constante al que estaba acostumbrado. Levantó la mirada al cielo y vio que el atardecer era de un rosa sucio. Divisó un gavilán colirrojo suspendido en la corriente. Le recordó al que había visto el día que encontraron el coche de Marie Gesto.

Su teléfono móvil empezó a sonar y pugnó por sacarlo del bolsillo de la chaqueta. Finalmente, lo cogió y lo abrió antes de perder la llamada. No tuvo tiempo de mirar la identificación en la pantalla. Era Kiz Rider.

—¿Harry, te has enterado?

—Sí, me he enterado. Acabo de hablar con Edgar de eso. Lo único que le importa es proteger su carrera y sus oportunidades en Robos y Homicidios.

—Harry, ¿de qué estás hablando?

Bosch hizo una pausa. Estaba perplejo.

—¿No te lo ha contado ese capullo de Olivas? Pensaba que a estas horas ya se lo habría contado a todo el mundo.

—¿Contarme qué? Yo llamaba para ver si te habías enterado de si habían fijado la entrevista para mañana.

Bosch cayó en la cuenta de su error. Se acercó al borde de la terraza y vació el vaso por el lado.

—Mañana a las diez en punto en la oficina del fiscal. Lo pondrán en una sala allí. Lo siento, Kiz, me he olvidado de llamarte.

—¿Estás bien? Parece que has estado bebiendo.

—Estoy en casa, Kiz. Tengo derecho.

—¿Por qué creías que te estaba llamando?

Bosch contuvo el aliento y ordenó sus ideas antes de hablar.

—Edgar y yo deberíamos haber pillado a Waits o Saxon o como se llame en el noventa y tres. Edgar habló con él por teléfono. Usó el nombre de Saxon, pero ninguno de los dos comprobó su nombre en el ordenador. La cagamos bien, Kiz.

Ahora ella se quedó en silencio mientras registraba lo que Bosch había dicho. No tardó en darse cuenta de que la conexión del alias los habría conducido a Waits.

—Lo siento, Harry.

—Díselo a las nueve víctimas siguientes.

Bosch estaba mirando a los arbustos de debajo de la terraza.

—¿Vas a estar bien?

—Estoy bien. Sólo trato de pensar cómo superar esto para estar listo mañana.

—¿No crees que deberías dejarlo en este punto? Quizá debería asumirlo otro equipo de Casos Abiertos.

Bosch respondió de inmediato. No estaba seguro de cómo iba a sobrellevar el error fatal cometido trece años antes, pero no iba a retirarse en ese momento.

—No, Kiz, no voy a dejar el caso. Puede que se me pasara en el noventa y tres, pero no se me va a pasar ahora.

—Vale, Harry.

Rider no colgó, pero no dijo nada más. Bosch oyó una sirena mucho más abajo, en el desfiladero.

—Harry, ¿puedo hacerte una sugerencia?

Sabía lo que esperaba.

—Claro.

—Creo que deberías dejar el alcohol y empezar a pensar en mañana. Cuando nos metamos en esa sala, no van a importar los errores que se cometieron en el pasado. Todo será cuestión del momento con ese tipo. Hemos de estar avispados.

Bosch sonrió. No había oído esa expresión desde que estaba en patrulla en Vietnam.

—Estate avispada —dijo.

—Claro. ¿Quieres que nos reunamos en la brigada y vayamos juntos?

—Sí. Llegaré temprano. Quiero pasar antes por el registro civil.

Bosch oyó que llamaban a la puerta y se metió en la casa.

—Yo también, pues —dijo Rider—. Te veré en la brigada. ¿Estarás bien esta noche?

Bosch abrió la puerta y allí estaba Rachel Walling sosteniendo las carpetas con ambas manos.

—Sí, Kiz —dijo al teléfono—. Estaré bien. Buenas noches.

Cerró el teléfono e invitó a pasar a Rachel.

8

Como Rachel ya había estado en casa de Bosch antes, no se molestó en echar un vistazo. Dejó los archivos en la mesita del comedor y miró a Bosch.

—¿Qué pasa? ¿Estás bien?

—Estoy bien. Casi me había olvidado de que venías.

—Puedo marcharme...

—No, me alegro de que estés aquí. ¿Has encontrado más tiempo para mirar el material?

—Un poco. Tengo algunas notas y algunas ideas que podrían ayudarte mañana. Y si quieres que esté allí, puedo arreglarlo para estar, extraoficialmente.

Bosch negó con la cabeza.

—Oficial o extraoficialmente no importa. Es la oportunidad de Rick O'Shea y si meto a una agente del FBI, entonces será mi oportunidad de irme.

Ella sonrió y negó con la cabeza.

—Todo el mundo cree que lo único que busca el FBI son los titulares. No siempre es así.

—Ya lo sé, pero no quiero que esto se convierta en un caso de prueba para O'Shea. ¿Quieres tomar algo? —Hizo un gesto hacia la mesa para que ella se sentara.

—¿Qué estás tomando?

—Estaba tomando vodka, pero creo que voy a pasarme al café.

—¿Puedes hacerme un vodka con tónica? —dijo ella.

—Puedo hacerte uno sin tónica —respondió.

—¿Zumo de tomate?

—No.

—¿Zumo de arándanos?

—Sólo vodka.

—*Hardcore*, Harry. Creo que tomaré café.

Bosch fue a la cocina a poner un cazo al fuego. Oyó que ella apartaba una silla y se sentaba. Al volver vio que Rachel había esparcido las carpetas y que tenía una página de notas delante.

—¿Has hecho algo con el nombre ya? —preguntó Walling.

—Está en marcha. Empezaremos temprano mañana y con un poco de suerte sabremos algo antes de meternos en la sala con este tipo a las diez.

Rachel asintió y esperó a que Harry se sentara enfrente.

—¿Listo? —preguntó ella.

—Listo.

Rachel Walling se inclinó hacia delante y miró sus notas. Al principio habló sin levantar la mirada de ellas.

—Sea quien sea, sea cual sea su nombre, es obvio que es listo y manipulador —dijo—. Fíjate en su tamaño. Bajito y no muy corpulento. Esto significa que actúa bien. De algún modo es capaz de conseguir que estas víctimas lo acompañen. Ésa es la clave. Es improbable que usara la fuerza física, al menos al principio. Es demasiado pequeño para eso. En cambio, empleó el encanto y la astucia, y tenía práctica y era brillante en eso. Si una chica está en la parada del autobús de Hollywood Boulevard, va a ser cauta y tendrá cierta medida de conocimiento de la calle. Él era más listo.

Bosch asintió.

—El embaucador —dijo.

Ella dijo que sí con la cabeza y señaló una pequeña pila de documentos.

—He hecho un poco de investigación en Internet sobre eso —dijo ella—. En la épica, Reynard es descrito con frecuencia como un miembro del clero que es capaz de cortejar a sus fieles para atraerlos y poder atraparlos. En esa época (estamos hablando del siglo XII) el clero era la autoridad máxima. Hoy sería diferente. La autoridad última sería el gobierno, notablemente representado por la policía.

—¿Quieres decir que podría haberse hecho pasar por poli?

—Es sólo una idea, pero es posible. Tuvo que haber tramado algo que funcionara.

—¿Y un arma? ¿O dinero? Podría simplemente haber mostrado billetes verdes. Esas mujeres... Esas chicas habrían ido por dinero.

—Creo que era más que un arma y más que dinero. Para usar cualquiera de las dos hay que acercarse. El dinero no rebaja el umbral de la seguridad. Tenía que ser algo más. Su estilo o su palique, algo más que el dinero. Cuando consiguiera que se acercaran, entonces usaría el arma.

Bosch asintió, cogió un cuaderno de un estante situado detrás del lugar en el que estaba sentado y tomó unas pocas notas en una página.

—¿Qué más? —preguntó.

—¿Sabes cuánto tiempo ha tenido su negocio?

—No, pero lo sabremos mañana por la mañana. ¿Por qué?

—Bueno, porque muestra otra dimensión de su talento. Pero no me interesa solamente porque regentara su propia empresa. También siento curiosidad por la elección del negocio. Le permitía moverse y desplazarse por la ciudad. Si veías su furgoneta en el barrio, no había motivo de preocupación, salvo a última hora de la noche, lo cual obviamente condujo a su caída. Y el trabajo también le permitía entrar en casas ajenas. Siento curiosidad por saber si empezó con ese empleo para que le ayudara a cumplir sus fantasías (los asesinatos) o bien ya tenía el negocio antes de actuar sobre esos impulsos.

Bosch tomó unas pocas notas más. Rachel iba bien encaminada con sus preguntas sobre ese empleo de Waits. Él se planteaba preguntas similares. ¿Podía haber tenido Waits el mismo negocio trece años antes? ¿Había limpiado ventanas en los High Tower y se había enterado del apartamento vacante? Quizás era otro error, una conexión que se les había pasado por alto.

—Sé que no he de decirte esto, Harry, pero has de ser muy cuidadoso y cauto con él.

Bosch levantó la mirada de sus notas.

—¿Por qué?

—Algo de lo que veo aquí... Y obviamente es una respuesta apresurada a un montón de material, pero... algo no cuadra.

—¿Qué?

Ella compuso sus ideas antes de responder.

—Has de recordar que, si lo pillaron, fue por casualidad. Agentes que estaban buscando a un ladrón se encontraron con un asesino. Hasta el momento en que los agentes encontraron las bolsas en su furgoneta, Waits era completamente desconocido para las fuerzas del orden. Había pasado desapercibido durante años. Como he dicho, muestra que tenía cierto nivel de astucia y habilidad. Y también nos dice algo acerca de la patología. No estaba enviando notas a la policía como el Asesino del Zodiaco o BTK. No estaba exhibiendo a sus víctimas como una afrenta a la sociedad o una provocación a la policía. Estaba tranquilo. Se movía por debajo de la superficie. Y elegía víctimas, con la excepción de las dos primeras muertes, que podían ser eliminadas sin provocar demasiado revuelo. ¿Entiendes lo que te digo?

Bosch vaciló un momento, sin estar seguro de querer hablarle del error que él y Edgar habían cometido tantos años atrás.

Ella lo captó.

—¿Qué?

Harry no contestó.

—Harry, no quiero acelerar en falso. Si hay algo que debería saber, entonces cuéntamelo o me levanto y me voy.

—Espera hasta que haga el café. Espero que te guste solo.

Se levantó, se metió en la cocina y llenó dos tazas de café. Encontró unos sobres de azúcar y edulcorante en una canasta donde echaba los condimentos que acompañaban a los pedidos para llevar y se los llevó a Rachel. Ella puso edulcorante en su taza.

—Vale —dijo Walling después del primer sorbo—. ¿Por qué no me lo cuentas?

—Mi compañero y yo cometimos un error cuando trabajamos en esto en el noventa y tres. No sé si contradice lo que acabas de decir sobre que Waits pasara desapercibido, pero parece que nos llamó entonces, cuando llevábamos tres semanas en el caso. Habló con mi compañero por teléfono y usó un alias. Al menos creíamos que era un alias. Con este asunto de Reynard el Zorro que has sacado, quizás usó su verdadero nombre. En cualquier caso la cagamos. Nunca lo comprobamos.

—¿Qué quieres decir?

Bosch contó con detalle, lentamente, a regañadientes, la llamada de Olivas y su hallazgo del alias de Waits en el 51. Walling bajó la mirada a la mesa y asintió con la cabeza mientras escuchaba. Dibujó un círculo con el boli en la página de notas que tenía delante.

—Y el resto es historia —dijo Bosch—. Siguió adelante… y matando gente.

—¿Cuándo descubriste esto? —preguntó ella.

—Justo después de dejarte hoy.

Rachel asintió con la cabeza.

—Lo cual explica por qué le estabas dando tan duro al vodka.

—Supongo.

—Pensaba… No importa lo que pensaba.

—No, no era por verte, Rachel. Verte era, o sea es… La verdad es que es muy bonito.

Walling levantó la taza y dio un sorbo al café, luego bajó la vista a su trabajo y pareció armarse de valor para seguir adelante.

—Bueno, no veo cómo el hecho de que os llamara entonces cambia mis conclusiones —dijo—. Sí, parece poco acorde con su personalidad que contactara bajo cualquier nombre. Pero has de recordar que el caso Gesto se produjo en las primeras etapas de su formación. Hay varios aspectos relacionados con Gesto que no encajan con el resto. Así que si ése fuera el único caso donde estableció contacto, no sería tan inusual.

—Vale.

Rachel recurrió de nuevo a sus notas y continuó evitando los ojos de Harry desde que éste le había hablado de su error.

—Bueno, ¿dónde estaba antes de que sacaras a relucir eso?

—Dijiste que después de los dos primeros crímenes eligió víctimas a las que podía enterrar sin noticia.

—Exactamente. Lo que estoy diciendo es que obtenía satisfacción en lo que hacía. No necesitaba que nadie más supiera que lo estaba haciendo. No disfrutaba por la atención. No quería atención; su satisfacción era autocontenida. No requería parte externa ni componente público.

—Entonces, ¿qué te preocupa?

Rachel levantó la mirada hacia él.

—¿Qué quieres decir?

—No lo sé. Pero parece que algo en tu propio perfil del tipo te molesta. Hay algo que no te crees.

Ella asintió, reconociendo que la había interpretado correctamente.

—Es sólo que su perfil no cuadra con alguien que coopere en este momento del partido, que hable de los otros crímenes. Lo que veo aquí es a alguien que nunca lo admitiría. No admitiría nada. Que lo negaría, o que al menos mantendría silencio al respecto, hasta que le clavaran la inyección letal en el brazo.

—Muy bien, entonces eso es una contradicción. ¿No tienen contradicciones todos estos tipos? En algún punto están todos de atar. No hay ningún perfil correcto al ciento por ciento, ¿no?

—Es cierto —admitió Rachel—. Pero aun así no encaja, y supongo que lo que estoy intentando decir es que desde su punto de vista hay algo más. Un objetivo superior, si quieres. Un plan. Toda esta confesión es reveladora de manipulación.

Bosch asintió como si lo que ella había dicho fuera obvio.

—Por supuesto que lo es. Está manipulando a O'Shea y al sistema. Está usando esto para evitar la aguja.

—Quizá, pero podría haber otros motivos. Ten cuidado.

Ella dijo las dos últimas palabras con severidad, como si estuviera corrigiendo a un subordinado o incluso a un niño.

—No te preocupes, lo tendré —dijo Bosch.

Decidió no encallarse en eso.

—¿Qué piensas del descuartizamiento? —preguntó—. ¿Qué nos dice?

—De hecho he pasado la mayor parte del tiempo estudiando las autopsias. Siempre he creído que las víctimas son lo que más te enseña del asesino. La estrangulación fue la causa de la muerte en todos los casos. No había heridas punzantes en los cadáveres, sólo el descuartizamiento. Son dos cosas diferentes. Creo que el descuartizamiento era simplemente una forma de limpieza, de deshacerse de los cadáveres con facilidad. Una vez más muestra su talento, su planificación y su organización. Cuanto más leía, más me daba cuenta de lo afortunados que fuimos al detenerlo esa noche. —Rachel pasó un dedo por la hoja de notas que había escrito y continuó—: Las bolsas me resultan muy intrigantes.

Tres bolsas para dos mujeres. Una bolsa contenía las dos cabezas y las cuatro manos. Era como si posiblemente tuviera un destino o un plan separado para la bolsa que contenía los identificadores, las cabezas y las manos. ¿Han sido capaces de determinar adónde iba cuando pararon su coche?

Bosch se encogió de hombros.

—No del todo. Se supone que iba a enterrar las bolsas en algún sitio en torno al estadio, pero la verdad es que no se explica, porque lo vieron alejarse de Stadium Way e ir hacia el barrio. Se estaba alejando del estadio y del bosque, de los lugares donde podría enterrar las bolsas. Hay algunos solares en el barrio y acceso desde las colinas de debajo del estadio, pero me parece que, si iba a enterrarlas, no se habría metido por allí. Se habría adentrado en el parque, donde había menos opciones de que se fijaran en él.

—Exactamente.

Ella miró otro de sus documentos.

—¿Qué? —preguntó Bosch.

—Bueno, esta historia de Reynard el Zorro podría no tener nada que ver con todo esto. Podría ser coincidencia.

—Pero en la épica Reynard tiene un castillo que es su escondite secreto.

Rachel arqueó las cejas.

—No creía que tuvieras ordenador y menos que supieras buscar en Internet.

—No sé. Mi compañera hizo la búsqueda. Pero he de decirte que he estado en el barrio justo antes de llamarte hoy y no he visto ningún castillo.

Walling negó con la cabeza.

—No te lo tomes todo al pie de la letra —comentó.

—Bueno, todavía hay una gran pregunta con la cuestión de Reynard —dijo Bosch.

—¿Cuál?

—¿Has mirado la hoja de ingreso en prisión? No habló con Olivas y su compañero, pero sí respondió las preguntas de protocolo en la prisión cuando lo ficharon. Dijo que había terminado el instituto. No tiene educación superior. Mira, el tío es un limpiaventanas. ¿Cómo iba a saber de ese zorro medieval?

—No lo sé. Pero como he dicho, el personaje ha aparecido repetidamente en todas las culturas. Libros infantiles, programas de televisión, hay muchas formas en que el personaje podría haber causado impacto en este hombre. Y no subestimes su inteligencia por el hecho de que se gane la vida limpiando ventanas. Dirige su propio negocio. Eso es significativo en términos de mostrar algunas de sus capacidades. El hecho de que asesinara con impunidad durante tanto tiempo es un fuerte indicador de inteligencia.

Bosch no estaba completamente convencido. Disparó otra pregunta que la llevara en otra dirección.

—¿Cómo encajan los dos primeros? Pasó del espectáculo público con los disturbios y luego un gran impacto en los medios con Marie Gesto a, como dices, perderse completamente bajo la superficie.

—Todos los asesinos en serie cambian el modus operandi. La respuesta sencilla es que estaba en una curva de aprendizaje. Creo que el primer asesinato (con la víctima masculina) fue un crimen de oportunidad, como matar al que se le pusiera por delante. Había pensado en matar durante mucho tiempo, pero no estaba seguro de poder hacerlo. Se encontró a sí mismo en una situación que le permitía ponerse a prueba (el caos de los disturbios). Era una oportunidad de ver si realmente podía matar a alguien y salir airoso. El sexo de la víctima no era importante. La identidad de la víctima tampoco. En ese momento sólo quería descubrir si podía hacerlo y casi cualquier víctima serviría.

Bosch entendió la lógica. Asintió con la cabeza.

—Así que lo hizo —dijo—. Y entonces llegamos a Marie Gesto. Elige una víctima que atrae a la policía y la atención de los medios.

—Todavía estaba aprendiendo, formándose —dijo ella—. Ya sabía que podía matar y quería salir de caza. Marie Gesto fue su primera víctima. Se cruzó en su camino, algo en ella encajaba en el programa de su fantasía y simplemente se convirtió en una presa. En ese momento, su foco estaba en la adquisición de la víctima y la autoprotección. En ese caso eligió mal. Eligió a una mujer a la que se echaría muchísimo de menos y cuya desaparición provocaría una respuesta inmediata. Probablemente no sabía que iba a ser así. Pero aprendió de ello, de la presión que atrajo sobre sí mismo.

Bosch asintió con la cabeza.

—En cualquier caso, después de Gesto aprendió a añadir un tercer elemento a su foco: el historial de la víctima. Se aseguró de que elegía a víctimas que no sólo cumplían con las necesidades de su programa, sino que procedían de la periferia de la sociedad, donde sus idas y venidas no causarían noticia y mucho menos alarma.

—Y se sumergió bajo la superficie.

—Exactamente. Se sumergió y se quedó allí. Hasta que tuvimos suerte en Echo Park.

Bosch asintió. Todo ello era útil.

—Esto plantea preguntas, ¿no? —preguntó—. Sobre cuántos de estos tipos hay sueltos. Los asesinos de debajo de la superficie.

Walling dijo que sí con la cabeza.

—Sí. A veces me pone los pelos de punta. Me pregunto cuánto tiempo habría continuado matando este tipo si no hubiéramos tenido tanta suerte.

Ella comprobó sus notas, pero no dijo nada más.

—¿Es todo lo que tienes? —preguntó Bosch.

Walling lo miró con severidad y él se dio cuenta de que había elegido mal sus palabras.

—No quería decirlo así —se corrigió con rapidez—. Todo esto es genial y va a ayudarme mucho. Me refería a si hay algo más de lo que quieras hablar.

Ella sostuvo su mirada por un momento antes de contestar.

—Sí, hay algo más. Pero no es sobre esto.

—Entonces, ¿qué es?

—Has de darte un respiro con esa llamada, Harry. No puedes dejar que te hunda. El trabajo que tienes por delante es demasiado importante.

Bosch asintió de manera insincera. Era fácil para ella decirlo. Ella no tendría que vivir con los fantasmas de todas las mujeres de las que Raynard Waits empezaría a hablarles a la mañana siguiente.

—No lo digo por decir —insistió Rachel—. ¿Sabes cuántos casos he trabajado en Comportamiento en los que el tipo ha seguido matando? ¿Cuántas veces recibíamos llamadas y notas de esos tarados, pero aun así no podíamos llegar antes de que muriera la siguiente víctima?

—Lo sé, lo sé.

—Todos tenemos fantasmas. Es parte del trabajo. Con algunos es una parte más grande que con otros. Una vez tuve un jefe que siempre decía: «Si no puedes soportar a los fantasmas, sal de la casa encantada».

Bosch asintió otra vez, esta vez mientras la miraba a ella directamente. En esta ocasión iba en serio.

—¿Cuántos homicidios has resuelto, Harry? ¿Cuántos asesinos has sacado de la circulación?

—No lo sé. No llevo la cuenta.

—Quizá deberías.

—¿Adónde quieres llegar?

—¿Cuántos de esos asesinos lo habrían hecho otra vez si tú no los hubieras parado? Ahí quiero llegar. Apuesto a que más de unos pocos.

—Probablemente.

—Ahí lo tienes. Llevas mucha ventaja en el largo plazo. Piensa en eso.

—Vale.

La mente de Bosch saltó a uno de esos asesinos. Harry había detenido a Roger Boylan muchos años antes. Conducía una camioneta con la caja cubierta por una lona. Había usado marihuana para atraer a un par de chicas jóvenes a la parte trasera mientras estaba aparcado en la represa de Hansen. Las violó y las mató inyectándoles una sobredosis de tranquilizante para caballos. Luego arrojó los cadáveres en el lecho seco de un cenagal cercano. Cuando Bosch le puso las esposas, Boylan sólo tenía una cosa que decir: «Lástima. Sólo estaba empezando». Bosch se preguntó cuántas víctimas habría habido si él no lo hubiera detenido. Se preguntó si podía cambiar a Roger Boylan por Raynard Waits y reclamar un empate. Por un lado, pensaba que podía. Por otro, sabía que no era una cuestión de matemáticas. El verdadero detective sabía que un empate en el trabajo de homicidios no era lo bastante bueno. Ni mucho menos.

—Espero haber ayudado —dijo Rachel.

Bosch levantó la mirada y pasó del recuerdo de Boylan a los ojos de Rachel.

—Creo que lo has hecho. Creo que conoceré mejor a quién y con qué estoy tratando cuando me meta en la sala de interrogatorios con él mañana.

Ella se levantó de la mesa.

—Me refería a lo otro.

—En eso también. Me has ayudado mucho.

Rodeó la mesa para poder acompañarla a la puerta.

—Ten cuidado, Harry.

—Lo sé. Ya lo has dicho. Pero no has de preocuparte. Será una situación de plena seguridad.

—No me refiero al peligro físico tanto como al psicológico. Cuídate, Harry. Por favor.

—Lo haré —dijo.

Era hora de irse, pero Rachel estaba vacilando. Miró el contenido del archivo extendido sobre la mesa y después a Bosch.

—Esperaba que me llamases alguna vez —dijo—, pero no para hablar sobre un caso.

Bosch tuvo que tomarse unos segundos antes de responder.

—Pensaba que por lo que había dicho… Por lo que dijimos los dos…

Bosch no estaba seguro de cómo terminar. No estaba seguro de qué era lo que estaba tratando de decir. Rachel estiró el brazo y le puso suavemente la mano en el pecho. Se acercó un paso, entrando en su espacio personal. Bosch puso los brazos en torno a Rachel y la abrazó.

9

Más tarde, después de haber hecho el amor, Bosch y Rachel se quedaron en la cama, hablando de cualquier cosa que se les ocurría salvo de lo que acababan de hacer. Al final, volvieron al caso y al interrogatorio de la mañana siguiente con Raynard Waits.

—No puedo creer que después de todo este tiempo vaya a sentarme cara a cara con el asesino de Marie —dijo Bosch—. Es como un sueño. Realmente he soñado con pillar a este tipo. O sea, nunca era Waits en el sueño, pero soñaba con cerrar el caso.

—¿Quién estaba en el sueño? —preguntó ella.

Tenía la cabeza descansando en el pecho de él. Harry no podía verle la cara, pero podía olerle el pelo. Debajo de las sábanas, Rachel tenía una pierna encima de una de las suyas.

—Era ese tipo del que siempre pensé que podría encajar con esto. Pero nunca tuve nada con qué acusarlo. Supongo que porque siempre fue un gilipollas, quería que fuera él.

—Bueno, ¿tenía alguna conexión con Gesto?

Bosch trató de encogerse de hombros, pero era difícil con sus cuerpos tan entrelazados.

—Conocía el garaje donde encontraron el coche y tenía una ex mujer que era clavada a Gesto. También tenía problemas para controlar la ira. Pero yo no podía aportar ninguna prueba real. Sólo pensaba que era él. Una vez lo seguí, durante el primer año de la investigación. Estaba trabajando de vigilante de seguridad en los viejos campos de petróleo detrás de Baldwin Hills. ¿Sabes dónde está?

—¿Te refieres a allí donde se ven las bombas de petróleo cuando vienes de La Cienega desde el aeropuerto?

—Sí, exacto. Ése es el sitio. Bueno, la familia de ese chico es propietaria de un pedazo de esos campos y supongo que su padre estaba tratando de enderezarlo. Lo típico, obligarle a que se ganara la vida, aunque tenía todo el dinero del mundo. Así que estaba ocupándose de la seguridad allí arriba y yo lo estaba observando un día. Se encontró con unos chicos que estaban por ahí enredando, entrando en propiedad privada y haciendo el tonto. Eran chavales de trece o catorce años. Dos chicos del barrio vecino.

—¿Qué les hizo?

—Se les echó encima y los esposó a uno de los pozos de petróleo. Estaban espalda contra espalda y esposados en torno a esa pértiga que era como un ancla para la bomba de extracción. Y entonces se metió en su furgoneta y se largó.

—¿Los dejó allí?

—Eso es lo que pensé que estaba haciendo, pero volvió. Yo estaba observando con prismáticos desde una cresta al otro lado de La Cienega y desde allí veía todo el campo de petróleo. Había otro tipo con él y fueron a esa cabaña, donde supongo que guardaban muestras del petróleo que estaban extrayendo del suelo. Entraron allí y salieron con dos cubos de ese material, lo metieron en la furgoneta y volvieron. Entonces les echaron esa mierda por encima a los dos chavales.

Rachel se incorporó sobre un codo y lo miró.

—¿Y tú te quedaste mirando?

—Te lo he dicho, estaba en otro risco, al otro lado de La Cienega, antes de que construyeran casas allí arriba. Si hubiera ido más lejos, habría intentado intervenir de alguna manera, pero entonces los soltó. Además, no quería que supiera que lo estaba vigilando. En ese momento él no sabía que lo tenía en mente por lo de Gesto.

Rachel asintió como si comprendiera y no cuestionó más su falta de acción.

—¿Sólo los dejó ir? —preguntó ella.

—Les quitó las esposas, le dio una patada en el culo a uno de ellos y los dejó ir. Sé que estaban llorando y asustados.

Rachel negó con la cabeza en un gesto de asco.

—¿Cómo se llama ese tipo?

—Anthony Garland. Su padre es Thomas Rex Garland. Puede que hayas oído hablar de él.

Rachel negó con la cabeza, sin reconocer el nombre.

—Bueno, Anthony puede que no fuera el asesino de Gesto, pero suena a gilipollas integral.

Bosch asintió.

—Lo es. ¿Quieres verlo?

—¿Qué quieres decir?

—Tengo sus «grandes éxitos» en vídeo. Lo he tenido en una sala de interrogatorios tres veces en trece años. Todas las entrevistas están grabadas.

—¿Tienes la cinta aquí?

Bosch asintió, sabiendo que ella podría encontrar extraño o desagradable que estudiara cintas de interrogatorios en casa.

—Las tengo copiadas en una cinta. Las traje a casa la última vez que trabajé el caso.

Rachel pareció considerar la respuesta antes de contestar.

—Entonces ponla. Echemos un vistazo a este tipo.

Bosch salió de la cama, se puso los calzoncillos y encendió la lámpara. Fue a la sala de estar y miró en el armario de debajo del televisor. Tenía unas cuantas cintas de escenas del crimen de viejos casos, así como otras varias cintas y DVD. Finalmente localizó una cinta VHS con la nota «Garland» en la caja y se la llevó de nuevo al dormitorio.

Tenía un televisor con reproductor de vídeo incorporado en la cómoda. Lo encendió, metió la cinta y se sentó en el borde de la cama con el control remoto. Se dejó los calzoncillos puestos ahora que él y Rachel estaban trabajando. Rachel se quedó bajo las sábanas y cuando la cinta estaba empezando a reproducirse estiró una pierna hacia él y repiqueteó con los dedos de los pies en su espalda.

—¿Esto es lo que haces con todas las chicas que traes aquí? ¿Enseñarles tus técnicas de interrogación?

Bosch la miró por encima del hombro y le respondió casi en serio.

—Rachel, creo que eres la única persona en el mundo con la que podría hacer esto.

Ella sonrió.

—Creo que te pillo, Bosch.

Él volvió a mirar a la pantalla. La cinta se estaba reproduciendo. Le dio al botón de silencio del mando a distancia.

—La primera es del 11 de marzo de 1994. Fue unos seis meses después de que desapareciera Gesto y estábamos buscando algo. No teníamos suficiente para detenerlo, ni mucho menos, pero logré convencerlo para que viniera a comisaría a declarar. No sabía que tenía el anzuelo en él. Pensaba que sólo iba a hablar del apartamento en el que había vivido su ex novia.

En la pantalla se veía una imagen en color con mucho grano de una pequeña sala en la que había dos hombres sentados. Uno era un Harry Bosch de aspecto mucho más joven y el otro era un hombre de veintipocos años con pelo ondulado rubio decolorado por el sol: Anthony Garland. Llevaba una camiseta que ponía «Lakers» en el pecho. Las mangas le quedaban ceñidas a los brazos y la tinta de un tatuaje era visible en el bíceps izquierdo: alambre de púas negro que envolvía los músculos del brazo.

—Vino voluntariamente. Entró como si viniera a un día en la playa. Bueno…

Bosch subió el sonido. En la pantalla, Garland estaba observando la sala con una ligera sonrisa en el rostro.

«Así que es aquí donde pasa, ¿eh?», preguntó.

«¿Dónde pasa qué?», dijo Bosch.

«Ya sabe, donde quiebran a los tipos malos y confiesan todos sus crímenes», sonrió con timidez.

«A veces —dijo Bosch—. Pero hablemos de Marie Gesto. ¿La conocía?»

«No, le dije que no la conocía. Nunca la había visto antes en mi vida.»

«¿Antes de qué?»

«Antes de que me enseñara su foto.»

«Entonces si alguien me dijera que la conocía, estaría mintiendo.»

«Claro que sí. ¿Quién coño le dijo esa gilipollez?»

«Pero conocía el garaje vacío en los High Tower, ¿no?»

«Sí, bueno, mi novia acababa de mudarse y, sí, sabía que el sitio estaba vacío. Eso no significa que metiera el coche ahí. Mire, ya me ha preguntado todo esto en la casa. Pensaba que había algo nuevo. ¿Acaso estoy detenido?»

«No, Anthony, no está detenido. Sólo quería que viniera para poder repasar este material.»

«Ya lo he repasado con usted.»

«Pero eso fue antes de que supiéramos algunas otras cosas sobre usted y sobre ella. Ahora es importante recorrer el mismo camino otra vez. Tomar un registro formal.»

El rostro de Garland pareció contorsionarse de ira momentáneamente. Se inclinó sobre la mesa.

«¿Qué cosas? ¿De qué coño está hablando? No tengo nada que ver con eso. Ya se lo he dicho al menos dos veces. ¿Por qué no está buscando a la persona que lo hizo?»

Bosch esperó a que Garland se calmara un poco antes de responder.

«Porque quizás estoy con la persona que lo hizo.»

«Que le den por culo. No tiene nada contra mí, porque no hay nada que tener. Se lo he dicho desde el principio. ¡Yo no he sido!»

Ahora Bosch se inclinó sobre la mesa. Sus caras estaban a un palmo de distancia.

«Ya sé lo que me dijo, Anthony. Pero eso fue antes de que fuera a Austin y hablara con su novia. Ella me contó algunas cosas sobre usted que, francamente, Anthony, requieren que preste más atención.»

«Que le den. ¡Es una puta!»

«¿Sí? Y entonces, ¿por qué se enfadó con ella cuando le dejó? ¿Por qué tuvo que huir de usted? ¿Por qué no la dejó en paz?»

«Porque a mí nadie me deja. Las dejo yo. ¿Vale?»

Bosch se recostó y asintió con la cabeza.

«Vale. Entonces, con el máximo detalle que pueda recordar, cuénteme lo que hizo el 9 de septiembre del año pasado. Cuénteme adónde fue y a quién vio.»

Utilizando el control remoto, Bosch adelantó la cinta.

—No tenía coartada para el momento en que creíamos que sacaron a Marie del supermercado. Pero podemos saltar adelante, porque esa parte del interrogatorio es interminable.

Rachel estaba ahora sentada en la cama detrás de él, con la

sábana ceñida en torno al cuerpo. Bosch la miró por encima del hombro.

—¿Qué opinas de este tipo hasta ahora?

Ella encogió sus hombros desnudos.

—Parece el típico capullo rico. Pero eso no lo convierte en un asesino.

Bosch asintió.

—Esto de ahora es de dos años después. Los abogados de la firma de su papi me pusieron una orden y sólo podía interrogar al chico si tenía un abogado presente. Así que no hay mucho más aquí, pero hay una cosa que quiero que veas. Su abogado en esto es Dennis Franks, del bufete de Cecil Dobbs, un pez gordo de Century City que se ocupa de las cosas de T. Rex.

—¿T. Rex?

—El padre. Thomas Rex Garland. Le gusta que lo llamen T. Rex.

—Lo supongo.

Bosch frenó un poco la velocidad de avance para distinguir mejor la acción de la cinta. En pantalla, Garland estaba sentado a una mesa con un hombre justo a su lado. En la imagen en avance rápido, el abogado y su cliente consultaban muchas veces en comunicaciones boca-oreja. Bosch finalmente puso la cinta a velocidad normal y recuperó el audio. Quien hablaba era Franks, el abogado.

«Mi cliente ha cooperado plenamente con usted, pero usted continúa acosándolo en el trabajo y en casa con estas sospechas y preguntas que no están sustentadas ni por un ápice de prueba.»

«Estoy trabajando en esa parte, letrado —dijo Bosch—. Y cuando termine, no habrá ningún abogado en el mundo que pueda ayudarle.»

«¡Váyase al cuerno, Bosch! —dijo Garland—. Será mejor que nunca venga solo a por mí, si no quiere morder el polvo.»

Franks puso una mano tranquilizadora en el brazo de Garland. Bosch se quedó en silencio unos segundos antes de responder.

«¿Quiere amenazarme ahora, Anthony? ¿Cree que soy como uno de esos adolescentes a los que esposa en los campos de petróleo y les echa crudo por encima? ¿Cree que me voy a ir con el rabo entre las piernas?»

La cara de Garland se oscureció en una mueca. Sus ojos parecían dos canicas negras inmóviles.

Bosch pulsó el botón de pausa en el mando a distancia.

—Ahí —le dijo a Rachel, señalando la pantalla con el mando—. Es lo que quería que vieras. Mira esa cara. Pura y perfecta rabia. Por eso pensaba que era él.

Walling no respondió. Bosch la miró y parecía que ella hubiera visto antes el rostro de pura y perfecta rabia. Parecía casi intimidada. Bosch se preguntó si lo había visto en alguno de los asesinos a los que se había enfrentado o en algún otro.

Harry se volvió hacia la televisión y pulsó de nuevo el botón de avance rápido.

—Ahora saltamos casi diez años, a cuando lo llevé a comisaría en abril pasado. Franks ya no estaba y se ocupó del caso otro tipo del bufete de Dobbs. Metió la pata y no volvió al juez cuando expiró la primera orden de alejamiento. Así que lo intenté otra vez. Él se sorprendió al verme. Lo cogí un día que salía de comer en Kate Mantilini. Probablemente pensaba que había desaparecido de su vida hacía tiempo.

Bosch detuvo el botón de avance rápido y reprodujo la cinta. En la pantalla, Garland parecía más viejo y más gordo. Su cara se había ensanchado y ahora llevaba el pelo muy corto y empezaban a verse las entradas. Lucía camisa blanca y corbata. Las entrevistas grabadas lo habían seguido desde el final de la adolescencia a bien entrado en la edad adulta.

En esta ocasión, Garland aparecía sentado en una sala de interrogatorio diferente. Ésta era del Parker Center.

«Si no estoy detenido, soy libre para irme —dijo—. ¿Soy libre para irme?»

«Esperaba que contestara unas cuantas preguntas antes», replicó Bosch.

«Respondí a todas sus preguntas hace años. Esto es una *vendetta*, Bosch. No se rendirá. No me dejará en paz. ¿Puedo irme ahora o no?»

«¿Dónde escondió el cadáver?»

Garland negó con la cabeza.

«Dios mío, esto es increíble. ¿Cuándo terminará?»

«No terminará nunca, Garland. No hasta que la encuentre y no hasta que le encarcele.»

«¡Esto es una puta locura! Está loco, Bosch. ¿Qué puedo hacer para que me crea? ¿Qué puedo...?»

«Puede decirme dónde está y entonces le creeré.»

«Bueno, ésa es la única cosa que no puedo decirle, porque yo no...»

Bosch de repente apagó la tele con el mando a distancia. Por primera vez se dio cuenta de lo ciego que había estado, yendo tras Garland tan implacablemente como un perro que persigue a un coche. No era consciente del tráfico, no era consciente de que justo delante de él, en el expediente, estaba la pista del asesino real. Mirar la cinta con Walling había acumulado humillación sobre humillación. Había pensado que al mostrarle la cinta, ella vería por qué se había centrado en Garland. Ella lo entendería y lo absolvería del error. Pero ahora, al contemplarlo a través del prisma de la inminente confesión de Waits, ni siquiera él mismo podía absolverse.

Rachel se inclinó hacia él y le tocó la espalda, trazando su columna vertebral con sus dedos suaves.

—Nos pasa a todos —dijo ella.

Bosch asintió. «A mí no», pensó.

—Supongo que cuando esto termine tendré que ir a buscarlo y pedirle disculpas —dijo.

—Que se joda. Sigue siendo un capullo. Yo no me molestaría.

Bosch sonrió. Ella estaba tratando de ponérselo fácil.

—¿Tú crees?

Ella tiró de la cinturilla elástica de los calzoncillos de Bosch y la soltó en su espalda.

—Creo que tengo al menos otra hora antes de empezar a pensar en irme a casa.

Bosch se volvió a mirarla y sonrió.

10

A la mañana siguiente, Bosch y Rider caminaron desde el registro civil al edificio de los tribunales y, a pesar de la espera del ascensor, llegaron a la oficina del fiscal con veinte minutos de adelanto. O'Shea y Olivas estaban listos. Todo el mundo ocupó los mismos asientos que el día anterior. Bosch se fijó en que ya no estaban los carteles apoyados contra la pared. Probablemente les habían dado un buen uso en algún sitio, quizá los habían enviado al salón público donde estaba previsto esa noche el foro de los candidatos.

Al sentarse, Bosch vio el expediente del caso Gesto en el escritorio de O'Shea. Lo cogió sin preguntar e inmediatamente lo abrió por el registro cronológico. Revisó los 51 hasta que encontró la página del 29 de septiembre de 1993. Miró la anotación de la que le había hablado Olivas la tarde anterior. Era, como se la habían leído a Bosch, la última entrada del día. Bosch sintió otra vez un profundo pinchazo de arrepentimiento.

—Detective Bosch, todos cometemos errores —dijo O'Shea—. Sólo pasemos adelante y hagámoslo lo mejor que podamos hoy.

Bosch levantó la cabeza para mirarlo y finalmente asintió. Cerró el libro y lo puso otra vez en la mesa. O'Shea continuó.

—Me han comunicado que Maury Swann se encuentra en la sala de interrogatorios con el señor Waits y está listo para empezar. He estado pensando en esto y quiero abordar los casos de uno en uno y por orden. Empezamos con Fitzpatrick, y cuando estemos satisfechos con la confesión, pasamos al caso Gesto, y cuando estemos satisfechos con eso, pasamos al siguiente y así sucesivamente.

Todo el mundo asintió con la cabeza, salvo Bosch.

—Yo no voy a estar satisfecho hasta que tengamos sus restos —dijo.

Esta vez fue O'Shea quien asintió. Cogió un documento del escritorio.

—Lo entiendo. Si puede localizar a la víctima en base a las declaraciones de Waits, entonces bien. Si la cuestión es que él nos conduzca al cadáver, tengo una orden de liberación preparada para llevarla al juez. Diría que si alcanzamos un punto en que tengamos que sacar a este tipo de prisión, entonces la seguridad debería ser extraordinaria. Habrá mucho en juego con esto y no podemos cometer errores.

O'Shea se tomó el tiempo de mirar de detective a detective para asegurarse de que todos comprendían la gravedad de la situación. Iba a jugarse su campaña y su vida política en la seguridad de Raynard Waits.

—Estaremos preparados para lo que sea —dijo Olivas.

La expresión de preocupación en el rostro de O'Shea no cambió.

—Va a contar con una presencia uniformada, ¿no? —preguntó.

—No pensaba que fuera necesario, los uniformes atraen la atención —dijo Olivas—. Podemos ocuparnos nosotros. Pero si lo prefiere, la tendremos.

—Creo que sería bueno tenerla, sí.

—No hay problema, pues. O bien conseguiremos que venga un coche de la metropolitana con nosotros o una pareja de ayudantes del sheriff de la prisión.

O'Shea dio su aprobación.

—Entonces, ¿estamos listos para empezar?

—Hay una cosa —dijo Bosch—. No sabemos a ciencia cierta quién está esperándonos en la sala de interrogatorios, pero estamos casi seguros de que no se llama Raynard Waits.

Una expresión de sorpresa apareció en el rostro de O'Shea e inmediatamente se hizo contagiosa. La boca de Olivas se abrió un par de centímetros y el detective se inclinó hacia delante.

—Lo identificamos con las huellas —protestó Olivas—. En el caso anterior.

Bosch asintió.

—Sí, el anterior. Como sabe, cuando lo detuvieron trece años atrás, primero dio el nombre de Robert Saxon junto con la fecha de nacimiento del 3 de noviembre de 1975. Es el mismo nombre que usó luego ese mismo año cuando llamó para hablar de Gesto, sólo que dio la fecha de nacimiento del 3 de noviembre de 1971. Pero cuando lo detuvieron y comprobaron sus huellas en el ordenador, coincidió con la huella del carné de conducir de Raynard Waits, con una fecha de nacimiento del 3 de noviembre de 1971. Así que tenemos el mismo día y mes pero diferentes años. En cualquier caso, cuando se le confrontó con la huella dactilar, él aceptó ser Raynard Waits, diciendo que había dado un nombre y un año falsos porque esperaba ser tomado por un menor. Todo esto está en el expediente.

—Pero ¿adónde nos lleva? —dijo O'Shea con impaciencia.

—Déjeme terminar. Le dieron la condicional, porque era su primer delito. En el informe biográfico de la condicional decía que nació y se educó en Los Ángeles. Bueno, pues acabamos de venir del registro civil y no hay ningún registro de que Raynard Waits naciera en Los Ángeles en esa fecha o en ninguna otra. Hay muchos Robert Saxon nacidos en Los Ángeles, pero ninguno el 3 de noviembre de cualquiera de los años mencionados en los archivos.

—La conclusión —dijo Rider— es que no sabemos quién es el hombre con el que vamos a hablar.

O'Shea se apartó del escritorio y se levantó. Paseó a lo largo de la espaciosa oficina mientras pensaba y hablaba de esta última información.

—Vale, entonces, ¿está diciendo que Tráfico tiene las huellas equivocadas en el archivo o que hubo algún tipo de confusión?

Bosch se volvió en su silla para poder mirar a O'Shea mientras respondía.

—Estoy diciendo que este tipo, sea quien sea en realidad, podría haber ido a Tráfico hace trece, catorce años, para configurar una identidad falsa. ¿Qué hace falta para conseguir una licencia de conducir? Demostrar la edad. Entonces podían comprarse documentos de identidad y certificados de nacimiento falsos sin ningún problema en Hollywood Boulevard. O podría haber sobornado a un empleado de Tráfico. Podría haber hecho muchas cosas. La cuestión es que no hay ningún registro de que naciera en Los Ángeles y dice que lo hizo. Eso pone en tela de juicio todo lo demás.

—Quizás ésa es la mentira —dijo Olivas—. Quizás es Waits y mintió al decir que nació aquí. Es como cuando naces en Riverside y le dices a todo el mundo que eres de Los Ángeles.

Bosch negó con la cabeza. No aceptaba la lógica que Olivas estaba insinuando.

—El nombre es falso —insistió Bosch—. Raynard está sacado de un personaje del folclore medieval conocido como Reynard el Zorro. Se escribe con e, pero se pronuncia igual. Si juntamos eso con el apellido nos queda «el zorro espera». ¿Entienden? No pueden convencerme de que alguien le puso ese nombre al nacer.

Eso provocó un momentáneo silencio en la sala.

—No lo sé —dijo O'Shea, pensando en voz alta—. Parece un poco pillada por los pelos esta conexión medieval.

—Es sólo pillada por los pelos porque no podemos confirmarla —contrarrestó Bosch—. En mi opinión es más rocambolesco que ése fuera su nombre de pila.

—Entonces, ¿qué está diciendo? —preguntó Olivas—. ¿Que cambió su nombre y continuó usándolo incluso después de tener una detención en su historial? No le encuentro el sentido.

—Yo tampoco. Pero todavía no conocemos la historia que hay detrás.

—Muy bien. ¿Qué proponen que hagamos? —dijo O'Shea.

—No mucho —dijo Bosch—. Sólo lo pongo sobre la mesa. Pero creo que hemos de registrarlo ahí dentro. Es decir, pedirle que diga su nombre, fecha y lugar de nacimiento. Ésa es la forma rutinaria de empezar estos interrogatorios. Si nos dice Waits, entonces quizá podamos pillarle más adelante en esa mentira y juzgarlo por todo. Dijo que ése era el trato: si miente, se arrepiente. Podemos acusarlo de todo.

O'Shea estaba de pie junto a la mesita de café, detrás de donde estaban sentados Bosch y Rider. Bosch se volvió de nuevo para ver cómo asimilaba la propuesta. El fiscal estaba reflexionando y asintiendo con la cabeza.

—No veo dónde puede hacernos daño —dijo al fin—. Póngalo en la grabación, pero dejémoslo ahí. Muy sutil y de rutina. Podemos volver sobre él después, si descubrimos más al respecto.

Bosch miró a Rider.

—Tú serás la que empiece con él, preguntándole por ese primer caso. Tu primera pregunta puede ser sobre su nombre.

—Bien —dijo ella.

O'Shea rodeó el escritorio.

—De acuerdo, entonces —dijo—. ¿Estamos listos? Es hora de irse. Trataré de quedarme mientras mi agenda me lo permita. No se ofendan si hago alguna pregunta de vez en cuando.

Bosch respondió levantándose. Rider lo siguió enseguida y a continuación Olivas.

—Una última cosa —dijo Bosch—. Ayer nos contaron una anécdota de Maury Swann que quizá deberían conocer.

Bosch y Rider se turnaron narrando la historia que Abel Pratt les había relatado. Al final, Olivas estaba riendo y sacudiendo la cabeza, y Bosch se dio cuenta por la expresión de O'Shea que el fiscal estaba tratando de contar cuántas veces había estrechado la mano de Maury Swann en el tribunal. Quizás estaba preocupado por una posible secuela política.

Bosch se dirigió a la puerta del despacho. Sentía una mezcla de excitación y temor crecientes. Estaba inquieto porque sabía que finalmente estaba a punto de descubrir lo que le había ocurrido a Marie Gesto hacía tantos años. Al mismo tiempo, temía descubrirlo. Y temía el hecho de que los detalles que pronto averiguaría le pondrían encima una pesada carga. Una carga que tendría que transferir a una madre y un padre que aguardaban en Bakersfield.

11

Dos ayudantes del sheriff uniformados custodiaban la puerta de la sala de interrogatorios donde se hallaba sentado el hombre que se hacía llamar Raynard Waits. Se apartaron y dejaron pasar al cortejo de la fiscalía. La sala contenía una única mesa larga. Waits y su abogado defensor, Maury Swann, estaban sentados en uno de los lados. Waits estaba justo en el medio; Swann, a su izquierda. Cuando entraron los investigadores y el fiscal, sólo Maury Swann se levantó. Waits estaba sujeto a los brazos

de la silla con bridas de plástico. Swann, un hombre delgado con gafas de montura negra y una fastuosa melena de pelo plateado, tendió la mano, pero nadie se la estrechó.

Rider ocupó la silla que estaba enfrente de la de Waits, y Bosch y O'Shea se sentaron a ambos lados de la detective. Como Olivas no iba a estar en la rotación del interrogatorio durante cierto tiempo, ocupó la silla restante, que estaba junto a la puerta.

O'Shea se ocupó de las presentaciones, pero de nuevo nadie estrechó la mano de nadie. Waits iba vestido con un mono naranja con letras negras impresas en el pecho.

PRISIÓN DEL CONDADO L.A.
ALÉJESE

La segunda línea no estaba concebida como advertencia, pero servía como tal. Significaba que Waits estaba en estatus de aislamiento en el interior de la prisión, es decir, que se hallaba confinado en una celda individual y no se le permitía el contacto con el resto de la población reclusa. Este estatus era una medida de protección tanto para Waits como para los demás internos.

Al estudiar al hombre al que había estado persiguiendo durante trece años, Bosch se dio cuenta de que lo más terrorífico de Waits era lo ordinario que parecía. Poco musculoso, tenía una cara de hombre corriente. Agradable, con rasgos suaves y pelo corto oscuro, era la personificación de la normalidad. El único rasgo diabólico en su rostro se hallaba en los ojos. Eran de color castaño oscuro y hundidos, con una vacuidad que Bosch había visto en la mirada de otros asesinos con los que se había sentado cara a cara a los largo de los años. No había nada allí. Sólo un vacío que nunca podría llenarse, por más vidas que robara.

Rider encendió la grabadora que estaba sobre la mesa e inició la entrevista perfectamente, sin dar a Waits ninguna razón para sospechar que estaba pisando una trampa con la primera pregunta de la sesión.

—Como probablemente ya le ha explicado el señor Swann, vamos a grabar cada sesión con usted y luego le entregaremos las cintas a su abogado, que las guardará hasta que tengamos un acuerdo completo. ¿Lo entiende y lo aprueba?

—Sí —dijo Waits.

—Bien —dijo Rider—. Entonces empecemos con una pregunta fácil. ¿Puede decir su nombre, fecha y lugar de nacimiento para que conste?

Waits se inclinó hacia delante y puso la expresión de alguien que estuviera afirmando lo obvio a niños de escuela.

—Raynard Waits —dijo con impaciencia—. Nacido el 3 de noviembre de 1971, en la ciudad de ángulos, eh, ángeles. En la ciudad de ángeles.

—Si se refiere a Los Ángeles, ¿puede decirlo, por favor?

—Sí, Los Ángeles.

—Gracias. Su nombre es inusual. ¿Puede deletrearlo para que conste?

Waits obedeció. Una vez más, era un buen movimiento de Rider. Haría que resultara más difícil todavía para el hombre que tenían delante que declarara que no había mentido de manera consciente durante el interrogatorio.

—¿Sabe de dónde viene el nombre?

—Le salió de los cojones a mi padre, supongo. No lo sé. Pensaba que estábamos aquí para hablar de gente muerta, no de chorradas elementales.

—Lo estamos, señor Waits. Lo estamos.

Bosch notó una enorme sensación de alivio interior. Sabía que estaban a punto de asistir a un relato de horrores, pero sintió que ya habían pillado a Waits en una mentira que podía disparar una trampa mortal. Había una oportunidad de que no saliera de allí a una celda privada y a una vida de celebridad costeada por el Estado.

—Queremos ir por orden —dijo Rider—. El compromiso de su abogado sugiere que el primer homicidio en el que participó fue la muerte de Daniel Fitzpatrick en Hollywood, el 30 de abril de 1992. ¿Es correcto?

Waits respondió con la actitud natural que cabe esperar de alguien que te explica cómo llegar a la gasolinera más próxima. Su voz era fría y mesurada.

—Sí, lo quemé vivo detrás de su jaula de seguridad. Resultó que no estaba tan seguro allí atrás. Ni siquiera con todas sus pistolas.

—¿Por qué lo hizo?

—Porque quería ver si era capaz. Había estado pensando en eso mucho tiempo y sólo quería demostrármelo a mí mismo.

Bosch pensó en lo que Rachel Walling le había dicho la noche anterior. Lo había calificado de crimen de oportunidad. Al parecer había acertado.

—¿Qué quiere decir con demostrárselo a sí mismo, señor Waits? —preguntó Rider.

—Quiero decir que hay una línea en la que todo el mundo piensa, pero que muy pocos tienen las agallas de cruzar. Quería ver si podía cruzarla.

—Cuando dice que había estado pensando en ello durante mucho tiempo, ¿había estado pensando en el señor Fitzpatrick en particular?

La irritación apareció en los ojos de Waits. Era como si tuviera que soportarla.

—No, estúpida —replicó con calma—. Había estado pensando en matar a alguien. ¿Entiende? Toda mi vida había querido hacerlo.

Rider se sacudió el insulto sin pestañear y siguió adelante.

—¿Por qué eligió a Daniel Fitzpatrick? ¿Por qué eligió esa noche?

—Bueno, porque estaba mirando la tele y vi que toda la ciudad se derrumbaba. Era un caos y sabía que la policía no podría hacer nada al respecto. Era un momento en que la gente estaba haciendo lo que quería. Vi a un tipo en la tele hablando de Hollywood Boulevard y de cómo estaban ardiendo los edificios y decidí ir a ver. No quería que me lo enseñara la tele. Quería verlo por mí mismo.

—¿Fue en coche?

—No, podía ir caminando. Entonces vivía en Fountain, cerca de La Brea. Fui caminando.

Rider tenía el expediente Fitzpatrick abierto delante de ella. Lo miró un momento mientras ordenaba las ideas y formulaba el siguiente conjunto de preguntas. Eso le dio a O'Shea la oportunidad de intervenir.

—¿De dónde salió el combustible del mechero? —preguntó—. ¿Se lo llevó de su apartamento?

Waits centró su atención en O'Shea.

—Pensaba que la bollera hacía las preguntas —dijo.

—Todos hacemos preguntas —dijo O'Shea—. ¿Y puede hacer el favor de eliminar los ataques personales de sus respuestas?

—Usted no, señor fiscal del distrito. No quiero hablar con usted. Sólo con ella. Y con ellos.

Señaló a Bosch y Olivas.

—Retrocedamos un poco más antes de llegar al combustible del mechero —dijo Rider, relegando suavemente a O'Shea—. Dice que caminó hasta Hollywood Boulevard desde Fountain. ¿Adónde fue y qué vio?

Waits sonrió y asintió con la cabeza, mirando a Rider.

—No me equivoco, ¿verdad? —dijo—. Siempre lo sé. Siempre puedo oler cuándo a una mujer le gusta el chocho.

—Señor Swann —dijo Rider—, ¿puede por favor explicar a su cliente que se trata de que él responda a nuestras preguntas y no al revés?

Swann puso la mano en el antebrazo izquierdo de Waits, que estaba ligado al brazo de la silla.

—Ray —dijo—. No juegue. Sólo responda las preguntas. Recuerde que queremos esto. Los hemos traído aquí. Es cosa nuestra.

Bosch percibió una ligera irritación en el rostro de Waits al volverse hacia su abogado, pero ésta desapareció rápidamente al mirar de nuevo a Rider.

—Vi la ciudad ardiendo, eso es lo que vi. —Sonrió después de dar la respuesta—. Era como una pintura de Hieronymus Bosch.

Se volvió hacia Bosch al decirlo. Éste se quedó un momento paralizado. ¿Cómo lo sabía?

Waits señaló con la cabeza al pecho de Bosch.

—Está en su tarjeta de identificación.

Bosch había olvidado que tenía que colocarse la tarjeta de identificación al entrar en la oficina del fiscal del distrito. Rider pasó rápidamente a la siguiente pregunta.

—Vale, ¿en qué sentido caminó cuando llegó a Hollywood Boulevard?

—Giré a la derecha y me dirigí al este. Los fuegos más grandes estaban en esa dirección.

—¿Qué llevaba en los bolsillos?

La pregunta pareció darle que pensar.

—No lo sé. No lo recuerdo. Las llaves, supongo. Cigarrillos y un mechero, nada más.

—¿Llevaba la cartera?

—No, no quería llevar ninguna identificación. Por si me paraba la policía.

—¿Ya llevaba el combustible de mechero?

—Sí. Pensaba que podría unirme a la diversión, ayudar a quemar la ciudad. Entonces pasé junto a la tienda de empeños y se me ocurrió una idea mejor.

—¿Vio a Fitzpatrick?

—Sí, lo vi. Estaba de pie dentro del recinto de seguridad, empuñando una escopeta. También llevaba una pistolera como si fuera Wyatt Earp.

—Describa la casa de empeños.

Waits se encogió de hombros.

—Un lugar pequeño. Lo llamaban Irish Pawn. Tenía ese cartel de neón delante con un trébol de tres hojas y luego las tres bolas. Son como el símbolo de las casas de empeño, supongo. Fitzpatrick estaba allí de pie mirándome cuando pasé.

—¿Y siguió caminando?

—Al principio sí. Pasé y luego pensé en el desafío, en cómo podía llegar a él sin que me disparara con ese puto bazuca que empuñaba.

—¿Qué hizo?

—Saqué la lata de EasyLight del bolsillo de la chaqueta y me llené la boca con el líquido. Me eché un chorro en la garganta, como esos lanzadores de fuego del paseo de Venice. Entonces aparté la lata y saqué un cigarrillo y mi mechero. Ya no fumo. Es un hábito terrible. —Miró a Bosch al decirlo.

—¿Y luego qué? —preguntó Rider.

—Volví a la tienda del capullo y entré en el espacio de delante de la persiana de seguridad. Hice como si sólo estuviera buscando una pantalla para encender el pitillo. Hacía viento esa noche, ¿sabe?

—Sí.

—Así que él empezó a gritarme que me largara. Se acercó hasta la persiana para gritarme. Yo contaba con eso. —Waits sonrió, orgulloso de lo bien que había funcionado su plan—. El tipo golpeó la culata de la escopeta contra la persiana de acero para captar mi atención. Me vio las manos, así que no se dio cuenta del peligro. Y cuando estaba a medio metro encendí el mechero y lo miré a los ojos. Me saqué el cigarrillo de la boca y le escupí todo el fluido del mechero en la cara. Por supuesto, se encendió en la llama del mechero por el camino. ¡Yo era un puto lanzallamas! Antes de enterarse de nada ya tenía la cara en llamas. Soltó la escopeta enseguida para intentar apagar las llamas con las manos. Pero le prendió la ropa y rápidamente fue como un bicho achicharrado. Joder, era como si le hubieran dado con napalm.

Waits trató de levantar el brazo izquierdo, pero no pudo. Lo tenía atado al brazo de la silla por la muñeca. Se conformó con levantar la mano.

—Por desgracia me quemé un poco la mano. Ampollas y todo. Y dolía en serio. No puedo imaginar lo que sentiría ese capullo de Wyatt Earp. No es una buena forma de morir, en mi opinión.

Bosch miró la mano levantada. Vio una decoloración en el tono de la piel, pero sin cicatriz. La quemadura no había sido profunda.

Después de una buena dosis de silencio, Rider formuló otra pregunta.

—¿Buscó asistencia médica por la mano?

—No, no creí que eso fuera prudente, considerando la situación. Y por lo que oí, los hospitales estaban desbordados. Así que me fui a casa y me ocupé yo mismo.

—¿Cuándo puso la lata de combustible de mechero delante de la tienda?

—Oh, eso fue cuando me iba. La saqué, la limpié y la dejé allí.

—¿El señor Fitzpatrick pidió ayuda en algún momento?

Waits hizo una pausa para sopesar la cuestión.

—Bueno, es difícil de decir. Estaba gritando algo, pero no estoy seguro de que pidiera ayuda. A mí me sonó como un animal. Una vez, de niño, le pillé la cola a mi perro con la puerta. Me recordó a eso.

—¿En qué estaba pensando cuando se dirigía a casa?

—Estaba pensando «De puta madre. ¡Por fin lo he hecho!». Y sabía que iba a salir impune. Me sentí invencible, la verdad.

—¿Qué edad tenía?

—Tenía... Tenía, veinte, coño, y lo hice.

—¿Pensó alguna vez en el hombre que mató, al que quemó vivo?

—No, en realidad no. Sólo estaba allí. Para que yo me lo llevara. Como el resto de los que vinieron después. Era como si estuvieran allí para mí.

Rider pasó otros cuarenta minutos interrogándolo, aclarando detalles menores que, no obstante, coincidían con el contenido de los informes de la investigación. Finalmente, a las 11:15 pareció relajar su postura y retirarse de su lugar en la mesa. Se volvió a mirar a Bosch y luego a O'Shea.

—Creo que tengo suficiente por el momento —dijo—. Quizá deberíamos tomar un pequeño descanso en este punto.

Rider apagó la grabadora y los tres investigadores y O'Shea

salieron al pasillo para departir. Swann se quedó en la sala de interrogatorios con su cliente.

—¿Qué le parece? —le dijo O'Shea a Rider.

Ella asintió con la cabeza.

—Estoy satisfecha. Creo que no hay ninguna duda de que lo hizo él. Ha resuelto el misterio de cómo pudo alcanzarlo. No creo que nos esté contando todo, pero conoce los suficientes detalles. O bien lo hizo él o estaba allí delante.

O'Shea miró a Bosch.

—¿Deberíamos continuar?

Bosch reflexionó un momento. Estaba preparado. Mientras observaba a Rider interrogando a Waits, su rabia y asco habían ido en aumento. El hombre de la sala de interrogatorios mostraba un desprecio tan insensible por su víctima que Bosch lo reconoció como el perfil clásico del psicópata. Igual que antes, temía lo que averiguaría a continuación de labios de aquel hombre, pero estaba preparado para oírlo.

—Adelante —dijo.

Todos volvieron a la sala de interrogatorios, y Swann inmediatamente propuso hacer una pausa para comer.

—Mi cliente tiene hambre.

—Hay que alimentar al perro —añadió Waits con una sonrisa.

Bosch negó con la cabeza, asumiendo el control de la sala.

—Todavía no —dijo—. Comerá cuando comamos todos.

Ocupó el asiento situado directamente enfrente de Waits y volvió a encender la grabadora. Rider y O'Shea ocuparon las posiciones contiguas y Olivas se sentó una vez más junto a la puerta. Bosch había recuperado el expediente Gesto que le había dado a Olivas, pero lo tenía cerrado delante de él en la mesa.

—Ahora vamos a pasar al caso de Marie Gesto —dijo.

—Ah, la dulce Marie —dijo Waits. Miró a Bosch con un brillo en los ojos.

—El compromiso de su abogado sugiere que usted sabe lo que le ocurrió a Marie Gesto cuando desapareció en 1993. ¿Es cierto?

Waits arrugó el entrecejo y asintió.

—Sí, me temo que sí —dijo con fingida sinceridad.

—¿Conoce el paradero actual de Marie Gesto o la localización de sus restos?

—Sí.

Ahí estaba el momento que Bosch había esperado durante trece años.

—Está muerta, ¿no?

Waits lo miró y asintió.

—¿Es eso un sí? —preguntó Bosch para la cinta.

—Es un sí. Está muerta.

—¿Dónde está?

Waits estalló en una amplia sonrisa, la sonrisa de un hombre que no tenía un solo átomo de arrepentimiento o culpa en su ADN.

—Está aquí mismo, detective —dijo—. Está aquí mismo conmigo. Como todos los demás. Aquí mismo conmigo.

Su sonrisa se convirtió en carcajada, y Bosch casi se abalanzó sobre él. Pero Rider le puso una mano en la pierna bajo la mesa y Bosch se calmó de inmediato.

—Espere un segundo —dijo O'Shea—. Salgamos otra vez, y esta vez quiero que nos acompañe, Maury.

12

O'Shea se abalanzó hacia el pasillo en primer lugar y consiguió pasear adelante y atrás dos veces antes de que todos salieran de la sala de interrogatorios. Entonces ordenó a los ayudantes que entraran en la sala y no perdieran de vista a Waits. La puerta quedó cerrada.

—¿Qué coño es esto, Maury? —espetó O'Shea—. No vamos a pasar el tiempo ahí dentro abonando el terreno para una defensa por demencia. Esto es una confesión, no una maniobra de la defensa.

Swann levantó las palmas de las manos en un gesto de qué puedo hacer.

—El tipo obviamente tiene sus cosas —dijo.

—Mentira. Es un asesino de sangre fría y está ahí haciéndose el Hannibal Lecter. Esto no es una película, Maury. Es real. ¿Has oído lo que ha dicho de Fitzpatrick? Estaba más preocupado por una pequeña quemadura en la mano que por el hombre al que le escupió llamas en la cara. Así que te diré el qué: vuelve ahí dentro y pasa cinco minutos con tu cliente. Ponlo firme o dejamos esto y que cada uno corra sus riesgos.

Bosch estaba asintiendo de manera inconsciente. Le gustaba la rabia en la voz de O'Shea. También le gustaba cómo iba yendo.

—Veré qué puedo hacer —dijo Swann.

Volvió a la sala de interrogatorios y los ayudantes salieron para dar confidencialidad al abogado y su cliente. O'Shea continuó paseando mientras se calmaba.

—Lo siento —dijo a nadie en particular—, pero no voy a dejarles que controlen esto.

—Ya lo están haciendo —dijo Bosch—. Al menos Waits.

O'Shea lo miró, listo para una batalla.

—¿Qué está diciendo?

—Quiero decir que todos estamos aquí por él. La conclusión es que estamos metidos en un esfuerzo para salvar su vida, a petición suya.

O'Shea negó con la cabeza enfáticamente.

—No voy a volver a ir y venir sobre este asunto con usted otra vez, Bosch. La decisión está tomada. En este punto, si no está en el barco, el ascensor está en el pasillo de la izquierda. Me ocuparé de su parte del interrogatorio. O lo hará Freddy.

Bosch esperó un poco antes de responder.

—No he dicho que no estuviera en el barco. Gesto es mi caso y me ocuparé hasta el final.

—Me gusta oírlo —dijo O'Shea con pleno sarcasmo—. Lástima que no estuviera tan atento en el noventa y tres.

Se estiró y llamó bruscamente a la puerta de la sala de interrogatorios. Bosch miró a la espalda del fiscal con la rabia brotando desde algún lugar muy profundo. Swann abrió la puerta casi inmediatamente.

—Estamos listos para continuar —dijo al retirarse para dejarlos pasar.

Después de que cada uno recuperara sus asientos y la grabadora se volviera a encender, Bosch se sacudió la rabia que sentía contra O'Shea y clavó de nuevo la mirada en Waits. Repitió la pregunta.

—¿Dónde está?

Waits sonrió levemente, como si estuviera tentado de dinamitarlo todo otra vez, pero finalmente la sonrisa se transformó en una mueca al responder.

—En las colinas.

—¿En qué sitio de las colinas?

—Cerca de los establos. Allí es donde la rapté. Justo cuando estaba bajando del coche.

—¿Está enterrada?

—Sí, está enterrada.

—¿Dónde está enterrada exactamente?

—Tendría que enseñárselo. Es un sitio que conozco, pero que no puedo describir... Tendría que enseñárselo.

—Trate de describirlo.

—Es un sitio en el bosque, cerca de donde ella aparcó. Al entrar en el bosque hay un sendero y luego te separas del camino. Es bastante lejos del camino. Pueden ir a mirar y pueden encontrarla enseguida o no encontrarla nunca. Hay un montón de terreno allí. Recuerde que buscaron en ese lugar, pero nunca la encontraron.

—¿Y trece años después cree que puede conducirnos a ese sitio?

—No han pasado trece años.

Bosch se sintió de repente abofeteado por una sensación de horror. La idea de que la hubiera mantenido cautiva era demasiado aborrecible para contemplarla.

—No es lo que piensa, detective —dijo Waits.

—¿Cómo sabe lo que estoy pensando?

—Lo sé. Pero no es lo que piensa. Marie lleva trece años enterrada, pero no han pasado trece años desde que estuve allí. Eso es lo que estoy diciendo. La visité, detective. La he visitado con mucha frecuencia. Así que puedo conducirles con certeza.

Bosch hizo una pausa, sacó un bolígrafo y escribió una nota en la solapa interna del expediente Gesto. No era una nota de importancia. Era sólo una forma de darse un momento para separarse de las emociones que estaban bullendo en su interior.

—Volvamos al principio —dijo—. ¿Conocía a Marie Gesto antes de septiembre de 1993?

—No.

—¿La había visto alguna vez antes del día que la raptó?

—No que recuerde.

—¿Dónde cruzó su camino con ella por primera vez?

—En el Mayfair. La vi comprando allí y era mi tipo. La seguí.

—¿Adónde?

—Se metió en el coche y fue hasta Beachwood Canyon. Aparcó en el estacionamiento de gravilla que hay debajo de los establos. Creo que lo llaman Sunset Ranch. No había nadie alrededor cuando ella estaba saliendo, así que decidí llevármela.

—¿No estaba planeado antes de verla en la tienda?

—No, entré a comprar Gatorade. Era un día de mucho calor.

La vi y justo entonces decidí que tenía que ser mía. Fue un impulso, ¿sabe? No podía hacer nada al respecto, detective.

—¿Se acercó a ella en el aparcamiento de debajo de los establos?

Waits asintió.

—Aparqué mi furgoneta justo al lado de su coche. Ella no sospechó nada. La zona de aparcamiento está bajo de la colina desde el rancho, desde los establos. No había nadie alrededor, nadie que pudiera verlo. Era perfecto. Era como si Dios dijera que podía tenerla.

—¿Qué hizo?

—Me metí en la parte de atrás de la furgoneta y abrí la puerta corredera del lado donde estaba ella. Yo tenía un cuchillo y simplemente bajé y le ordené que entrara. Ella lo hizo. Realmente fue una operación simple. No representó ningún problema.

Habló como si fuera una canguro informando del comportamiento del niño cuando los padres vuelven a casa.

—¿Y luego qué? —preguntó Bosch.

—Le pedí que se quitara la ropa y ella obedeció. Me dijo que haría lo que yo quisiera, pero que no le hiciera daño. Accedí al acuerdo. Ella dobló la ropa muy bien, como si pensara que podría tener la ocasión de volvérsela a poner.

Bosch se frotó la boca con la mano. La parte más difícil de su trabajo eran las veces en que estaba cara a cara con el asesino, cuando veía de primera mano la intersección de su mundo retorcido y espeluznante con la realidad.

—Continúe —le dijo a Waits.

—Bueno, ya conoce el resto. Tuvimos sexo, pero ella no era buena. No podía relajarse. Así que hice lo que tenía que hacer.

—¿Que era qué?

Waits sostuvo la mirada a Bosch.

—La maté, detective. Puse las manos en torno a su cuello y apreté y luego apreté más fuerte y observé que sus ojos se quedaban quietos. Entonces terminé.

Bosch lo miró, pero no pudo evitar abrir la boca. Eran momentos como ésos los que le hacían considerarse inadecuado como detective, momentos en que se sentía acobardado por la depravación que era posible bajo forma humana. Se miraron el uno al otro durante un largo momento hasta que habló O'Shea.

—¿Tuvo sexo con su cadáver? —preguntó.

—Sí. Mientras todavía estaba caliente. Siempre digo que el mejor momento de una mujer es cuando está muerta pero todavía caliente.

Waits miró a Rider para ver si había provocado una reacción. La detective no mostró nada.

—Waits —dijo Bosch—. Es usted basura inútil.

Waits miró a Bosch y puso la mueca en su rostro otra vez.

—Si ése es su mejor intento, detective Bosch, tendrá que hacerlo mucho mejor. Porque para usted sólo va a empeorar a partir de aquí. El sexo no es nada. Viva o muerta es transitorio. Pero le arrebaté el alma y nadie la recuperará.

Bosch bajó la mirada al expediente que tenía abierto delante de él, pero no vio las palabras impresas en los documentos.

—Sigamos adelante —dijo finalmente—. ¿Qué hizo a continuación?

—Limpié la furgoneta. Siempre llevo plásticos en la parte de atrás. La envolví y la preparé para enterrarla. Luego salí y cerré la furgoneta. Me llevé sus cosas otra vez a su coche. También tenía sus llaves. Entré en su coche y me largué. Pensé que ésa sería la mejor manera de mantener a la policía alejada.

—¿Adónde fue?

—Ya sabe adónde fui, detective. A los High Tower. Sabía que había allí un garaje vacío que podría usar. Más o menos una semana antes, había ido a buscar trabajo allí y el gerente mencionó casualmente que había un apartamento libre. Me lo mostró porque hice ver que estaba interesado.

—¿También le mostró el garaje?

—No, sólo lo señaló. Al salir, vi que no había candado en la puerta.

—Así que llevó el coche de Marie Gesto allí y lo metió en el garaje.

—Exacto.

—¿Alguien le vio? ¿Vio usted a alguien?

—No y no. Tuve mucho cuidado. Recuerde que acababa de matar a alguien.

—¿Y su furgoneta? ¿Cuándo volvió a Beachwood para recogerla?

—Esperé a que se hiciera de noche. Pensé que sería mejor, porque tenía que cavar. Estoy seguro de que lo comprende.

—¿La furgoneta estaba pintada con el nombre de su empresa?

—No, entonces no. Acababa de empezar y todavía no quería atraer la atención. Trabajaba sobre todo por referencias, aún no tenía licencia municipal. Todo eso surgió después. De hecho, era otra furgoneta. Fue hace trece años. He cambiado de furgoneta desde entonces.

—¿Cómo volvió a los establos para recoger la furgoneta?

—Cogí un taxi.

—¿Recuerda de qué compañía?

—No lo recuerdo, porque no lo llamé. Después de dejar el coche en los High Tower me fui a un restaurante que me gustaba cuando vivía en Franklin, Bird's. ¿Ha estado allí alguna vez? Hacen un buen pollo asado. En cualquier caso era un largo camino. Comí y cuando se hizo lo bastante tarde les dije que me pidieran un taxi. Pasé al lado de mi furgoneta, pero le pedí al taxista que me dejara en los establos para que no pareciera que la furgoneta era mía. Cuando estuve seguro de que no había nadie alrededor fui a la furgoneta y encontré un bonito lugar privado para plantar mi pequeña flor.

—¿Y todavía podrá encontrar ese sitio?

—Sin duda.

—Cavó un agujero.

—Sí.

—¿De qué profundidad?

—No lo sé, no muy profundo.

—¿Qué usó para cavar?

—Tenía una pala.

—¿Siempre lleva una pala en su furgoneta de limpiaventanas?

—No. La encontré apoyada en el granero, en los establos. Creo que era para limpiar las cuadras, esa clase de cosas.

—¿La devolvió cuando terminó?

—Por supuesto, detective. Yo robo almas, no palas.

Bosch miró el expediente que tenía delante.

—¿Cuándo fue la última vez que estuvo en el lugar donde enterró a Marie Gesto?

—Ummm, hace poco más de un año. Normalmente hago el viaje todos los 9 de septiembre. Ya sabe, detective, para celebrar nuestro aniversario. Este año estaba un poco ocupado, como sabe.

Sonrió afablemente.

Bosch sabía que había cubierto todo en términos generales. Todo se reduciría a si Waits podía llevarlos al cadáver y si Forense confirmaba la historia.

—Llegó un momento después del asesinato en que los medios prestaron mucha atención a la desaparición de Marie Gesto —dijo Bosch—. ¿Lo recuerda?

—Por supuesto. Eso me enseñó una buena lección. Nunca volví a actuar tan impulsivamente. Después fui más cuidadoso con las flores que elegía.

—Llamó a los investigadores del caso, ¿no?

—La verdad es que sí. Lo recuerdo. Llamé y les dije que la había visto en la tienda Mayfair y que no estaba con nadie.

—¿Por qué llamó?

Waits se encogió de hombros.

—No lo sé. Sólo pensaba que sería divertido. Ya sabe, para hablar realmente con uno de los hombres que me estaba cazando. ¿Era usted?

—Mi compañero.

—Sí, pensaba que podría alejar el foco del Mayfair. Al fin y al cabo, yo había estado allí y pensaba que, quién sabe, quizás alguien podría describirme.

Bosch asintió.

—Dio el nombre de Robert Saxon cuando llamó. ¿Por qué?

Waits se encogió de hombros otra vez.

—Era sólo un nombre que usaba de vez en cuando.

—¿No es su nombre real?

—No, detective. Ya conoce mi nombre real.

—¿Y si le digo que no me creo ni una sola palabra de lo que ha dicho aquí hoy? ¿Qué diría de eso?

—Diría que me lleve a Beachwood Canyon y probaré todas las palabras que he dicho aquí.

—Sí, bueno, ya veremos.

Bosch apartó su silla y les dijo a los otros que quería departir con ellos en el pasillo. Dejando a Waits y Swann atrás, pasaron de la sala de interrogatorios al aire acondicionado del pasillo.

—¿Pueden dejarnos un poco de espacio? —dijo O'Shea a los dos ayudantes del sheriff.

Cuando todos los demás estuvieron en el pasillo y la puerta de la sala de interrogatorios quedó cerrada, O'Shea continuó.

—Falta el aire ahí dentro —dijo.

—Sí, con todas esas mentiras —dijo Bosch.

—¿Y ahora qué, Bosch? —preguntó el fiscal.

—Y ahora no me lo creo.

—¿Por qué no?

—Porque conoce todas las respuestas. Y algunas de ellas no funcionan. Pasamos una semana con las compañías de taxis revisando los registros de dónde cogieron y dejaron pasaje. Sabíamos que si el tipo llevó el coche a los High Tower, necesitaba algún tipo de transporte de vuelta a su propio vehículo. Los establos eran uno de los puntos que comprobamos. Todas las compañías de taxi de la ciudad. Nadie recogió ni dejó a nadie allí ese día o noche.

Olivas intervino en la conversación colocándose al lado de O'Shea.

—Eso no sirve al ciento por ciento, y lo sabe, Bosch —dijo—. Un taxista podía haberlo llevado sin apuntarlo en los libros. Lo hacen muy a menudo. También hay taxis ilegales. Están a las puertas de los restaurantes en toda la ciudad.

—Todavía no me creo sus cuentos chinos. Tiene una respuesta para todo. La pala resulta que está apoyada contra el granero. ¿Cómo pensaba enterrarla si no la hubiera visto?

O'Shea extendió los brazos.

—Hay una forma de ponerlo a prueba —dijo—. Lo sacamos de expedición y si nos lleva al cadáver de la chica, entonces los pequeños detalles que le molestan no van a importar. Por otro lado, si no hay cuerpo, no hay trato.

—¿Cuándo vamos ? —preguntó Bosch.

—Hoy veré al juez. Podemos ir mañana por la mañana si quiere.

—Espere un minuto —dijo Olivas—. ¿Y las otras siete? Todavía tenemos un montón de casas de qué hablar con ese cabrón.

O'Shea levantó una mano en un movimiento de calma.

—Hagamos que Gesto sea el caso de prueba. O está a la altura o se calla con éste. Partiremos de ahí.

O'Shea se volvió y miró directamente a Bosch.

—¿Va a estar preparado para esto? —preguntó.

Bosch asintió.

—Llevo trece años preparado.

13

Esa noche, Rachel llevó cena a la casa después de llamar primero para ver si estaba Bosch. Harry puso música y Rachel sirvió la cena en la mesa del comedor con platos de la cocina. La cena era estofado acompañado de crema de maíz. También había traído una botella de merlot, y Bosch tardó cinco minutos en encontrar un sacacorchos en los cajones de la cocina. No hablaron del caso hasta que estuvieron sentados uno delante del otro en la mesa.

—Bueno —dijo ella—, ¿cómo ha ido hoy?

Bosch se encogió de hombros antes de responder.

—Fue bien. Tu percepción de Waits me sirvió mucho. Mañana es la expedición y en palabras de Rick O'Shea o está a la altura o se calla.

—¿Expedición? ¿Adónde?

—A la cima de Beachwood Canyon. Dice que es allí donde la enterró. Yo he ido hoy a echar un vistazo después del interrogatorio y no he encontrado nada, ni siquiera utilizando su descripción. En el noventa y tres tuvimos a los cadetes tres días en el cañón y no encontraron nada. El bosque es espeso, pero Waits dice que puede encontrar el sitio.

—¿Crees que es él?

—Eso parece. Ha convencido a todos los demás y ahí está la llamada que nos hizo entonces. Eso es bastante convincente.

—¿Pero?

—No lo sé. Quizás es mi ego, que no está dispuesto a aceptar que estaba tan equivocado, que durante trece años he estado insistiendo con un tipo con el que me equivocaba. Supongo que nadie quiere afrontar eso.

Bosch se concentró en comer durante unos momentos. Se tragó un trozo de estofado con un poco de vino y se limpió la boca con una servilleta.

—Vaya, esto está genial. ¿De dónde lo has sacado?

Ella sonrió.

—De un sitio que se llama Jar.

—Creo que es el mejor estofado que he comido.

—Está cerca de Beverly, al lado de mi casa. Tienen una barra larga donde se puede comer. Al poco de instalarme en Los Ángeles comía mucho allí. Sola. Suzanne y Preech siempre me cuidan bien. Me dejan llevarme comida aunque no es esa clase de sitio.

—¿Ellos son los cocineros?

—Chefs. Suzanne es también la propietaria. Me encanta sentarme en la barra y mirar a la gente que entra, me gusta observar sus ojos examinando el local y viendo quién es quién. Van un montón de famosos. También están los *gourmets* y la gente normal. Es muy interesante.

—Alguien dijo una vez que si pasas el tiempo suficiente dando vueltas en torno a un homicidio, acabas conociendo una ciudad. Quizá pasa lo mismo al sentarse en la barra de un restaurante.

—Y es más fácil de hacer. Harry, ¿estás cambiando de tema o vas a hablarme de la confesión de Raynard Waits?

—Estoy llegando a eso. Pensaba que antes terminaríamos de cenar.

—¿Tan malo es?

—No es eso. Pensaba que necesitaba un descanso. No sé.

Rachel asintió como si entendiera. Sirvió más vino en las copas.

—Me gusta la música. ¿Qué es?

Bosch asintió, con la boca llena otra vez.

—Yo lo llamo el «milagro en una caja». Es John Coltrane y Thelonious Monk en el Carnegie Hall. El concierto se grabó en 1957 y la cinta se quedó en una caja sin marcar en los archivos durante casi cincuenta años. Simplemente se quedó allí, olvidada. Un día, un tipo de la Biblioteca del Congreso que revisaba todas las cajas y cintas de grabación reconoció lo que tenían delante. Finalmente lo editaron este año pasado.

—Es bonito.

—Es más que bonito. Es un milagro pensar que estuvo allí todo ese tiempo. Hacía falta la persona adecuada para encontrarlo. Para reconocerlo.

Miró a Rachel a los ojos un momento. Luego bajó la mirada a su plato y vio que sólo le quedaba un bocado.

—¿Qué habrías hecho para cenar si no hubiera llamado? —preguntó Rachel.

Bosch volvió a mirarla y se encogió de hombros. Terminó de comer y empezó a hablarle de la confesión de Raynard Waits.

—Está mintiendo —dijo ella cuando hubo terminado.

—¿En el nombre? Eso lo tenemos controlado.

—No, sobre el plan. Más bien la falta de un plan. Dice que sólo la vio en el Mayfair, que la siguió y la raptó. Ni hablar. No me lo creo. Todo el asunto no encaja con un impulso del momento. Había un plan en esto, tanto si te lo dice como si no.

Bosch asintió. Él tenía los mismos recelos por la confesión.

—Mañana sabremos más, supongo —dijo.

—Ojalá estuviera allí.

Bosch negó con la cabeza.

—No puedo hacer de esto un caso federal. Además, ya no te dedicas a esto. Tu propia gente no te dejaría ir ni aunque te invitaran.

—Lo sé, pero todavía puedo desearlo.

Bosch se levantó y empezó a retirar los platos. Lavaron la vajilla codo con codo y después de que todo estuviera recogido se llevaron la botella a la terraza. Quedaba lo suficiente para que los dos pudieran tomar media copa.

El frío del anochecer hizo que se arrimaran mientras permanecían de pie junto a la barandilla, mirando las luces del paso de Cahuenga.

—¿Te vas a quedar esta noche? —preguntó Bosch.

—Sí.

—Ya sabes que no has de llamar. Te daré una llave. Ven cuando quieras.

Rachel se volvió y lo miró. Bosch pasó un brazo en torno a la cintura de ella.

—¿Tan deprisa? ¿Estás diciendo que está todo perdonado?

—No hay nada que perdonar. El pasado es pasado y la vida es demasiado corta. Ya conoces todos los tópicos.

Rachel sonrió y lo sellaron con un beso. Se terminaron el vino y entraron en el dormitorio. Hicieron el amor lentamente y en silencio. En un momento, Bosch abrió los ojos, la miró y perdió el ritmo. Ella se fijó.

—¿Qué? —susurró ella.

—Nada. Es sólo que tienes los ojos abiertos.

—Te estoy mirando.

—No, no es verdad.

Rachel sonrió y le apartó la cara.

—Es un momento un poco extraño para discutir —dijo ella.

Bosch sonrió y giró la cara de Rachel hacia él. La besó y en esta ocasión ambos mantuvieron los ojos abiertos. A medio camino del beso empezaron a reír.

Bosch ansiaba la intimidad y se deleitó en la evasión que le proporcionaba. Sabía que ella también lo sabía. Su regalo para él era apartarlo del mundo. Y ésa era la razón por la que el pasado no importaba. Bosch cerró los ojos, pero no dejó de sonreír.

Segunda parte

La expedición

14

A Bosch le pareció que tardaban una eternidad en reunir la caravana de vehículos, pero a las 10:30 del miércoles por la mañana la comitiva finalmente estaba saliendo del garaje subterráneo del edificio de los tribunales.

El primero de la fila era un vehículo sin identificar. Olivas iba al volante. A su derecha, se sentaba el ayudante del sheriff de la división carcelaria, armado con una escopeta, mientras que en la parte de atrás, Bosch y Rider estaban situados a ambos lados de Raynard Waits. El prisionero iba con un mono naranja brillante y estaba esposado en tobillos y muñecas. Las esposas de las muñecas estaban unidas por delante a una cadena que le rodeaba la cintura.

Otro vehículo sin identificar, conducido por Rick O'Shea y con Maury Swann y el videógrafo de la oficina del fiscal del distrito como pasajeros, ocupaba el segundo lugar en la caravana. Iba seguido por dos furgonetas, una de la División de Investigaciones Científicas del Departamento de Policía de Los Ángeles y la otra de la oficina del forense. El grupo estaba preparado para localizar y exhumar el cadáver de Marie Gesto.

El día era perfecto para una expedición. Una breve lluvia nocturna había despejado el cielo que lucía con una tonalidad azul brillante y sólo las últimas volutas de nubes altas a la vista. Las calles todavía estaban húmedas y brillantes. La precipitación también había impedido que la temperatura escalara con el ascenso del sol. Aunque nunca podía haber un buen día para desenterrar el cadáver de una mujer de veintidós años, el clima espléndido ofrecería un contrapeso a la sombría labor que tenían por delante.

Los vehículos se mantuvieron en cerrada formación en el trayecto y accedieron a la autovía 101 en dirección norte desde la rampa de Broadway. El tráfico era denso en el centro y el avance se hacía más lento de lo habitual a causa de las calles mojadas. Bosch pidió a Olivas que entreabriera una ventana para dejar entrar algo de aire fresco y ver si con fortuna se llevaba el olor corporal de Waits. Era evidente que al reconocido asesino no se le había permitido ducharse ni le habían dado un mono recién salido de la lavandería esa mañana.

—Adelante, detective, ¿por qué no enciende un cigarrillo? —lo provocó Waits.

Como estaban sentados hombro con hombro, Bosch tuvo que volverse de manera extraña para mirar a Waits.

—Quiero abrir la ventana por usted, Waits. Apesta. No he fumado en cinco años.

—Estoy seguro.

—¿Por qué cree que me conoce? Nunca nos hemos visto, ¿qué le hace pensar que me conoce, Waits?

—No lo sé. Conozco a los de su tipo. Tiene una personalidad adictiva, detective. Casos de homicidio, cigarrillos, quizá también el alcohol que huelo saliendo por sus poros. No es tan difícil de interpretar.

Waits sonrió y Bosch apartó la mirada. Reflexionó un momento antes de volver a hablar.

—¿Quién es usted? —preguntó.

—¿Está hablando conmigo? —preguntó Waits.

—Sí, quiero saber quién es.

—Bosch —se interpuso rápidamente Olivas desde delante—, el trato es que no lo interrogamos sin que esté presente Maury Swann. Así que déjelo en paz.

—Esto no es un interrogatorio. Sólo estaba charlando.

—Sí, bueno, no me importa cómo lo llame. No lo haga.

Bosch vio que Olivas lo observaba por el espejo retrovisor. Ambos se sostuvieron la mirada hasta que Olivas tuvo que volver a fijar la atención en la carretera.

Bosch se inclinó hacia delante para poder mirar, más allá de Waits, a Rider. Su compañera arqueó las cejas. Era su expresión de «no busques líos».

—Maury Swann —dijo Bosch—. Sí, es un abogado de puta madre. Le ha conseguido a este tipo el trato de su vida.

—¡Bosch! —dijo Olivas.

—No estoy hablando con él. Estoy hablando con mi compañera.

Bosch se recostó, decidiendo dejarlo. A su lado, las esposas sonaron cuando Waits intentó modificar su posición.

—No tiene que aceptar el trato, detective —dijo en voz baja.

—No ha sido decisión mía —dijo Bosch sin mirarlo—. Si lo hubiera sido, no estaríamos haciendo esto.

Waits asintió.

—Un hombre de ojo por ojo —dijo—. Tendría que haberlo supuesto. Es la clase de hombre que...

—Waits —dijo Olivas bruscamente—, mantenga la boca cerrada.

Olivas se estiró hacia el salpicadero y puso la radio. Sonó música de mariachis a todo volumen. Inmediatamente golpeó el botón para apagar el sonido.

—¿Quién coño ha sido el último que ha conducido? —preguntó a nadie en particular.

Bosch sabía que Olivas estaba disimulando. Estaba avergonzado por no haber cambiado la emisora o bajado el volumen la última vez que condujo el coche.

En el vehículo se instaló el silencio. Estaban atravesando Hollywood, y Olivas puso el intermitente y se colocó en el carril de salida hacia Gower Avenue. Bosch se volvió para mirar por el espejo trasero y ver si aún los acompañaban los otros tres vehículos. El grupo permanecía unido, pero Bosch avistó un helicóptero sobrevolando la caravana motorizada. Tenía un gran número 4 en su panza blanca. Bosch se volvió de nuevo y miró el rostro de Olivas en el retrovisor.

—¿Quién ha llamado a los medios, Olivas? ¿Ha sido usted o su jefe?

—¿Mi jefe? No sé de qué está hablando.

Olivas lo miró en el espejo, pero enseguida volvió a mirar la carretera. Fue un movimiento furtivo. Bosch sabía que estaba mintiendo.

—Sí, claro. ¿Qué hay en juego para usted? ¿O'Shea le va a

hacer jefe de investigaciones después de que gane? ¿Es eso?

Ahora Olivas le sostuvo la mirada en el espejo.

—No voy a ninguna parte en este departamento. Bien podría ir a donde me respetan y mi talento se valora.

—¿Qué, ésa es la frase que se dice cada mañana delante del espejo?

—Váyase al cuerno, Bosch.

—Caballeros, caballeros —dijo Waits—. ¿Podemos llevarnos bien aquí?

—Calle, Waits —dijo Bosch—. Puede que no le importe que esto se convierta en un anuncio para el candidato O'Shea, pero a mí sí. Olivas, pare. Quiero hablar con O'Shea.

Olivas negó con la cabeza.

—Ni hablar. No con un detenido en el coche.

Estaban acercándose a la rampa de salida de Gower. Olivas giró rápidamente a la derecha y llegaron al semáforo en Franklin. En ese momento se puso verde, cruzaron Franklin y enfilaron Beachwood Drive.

Olivas no tendría que parar hasta que llegaran arriba. Bosch sacó el teléfono móvil y marcó el número que O'Shea les había dado a todos esa mañana en el garaje del edificio de los tribunales antes de partir.

—O'Shea.

—Soy Bosch. No creo que sea una buena idea llamar a los medios.

O'Shea esperó un momento antes de responder.

—Están a una distancia de seguridad. Están en el aire.

—¿Y quién va a estar esperándonos al final de Beachwood?

—Nadie, Bosch. He sido muy preciso con ellos. Pueden seguirnos desde el aire, pero nadie en tierra va a comprometer la operación. No ha de preocuparse. Están trabajando conmigo. Saben cómo establecer una relación.

—Claro. —Bosch cerró el teléfono y se lo guardó otra vez en el bolsillo.

—Necesita calmarse, detective —dijo Waits.

—Y, Waits, usted necesita estar callado.

—Sólo trataba de ser útil.

—Entonces cierre la boca.

El coche se quedó en silencio. Bosch decidió que su rabia por el helicóptero de seguimiento de los medios y todo lo demás era una distracción que no necesitaba. Trató de sacárselo de la cabeza y concentrarse en lo que tenía por delante.

Beachwood Canyon era un barrio tranquilo en las pendientes de las montañas de Santa Mónica, entre Hollywood y Los Feliz. No poseía el encanto rústico y boscoso de Laurel Canyon hacia el oeste, pero sus habitantes lo preferían porque era más tranquilo, seguro y autocontenido. A diferencia de la mayoría de los pasos del cañón de más al oeste, Beachwood llegaba a un punto sin salida en la cima. No era una ruta para ir al otro lado de las montañas y, en consecuencia, el tráfico en Beachwood Drive no estaba formado por gente que pasaba, sino por gente que pertenecía. Eso daba una sensación de auténtico barrio.

Al ascender, vieron el letrero de Hollywood en lo alto del monte Lee a través del parabrisas. Lo habían colocado más de ochenta años antes para anunciar la urbanización de Hollywoodland en la cima de Beachwood. El cartel finalmente se abrevió y ahora explicaba un estado de ánimo más que otra cosa. La única indicación oficial que quedaba de Hollywoodland era la puerta de piedra tipo fortaleza a medio camino de Beachwood Drive.

La puerta, con su histórica placa conmemorativa de la urbanización, conducía a una pequeña rotonda con tiendas, un mercado vecinal y la persistente oficina inmobiliaria de Hollywoodland. Más lejos, donde la calle alcanzaba la cima, estaba el Sunset Ranch, el punto de partida de más de ochenta kilómetros de senderos ecuestres que se extendían a lo largo de las montañas y se adentraban en Griffith Park. Allí era donde Marie Gesto cambiaba trabajo sin cualificar por tiempo de montar a caballo. Allí era donde la sombría caravana de investigadores, expertos en recuperación de cadáveres y un asesino esposado se detuvo finalmente.

El aparcamiento del Sunset Ranch era simplemente un descampado situado en la pendiente que había debajo del rancho en sí. Habían volcado y esparcido gravilla. Los visitantes del rancho tenían que aparcar ahí y subir a pie hasta los establos. El aparcamiento estaba aislado y rodeado de un bosque denso. No se divisaba desde el rancho y con eso había contado Waits cuando había vigilado y raptado a Marie Gesto.

Bosch aguardó con impaciencia en el coche hasta que Olivas desactivó el mecanismo de cierre de las puertas de atrás. Entonces se levantó y miró el helicóptero que volaba en círculos. Tuvo que esforzarse para contener la rabia. Cerró la puerta del coche y se aseguró de que quedaba bloqueada. El plan era dejar a Waits encerrado en el vehículo hasta que todos se convencieran de que no había ningún riesgo en la zona. Bosch caminó directamente hacia O'Shea, que estaba bajando de su coche.

—Llame a su contacto del Canal Cuatro y pídale que suban el helicóptero otros treinta metros. El ruido es una distracción que no podemos…

—Ya lo he hecho, Bosch. Mire, sé que no le gusta la presencia de los medios, pero vivimos en una sociedad abierta y el público tiene derecho a saber lo que está pasando aquí.

—Especialmente cuando puede ayudarle en su elección, ¿no?

O'Shea le habló con impaciencia.

—En una campaña de lo que se trata es de concienciar a los votantes. Disculpe, tenemos que encontrar un cadáver.

O'Shea se alejó de él abruptamente y se acercó a Olivas, que estaba velando junto al coche en el que se hallaba Waits. Bosch se fijó en que el ayudante del sheriff también estaba custodiando la parte de atrás del coche, escopeta en mano.

Rider se acercó a Bosch.

—Harry, ¿estás bien?

—Nunca he estado mejor. Pero cúbrete las espaldas con esta gente.

Seguía observando a O'Shea y Olivas, que estaban departiendo sobre algo. El sonido del rotor del helicóptero impidió que Bosch oyera la conversación.

Rider le puso una mano en el brazo en un gesto de calma.

—Venga, olvidémonos de la política y terminemos con este asunto —dijo Rider—. Hay algo más importante que todo eso. Encontremos a Marie y llevémosla a casa. Eso es lo importante.

Bosch observó la mano de Rider en su brazo, se dio cuenta de que tenía razón y asintió con la cabeza.

—Vale.

Al cabo de unos minutos, O'Shea y Olivas reunieron a todos salvo a Waits en un círculo en el aparcamiento de gravilla. Además de los abogados, investigadores y el ayudante del sheriff, había dos expertos en recuperación de cadáveres de la oficina del forense, junto con una arqueóloga forense llamada Kathy Kohl y un técnico forense del Departamento de Policía de Los Ángeles, así como el videógrafo de la oficina del fiscal. Bosch había trabajado con casi todos ellos antes.

O'Shea esperó hasta que el videógrafo empezó a grabar antes de dirigirse a las tropas.

—Muy bien, estamos aquí para cumplir con el penoso deber de encontrar y recuperar los restos de Marie Gesto —dijo sombríamente—. Raynard Waits, el hombre que está en el coche, va a conducirnos al lugar donde dice que la ha enterrado. Nuestra principal preocupación aquí es la custodia del sospechoso y la seguridad de ustedes en todo momento. Tengan cuidado y estén alerta. Cuatro de nosotros estamos armados. El señor Waits permanecerá esposado y bajo la mirada vigilante del ayudante del sheriff Doolan con la escopeta. El señor Waits encabezará la marcha y nosotros vigilaremos cada uno de sus movimientos. Quiero que el videógrafo y la técnica de la sonda de gas nos acompañen y que el resto espere aquí. Cuando confirmemos la presencia del cadáver, volveremos hasta que podamos asegurar la custodia del señor Waits y luego todos ustedes volverán a la ubicación, la cual, por supuesto, será manejada como la escena del crimen que es. ¿Alguna pregunta hasta ahora?

Maury Swann levantó la mano.

—Yo no me quedo aquí —dijo—. Voy a estar con mi cliente en todo momento.

—Está bien, señor Swann —dijo O'Shea—, pero no creo que esté vestido para eso.

Era cierto. Inexplicablemente, Swann había llevado un traje a la exhumación de un cadáver. Todos los demás estaban ataviados para la labor. Bosch llevaba vaqueros, botas de montar y una vieja camiseta de la academia con las mangas cortadas. Rider lucía un atuendo similar. Olivas iba en vaqueros, camiseta y un impermeable de nailon con las siglas del departamento en la espalda. El resto de la tropa iba vestida del mismo modo.

—No me importa —dijo Swann—. Si me destrozo los zapatos, lo descontaré como gasto. Pero me quedo con mi cliente. No es negociable.

—Bien —dijo O'Shea—. Únicamente no se acerque demasiado ni se meta por medio.

—No hay problema.

—Muy bien, en marcha.

Olivas y el ayudante del sheriff fueron a sacar a Waits del coche. Bosch notó que el ruido del helicóptero que volaba en círculos era cada vez más fuerte a medida que el equipo de las noticias descendía para buscar un mejor ángulo y una imagen más próxima con la cámara.

Después de que ayudaran a Waits a salir del coche, Olivas verificó el cierre de las esposas y condujo al criminal al descampado. El agente del sheriff permaneció dos metros por detrás en todo momento con la escopeta levantada y preparada. Olivas no soltó en ningún momento el bíceps izquierdo de Waits. Se detuvieron cuando alcanzaron al resto del grupo.

—Señor Waits, una advertencia justa —dijo O'Shea—. Si intenta huir, estos agentes le dispararán. ¿Lo ha entendido?

—Por supuesto —dijo Waits—. Y lo harán con gusto. Estoy seguro.

—Entonces nos entendemos. Adelante.

15

Waits los condujo a un camino polvoriento que partía de la parte inferior del aparcamiento de gravilla y enseguida desaparecía bajo un palio creado por un grupo de acacias, robles blancos y densa vegetación. Caminaba sin vacilar, como quien sabe adónde está yendo. Enseguida la tropa quedó en la sombra y Bosch supuso que el cámara del helicóptero no estaba obteniendo mucho metraje útil desde encima de las copas de los árboles. El único que hablaba era Waits.

—No falta mucho —dijo, como si fuera un guía de naturaleza que los estuviera conduciendo a unas cataratas aisladas.

El paso se estrechó por la invasión de árboles y arbustos, y el sendero bien pisado se convirtió en uno rara vez usado. Estaban en un lugar en el que se aventuraban pocos excursionistas. Olivas tuvo que cambiar de posición. En lugar de agarrar a Waits por el brazo y caminar a su lado, tuvo que seguir al asesino aferrado a la cadena de la cintura por detrás con una mano. Estaba claro que Olivas no iba a soltar a su sospechoso y eso era tranquilizador para Bosch. Lo que no le parecía tan alentador era que la nueva posición bloqueaba el disparo a todos los demás si Waits trataba de huir.

Bosch había atravesado numerosas selvas en su vida. La mayoría de ellas eran de las que te obligan a mantener los ojos y los oídos en la distancia, alerta y esperando una emboscada, y al mismo tiempo vigilando cada paso que das, receloso de una bomba trampa. En esta ocasión mantuvo la mirada concentrada en los dos hombres que se movían delante de él, Waits y Olivas, sin pestañear.

El terreno se hizo cada vez más dificultoso al seguir la pendiente en descenso de la montaña. El suelo era blando y húmedo por la precipitación de la noche, así como por toda la lluvia caída a lo largo del último año. Bosch sentía que sus botas de excursionista se hundían y se quedaban clavadas en algunos lugares. En un punto, se oyó el sonido de ramas rompiéndose detrás de él y luego el ruido sordo de un cuerpo golpeando el barro. Aunque Olivas y el ayudante Doolan se detuvieron y se volvieron para ver el origen de la conmoción, Bosch nunca apartó la mirada de Waits. A su espalda oyó a Swann maldiciendo y a los demás preguntándole si estaba bien al tiempo que lo ayudaban a incorporarse.

Después de que Swann dejara de despotricar y se reagrupara la tropa, siguieron bajando la pendiente. El avance era lento, pues el percance de Swann había provocado que todos caminaran con mayor cautela. En otros cinco minutos se detuvieron ante un precipicio con una pronunciada caída. Era un lugar donde el peso del agua que se acumulaba en el terreno había provocado en meses recientes un alud de barro. El terreno se había trasquilado cerca de un roble, exponiendo la mitad de sus raíces. El desnivel era de casi tres metros.

—Bueno, esto no estaba aquí la última vez que vine —dijo Waits en un tono que indicaba que estaba enfadado por el inconveniente.

—¿Es por ahí? —preguntó Olivas, señalando al fondo del terraplén.

—Sí —confirmó Waits—. Hemos de bajar.

—Muy bien, un minuto. —Olivas se volvió y miró a Harry—. Bosch, ¿por qué no baja y luego se lo mando?

Bosch asintió con la cabeza y pasó por delante de ellos. Se agarró de una de las ramas inferiores del roble para equilibrarse y probó la estabilidad del terreno en la pronunciada pendiente. La tierra estaba suelta y resbaladiza.

—Mal asunto —dijo—. Esto va a ser como un tobogán. Y una vez que lleguemos abajo, ¿cómo volvemos a subir?

Olivas dejó escapar el aire por la frustración.

—Entonces, ¿qué…?

—Había una escalera de mano encima de una de las furgonetas —sugirió Waits.

Todos lo miraron por un momento.

—Es cierto. Forense lleva una escalera encima de la furgoneta —dijo Rider—. Si la colocamos bien, será sencillo.

Swann se metió en el corrillo.

—Sencillo salvo que mi cliente no va a subir y bajar por la escalera con las manos encadenadas a la cintura —dijo.

Después de una pausa momentánea, todo el mundo miró a O'Shea.

—Creo que podremos arreglarlo de alguna manera.

—Espere un momento —dijo Olivas—. No vamos a quitarle…

—Entonces no va a bajar —dijo Swann—. Es así de sencillo. No voy a permitir que lo pongan en peligro. Es mi cliente y mi responsabilidad con él no se reduce al campo de la ley, sino…

O'Shea levantó las manos para pedir calma.

—Una de nuestras responsabilidades es la seguridad del acusado —dijo—. Maury tiene razón. Si el señor Waits cae de la escalera sin poder usar las manos, entonces somos responsables. Y tendríamos un problema. Estoy seguro de que con todos ustedes empuñando pistolas y escopetas, podemos controlar esta situación durante los diez segundos que tardará en bajar por la escalera.

—Iré a buscar la escalera —dijo la técnico forense—. ¿Puedes aguantarme esto?

Su nombre era Carolyn Cafarelli y Bosch sabía que la mayoría de la gente la llamaba Cal. La mujer le pasó a Bosch la sonda de gas, un artefacto en forma de «T», y empezó a retroceder por el bosque.

—La ayudaré —dijo Rider.

—No —dijo Bosch—. Todo el mundo que lleva un arma se queda con Waits.

Rider asintió, dándose cuenta de que su compañero tenía razón.

—No hay problema —dijo Cafarelli desde lejos—. Es de aluminio ligero.

—Sólo espero que encuentre el camino de vuelta —dijo O'Shea después de que Cafarelli se hubiera ido.

Durante los primeros minutos esperaron en silencio, luego Waits se dirigió a Bosch.

—¿Ansioso, detective? —preguntó—. Ahora que estamos tan cerca.

Bosch no respondió. No iba a dejar que Waits le comiera la cabeza.

Waits lo intentó otra vez.

—Piense en todos los casos que ha trabajado. ¿Cuántos son como éste? ¿Cuántas son como Marie? Apuesto a que...

—Waits, cierre la puta boca —ordenó Olivas.

—Ray, por favor —dijo Swann con voz apaciguadora.

—Sólo estoy charlando con el detective.

—Bueno, charle con usted mismo —dijo Olivas.

Se instaló el silencio hasta al cabo de unos minutos, cuando todos oyeron el sonido de Cafarelli que se acercaba con la escalera a través del bosque. Tropezó varias veces con ramas bajas, pero finalmente llegó a la posición de los demás. Bosch la ayudó a deslizar la escalera por la pendiente y se aseguraron de que quedaba firme. Cuando se levantó y se volvió hacia el grupo, Bosch vio que Olivas estaba soltando una de las esposas de Waits de la cadena que rodeaba la cintura del prisionero. Dejó la otra mano esposada.

—La otra mano, detective —dijo Swann.

—Puede bajar con una mano libre —insistió Olivas.

—Lo siento, detective, pero no voy a permitir eso. Ha de poder agarrarse y protegerse de una caída en el caso de que resbale. Necesita tener las dos manos libres.

—Puede hacerlo con una.

Mientras continuaban las poses y la discusión, Bosch bajó por la escalera de espaldas. La escalera de mano estaba firmemente sujeta. Desde allí abajo, Bosch miró a su alrededor y advirtió que no había ningún sendero discernible. Desde ese punto, la pista al cadáver de Marie Gesto no era tan obvia como lo había sido arriba. Levantó la mirada hacia los otros y esperó.

—Freddy, hazlo —le instruyó O'Shea con tono enfadado—. Agente Doolan, usted baje primero y esté listo con la escopeta por si acaso al señor Waits se le ocurre alguna idea. Detective Rider, tiene mi permiso para desenfundar el arma. Quédese aquí con Freddy y también preparada.

Bosch volvió a subir unos peldaños para que el ayudante del

sheriff pudiera pasarle cuidadosamente la escopeta. A continuación volvió a bajar y el hombre uniformado inició el descenso por la escalera. Bosch le devolvió el arma y regresó al pie de la escalera.

—Tíreme las esposas —le gritó Bosch a Olivas.

Bosch cogió las esposas y se colocó en el segundo peldaño de la escalera. Waits empezó a bajar mientras el videógrafo permanecía en el borde y grababa su descenso. Cuando Waits estaba a tres peldaños del final, Bosch estiró el brazo y agarró la cadena de la cintura para guiarlo el resto del camino hasta abajo.

—Es ahora, Ray —le susurró al oído desde detrás—. Su única oportunidad, ¿está seguro de que no quiere intentarlo?

Una vez abajo, Waits se alejó de la escalera y se volvió hacia Bosch, sosteniendo las manos en alto para que le pusiera las esposas. Sus ojos se fijaron en los de Bosch.

—No, detective. Creo que me gusta demasiado vivir.

—Eso creía.

Bosch le esposó las manos a la cadena de la cintura y volvió a mirar por la pendiente a los otros.

—Prisionero esposado.

Uno por uno, los demás bajaron por la escalera. Una vez que se hubieron reagrupado abajo, O'Shea miró a su alrededor y vio que ya no había camino. Podían continuar en cualquier dirección.

—Muy bien, ¿por dónde? —le dijo a Waits.

Waits se volvió en un semicírculo como si viera la zona por primera vez.

—Ummm…

Olivas casi perdió los nervios.

—Será mejor que no…

—Por allí —dijo Waits con timidez mientras señalaba a la derecha de la pendiente—. Me he desorientado un momento.

—No joda, Waits —dijo Olivas—. O nos lleva al cadáver ahora mismo o volvemos, vamos a juicio y le clavan la inyección que se merece. ¿Entendido?

—Entendido. Y, como he dicho, es por ahí.

El grupo avanzó entre la maleza detrás de Waits. Olivas se aferraba a la cadena por la parte de los riñones y manteniendo siempre la escopeta a menos de metro y medio de la espalda del prisionero.

El terreno en este nivel era más blando y muy fangoso. Bosch sabía que el agua subterránea de las lluvias de la última primavera probablemente había bajado por la pendiente y se había acumulado allí. Sintió que empezaban a dolerle los músculos de los muslos porque era trabajoso levantar a cada paso las botas de aquel barro succionador.

Al cabo de cinco minutos llegaron a un pequeño claro a la sombra de un roble alto y completamente adulto. Bosch vio que Waits levantaba la cabeza y siguió su mirada. Una cinta de pelo amarillenta colgaba lánguidamente de una de las ramas.

—Tiene gracia —dijo Waits—. Antes era azul.

Bosch sabía que en el momento de la desaparición de Marie Gesto se creía que ella llevaba el pelo atado en la nuca con una banda elástica azul. Una amiga que la había visto ese último día había proporcionado una descripción de la ropa que llevaba. La banda elástica no estaba con la ropa que se encontró pulcramente doblada en el coche de los apartamentos High Tower.

Bosch levantó la mirada a la cinta del pelo. Trece años de lluvia y exposición habían desvaído el color. Miró a Waits, y el asesino lo estaba esperando con una sonrisa.

—Aquí estamos, detective. Finalmente ha encontrado a Marie.

—¿Dónde?

La sonrisa de Waits se ensanchó.

—Está de pie encima de ella.

Bosch abruptamente dio un paso atrás; Waits se rio.

—No se preocupe, detective Bosch, no creo que le importe. ¿Qué es lo que escribió el gran hombre acerca de dormir el largo sueño? ¿Acerca de que no importaba la suciedad de cómo viviste o dónde caíste?

Bosch lo miró un largo momento, preguntándose una vez más por los aires literarios del limpiaventanas. Waits pareció interpretarlo.

—Llevo en prisión desde mayo, detective. He leído mucho.

—Apártese —ordenó Bosch.

Waits separó las palmas de sus manos esposadas en un ademán de rendición y se apartó hacia el tronco del roble. Bosch miró a Olivas.

—¿Suyo?

—Mío.

Bosch miró al suelo. Había dejado huellas en el terreno fangoso, pero también parecía existir otra alteración reciente en la superficie. Parecía como si un animal hubiera cavado un pequeño hoyo al hurgar. Bosch hizo una señal a la técnico forense para que se acercara al centro del calvero. Cafarelli avanzó con la sonda de gas y Bosch señaló el lugar situado justo debajo de la cinta descolorida. La técnica clavó la punta de la sonda en el suelo blando y ésta se hundió con facilidad un palmo. Conectó el lector y empezó a estudiar la pantalla electrónica. Bosch se acercó a ella para mirar por encima de su hombro. Sabía que la sonda medía el nivel de metano en el suelo. Un cadáver desprende gas metano al descomponerse, incluso un cadáver envuelto en plástico.

—Tenemos una lectura —dijo Cafarelli—. Estamos por encima de los niveles normales.

Bosch asintió con la cabeza. Se sentía extraño. Deprimido. Llevaba más de una década con el caso y, en cierto modo, le gustaba aferrarse al misterio de Marie Gesto. Sin embargo, aunque no creía en eso que llamaban «cierre», sí creía en la necesidad de conocer la verdad. Sentía que la verdad estaba a punto de desvelarse, y aun así era desconcertante. Necesitaba conocer la verdad para seguir adelante, pero ¿cómo podría seguir adelante una vez que ya no necesitara encontrar y vengar a Marie Gesto?

Miró a Waits.

—¿A qué profundidad está?

—No muy hondo —replicó Waits como si tal cosa—. En el noventa y tres hubo sequía, ¿recuerda? El suelo estaba duro y, joder, me dejé el culo haciendo un agujero para ella. Tuve suerte de que fuera tan pequeñita. Pero, en cualquier caso, por eso lo cambié. Después se acabó para mí lo de cavar grandes hoyos.

Bosch apartó la mirada de Waits y volvió a fijarse en Cafarelli. Estaba tomando otra lectura de la sonda. Podría delinear el emplazamiento trazando los niveles más altos de metano.

Todos observaron en silencio el lúgubre trabajo. Después de hacer varias lecturas siguiendo el modelo de una cuadrícula,

Cafarelli movió finalmente la mano en un barrido norte-sur para indicar la posición probable del cadáver. A continuación, marcó los límites del emplazamiento funerario clavando el extremo de la sonda en la tierra. Cuando hubo terminado marcó un rectángulo de aproximadamente metro ochenta por sesenta centímetros. Era una tumba pequeña para una víctima pequeña.

—De acuerdo —dijo O'Shea—. Llevemos al señor Waits de vuelta, dejémoslo a buen recaudo en el coche y luego traigamos al equipo de exhumación.

El fiscal le dijo a Cafarelli que debería quedarse en el emplazamiento para evitar problemas de integridad de la escena del crimen. El resto del grupo se encaminó de nuevo hacia la escalera. Bosch iba el último de la fila, pensando en el terreno que estaban atravesando. Había algo sagrado en ello. Era terreno sagrado. Esperaba que Waits no les hubiera mentido. Esperaba que Marie Gesto no hubiera sido obligada a caminar hasta su tumba aún con vida.

Rider y Olivas subieron la escalera los primeros. Bosch llevó a Waits hasta la escalera, le quitó las esposas y lo empujó hacia arriba.

A espaldas del asesino, el ayudante del sheriff preparó la escopeta, con el dedo en el gatillo. En ese momento, Bosch se dio cuenta de que podía resbalar en el suelo fangoso, caer sobre el ayudante del sheriff y posiblemente propiciar que la escopeta se disparara y Waits fuera víctima de la mortal descarga de fusilería. Apartó la mirada de la tentación y se fijó en el abrupto terraplén. Su compañera estaba mirándolo con cara de acabar de leerle el pensamiento. Bosch trató de poner una expresión de inocencia. Extendió las manos mientras articulaba la palabra «¿Qué?».

Rider negó con la cabeza con desaprobación y se apartó del borde. Bosch se fijó en que llevaba el arma al costado. Cuando Waits llegó a lo alto de la escalera fue recibido por Olivas con los brazos abiertos.

—Manos —dijo Olivas.

—Claro, detective.

Desde su posición, Bosch sólo alcanzaba a ver la espalda de Waits. Por su postura se dio cuenta de que había juntado las manos delante de él para que se las esposaran de nuevo a la cadena de la cintura.

Pero de repente se produjo un movimiento brusco. Un rápido giro en la postura del prisionero al inclinarse demasiado hacia Olivas. Bosch instintivamente supo que algo iba mal. Waits iba a por la pistola enfundada en la cadera de Olivas bajo el impermeable.

—¡Eh! —gritó Olivas, presa del pánico—. ¡Eh!

Pero antes de que Bosch o ningún otro pudieran reaccionar, Waits aprovechó su mejor posición sobre Olivas para girar sus cuerpos de manera que la espalda del detective quedó en lo alto de la escalera. El ayudante del sheriff no tenía ángulo de disparo. Ni tampoco Bosch. Con un movimiento como de pistón, Waits levantó la rodilla e impactó con ella dos veces en la entrepierna de Olivas. Éste empezó a derrumbarse y se produjeron dos rápidos disparos, cuyo ruido quedó ahogado por el cuerpo del detective. Waits empujó a Olivas por el borde y éste cayó por la escalera encima de Bosch.

Waits desapareció entonces de su vista.

El peso de Olivas derribó con fuerza a Bosch. Mientras pugnaba por sacar su arma, Harry oyó dos disparos más arriba y gritos de pánico de los que estaban en el nivel inferior. Detrás de él oyó ruido de alguien que corría. Con Olivas todavía encima de él, levantó la mirada, pero no logró ver ni a Waits ni a Rider. Entonces el prisionero apareció en el borde del precipicio, empuñando con calma una pistola. Les disparó a ellos y Bosch sintió dos impactos en el cuerpo de Olivas. Se había convertido en el escudo de Bosch.

El fogonazo de la escopeta del ayudante del sheriff hendió el aire, pero el proyectil se incrustó en el tronco de un roble situado a la izquierda de Waits. Waits devolvió el fuego en el mismo momento y Bosch oyó que el ayudante caía como una maleta.

—Corre, cobarde —gritó Waits—. ¿Qué pinta tiene ahora tu chanchullo?

Disparó dos veces más de manera indiscriminada hacia los árboles de abajo. Bosch consiguió liberar su pistola y disparar a Waits.

Waits se agachó y quedó oculto, al tiempo que con la mano derecha agarraba el peldaño más alto de la escalera y la subía de un tirón al borde del terraplén. Bosch empujó el cadáver de Olivas y se levantó con la pistola apuntando y lista por si Waits aparecía otra vez.

Pero entonces oyó el sonido de alguien que corría y supo que Waits se había ido.

—¡Kiz! —gritó Bosch.

No hubo respuesta. Bosch atendió rápidamente a Olivas y al ayudante del sheriff, pero vio que ambos estaban muertos. Se enfundó su arma y trepó por el terraplén, utilizando las raíces expuestas a modo de asidero. El terreno cedió al clavar sus pies en él. Una raíz se partió en su mano y Bosch resbaló hasta abajo.

—¡Háblame, Kiz!

De nuevo no hubo respuesta. Lo intentó otra vez, en esta ocasión colocándose en ángulo en la empinada pendiente en lugar de tratar de ascender en vertical. Agarrándose a las raíces y pateando en el terreno blando, finalmente llegó arriba y reptó por encima del borde. Al auparse, vio a Waits corriendo a través de los árboles en dirección al calvero donde esperaban los demás. Sacó otra vez su pistola y disparó cinco tiros más, pero Waits no frenó en ningún momento.

Bosch se levantó, preparado para darle caza. Pero entonces vio el cuerpo tendido de su compañera, arrebujado y ensangrentado en el matorral cercano.

16

Kiz Rider estaba boca arriba, agarrándose el cuello con una mano mientras la otra yacía flácida a su costado. Tenía los ojos bien abiertos y buscando, pero sin conseguir enfocar. Era como si estuviera ciega. Su brazo flácido estaba tan ensangrentado que Bosch tardó un momento en localizar el orificio de entrada de la bala en la palma de la mano, justo debajo del pulgar. La bala había atravesado la mano, y Bosch comprendió que no era tan grave como la del cuello. La sangre fluía de manera constante de entre sus dedos. La bala debía de haber dañado la arteria carótida y Bosch sabía que la pérdida de sangre o la falta de oxígeno en el cerebro podían matar a su compañera en cuestión de minutos o segundos.

—Vamos, Kiz —dijo al arrodillarse a su lado—. Estoy aquí.

Vio que la mano izquierda de Rider, apoyada en la herida del lado derecho del cuello, no estaba presionando lo suficiente para contener la hemorragia. Estaba perdiendo la fuerza para aguantar.

—Deja que me ocupe yo —dijo.

Bosch puso su mano debajo de la de Rider y la presionó contra lo que, ahora se dio cuenta, eran dos heridas, los orificios de entrada y salida de la bala. Notaba el pulso de la sangre contra la palma de su mano.

—¡O'Shea! —gritó.

—¿Bosch? —contestó O'Shea desde debajo de la cuesta—. ¿Dónde está? ¿Lo ha matado?

—Se ha escapado. Necesito que coja la radio de Doolan y que nos manden un equipo de evacuación médica aquí. ¡Ahora!

O'Shea tardó un momento en responder y lo hizo con voz marcada por el pánico.

—¡Han disparado a Doolan! ¡Y también a Freddy!

—Están muertos, O'Shea. Ha de coger la radio. Rider está viva y hemos de llevarla a…

En la distancia se oyeron dos disparos de escopeta seguidos por un grito. Era una voz femenina y Bosch pensó en Kathy Kohl y en la gente del aparcamiento. Hubo dos disparos más y Bosch percibió un cambio en el sonido de encima del helicóptero. Se estaba alejando. Waits les estaba disparando.

—¡Vamos, O'Shea! —gritó—. Nos estamos quedando sin tiempo.

Al no oír respuesta alguna, cogió la mano de Rider y la apretó de nuevo contra las heridas del cuello.

—Aguántala aquí, Kiz. Aprieta lo más fuerte que puedas y volveré enseguida.

Bosch se levantó de un salto y cogió la escalera que Waits había retirado. Volvió a colocarla en su lugar, con la parte inferior entre los cuerpos de Doolan y Olivas, y descendió rápidamente. O'Shea estaba arrodillado al lado de Olivas. Los ojos del fiscal estaban tan abiertos e inexpresivos como los del policía que yacía muerto a su lado. Swann se hallaba en el calvero inferior con expresión de mareo. Cafarelli había llegado desde la sepultura y estaba arrodillada al lado de Doolan, tratando de darle la vuelta para coger la radio. El ayudante del sheriff había caído boca abajo al recibir el disparo de Waits.

—Déjame a mí, Cal —ordenó Bosch—. Sube y ayuda a Kiz. Hemos de contener la hemorragia del cuello.

Sin decir una palabra, la técnica forense trepó por la escalera y se perdió de vista. Bosch volvió a Doolan y vio que le habían dado en la frente. Tenía los ojos abiertos y expresión de sorpresa. Bosch cogió la radio del cinturón de equipo de Doolan, hizo la llamada de «oficial caído» y solicitó que enviaran asistencia médica aérea y personal sanitario al aparcamiento de Sunset Ranch. En cuanto se aseguró de que el helicóptero medicalizado iba en camino, informó de que un sospechoso de asesinato había escapado a la custodia. Proporcionó una detallada descripción de Raynard Waits y se metió la radio en su cinturón. Subió por la escalera y al hacerlo llamó a O'Shea, Swann y al videógrafo, que todavía sostenía la cámara y estaba grabando la escena.

—Todos aquí arriba. Hemos de llevarla al aparcamiento para la evacuación.

O'Shea continuó mirando a Olivas en estado de choque.

—¡Están muertos! —gritó Bosch desde arriba—. No podemos hacer nada por ellos. Les necesito aquí arriba.

Se volvió de nuevo hacia Rider. Cafarelli le estaba agarrando el cuello, pero Bosch se dio cuenta de que se estaban quedando sin tiempo. La vida se estaba vaciando de los ojos de su compañera. Bosch se agachó y le cogió la mano no herida. La frotó entre sus dos manos. Se fijó en que Cafarelli había usado una cinta del pelo para envolver la otra mano de Rider.

—Vamos, Kiz, aguanta. Hay un helicóptero en camino y te vamos a sacar de aquí.

Miró a su alrededor para ver lo que tenían disponible y en ese momento tuvo una idea al ver a Maury Swann subiendo por la escalera. Se acercó rápidamente al borde y ayudó al abogado defensor desde el último travesaño. O'Shea estaba ascendiendo detrás de él y el videógrafo esperaba su turno.

—Deje la cámara —ordenó Bosch.

—No puedo. Soy respon...

—Si la sube aquí, la voy a coger y la voy a tirar lo más lejos que pueda.

El cámara, a regañadientes, dejó su equipo en el suelo, sacó la cinta digital y se la guardó en uno de los grandes bolsillos de los pantalones de militar. A continuación subió. Cuando todos estuvieron arriba, Bosch tiró de la escalera y fue a colocarla al lado de Rider.

—Bien, vamos a usar la escalera como camilla. Dos hombres a cada lado y, Cal, necesito que camines a nuestro lado y que mantengas la presión en el cuello.

—Entendido —dijo.

—Vale, pongámosla en la escalera.

Bosch se colocó junto al hombro derecho de Rider mientras los demás se situaban en las piernas y en el otro hombro. La levantaron cuidadosamente hasta la escalera. Cafarelli mantuvo sus manos en el cuello de Rider.

—Hemos de tener cuidado —les instó Bosch—. Si inclinamos esto, se caerá. Cal, mantenla en la escalera.

—Hecho. Vamos.

Levantaron la escalera y empezaron a desandar el sendero. El peso de Rider distribuido entre cuatro camilleros no era problema, pero el barro sí. Swann, con sus zapatos del tribunal, resbaló dos veces, y la camilla casera casi volcó. En ambas ocasiones Cafarelli literalmente abrazó a Rider en la escalera y la mantuvo en su lugar.

Tardaron menos de diez minutos en llegar al descampado. Bosch vio inmediatamente que la furgoneta del forense no estaba; sin embargo, Kathy Kohl y sus dos ayudantes seguían allí, ilesos junto a la furgoneta de la policía científica.

Bosch examinó el cielo en busca de un helicóptero, pero no vio ninguno. Les pidió a los demás que colocaran a Rider junto a la furgoneta de la policía científica. Recorriendo el último tramo con una mano metida debajo de la escalera, usó la mano libre para manejar la radio.

—¿Dónde está mi transporte aéreo? —gritó al que contestó.

La respuesta fue que estaba en camino y que el tiempo estimado de llegada era de un minuto. Bajó suavemente la escalera al suelo y miró a su alrededor para asegurarse de que había espacio suficiente en el aparcamiento para que aterrizara un helicóptero. Detrás de él oyó que O'Shea interrogaba a Kohl.

—¿Qué ha pasado? ¿Adónde ha ido Waits?

—Salió del bosque y disparó al helicóptero de la tele. Luego cogió nuestra furgoneta a punta de pistola y se dirigió colina abajo.

—¿El helicóptero lo siguió?

—No lo sabemos. No lo creo. Se alejó en cuanto Waits empezó a disparar.

Bosch oyó el sonido de un helicóptero que se aproximaba y deseó que no fuera el de Canal Cuatro. Caminó hasta el centro de la zona más despejada del aparcamiento y aguardó. Al cabo de unos momentos un transporte aéreo medicalizado superó la cima de la montaña e inició el descenso.

Dos auxiliares médicos saltaron del helicóptero en el momento en que éste tomó tierra. Uno llevaba un maletín de material, mientras que el otro cargaba con una camilla plegable. Se arrodillaron a ambos lados de Rider y se pusieron manos a la obra.

Bosch se levantó y observó con los brazos cruzados con firmeza delante del pecho. Vio que uno le ponía una mascarilla de oxígeno a Rider mientras el otro le colocaba una vía en el brazo. Entonces empezaron a examinar sus heridas. Bosch se repetía un mantra para sus adentros: «Vamos, Kiz, vamos, Kiz, vamos, Kiz...».

Era más una oración.

Uno de los auxiliares médicos se volvió hacia el helicóptero e hizo una señal al piloto haciendo girar un dedo en el aire. Bosch sabía que significaba que tenían que irse. El tiempo sería clave. El rotor del helicóptero empezó a girar con más velocidad. El piloto estaba preparado.

La camilla estaba desplegada y Bosch ayudó a los auxiliares médicos a colocar a Rider sobre ella. Acto seguido, cogió uno de los asideros y les ayudó a llevarla al transporte aéreo que aguardaba.

—¿Puedo ir? —gritó Bosch en voz alta cuando avanzaban hacia la puerta abierta del helicóptero.

—¿Qué? —gritó uno de los auxiliares.

—¿Puedo ir? —repitió en un grito.

El auxiliar médico negó con la cabeza.

—No, señor. Necesitamos sitio para trabajar con ella. Va a ser muy justo.

Bosch asintió.

—¿Adónde la llevan?

—A Saint Joe.

Bosch asintió de nuevo. Saint Joseph se hallaba en Burbank. Por aire quedaba justo al otro lado de la montaña, cinco minutos de vuelo a lo sumo. En coche era un largo recorrido por la montaña y a través del paso de Cahuenga.

Rider fue subida con cuidado al helicóptero y Bosch retrocedió. Cuando la puerta empezó a cerrarse quiso gritar algo a su compañera, pero no se le ocurrió ninguna palabra. La puerta se cerró y ya era demasiado tarde. Decidió que si Kiz estaba consciente y todavía se preocupaba por tales cosas, ella habría sabido lo que quería decirle.

El helicóptero despegó al tiempo que Bosch retrocedía preguntándose si volvería a ver a Kiz con vida.

Justo cuando el aparato se alejaba inclinándose, un coche patrulla llegó a toda velocidad hasta el aparcamiento, con las luces azules destellando. Saltaron dos agentes uniformados de la División de Hollywood. Uno de ellos había desenfundado la pistola y apuntó a Bosch. Cubierto de barro y sangre, Bosch entendió el porqué.

—¡Soy agente de policía! Tengo la placa en el bolsillo de atrás.

—Déjenos verla —dijo el hombre armado—. ¡Despacio!

Bosch sacó la cartera que contenía su placa y la abrió. Pasó la inspección y bajaron la pistola.

—Volved al coche —ordenó—. ¡Hemos de irnos!

Bosch corrió a la puerta trasera del coche. Los agentes de policía entraron y él les dijo que volvieran a bajar a Beachwood.

—¿Adónde? —preguntó el que conducía.

—Tenéis que llevarme al otro lado de la montaña, a Saint Joe. Mi compañera va en ese helicóptero.

—Entendido. Código tres.

El conductor le dio al interruptor que añadía la sirena a las luces de emergencia ya encendidas y pisó el acelerador. El coche, con un chirrido de neumáticos y salpicando gravilla, dio un giro de ciento ochenta grados y se dirigió colina abajo. La suspensión estaba destrozada, como ocurría con la mayoría de los vehículos que el departamento sacaba a la calle. El coche viraba brusca y peligrosamente en las curvas de descenso, pero a Bosch no le importaba. Tenía que ver a Kiz. En un momento casi colisionaron con otro coche patrulla que se dirigía a la misma velocidad hacia la escena del crimen.

Finalmente, a medio camino de la colina, el conductor frenó cuando estaban pasando la zona comercial atestada de peatones de Hollywoodland.

—¡Alto! —gritó Bosch.

El chófer obedeció con un eficaz chirrido de los frenos.

—Vuelve atrás. Acabo de ver la furgoneta.

—¿Qué furgoneta?

—¡Vuelve atrás!

El coche patrulla dio marcha atrás por el barrio del mercado. En el aparcamiento lateral, Bosch vio la furgoneta azul pálido del forense aparcada en la última fila.

—Nuestro custodiado se escapó y lleva una pistola. Cogió esa furgoneta.

Bosch les dio una descripción de Waits y la advertencia de que no iba a vacilar antes de usar el arma. Les habló de los dos polis muertos que había en la colina del bosque.

Decidieron hacer una batida por el aparcamiento en primer lugar, antes de entrar en el mercado. Pidieron refuerzos, pero decidieron no esperarlos. Salieron con las armas preparadas.

Registraron y descartaron el aparcamiento con rapidez y llegaron en última instancia a la furgoneta de Forense. Estaba abierta y vacía. Pero en la parte de atrás Bosch encontró el mono naranja de la prisión. O bien Waits llevaba otra ropa debajo del mono o había encontrado prendas para cambiarse en la parte de atrás de la furgoneta.

—Tened cuidado —anunció Bosch a los demás—. Podría ir vestido de cualquier forma. Quedaos cerca de mí. Yo lo reconoceré.

Accedieron a la tienda en cerrada formación a través de las puertas automáticas de delante. Una vez dentro, Bosch se dio cuenta enseguida de que era demasiado tarde. Un hombre con una etiqueta de gerente en la camisa estaba consolando a una mujer que lloraba de manera histérica y le sostenía el lateral de la cara. El gerente vio a los dos agentes uniformados y les hizo una señal. Aparentemente ni siquiera reparó en todo el barro y la sangre en la ropa de Bosch.

—Nosotros fuimos los que llamamos —dijo el gerente—. A la señora Shelton acaban de robarle el coche.

La señora Shelton asintió entre lágrimas.

—¿Puede describir el coche y la ropa que llevaba el hombre? —preguntó Bosch.

—Creo que sí —gimió.

—Muy bien, escuchad —dijo Bosch a uno de los dos agentes—. Uno de vosotros se queda aquí, toma la descripción de la ropa que llevaba y del coche y la pasa por radio. El otro se va ahora y me lleva a Saint Joe. Vamos.

El conductor llevó a Bosch y el otro hombre de la patrulla se quedó en Hollywoodland. Al cabo de otros tres minutos salieron chirriando los neumáticos del paso de Beachwood Canyon y se dirigieron hacia el paso de Cahuenga. En la radio oyeron la orden de búsqueda de un BMW 540 plateado en relación con un 187 AAO, asesinato de un agente del orden. La descripción del sospechoso decía que llevaba un mono blanco amplio, y Bosch comprendió que había encontrado la ropa de recambio en la furgoneta de Forense.

La sirena les abría paso, pero Bosch supuso que estaban todavía a quince minutos del hospital. Tenía un mal presentimiento. No creía que fueran a llegar a tiempo. Trató de apartar esa idea de su mente. Trató de pensar en Kiz Rider viva y bien, y sonriéndole, reprendiéndole como había hecho siempre. Y cuando llegaron a la autovía, se concentró en examinar los ocho carriles de tráfico en dirección norte, buscando un BMW robado de color plateado y con un asesino al volante.

17

Bosch entró corriendo en la sala de urgencias enseñando la placa. Había una recepcionista de admisiones detrás del mostrador, anotando la información que le proporcionaba un hombre inclinado sobre una silla, enfrente de ella. Cuando Bosch se acercó, vio que el hombre estaba acunando su brazo izquierdo como si fuera un bebé. La muñeca estaba torcida en un ángulo antinatural.

—¿La agente de policía que ha traído el helicóptero? —dijo, sin que le importara interrumpir.

—No tengo información, señor —respondió la mujer del mostrador—. Si quiere sen…

—¿Dónde puedo conseguir información? ¿Dónde está el médico?

—El médico está con la paciente, señor. Si le pido que venga a hablar con usted, entonces no podrá ocuparse de la agente.

—Entonces ¿sigue viva?

—Señor, no puedo darle información en este momento. Si…

Bosch se alejó del mostrador y se dirigió a unas puertas dobles. Pulsó un botón en la pared que las abrió de manera automática. A su espalda oyó que la mujer del mostrador le gritaba. No se detuvo. Pasó a través de las puertas a la zona de tratamiento de urgencias. Vio ocho *sets* con cortinas en los que había pacientes, cuatro a cada lado de la sala. Los puestos de las enfermeras y los médicos estaban en medio. La sala bullía de actividad. Fuera de uno de los *sets* de la derecha, Bosch vio a uno de los auxiliares médicos del helicóptero. Fue hacia él.

—¿Cómo está?

—Está resistiendo. Ha perdido mucha sangre y… —Se detuvo al volverse y ver que era Bosch quien estaba a su lado—. No estoy seguro de que tenga que estar aquí, agente. Creo que es mejor que vaya a la sala de espera y...

—Es mi compañera y quiero saber qué está pasando.

—Tiene a uno de los mejores equipos de urgencias de la ciudad tratando de mantenerla con vida. Mi apuesta es que lo conseguirán. Pero no puede quedarse aquí mirando.

—¿Señor?

Bosch se volvió. Un hombre vestido con el uniforme de una empresa de seguridad privada se estaba acercando con la mujer del mostrador. Bosch levantó las manos.

—Sólo quiero que me digan lo que está pasando.

—Señor, tendrá que acompañarme, por favor —dijo el vigilante.

Puso una mano en el brazo de Bosch. Éste la sacudió.

—Soy detective de policía. No hace falta que me toque. Sólo quiero saber qué está pasando con mi compañera.

—Señor, le dirán lo que tengan que decirle a su debido

tiempo. Si hace el favor de acompa...

El vigilante cometió el error de intentar coger a Bosch por el brazo otra vez. En esta ocasión Bosch no intentó sacudirse el brazo, sino que apartó la mano del vigilante.

—He dicho que no me...

—Calma, calma —dijo el auxiliar médico—. Le diré el qué, detective, vayamos a las máquinas a tomar un café o algo, y le contaré todo lo que está pasando con su compañera, ¿de acuerdo?

Bosch no respondió. El auxiliar médico endulzó la oferta.

—Hasta le traeré una bata limpia para que pueda quitarse esa ropa manchada de barro y de sangre. ¿Le parece bien?

Bosch transigió, el vigilante de seguridad mostró su aprobación con un gesto de la cabeza y el auxiliar médico encabezó la marcha, primero hasta un armario de material, donde miró a Bosch y supuso que necesitaría una talla mediana. Sacó una bata azul pálido y unas botas de los estantes y se las pasó a Bosch. Recorrieron un pasillo hasta la sala de descanso de las enfermeras, donde había máquinas expendedoras de café, refrescos y tentempiés. Bosch eligió un café solo. No tenía monedas, pero el auxiliar médico sí.

—¿Quiere lavarse y cambiarse antes? Puede usar el lavabo de ahí.

—Dígame primero lo que sabe.

—Siéntese.

Se sentaron en torno a una mesa redonda. El auxiliar médico tendió la mano por encima de la mesa.

—Dale Dillon.

Bosch rápidamente le estrechó la mano.

—Harry Bosch.

—Encantado, detective Bosch. Lo primero que he de hacer es darle las gracias por su esfuerzo en el barrizal. Usted y los demás probablemente han salvado la vida de su compañera. Ha perdido mucha sangre, pero es una luchadora. Están reanimándola y con fortuna se pondrá bien.

—¿Está muy grave?

—Está mal, pero es uno de esos casos en que no se sabe hasta que el paciente se estabiliza. La bala lesionó una de las arterias carótidas. En eso están trabajando ahora, preparándola para llevarla al quirófano y reparar la arteria. Entretanto ha perdido mucha sangre y el riesgo de una apoplejía es grande. Así que todavía no está fuera de peligro, pero si no tiene un ataque, saldrá bien de ésta. «Bien» quiere decir viva y funcional, con un montón de rehabilitación por delante.

Bosch asintió con la cabeza.

—Ésta es la versión no oficial. No soy médico y no debería haberle dicho nada de esto.

Bosch sintió que el móvil le vibraba en el bolsillo, pero no hizo caso.

—Se lo agradezco —dijo—. ¿Cuándo podré verla?

—No tengo ni idea. Yo sólo los traigo aquí. Le he dicho todo lo que sé, y probablemente es demasiado. Si va a quedarse esperando por aquí, le sugiero que se lave la cara y se cambie de ropa. Probablemente está asustando a la gente con ese aspecto.

Bosch asintió con la cabeza y Dillon se levantó. Había desactivado una situación potencialmente explosiva en Urgencias y su trabajo estaba hecho.

—Gracias, Dale.

—De nada. Tranquilícela, y si ve al vigilante de seguridad quizá quiera...

Lo dejó así.

—Lo haré —dijo Bosch.

Después de que el auxiliar médico se marchara, Bosch se metió en el lavabo y se quitó la camiseta. Como la bata hospitalaria no tenía bolsillos ni lugar alguno para guardar el arma, teléfono, placa y otras cosas, decidió dejarse puestos los tejanos sucios. Se miró en el espejo y vio que tenía la cara manchada de sangre y suciedad. Pasó los siguientes cinco minutos lavándose, pasándose agua y jabón por las manos hasta que por fin vio que el agua bajaba clara hasta el desagüe.

Al salir del lavabo se fijó en que alguien había entrado en la sala de descanso y o bien se había tomado su café o lo había retirado. Volvió a buscar monedas, pero tampoco las encontró.

Bosch volvió a la zona de recepción de urgencias y ahora la encontró atestada de policía, tanto uniformada como de paisano. Su supervisor, Abel Pratt, estaba entre estos últimos. Tenía el rostro completamente lívido. Vio a Bosch y se acercó de inmediato.

—Harry, ¿cómo está? ¿Qué ha ocurrido?

—No me han dicho nada oficial. El auxiliar médico que la trajo aquí dice que parece que se recuperará, a no ser que ocurra algún imprevisto.

—¡Gracias a Dios! ¿Qué ocurrió allí?

—No estoy seguro. Waits cogió un arma y empezó a disparar. ¿Alguna pista de él?

—Dejó el coche que robó en la estación de la línea roja de Hollywood Boulevard. No saben dónde coño está.

Bosch pensó en ello. Sabía que si se había metido en el metro en la línea roja, podía haber salido en cualquier parte desde North Hollywood al centro. La línea del centro tenía una parada cerca de Echo Park.

—¿Están buscando en Echo Park?

—Están buscando en todas partes. La UIT ha mandado un equipo aquí para hablar contigo. Pensaba que no querrías irte al Parker.

—No.

—Bueno, ya sabes cómo manejarlos. Sólo diles lo que pasó.

—Sí.

La Unidad de Investigación de Tiroteos no sería problema. Por lo que alcanzaba a ver, él personalmente no había hecho nada mal en el manejo de Waits. La UIT en cualquier caso era una brigada para cumplir el expediente.

—Tardarán un rato —dijo Pratt—. Ahora mismo están en Sunset Ranch, interrogando a los otros. ¿Cómo coño consiguió un arma?

Bosch negó con la cabeza.

—Olivas se acercó demasiado a él cuando estaba subiendo por una escalera. Le arrebató el arma y empezó a disparar. Olivas y Kiz estaban arriba. Todo ocurrió muy deprisa y yo estaba debajo de ellos.

—¡Dios santo!

Pratt negó con la cabeza y Bosch comprendió que quería formular más preguntas sobre lo que había ocurrido y cómo había podido ocurrir. Probablemente estaba preocupado por su propia situación además de estar preocupado porque Rider lo superara. Bosch decidió que necesitaba hablarle de la cuestión que podía suponer un problema de contención.

—No iba esposado —dijo en voz baja—. Tuvimos que quitarle las esposas para que pudiera bajar por la escalera. Las esposas iban a estar fuera treinta segundos a lo sumo, y fue entonces cuando hizo su movimiento. Olivas dejó que se le acercara demasiado. Así es como empezó.

Pratt parecía anonadado. Habló lentamente, como si no lo entendiera.

—¿Tú le quitaste las esposas?

—O'Shea nos lo dijo.

—Bien. Que lo culpen a él. No quiero que nada de esto rebote a Casos Abiertos. No quiero que me rebote nada. No es mi idea de cómo marcharme después de veinticinco putos años.

—¿Y Kiz? No la va a dejar sola, ¿no?

—No, la voy a apoyar. Voy a apoyar a Kiz, pero no voy a apoyar a O'Shea. Que le den.

El teléfono de Bosch vibró otra vez, y en esta ocasión lo sacó del bolsillo para mirar la pantalla. Decía «número desconocido». Respondió de todos modos para huir de las preguntas, juicios y estrategias para salvar el cuello de Pratt. Era Rachel.

—Harry, acabamos de recibir la orden de búsqueda y captura de Waits. ¿Qué ha pasado?

Bosch se dio cuenta de que iba a tener que recontar la historia una y otra vez a lo largo del resto del día y posiblemente del resto de su vida. Se disculpó y se metió en una sala donde había teléfonos de pago y una fuente, y donde podría hablar con más intimidad. De la manera más concisa posible le contó lo que había ocurrido en lo alto de Beachwood Canyon y cuál era el estado de Rider. Al contar la historia repasó los recuerdos visuales del momento en que vio a Waits correr a por el arma. Rebobinó sus intentos para detener la hemorragia de su compañera y salvarle la vida.

Rachel se ofreció a pasar por Urgencias, pero Bosch la disuadió diciendo que no estaba seguro de cuánto tiempo estaría allí y recordándole que probablemente los investigadores de la UIT se lo llevarían para una entrevista privada.

—¿Te veré esta noche? —preguntó Rachel.

—Si he terminado con todo y Kiz está estable, sí. Si no, puede que me quede aquí.

—Voy a ir a tu casa. Llámame y cuéntame lo que sepas.

—Lo haré.

Bosch salió de la zona de teléfonos públicos y vio que la sala de espera de Urgencias estaba empezando a llenarse no sólo de policías, sino también de periodistas. Bosch supuso que esto probablemente significaba que se había corrido la voz de que el jefe de policía estaba en camino. A Bosch no le importaba. Quizá la presión de tener al jefe de policía en Urgencias haría que el hospital divulgara alguna información sobre el estado de su compañera.

Se acercó a Pratt, que estaba de pie junto a su superior, el capitán Norona, jefe de la División de Robos y Homicidios.

—¿Qué va a pasar con la exhumación? —les preguntó a ambos.

—Tengo a Rick Jackson y Tim Marcia en camino —dijo Pratt—. Ellos se ocuparán.

—Es mi caso —dijo Bosch con una leve protesta en su voz.

—Ya no —dijo Norona—. Ahora está con la UIT hasta que zanjen este asunto. Usted es el único con placa que estuvo allí y que todavía puede hablar de ello. Esto es prioritario. La exhumación de Gesto es secundaria, y Marcia y Jackson se ocuparán.

Bosch sabía que no tenía sentido discutir. El capitán tenía razón. Aunque había otras cuatro personas presentes en el tiroteo que no habían resultado heridas, sería la descripción y el recuerdo de Bosch lo que contaría más.

Se produjo un revuelo en la entrada de Urgencias cuando varios hombres con cámaras de televisión al hombro se empujaron para ocupar una mejor posición a ambos lados de las puertas dobles. Cuando éstas se abrieron, entró una comitiva con el jefe de policía en el centro. El jefe caminó a grandes zancadas hasta el mostrador de recepción, donde lo recibió Norona. Hablaron con la misma mujer que había rechazado a Bosch antes. Esta vez era la viva imagen de la cooperación e inmediatamente cogió el teléfono e hizo una llamada. Obviamente sabía quién contaba y quién no.

Al cabo de tres minutos, el jefe de cirugía del hospital apareció por las puertas de Urgencias e invitó al jefe de policía a pasar para una consulta privada. Al franquear las puertas, Bosch les dio alcance y se unió al grupo de capitostes de la sexta planta que seguían la estela del jefe.

—Disculpe, doctor Kim —llamó una voz detrás del grupo.

Todos se detuvieron y se volvieron. Era la mujer del mostrador. Señaló a Bosch y dijo:

—Él no va en ese grupo.

El jefe se fijó en Bosch por primera vez y la corrigió.

—Por supuesto que va en el grupo —dijo en un tono que no invitaba al menor desacuerdo.

La mujer del mostrador pareció escarmentada. El grupo avanzó y el doctor Kim los condujo a un *set* de pacientes desocupado. Se reunieron en torno a una cama vacía.

—Jefe, su agente está siendo...

—Detective. Es una detective.

—Lo siento. Los doctores Patel y Worthing la están tratando en la UCI. No puedo interrumpir su trabajo para que le informen, así que yo estoy preparado para responder las preguntas que puedan tener.

—Bien. ¿Va a salvarse? —preguntó el jefe a bocajarro.

—Creemos que sí. Ésa no es la cuestión. La cuestión son los daños permanentes y eso no lo sabremos hasta que pase cierto tiempo. Una de las balas lesionó una de las arterias carótidas. La carótida proporciona sangre y oxígeno al cerebro. En este punto no sabemos cuál fue o es la interrupción de flujo sanguíneo al cerebro ni qué daños pueden haberse producido.

—¿No se pueden llevar a cabo pruebas?

—Sí señor, se pueden hacer pruebas, y de manera preliminar estamos observando actividad rutinaria del cerebro en este momento. Hasta el momento es una muy buena noticia.

—¿Puede hablar?

—Ahora no. Fue anestesiada durante la cirugía y pasarán varias horas hasta que quizá pueda hablar. Resalto lo de quizá. No sabremos con qué nos encontramos hasta esta noche o mañana, cuando se despierte.

El jefe asintió.

—Gracias, doctor Kim.

El jefe empezó a moverse hacia la abertura en la cortina y todo el mundo se volvió asimismo para salir. De pronto, el jefe del departamento de policía se dirigió al jefe de cirugía del hospital.

—Doctor Kim —dijo en voz baja—, en cierto momento esta mujer trabajó directamente para mí. No quiero perderla.

—Estamos haciendo todo lo posible, jefe. No la perderemos.

El jefe de policía asintió. Cuando el grupo se encaminó entonces hacia las puertas de la sala de espera, Bosch notó que una mano le agarraba por el hombro. Al volverse vio que se trataba del jefe. Éste apartó a Bosch para hablar con él en privado.

—Detective Bosch, ¿cómo está?

—Estoy bien, jefe.

—Gracias por traerla aquí tan deprisa.

—No me pareció tan deprisa en ese momento y no fui sólo yo. Había varios de nosotros. Trabajamos juntos.

—Correcto, sí, ya lo sé. O'Shea ya está en las noticias contando que la sacaron del bosque. Sacando provecho a su parte.

A Bosch no le extrañó oírlo.

—Acompáñeme un momento, detective —dijo el jefe.

Atravesaron la sala de espera y se dirigieron a la zona de

acceso de las ambulancias. El jefe de policía no habló hasta que estuvieron fuera del edificio y lejos del alcance auditivo de los demás.

—Vamos a tener presión con esto —dijo al fin—. Tenemos a un asesino en serie reconocido corriendo suelto por la ciudad. Quiero saber qué ocurrió en esa montaña, detective. ¿Por qué las cosas fueron tan terriblemente mal?

Bosch puso una expresión de arrepentimiento. Sabía que lo ocurrido en Beachwood Canyon sería como una bomba que detonaría y enviaría una onda expansiva a través de la ciudad y el departamento.

—Es una buena pregunta, jefe —replicó—. Estuve allí, pero no estoy seguro de lo que ocurrió.

Una vez más, Bosch empezó a contar la historia.

18

Los medios y la policía fueron abandonando poco a poco la sala de espera de Urgencias. En cierto modo, Kiz Rider constituía una decepción porque no había muerto. Si hubiese muerto, todo se habría convertido en un fragmento de noticias inmediato. Entrar, conectar en directo y luego pasar al siguiente sitio y a la siguiente conferencia de prensa. Pero ella resistía y la gente no podía quedarse esperando. Al ir pasando las horas, el número de personas en la sala de espera fue menguando hasta que sólo quedó Bosch. Rider no mantenía en ese momento ninguna relación sentimental y sus padres se habían marchado de Los Ángeles después de la muerte de su hermana, así que sólo quedaba Bosch esperando la oportunidad de verla.

Poco antes de las cinco de la tarde, el doctor Kim salió por las puertas dobles buscando al jefe de policía o al menos a alguien de uniforme o por encima del rango de detective. Tuvo que conformarse con Bosch, que se levantó para recibir las noticias.

—Está bien. Está consciente y la comunicación no verbal es buena. No está hablando por el trauma en el cuello y porque la hemos intubado, pero todos los indicadores iniciales son positivos. Ni ataque, ni infección; todo son buenas señales. La otra herida está estabilizada y nos ocuparemos de ella mañana. Ya ha tenido suficiente cirugía por un día.

Bosch asintió con la cabeza. Sintió un tremendo alivio inundando su interior. Kiz iba a salvarse.

—¿Puedo verla?

—Unos pocos minutos, pero, como he dicho, ahora no va a hablar. Acompáñeme.

Bosch siguió al jefe de cirugía una vez más por las puertas

dobles. Atravesaron Urgencias hasta la unidad de cuidados intensivos. Kiz estaba en la segunda habitación de la derecha. Su cuerpo parecía pequeño en la cama, rodeada de todo el equipo de monitores y tubos. Tenía los ojos entreabiertos y no mostró ningún cambio cuando Bosch entró en su campo focal. Bosch se dio cuenta de que Rider apenas estaba consciente.

—Kiz —dijo Bosch—, ¿cómo estás, compañera?

Se estiró para cogerle la mano ilesa.

—No intentes contestar. No debería haberte preguntado nada. Sólo quería verte. El jefe de cirugía acaba de decirme que te pondrás bien. Tendrás que hacer rehabilitación, pero quedarás como nueva.

Rider no podía hablar ni emitir ningún sonido por culpa del tubo que le bajaba por la garganta, pero le apretó la mano y Bosch lo tomó como una respuesta positiva.

Acercó una silla y se sentó para poder mantenerle la mano cogida. A lo largo de la siguiente media hora no le dijo casi nada. Sólo le sostenía la mano y se la apretaba de vez en cuando.

A las cinco y media entró una enfermera y le dijo a Bosch que dos hombres habían preguntado por él en la sala de espera de Urgencias. Bosch le dio un último apretón en la mano a Rider y le dijo que volvería por la mañana.

Los dos hombres que lo esperaban eran investigadores de la UIT. Se llamaban Randolph y Osani. Randolph era el teniente a cargo de la unidad. Llevaba tanto tiempo verificando tiroteos en los que había participación policial que había supervisado las investigaciones las últimas cuatro veces que Bosch había disparado su arma.

Se lo llevaron al coche para poder hablar en privado. Con una grabadora a su lado en el asiento, Bosch les contó su historia, empezando con el inicio de su participación en la investigación. Randolph y Osani no hicieron preguntas hasta que Bosch empezó a recontar la expedición de esa mañana con Waits. En un punto ellos formularon muchas preguntas obviamente destinadas a obtener respuestas que encajaran con el plan preconcebido por el departamento para afrontar el desastre del día. Estaba claro que querían establecer que las decisiones importantes, por no decir todas las decisiones, las había tomado la oficina del fiscal del distrito en la persona de Rick O'Shea. Eso no equivalía a decir que el departamento planeaba anunciar que el desastre debería colocarse a las puertas del despacho de O'Shea. Pero la policía se estaba preparando para defenderse de los ataques.

Así que cuando Bosch recontó el momentáneo desacuerdo sobre si había que quitar las esposas a Waits para que éste bajara por la escalera, Randolph presionó en busca de citas textuales de lo que se dijo y de quién lo dijo. Bosch sabía que él era el último interrogado. Presumiblemente ya habían hablado con Cal Cafarelli, Maury Swann y O'Shea y su videógrafo.

—¿Han mirado el vídeo? —preguntó Bosch cuando hubo terminado de contar su visión de las cosas.

—Todavía no. Lo haremos.

—Bueno, debería contenerlo todo. Creo que el tipo estuvo grabando desde que empezamos. De hecho, a mí también me gustaría ver esa cinta.

—Bueno, para ser sinceros, tenemos un pequeño problema con eso —dijo Randolph—. Corvin dice que debió de perder la cinta en el bosque.

—¿Corvin es el tipo de la cámara?

—Exacto. Dice que debió de caérsele del bolsillo cuando llevaban a Rider en la escalera. No la hemos encontrado.

Bosch asintió e hizo los cálculos políticos. Corvin trabajaba para O'Shea. La cinta mostraría a O'Shea ordenando a Olivas que quitara las esposas a Waits.

—Corvin miente —dijo Bosch—. Llevaba esos pantalones con un montón de bolsillos para meter material. Pantalones militares de faena. Vi perfectamente cómo sacaba la cinta de la cámara y se la guardaba en uno de esos bolsillos con solapa de la pierna. Fue cuando era el último que quedaba abajo. Sólo yo lo vi. Pero no se le podía caer. Cerró la solapa. Él tiene la cinta.

Randolph se limitó a asentir como si hubiera supuesto en todo momento que lo que Bosch acababa de decir era la realidad, como si el hecho de que les mintieran fuera el pan de cada día en la UIT.

—En la cinta sale O'Shea diciéndole a Olivas que le quite las esposas —dijo Bosch—. No es la clase de vídeo que O'Shea quiere ver en las noticias o en manos del departamento en un año de elecciones ni en ningún año. Así que la cuestión es si Corvin se ha quedado la cinta para tener un as sobre O'Shea o si éste le ha dicho que guarde la cinta. Yo apostaría por O'Shea.

Randolph no se molestó ni siquiera en asentir.

—Vale, volvamos sobre todo una vez más y ya se podrá ir —dijo en cambio.

—Claro —dijo Bosch, comprendiendo que le estaban diciendo que la cinta no era asunto suyo—. Lo que haga falta.

Bosch terminó su segundo relato completo de la historia antes de las siete en punto y preguntó a Randolph y Osani si podía ir con ellos hasta el Parker Center para recuperar su coche. En el viaje de regreso, los hombres de la UIT no discutieron acerca de la investigación. Randolph puso la KFWB a la hora en punto y escucharon la versión de los medios de los hechos de Beachwood Canyon, así como la última hora sobre la búsqueda de Raynard Waits.

Había un tercer informe sobre las crecientes secuelas políticas de la fuga. Si las elecciones necesitaban un tema, Bosch y compañía sin duda lo habían proporcionado. Todos, desde los candidatos a concejalías hasta el oponente de Rick O'Shea, valoraban de manera crítica la forma en que el Departamento de Policía de Los Ángeles y la oficina del fiscal del distrito habían manejado la fatal expedición. O'Shea buscaba distanciarse de la catástrofe potencialmente letal para su candidatura al emitir una declaración que lo caracterizaba como un simple observador en el viaje, un observador que no tomó decisiones relativas a la seguridad y el transporte del prisionero. Dijo que confió en el departamento para todo ello. La noticia concluía con una mención a la valentía de O'Shea al contribuir a salvar a una detective de policía herida, ayudando a ponerla a salvo mientras el fugitivo armado estaba suelto en el cañón boscoso.

Randolph, habiendo oído suficiente, apagó la radio.

—Ese tipo, O'Shea —dijo Bosch—, lo tiene claro. Va a ser un gran fiscal del distrito.

—Sin duda —dijo Randolph.

Bosch les dio las buenas noches a los hombres de la UIT en el garaje de detrás del Parker Center y luego caminó hasta un aparcamiento de pago cercano para recuperar su vehículo. Estaba agotado por los acontecimientos del día, pero todavía quedaba casi una hora de luz. Se dirigió de nuevo a la autovía hacia Beachwood Canyon. Por el camino conectó su teléfono móvil sin batería al cargador y llamó a Rachel Walling. Ella ya estaba en su casa.

—Tardaré un rato —dijo—. Voy a volver a Beachwood.

—¿Por qué?

—Porque es mi caso y están trabajando allí arriba.

—Sí. Deberías estar allí.

No respondió. Sólo escuchó el silencio que siguió. Era tranquilizador.

—Llegaré a casa en cuanto pueda —dijo finalmente.

Bosch cerró el teléfono al salir de la autovía en Gower y al cabo de unos minutos estaba ascendiendo por Beachwood Drive. Cerca de la cima giró en una curva justo cuando un par de furgonetas enfilaban la bajada. Las reconoció como una furgoneta fúnebre seguida por la furgoneta de la policía científica con la escalera encima. Sintió un espacio abierto en su pecho. Sabía que venían de la exhumación. Marie Gesto iba en esa primera furgoneta.

Al llegar al aparcamiento vio a Marcia y Jackson, los dos detectives asignados a hacerse cargo de la exhumación, quitándose los monos que habían llevado encima de la ropa y arrojándolos en el maletero abierto de su coche. Habían concluido la jornada. Bosch aparcó al lado de ellos y salió.

—Harry, ¿cómo está Kiz? —preguntó Marcia de inmediato.

—Dicen que se pondrá bien.

—Gracias a Dios.

—Vaya desastre, ¿eh? —dijo Jackson.

Bosch se limitó a asentir.

—¿Qué habéis encontrado?

—La hemos encontrado a ella —dijo Marcia—. O debería decir que hemos encontrado un cuerpo. Va a ser una identificación dental. Tienes registros dentales, ¿no?

—En el archivo de encima de mi mesa.

—Los cogeremos y lo enviaremos a Mission.

La oficina del forense estaba en Mission Road. Un forense con experiencia en análisis dentales compararía una radiografía de la dentadura de Gesto con las piezas sacadas del cadáver exhumado en el lugar al que Waits los había conducido esa mañana.

Marcia cerró el maletero y él y su compañero miraron a Bosch.

—¿Estás bien? —preguntó Jackson.

—Ha sido un día largo —dijo Bosch.

—Y por lo que he oído, podría ser más largo —dijo Marcia—. Hasta que cojan a este tipo.

Bosch asintió con la cabeza. Sabía que querían saber cómo podía haber ocurrido. Dos polis muertos y otro en la UCI. Pero él estaba cansado de contar la historia.

—Escuchad —dijo—. No sé cuánto tiempo me voy a quedar colgado con esto. Voy a tratar de quedar libre mañana, pero obviamente no va a depender de mí. En cualquier caso, si conseguís la identificación, me gustaría que me dejarais hacer la llamada a los padres. Llevo trece años hablando con ellos. Querrán saberlo por mí. Quiero ser yo quien se lo diga.

—Concedido, Harry —dijo Marcia.

—Nunca me he quejado por no tener que hacer una notificación —agregó Jackson.

Hablaron unos momentos más y Bosch levantó la mirada y contempló la luz agonizante del día. En el bosque, el camino ya estaba sumido en sombras profundas. Preguntó si tenían una linterna en el coche que pudieran prestarle.

—Os la devolveré mañana —prometió, aunque todos sabían que probablemente no volvería al día siguiente.

—Harry, la escalera ya no está en el bosque —dijo Marcia—. Se la ha llevado la policía científica.

Bosch se encogió de hombros y miró sus botas manchadas de barro y sus pantalones.

—Puedo ensuciarme un poco —dijo.

Marcia sonrió al abrir el maletero para sacar la Maglite.

—¿Quieres que nos quedemos? —preguntó al darle a Bosch la pesada linterna—. Si te metes ahí y te rompes un tobillo, estarás solo con los coyotes toda la noche.

—No me pasará nada. De todos modos llevo el móvil. Y, además, me gustan los coyotes.

—Ten cuidado.

Bosch se quedó de pie mientras los dos detectives se metían en el coche y se alejaban. Miró una vez más el cielo y enfiló el camino por el que los había llevado Waits esa mañana. Tardó cinco minutos en llegar al terraplén donde se había producido el tiroteo. Encendió la linterna y durante unos momentos enfocó la zona con el haz de luz. El lugar había sido pisoteado por los investigadores de la UIT y los técnicos forenses. No quedaba nada por ver. Finalmente, se deslizó por la pendiente usando la misma raíz que había usado para trepar esa mañana. Al cabo de otros dos minutos llegó al final del descampado, ahora delimitado por cinta policial amarilla atada de árbol a árbol en los bordes. En el centro había un agujero rectangular de no más de metro veinte de hondo.

Bosch se metió bajo la cinta y entró en el terreno sagrado de los muertos ocultos.

Tercera parte

Suelo sagrado

19

Por la mañana Bosch estaba preparando café para Rachel y para él cuando recibió la llamada. Era su jefe, Abel Pratt.

—Harry, no has de venir. Acabo de recibir la noticia.

Bosch medio lo esperaba.

—¿De quién?

—De la sexta planta. La UIT no lo ha cerrado y, como la cuestión está tan caliente con los medios, quieren que te mantengas al margen un par de días hasta que vean cómo va a ir esto.

Bosch no dijo nada. En la sexta planta estaba la administración del departamento. Pratt se estaba refiriendo al colectivo de cabezas pensantes que se quedaba paralizado cuando un caso impactaba con fuerza en la televisión o en el terreno político, y ése lo había hecho en ambos. Bosch no estaba sorprendido por la llamada, sólo decepcionado. Cuanto más cambiaban las cosas, más permanecían iguales.

—¿Viste las noticias anoche? —preguntó Pratt.

—No, no veo las noticias.

—Quizá deberías empezar. Ahora tenemos a Irvin Irving en todos los canales criticando este desastre, y se ha concentrado en ti específicamente. Anoche dio un discurso en el lado sur diciendo que contratarte de nuevo era un ejemplo de la ineptitud del jefe y de la corrupción moral del departamento. No sé qué le hiciste al tipo, pero la tiene tomada contigo. «Corrupción moral»; no se anda con chiquitas.

—Sí, pronto me estará culpando por sus hemorroides. ¿La sexta planta me está marginando por culpa suya o de la UIT?

—Vamos, Harry, ¿crees que yo sé algo de esa conversación? Sólo he recibido una llamada y me han dicho que hiciera otra, ¿entiendes?

—Sí.

—Pero míralo de este modo: con Irving tirándote mierda, la última cosa que haría el jefe sería darte la espalda, porque eso equivaldría a darle la razón. La forma en que yo interpreto esto es que quieren seguir el reglamento a rajatabla y dejarlo todo bien atado antes de cerrarlo. Así que disfruta de la suspensión y permanece en contacto.

—Sí. ¿Qué ha oído de Kiz?

—Bueno, no han de preocuparse por suspenderla a ella. No va a ir a ninguna parte.

—No me refiero a eso.

—Sé a qué te refieres.

—¿Y?

Era como pelar la etiqueta de una botella de cerveza. Nunca sale entera.

—Y creo que Kiz puede tener algún problema. Ella estaba allí arriba con Olivas cuando Waits actuó. La cuestión es, ¿por qué no le voló los sesos cuando tuvo ocasión? Parece que se quedó paralizada, Harry, y eso significa que puede verse perjudicada con este asunto.

Bosch asintió con la cabeza. La interpretación política de la situación que había hecho Pratt parecía enfocada. Le hizo sentir mal. En ese momento, Rider tenía que luchar para salvar su vida. Después tendría que luchar para salvar su empleo. Sabía que no importaba de qué lucha se tratara, él permanecería a su lado hasta el final.

—De acuerdo —dijo—. ¿Algo nuevo sobre Waits?

—Nada, ni rastro. Probablemente ahora esté en México. Si ese tipo sabe lo que le conviene, no volverá a sacar la cabeza del suelo.

Bosch no estaba tan seguro al respecto, pero no expresó su desacuerdo. Algo, el instinto, le decía que Waits había enterrado la cabeza, sí, pero que no se había ido muy lejos. Pensó en el metro de la línea roja en el que aparentemente había desaparecido Waits y en sus numerosas paradas entre Hollywood y el centro. Recordó la leyenda de Reynard el Zorro y el castillo secreto.

—Harry, he de colgar —dijo Pratt—. ¿Estás bien?

—Sí, bien, genial. Gracias por la información, jefe.

—Vale, Harry. Técnicamente has de llamarme o presentarte

todos los días hasta que recibamos la noticia de que vuelves a estar en activo.

—Entendido.

Bosch colgó el teléfono. Al cabo de unos minutos, Rachel entró en la cocina y vertió café en una taza aislante que venía con el Lexus que ella había adquirido en *leasing* cuando la transfirieron a Los Ángeles. Se había traído la taza la noche anterior.

Walling estaba vestida y lista para irse a trabajar.

—No tengo aquí nada para desayunar —dijo Bosch—. Podemos ir a Du-par's si tienes tiempo.

—No importa. He de irme.

Rachel abrió un sobre rosa de edulcorante y vertió el contenido en el café. Abrió la nevera y sacó un bric de leche que había traído asimismo la noche anterior. Se hizo un cortado y puso la tapa en el vaso.

—¿Qué era esa llamada que acabas de recibir? —preguntó.

—Mi jefe. Acaban de marginarme mientras dure todo esto.

—Oh, chico… —Se acercó y lo abrazó.

—En cierto modo es rutina. Los medios y la política del caso lo han convertido en una necesidad. Estoy suspendido de empleo hasta que la UIT empaquete las cosas y me exima de cualquier actuación irregular.

—¿Vas a estar bien?

—Ya lo estoy.

—¿Qué vas a hacer?

—No lo sé. Suspensión de empleo no significa que tenga que quedarme en casa. Así que iré al hospital a ver si puedo quedarme un rato con mi compañera. Después ya veré.

—¿Quieres comer conmigo?

—Sí, claro, eso pinta bien.

Rápidamente se habían deslizado a una comodidad doméstica que a Bosch le gustaba. Era casi como si no tuvieran que hablar.

—Mira, estoy bien —dijo Bosch—. Ve a trabajar e intentaré pasarme a la hora de comer. Te llamaré.

—Vale. Ya hablaremos.

Ella le besó en la mejilla antes de salir al garaje por la puerta de la cocina. Harry le había dicho que usara ese espacio los días que viniera a quedarse con él.

Bosch tomó una taza de café en la terraza de atrás mientras miraba el paso de Cahuenga. El cielo seguía claro por la lluvia de dos días antes. Sería otro hermoso día en el paraíso. Bosch decidió ir a Du-par's por su cuenta y desayunar allí antes de dirigirse al hospital a ver cómo estaba Kiz. Podía coger los periódicos, ver qué se había escrito sobre los acontecimientos del día anterior y llevárselos a Kiz y quizá leérselos si a ella le apetecía.

Volvió a entrar y decidió dejarse el traje y la corbata que se había puesto esa mañana antes de recibir la llamada de Pratt. Suspendido o no, iba a tener el aspecto de un detective y a actuar como tal. No obstante, fue al armario del dormitorio y sacó del estante superior la caja que contenía las copias de expedientes de varios casos que había hecho cuatro años antes, al retirarse. Buscó entre la pila hasta que encontró la del homicidio de Marie Gesto. Jackson y Marcia tenían el original porque ahora se ocupaban de la investigación. Decidió llevarse la copia consigo por si necesitaba leer algo mientras visitaba a Rider o por si Jackson y Marcia llamaban con alguna pregunta.

Bajó en coche por la colina y tomó Ventura Boulevard en dirección oeste hasta Studio City. En Du-par's compró ejemplares del *Los Angeles Times* y del *Daily News* del expositor de fuera del restaurante, luego entró y pidió tostadas y café en el mostrador.

El artículo sobre Beachwood Canyon estaba en primera página de ambos periódicos. Ambos mostraban fotografías en color de la ficha policial de Raynard Waits y los artículos hablaban de la caza del desquiciado asesino, así como de la formación de una fuerza especial del Departamento de Policía de Los Ángeles. Se proporcionaba un número de teléfono gratuito para aportar información que condujera a encontrar a Waits. Los directores de los periódicos al parecer consideraban ese ángulo más importante para los lectores y un mejor argumento de ventas que la muerte de dos policías en acto de servicio y el estado grave de una tercera.

Los artículos contenían información proporcionada durante las numerosas conferencias de prensa celebradas el día anterior, pero muy pocos detalles acerca de lo que verdaderamente había ocurrido en el bosque situado en la cima de Beachwood Canyon. Según los artículos, todo estaba bajo investigación en curso y la información era celosamente guardada por quienes se hallaban al mando. Las notas biográficas de los agentes implicados en el tiroteo y del ayudante del sheriff Doolan eran a lo sumo esbozos. Ambas víctimas de Waits eran hombres de familia. La detective herida, Kizmin Rider, se había separado recientemente de su «compañera en la vida», un código periodístico para decir que era homosexual. Bosch no reconoció los nombres de los autores de los artículos y pensó que quizá serían nuevos en la sección policial y sin fuentes lo suficientemente cercanas a la investigación para desvelar detalles internos.

En las páginas interiores de ambos diarios, Bosch encontró artículos complementarios centrados en la respuesta política al tiroteo y a la fuga de Waits. Ambos periódicos citaban a diversos expertos locales que en su mayoría aseguraban que aún era pronto para decir si el incidente de Beachwood ayudaría o dificultaría la candidatura de O'Shea a la fiscalía del distrito. Aunque era su caso el que se había torcido horriblemente, la noticia de sus desinteresados esfuerzos para ayudar a salvar a la agente del orden herida mientras un asesino armado estaba suelto en el mismo bosque podía ser un contrapeso positivo.

Un experto declaraba: «En esta ciudad, la política es como la industria del cine; nadie sabe nada. Esto podría ser lo mejor que podía ocurrirle a O'Shea. O podría ser lo peor».

Por supuesto, el oponente de O'Shea, Gabriel Williams, citado profusamente en ambos diarios, calificaba el incidente de desgracia imperdonable y cargaba la culpa a O'Shea. Bosch pensó en la cinta desaparecida y en lo útil que sería para la campaña de Williams. Pensó que quizá Corvin, el cámara, ya lo había descubierto.

En ambos diarios Irvin Irving asestaba sus golpes, y al hacerlo se centraba especialmente en Bosch por ser la personificación de los males del departamento de policía, algo que Irving solucionaría como concejal. Decía que Bosch nunca debería haber sido recontratado en el departamento el año anterior y que él, entonces subdirector, se había manifestado abiertamente en contra de esa decisión. Los periódicos aseguraban que Bosch estaba bajo investigación por la brigada UIT del departamento y que no se había podido contactar con él para que comentara la noticia. Ninguno señalaba que la UIT llevaba a cabo por rutina una investigación de todos los tiroteos en los que estaba involucrado un agente de policía, de manera que lo que se presentaba al público parecía inusual y por tanto sospechoso.

Bosch se fijó en que el artículo lateral del *Times* lo había escrito Keisha Russell, que había trabajado en la sección policial durante muchos años antes de quemarse hasta el punto de pedir el traslado a una nueva sección. Había aterrizado en política, una sección que no iba a la zaga en cuanto a quemar profesionales. Había llamado a Bosch y le había dejado un mensaje la noche anterior, pero Harry no estaba de humor para hablar con una periodista, ni siquiera con una en la que confiaba.

Todavía conservaba los números de ella en la agenda de su móvil. Cuando Russell trabajaba en la sección policial del *Times*, Bosch había sido su fuente en diversas ocasiones, y ella se lo había pagado con ayuda en varias ocasiones más. Bosch apartó los periódicos y dio los primeros bocados a las tostadas. Su desayuno contenía azúcar en polvo y jarabe de arce y sabía que la inyección de glucosa le cargaría para afrontar la jornada.

Después de dar cuenta de la mitad del desayuno, sacó su teléfono móvil y llamó al número de la periodista. Ella respondió enseguida.

—Keisha. Soy Harry Bosch.

—Harry Bosch —dijo ella—. Bueno, cuánto tiempo sin verte.

—Bueno, ahora que eres un pez gordo de la escena política...

—Ah, pero ahora se trata de la política uniéndose a lo policial en una violenta colisión, ¿no? ¿Cómo es que no me llamaste ayer?

—Porque sabes que no puedo hacer comentarios sobre una investigación en curso, especialmente una investigación que me concierne. Además de eso, llamaste después de que se me apagara el teléfono. No recibí tu mensaje hasta que llegué a casa y probablemente ya había pasado la hora de cierre.

—¿Cómo está tu compañera? —dijo ella, dejando de lado la charla y cambiando a un tono serio.

—Aguantando.

—¿Y tú saliste ileso como dicen?

—En el sentido físico.

—Que no en el político.

—Exacto.

—Bueno, el artículo ya se ha publicado. Llamarme para comentar y defenderte no funciona.

—No llamo para comentar ni para defenderme. No me gusta que mi nombre salga en el periódico.

—Ah, ya entiendo. Quieres ir *off the record* y ser mi garganta profunda en esto.

—No exactamente.

Oyó que ella exhalaba el aire por la frustración.

—Entonces, ¿para qué llamas, Harry?

—En primer lugar, siempre me gusta oír tu voz, Keisha. Ya lo sabes. Y en segundo lugar, en la sección política probablemente tienes las líneas directas de todos los candidatos. Para poder conseguir un comentario rápido sobre cualquier cuestión que surja a lo largo del día, ¿no? Como ayer.

Ella vaciló un momento antes de responder, tratando de interpretar lo que estaba ocurriendo.

—Sí, somos capaces de contactar con la gente cuando hace falta. Salvo con los detectives de policía cascarrabias. Ésos pueden ser un problema.

Bosch sonrió.

—A eso iba —dijo él.

—Lo cual nos lleva al motivo de tu llamada.

—Exacto. Quiero el número que me conecte directamente con Irvin Irving.

Esta vez la pausa fue más larga.

—Harry, no puedo darte ese número. Me lo confiaron a mí y si sabe que te lo he dado yo…

—Vamos. Te lo confiaron a ti y a todos los demás periodistas que cubren la campaña, y lo sabes. Él no sabrá quién me lo ha dado a no ser que se lo diga, y no se lo voy a decir. Sabes que puedes confiar en mí.

—Aun así, no me siento a gusto dándolo sin su permiso. Si quieres que le llame y le pregunte si puedo…

—Él no querrá hablar conmigo, Keisha. Ésa es la cuestión. Si quisiera hablar conmigo, podría dejarle un mensaje en el cuartel general de su campaña que… ¿dónde está, por cierto?

—En Broxton y Westwood. Todavía no me siento cómoda dándote el número sin más.

Bosch cogió rápidamente el *Daily News*, que estaba doblado por la página de la catástrofe política. Leyó la firma.

—Vale, bueno quizá a Sarah Weinman o Duane Swierczynski no les importe dármelo. Quizá querrán tener en deuda a alguien que está en medio de esto.

—Muy bien, Bosch, de acuerdo, no has de acudir a ellos. No puedo creerte.

—Quiero hablar con Irving.

—De acuerdo, pero no digas de dónde has sacado el número.

—Por supuesto.

Russell le dio el número y él lo memorizó. Prometió llamarla cuando hubiera algo relacionado con el incidente de Beachwood Canyon que pudiera darle.

—Mira, no ha de ser político —le urgió ella—. Cualquier cosa que tenga relación con el caso. Todavía puedo escribir un artículo en la sección policial si soy yo quien consigue la historia.

—Entendido, Keisha. Gracias.

Cerró el teléfono y dejó en la barra dinero para pagar la cuenta y para la propina. Al salir del restaurante, volvió a abrir el teléfono y marcó el número que acababa de darle la periodista. Después de seis tonos, Irving respondió sin identificarse.

—¿Irvin Irving?

—Sí, ¿quién es?

—Sólo quería darle las gracias por confirmar todo lo que siempre había pensado de usted. No es más que un oportunista político. Eso es lo que era en el departamento y es lo que es fuera.

—¿Es Bosch? ¿Es Harry Bosch? ¿Quién le ha dado este número?

—Uno de su propia gente. Supongo que a alguien de su bando no le gusta el mensaje que está dando.

—No se preocupe por eso, Bosch. No se preocupe por nada. Cuando me elijan, puede empezar a contar los días hasta que...

Mensaje entregado, Bosch cerró el teléfono. Le sentó bien decir lo que había dicho y no tener que preocuparse. Irving ya no era un superior que podía decir y hacer lo que quería sin que aquellos a los que desairaba pudieran responderle.

Satisfecho con su respuesta a los artículos del periódico, Bosch se metió en su coche y se dirigió al hospital.

20

En el pasillo de la unidad de cuidados intensivos, Bosch pasó junto a una mujer que acababa de salir de la habitación de Kiz Rider. La reconoció como la antigua amante de ésta. Se habían conocido brevemente unos años antes, cuando Bosch se encontró con Rider en el Playboy Jazz Festival, en el Hollywood Bowl.

Saludó con la cabeza a la mujer al pasar, pero ella no se detuvo a hablar. Llamó una vez en la puerta de Rider y entró. Su compañera tenía mucho mejor aspecto que el día anterior, pero todavía le faltaba mucho para estar al ciento por ciento. Estaba consciente y alerta cuando Bosch entró en la habitación y siguió a su compañero con la mirada hasta que éste se sentó junto a su cama. Rider ya no tenía ningún tubo en la boca, pero el lado derecho de su rostro estaba flácido y Bosch inmediatamente temió que hubiera sufrido un ataque durante la noche.

—No te preocupes —dijo ella, arrastrando las palabras—. Me han entumecido el cuello y me afecta a la mitad de la cara.

Él le apretó la mano.

—Vale —dijo—. Aparte de eso, ¿cómo te sientes?

—No muy bien. Duele. Duele de verdad.

Bosch asintió.

—Sí.

—Me van a operar la mano por la tarde. Eso también va a doler.

—Pero entonces estarás en el camino de la recuperación. La rehabilitación irá bien.

—Eso espero.

Rider sonaba deprimida y Bosch no sabía qué decir. Catorce años antes, cuando tenía aproximadamente la edad de ella,

Bosch se había despertado en un hospital después de recibir un balazo en el hombro izquierdo. Todavía recordaba el dolor desgarrador que había sentido cada vez que el efecto de la morfina empezaba a remitir.

—He traído los diarios —dijo—. ¿Quieres que te los lea?

—Sí. Nada bueno, supongo.

—No, nada bueno.

Sostuvo la primera página del *Times* para que Rider viera la imagen de ficha policial de Waits. A continuación leyó el artículo principal y luego el despiece. Cuando hubo terminado, la miró. Parecía afligida.

—¿Estás bien?

—Deberías haberme dejado, Harry, y haber ido a por él.

—¿De qué estás hablando?

—En el bosque. Podrías haberlo cogido. En cambio, me salvaste la vida. Ahora mira la mierda en la que estás metido.

—Gajes del oficio, Kiz. La única cosa en la que podía pensar allí era en llevarte al hospital. Me sentía realmente culpable por todo.

—¿De qué exactamente has de sentirte culpable?

—De mucho. Cuando el año pasado volví al departamento te hice salir de la oficina del jefe y ser otra vez mi compañera. No habrías estado ahí ayer si yo...

—¡Por favor! ¿Puedes callar la puta boca?

Bosch no recordaba haberla oído usar nunca semejante lenguaje. Obedeció.

—Calla —dijo Rider—. Basta de eso. ¿Qué más me has traído?

Bosch levantó la copia del expediente del caso Gesto.

—Oh, nada. He traído esto para mí. Para leer mientras estabas durmiendo o algo. Es la copia del expediente Gesto que hice cuando me retiré la primera vez.

—¿Y qué vas a hacer con ella?

—Ya te lo he dicho, sólo voy a leerla. No dejo de pensar que se nos ha pasado algo.

—¿Nos?

—A mí. Se me ha pasado algo. Últimamente he estado escuchando mucho una grabación de Coltrane y Monk tocando juntos en el Carnegie Hall. La tuvieron ahí delante, en los archivos del Carnegie, durante unos cincuenta años hasta que alguien la encontró. La cuestión es que el tipo que encontró la grabación tenía que conocer su sonido para saber lo que tenían en la caja de los archivos.

—¿Y eso cómo se relaciona con el expediente?

Bosch sonrió. Ella estaba en la cama del hospital con dos heridas de bala y aún le tomaba el pelo.

—No lo sé. No dejo de pensar que hay algo aquí y que soy el único que puede encontrarlo.

—Buena suerte. ¿Por qué no te sientas en esa silla y lees tu expediente? Yo voy a dormir un rato.

—Vale, Kiz. No haré ruido.

Apartó la silla de la pared y la acercó a la cama. Al sentarse, ella habló otra vez.

—No voy a volver, Harry.

Bosch la miró. No era lo que quería oír, pero no iba a protestar. No en ese momento, al menos.

—Lo que tú quieras, Kiz.

—Sheila, mi ex novia, acaba de visitarme. Vio las noticias y vino. Dice que me cuidará hasta que esté mejor, pero no quiere que vuelva a la poli.

Lo cual explicaba por qué no había querido hablar con Bosch en el pasillo.

—Siempre fue un motivo de discusión entre nosotras, ¿sabes?

—Recuerdo que me lo dijiste. Mira, no has de decirme nada de esto ahora.

—Pero no se trata sólo de Sheila. Se trata de mí. No debería ser policía. Lo demostré ayer.

—¿De qué estás hablando? Eres una de las mejores polis que conozco.

Bosch vio resbalar una lágrima por la mejilla de su compañera.

—Me quedé paralizada ahí, Harry. Me quedé paralizada y dejé que él... simplemente me disparara.

—No te hagas esto, Kiz.

—Esos hombres están muertos por mi culpa. Cuando él agarró a Olivas yo no pude moverme. Sólo observé. Debería haberle disparado, pero sólo me quedé allí. Me quedé allí y dejé que disparara a continuación. En lugar de levantar mi pistola, levanté la mano.

—No, Kiz. No tenías ángulo sobre él. Si hubieras disparado, podías haberle dado a Olivas. Después era demasiado tarde.

Esperaba que ella entendiera que le estaba diciendo lo que tenía que declarar cuando llegara la UIT.

—No, he de asumirlo. Yo…

—Kiz, si quieres dejarlo, está bien. Te apoyaré al máximo. Pero no te voy a apoyar con esta otra mierda, ¿entiendes?

Rider se volvió para mirarlo, pero los vendajes le impidieron girar el cuello.

—Vale —dijo.

Brotaron más lágrimas y Bosch comprendió que ella tenía heridas mucho más profundas que las del cuello y la mano.

—Tendrías que haber subido tú —dijo.

—¿De qué estás hablando?

—En la escalera. Si hubieras estado tú arriba en lugar de mí, nada de esto habría ocurrido. Porque no habrías dudado, Harry. Le habrías volado los sesos.

Bosch negó con la cabeza.

—Nadie sabe cómo va a reaccionar en una situación hasta que está metido en ella.

—Me quedé paralizada.

—Duerme, Kiz. Recupérate y luego toma tu decisión. Si no vuelves, lo entenderé. Pero yo siempre te voy a apoyar, Kiz. No importa lo que ocurra ni adónde vayas.

Ella se limpió la cara con la mano izquierda.

—Gracias, Harry.

Rider cerró los ojos y Bosch observó hasta que ella finalmente se rindió. Murmuró algo que Bosch no pudo entender y se quedó dormida. Bosch la observó un rato y pensó en cómo sería no tenerla más de compañera. Habían trabajado bien juntos, como una familia. La echaría de menos.

No quería pensar en el futuro en ese momento. Abrió el expediente del caso y decidió empezar a leer acerca del pasado. Empezó por la primera página, el informe inicial del homicidio.

Al cabo de unos minutos lo había leído y estaba a punto de comenzar con los informes de los testigos cuando empezó a vibrarle el móvil en el bolsillo. Salió de la habitación para responder la llamada en el pasillo. Era el teniente Randolph de la Unidad de Investigación de Tiroteos.

—Lo siento, vamos a mantenerlo fuera de servicio hasta que nos tomemos nuestro tiempo con esto —dijo.

—Está bien. Ya sé por qué.

—Sí, mucha presión.

—¿En qué puedo ayudarle, teniente?

—Esperaba que pudiera pasarse por el Parker Center y ver esta cinta que hemos conseguido.

—¿Tienen la cinta del cámara de O'Shea?

Hubo una pausa antes de que respondiera Randolph.

—Tenemos una cinta suya, sí. No estoy seguro de que sea la cinta completa y por eso quiero que la mire. Ya sabe, para que nos diga lo que falta. ¿Puede venir?

—Tardaré cuarenta y cinco minutos.

—Bien. Estaré esperando. ¿Cómo está su compañera?

Bosch se preguntó si Randolph sabría dónde estaba.

—Todavía resiste. Estoy en el hospital ahora, pero ella está inconsciente.

Esperaba retrasar el interrogatorio de Rider por la UIT lo más posible. Dentro de unos días, cuando estuviera sin calmantes y con la mente despejada, Rider quizá se pensaría mejor lo de declarar voluntariamente que se había quedado paralizada cuando Waits actuó.

—Estamos esperando para ver cuándo podremos interrogarla —dijo Randolph.

—Probablemente dentro de unos días, diría.

—Probablemente. En cualquier caso nos vemos enseguida. Gracias por venir.

Bosch cerró el teléfono y volvió a entrar en la habitación. Cogió el expediente del caso de la silla donde lo había dejado y miró a su compañera. Estaba dormida. Salió en silencio de la habitación.

Llegó en poco tiempo al Parker Center y llamó a Rachel para decirle que la comida pintaba bien. Accedieron en ir de lujo y ella dijo que haría una reserva en el Water Grill para las doce. Bosch dijo que la vería allí.

La brigada de la UIT se hallaba en la tercera planta del Parker Center. Estaba en el extremo opuesto del edificio desde la División de Robos y Homicidios. Randolph tenía una oficina privada con equipo de vídeo. Estaba sentado detrás del escritorio mientras Osani trabajaba con el equipo y poniendo a punto la cinta. Randolph señaló a Bosch el único asiento que quedaba.

—¿Cuándo consiguieron la cinta? —preguntó Bosch.

—La entregaron esta mañana. Corvin dijo que tardó veinticuatro horas en recordar que la había puesto en uno de los bolsillos que usted mencionó. Esto, por supuesto, fue después de que le recordara que tenía un testigo que vio cómo se guardaba la cinta en el bolsillo.

—¿Y cree que está manipulada?

—Lo sabremos seguro después de que se la demos a los técnicos, pero sí, ha sido editada. Encontramos su cámara en la escena del crimen y Osani tuvo la buena idea de anotar el número del contador. Cuando pones esta cinta, el contador no coincide. Faltan unos dos minutos de la cinta. ¿Por qué no la pones, Reggie?

Osani puso en marcha la cinta y Bosch observó que empezaba con la reunión de investigadores y técnicos en el aparcamiento de Sunset Ranch. Corvin se había quedado cerca de O'Shea en todo momento y había un flujo ininterrumpido de imágenes que siempre parecía mantener al candidato a fiscal del distrito en el centro. Esto continuó cuando el grupo siguió a Waits al bosque y hasta que todos se detuvieron en lo alto del terraplén. Entonces quedó claro que había un corte donde presuntamente Corvin había apagado la cámara y la había vuelto a encender. En la cinta no se veía ninguna discusión sobre si las esposas tenían que retirarse de las muñecas de Waits. El vídeo cortaba desde donde Kiz Rider decía que podían usar la escalera de la policía científica hasta que Cafarelli volvía allí con ésta.

Osani detuvo la cinta para poder discutir al respecto.

—Es probable que detuviera la cámara mientras esperábamos la escalera —dijo Bosch—. Eso duró diez minutos a lo sumo. Pero seguramente no la paró antes de la discusión por las esposas de Waits.

—¿Está seguro?

—No, sólo son hipótesis. Pero yo no estaba mirando a Corvin. Estaba mirando a Waits.

—Claro.

—Lo siento.

—No lo sienta. No quiero que me dé nada que no estuviera allí.

—¿Alguno de los otros testigos me respalda en esto? ¿Dijeron que oyeron la discusión sobre quitarle las esposas?

—Cafarelli, la técnica forense, la oyó. Corvin dijo que no la oyó y O'Shea dijo que nunca ocurrió. Así que tenemos a dos del departamento diciendo que sí y a dos de la fiscalía diciendo que no. Y ninguna cinta que lo respalde en un sentido o en otro. Clásica pelea de a ver quién mea más lejos.

—¿Y Maury Swann?

—Él desequilibraría la balanza, salvo que no va a hablar con nosotros. Dice que permanecerá callado por interés de su cliente.

Eso no sorprendió a Bosch, viniendo de un abogado defensor.

—¿Hay algún otro corte que quiera mostrarme?

—Posiblemente. Adelante, Reggie.

Osani puso de nuevo en marcha el vídeo y se vio el descenso de la escalera y luego la acción en el calvero, donde Cafarelli usó metódicamente la sonda para marcar la ubicación del cadáver. La grabación era ininterrumpida. Corvin simplemente encendió la cámara y lo grabó todo, probablemente con la idea de editar la cinta después por si en algún momento se necesitaba en un tribunal. O posiblemente como documental de campaña.

La cinta continuó y documentó el regreso del grupo a la escalera. Rider y Olivas subieron y Bosch le quitó las esposas a Waits. Pero en cuanto el prisionero iniciaba su ascenso por la escalera, la cinta se cortaba cuando alcanzaba los últimos peldaños y Olivas se inclinaba hacia él.

—¿Es todo? —preguntó Bosch.

—Todo —dijo Randolph.

—Recuerdo que después del tiroteo, cuando le dije a Corvin que dejara la cámara y subiera por la escalera para ayudar con Kiz, la tenía en el hombro. Estaba grabando.

—Sí, bueno, le preguntamos por qué paró la grabación y

aseguró que pensaba que se estaba quedando corto de cinta. Quería guardar para la exhumación del cadáver. Así que apagó la cámara cuando Waits estaba subiendo la escalera.

—¿Eso tiene sentido para usted?

—No lo sé, ¿para usted?

—No. Creo que es mentira. Creo que lo tiene todo grabado.

—Eso es sólo una opinión.

—Lo que sea —dijo Bosch—. La cuestión es ¿por qué cortar la cinta en este punto? ¿Qué había en ella?

—Dígamelo. Usted estaba allí.

—Le he dicho todo lo que podía recordar.

—Bueno, será mejor que recuerde más. No queda muy bien aquí.

—¿De qué está hablando?

—En la cinta no hay discusión sobre si al hombre hay que quitarle las esposas o no. Lo que se ve en la cinta es a Olivas quitándoselas para bajar y a usted quitándoselas para volver a subir.

Bosch se dio cuenta de que Randolph tenía razón y que la cinta hacía parecer que él le había quitado las esposas a Waits sin discutirlo siquiera con los demás.

—O'Shea me está tendiendo una trampa.

—No sé si nadie le está tendiendo una trampa a nadie. Deje que le pregunte algo. Cuando todo se fue al cuerno y Waits cogió la pistola y empezó a disparar, ¿recuerda si vio a O'Shea?

Bosch negó con la cabeza.

—Yo terminé en el suelo con Olivas encima de mí. Me preocupaba dónde estaba Waits, no O'Shea. Lo único que puedo decirles es que no estaba en mi campo visual. Estaba en algún sitio detrás.

—Quizás era eso lo que Corvin tenía en la cinta. O'Shea corriendo como un cobarde.

El uso de la palabra «cobarde» despertó algo en Bosch.

Ahora lo recordó. Desde lo alto del terraplén Waits había llamado cobarde a alguien, presumiblemente a O'Shea. Bosch recordó oír que alguien echaba a correr detrás de él. O'Shea había corrido.

Bosch pensó en ello. Para empezar, O'Shea no tenía ningún

arma con la que protegerse del hombre al que iba a mandar a prisión de por vida. Sin lugar a dudas, huir de la pistola no sería inesperado ni poco razonable. Habría sido un acto de supervivencia, no de cobardía. Pero puesto que O'Shea era candidato a máximo fiscal del condado, echar a correr bajo cualquier circunstancia probablemente no se vería demasiado bien, especialmente si aparecía en vídeo en las noticias de las seis.

—Ahora lo recuerdo —dijo Bosch—. Waits llamó cobarde a alguien por correr. Tuvo que ser a O'Shea.

—Misterio resuelto —dijo Randolph.

Bosch se volvió hacia el monitor.

—¿Podemos retroceder y ver otra vez esa última parte? —preguntó—. Antes de que se corte, me refiero.

Osani puso en marcha el vídeo y los tres observaron en silencio desde el momento en que le retiraban las esposas a Waits por segunda vez.

—¿Puede pararlo antes del corte? —pidió Bosch.

Osani congeló la imagen en la pantalla. Mostraba a Waits más allá de la mitad de la escalera y a Olivas estirándose para cogerlo. El ángulo del cuerpo de Olivas había provocado que se le abriera el impermeable. Bosch vio la pistola en una cartuchera en la cadera izquierda de Olivas, con la empuñadura hacia fuera, de manera que podía sacar el arma cruzando el brazo derecho por delante del cuerpo.

Bosch se levantó y caminó hasta el monitor. Sacó un bolígrafo y tamborileó en la pantalla.

—¿Se han fijado en eso? —dijo—. Parece que tiene el cierre de la cartuchera abierto.

Randolph y Osani estudiaron la pantalla. El cierre de seguridad era algo en lo que obviamente no habían reparado antes.

—Puede que quisiera estar preparado por si el prisionero intentaba algo —dijo Osani—. Está dentro del reglamento.

Ni Bosch ni Randolph respondieron. Tanto si estaba dentro de las regulaciones del departamento como si no, era una curiosidad que no podría explicarse, porque Olivas estaba muerto.

—Puedes apagarlo, Reg —dijo finalmente Randolph.

—No, ¿puede mostrarlo una vez más? —pidió Bosch—. Sólo esta parte de la escalera.

Randolph dio su aprobación a Osani con un gesto de la cabeza y la cinta fue rebobinada y reproducida. Bosch trató de usar las imágenes del monitor para cobrar impulso y aplicarlo a su propio recuerdo de lo que ocurrió cuando Waits llegó arriba. Recordó que levantó la mirada y vio a Olivas girando sobre sí mismo, dando la espalda a los de abajo y bloqueando un disparo claro sobre Waits. Recordó que se preguntó dónde estaba Kiz y por qué no había reaccionado.

Entonces se produjeron disparos y Olivas cayó de espaldas por la escalera hacia él. Bosch levantó las manos para tratar de amortiguar el impacto. En el suelo, con Olivas encima de él, oyó más disparos y luego los gritos.

Los gritos. Lo había olvidado por el subidón de adrenalina y el pánico. Waits se había acercado al borde del terraplén y les había disparado. Y había gritado. Había llamado a O'Shea cobarde por correr. Pero había dicho algo más que eso.

«Corre, cobarde. ¿Qué pinta tiene ahora tu chanchullo?»

Bosch había olvidado la pulla en la conmoción, la confusión del tiroteo, la fuga y el intento de salvar a Kiz Rider. En la carga de miedo que conllevaron aquellos momentos.

—¿Qué significaba eso? ¿Qué estaba diciendo Waits al hablar de chanchullo?

—¿Qué pasa? —preguntó Randolph.

—Nada. Sólo trataba de concentrarme en lo que ocurrió en los momentos en que no hay cinta.

—Parecía que había recordado algo.

—Acabo de recordar lo cerca que estuve de que me mataran como a Olivas y Doolan. Olivas aterrizó encima de mí. Terminó siendo mi escudo.

Randolph asintió con la cabeza.

Bosch quería salir de ahí. Quería coger ese hallazgo «¿qué pinta tiene ahora tu chanchullo?» y trabajarlo. Quería reducirlo a polvo y analizarlo bajo el microscopio.

—Teniente, ¿me necesitan para algo más ahora mismo?

—No ahora mismo.

—Entonces me voy. Llámenme si me necesitan.

—Llámeme cuando recuerde lo que no puede recordar.

Miró a Bosch con ironía. Éste apartó su mirada.

—Bien.

Bosch salió de la oficina de la UIT y accedió a la zona de los ascensores. Tendría que haber salido del edificio entonces, pero en cambió pulsó el botón de subir.

21

Recordar lo que Waits les había gritado cambiaba las cosas. Para Bosch significaba que había algo en marcha en Beachwood Canyon, y era algo de lo cual no tenía ni la menor pista. Su primera idea fue retirarse y considerarlo todo antes de hacer un movimiento. Pero la cita con la UIT le había dado un motivo para estar en el Parker Center y planeaba sacar el máximo provecho antes de irse.

Entró en la sala 503, las oficinas de la unidad de Casos Abiertos, y se dirigió hacia la zona donde se hallaba su escritorio. La sala de la brigada estaba casi vacía. Echó un vistazo al puesto de trabajo que compartían Marcia y Jackson y vio que habían salido. Puesto que tenía que pasar por delante de la puerta abierta del despacho de Pratt para ir a su propio lugar de trabajo, Bosch decidió ir de frente. Asomó la cabeza y vio a su jefe arrellanado en su escritorio. Estaba comiendo pasas de una cajita roja. Se mostró sorprendido de ver a Bosch.

—Harry, ¿qué estás haciendo aquí? —preguntó.

—La UIT me ha llamado para ver el vídeo que el tipo de O'Shea grabó en la expedición de Beachwood.

—¿Tiene el tiroteo grabado?

—No del todo. Asegura que la cámara estaba apagada.

Pratt enarcó las cejas.

—¿Randolph no le cree?

—Es difícil. El tipo se guardó la cinta hasta esta mañana y parece que puede estar alterada. Randolph va a pedir a los técnicos que la examinen. En cualquier caso, escuche, pensaba que mientras estaba aquí podía llevarme unos cuantos expedientes y material a Archivos para que no se queden por aquí. Kiz también tiene algunos expedientes fuera y pasará un tiempo hasta que pueda volver a ellos.

—Probablemente es buena idea.

Bosch asintió.

—Eh —dijo Pratt con la boca llena de pasas—. Acabo de tener noticias de Tim y Rick. Acaban de salir de Mission ahora mismo. La autopsia ha sido esta mañana y tienen la identificación: Marie Gesto. Lo han confirmado por la dentadura.

Bosch asintió de nuevo mientras consideraba lo definitivo de la noticia. La búsqueda de Gesto había concluido.

—Supongo que ya está, pues.

—Decían que tú ibas a hacer la notificación. Que querías hacerlo.

—Sí, pero probablemente esperaré hasta esta noche, cuando Dan Gesto vuelva de trabajar. Será mejor que los dos padres estén juntos.

—Como quieras manejarlo. Mantendremos esto oculto de momento. Llamaré al forense y le diré que no lo hago público hasta mañana.

—Gracias. ¿Tim o Rick dijeron si tenían la causa de la muerte?

—Parece estrangulación manual. El hioides estaba fracturado.

Se tocó la parte delantera del cuello por si acaso Bosch no recordaba dónde estaba situado el frágil hueso hioides. Bosch sólo había trabajado alrededor de un centenar de casos de estrangulamiento, pero no se molestó en decir nada.

—Lo siento, Harry. Ya sé que éste te toca de cerca. Cuando empezaste a sacar el expediente cada par de meses, supe que significaba algo para ti.

Bosch asintió más para sí mismo que para Pratt. Fue a su escritorio, pensando en la confirmación de la identificación del cadáver, y recordó cómo trece años antes había estado convencido de que nunca encontrarían a Marie Gesto. Siempre resultaba extraño el devenir de los acontecimientos. Empezó a recoger todas las carpetas relacionadas con la investigación Waits. Marcia y Jackson tenían el expediente del homicidio de Gesto, pero eso no le importaba a Bosch porque él disponía de su propia copia en el coche.

Se acercó al escritorio de su compañera para recoger las carpetas de Rider sobre Daniel Fitzpatrick, el prestamista de Hollywood al que Waits había asesinado durante los disturbios de 1992, y reparó en dos cajas de plástico en el suelo. Abrió una y vio que contenía los registros de empeño recuperados de la tienda arrasada por el fuego. Bosch recordó que Rider los había mencionado. El olor a moho de los documentos que habían estado húmedos le impactó y enseguida cerró la tapa de la caja. Decidió que también se los llevaría, aunque eso supondría hacer dos viajes por delante de la puerta abierta de Pratt para meter todo en su coche, y eso le daría al jefe dos oportunidades para despertar su curiosidad acerca de lo que Bosch pretendía realmente.

Bosch estaba considerando dejar las cajas, pero tuvo suerte. Pratt salió de su oficina y lo miró.

—No sé quién decidió que las pasas son un buen aperitivo —dijo—. Todavía tengo hambre. ¿Quieres algo de abajo, Harry? ¿Un donut?

—No, gracias. Voy a llevarme este material y me voy.

Bosch se fijó en que Pratt sostenía una de las guías normalmente apiladas en su escritorio. Decía *Indias occidentales* en la tapa.

—¿Investigando? —preguntó.

—Sí, comprobando cosas. ¿Has oído hablar de un lugar llamado Nevis?

—No.

Bosch había oído nombrar pocos de los sitios a los que se refería Pratt durante sus investigaciones.

—Aquí dice que puedes comprar un viejo molino de azúcar con tres hectáreas de terreno por menos de cuatrocientos mil. Mierda, sacaría más que eso sólo de mi casa.

Probablemente era cierto. Bosch no había estado nunca en la casa de Pratt, pero sabía que tenía una propiedad en Sun Valley que era lo bastante grande para mantener un par de caballos. Vivía allí desde hacía casi veinte años y estaba asentado en una mina de oro en valor inmobiliario. Aunque había un problema. Unas semanas antes, Rider había escuchado desde su escritorio una conversación telefónica de Pratt en la que planteaba cuestiones sobre custodia de niños y propiedad común. Habló a Bosch de la llamada y ambos supusieron que Pratt estaba hablando con un abogado de divorcios.

—¿Quiere refinar azúcar? —preguntó Bosch.

—No, Harry, sólo es para lo que se usaba en un tiempo la propiedad. Ahora la compras, la arreglas y montas una casa rural.

Bosch se limitó a asentir. Pratt se estaba trasladando a un mundo que él no conocía nada y que le importaba aún menos.

—En fin —dijo Pratt, sintiendo que no tenía audiencia—. Nos veremos. Y, por cierto, está muy bien que te hayas vestido para la UIT. La mayoría de los tipos suspendidos de empleo se habrían presentado en tejanos y camiseta, con más pinta de sospechoso que de poli.

—Sí, no hay problema.

Pratt salió de la oficina y Bosch esperó treinta segundos a que cogiera el ascensor. Luego puso una pila de carpetas en una de las cajas de pruebas y se dirigió a la puerta con todo. Tuvo tiempo de bajarlo hasta su coche y volver antes de que Pratt regresara de la cafetería. Entonces cogió la segunda caja y se fue. Nadie le preguntó qué estaba haciendo ni adónde iba con ese material.

Después de salir del aparcamiento, Bosch miró el reloj y vio que contaba con menos de una hora libre antes de encontrarse para comer con Rachel. No había tiempo suficiente para conducir hasta casa, dejar los documentos y volver, además, habría sido una pérdida de tiempo y gasolina. Pensó en cancelar la comida para poder ir directamente a casa y empezar con la revisión de los registros, pero descartó la idea porque sabía que Rachel sería una buena caja de resonancia y que incluso podría proporcionarle algunas ideas acerca de lo que quería decir Waits al gritar durante el tiroteo.

También podía llegar pronto al restaurante y empezar su revisión mientras esperaba a Rachel en la mesa, aunque eso podía suponer un problema si un cliente o un camarero atisbaba algunas de las fotos del expediente.

La principal biblioteca de la ciudad se hallaba en la misma manzana del restaurante y decidió que iría allí. Podía trabajar un poco con los archivos en uno de los cubículos privados y luego reunirse con Rachel a tiempo en el restaurante.

Después de aparcar en el garaje que había debajo de la biblioteca se llevó los expedientes de los casos Gesto y Fitzpatrick al ascensor. Una vez dentro de los confines de la biblioteca encontró un cubículo abierto en una sala de consulta y se puso a trabajar en la revisión de los documentos que había traído. Como había empezado a releer los archivos de Gesto en el hospital, decidió continuar y terminar su revisión.

Al avanzar por el expediente en el orden en que los documentos e informes fueron archivados, no alcanzó la cronología de la investigación —normalmente archivada al final del expediente— hasta el final. Leyó rutinariamente los formularios 51, y nada en los movimientos de la investigación realizados, los sujetos interrogados o las llamadas recibidas le parecieron más importantes que cuando fueron añadidos originalmente a la cronología.

Sin embargo, de repente se quedó impactado por lo que no había visto en la cronología. Pasó rápidamente las páginas hacia atrás hasta que llegó al 51 del 29 de septiembre de 1993 y buscó la anotación de la llamada que Robert Saxon le había hecho a Jerry Edgar.

No estaba allí.

Bosch se inclinó hacia delante para leer el documento con más claridad. Eso no tenía sentido. En el expediente oficial, la anotación estaba allí. El alias de Raynard Waits, Robert Saxon. La fecha de la entrada era el 29 de septiembre de 1993 y la hora las 18:40. Olivas la había encontrado en su revisión del caso y al día siguiente Bosch lo había visto claramente en el despacho de O'Shea. Había examinado la anotación, sabiendo que era la confirmación de un error que permitió a Waits otros trece años de libertad para matar.

Pero la entrada no estaba en la copia de Bosch del expediente.

¿Qué diablos?

Al principio, Bosch no lo entendió. La copia de la cronología que tenía delante se había hecho cuatro años antes, cuando Bosch había decidido retirarse. Había fotocopiado en secreto los expedientes de un puñado de casos abiertos que todavía le carcomían por dentro. Eran los casos de su jubilación. Su plan consistía en trabajarlos por su cuenta en su tiempo libre para resolverlos antes de poder abandonar finalmente la misión e irse a una playa de México con una caña de pescar en una mano y una cerveza en la otra.

Pero no funcionaba de ese modo. Bosch descubrió que la misión se cumpliría mejor con una placa y regresó al trabajo. Después de ser asignado con Rider a la unidad de Casos Abiertos, uno de los primeros expedientes que sacó de Archivos fue el caso Gesto. El expediente que sacó era el registro vivo, el archivo de la investigación que se actualizaba cada vez que él o algún otro lo trabajaba. Lo que tenía delante era una copia que había permanecido en un estante de su armario y que no se había actualizado en cuatro años. Aun así ¿cómo uno de los expedientes podía tener una nota en un formulario 51 de 1993 y el otro no?

La lógica dictaba una única respuesta.

El archivo oficial de la investigación había sido falsificado. La entrada del nombre de Robert Saxon en el expediente fue añadida después de que Bosch hiciera su copia del mismo. Por supuesto, esto dejaba un margen de cuatro años en los cuales podía haberse añadido la nota falsa, pero el sentido común le decía a Bosch que no se trataba de años sino de días.

Freddy Olivas le había llamado sólo unos días antes buscando el expediente. Olivas tomó posesión del expediente y luego fue él mismo quien descubrió la entrada de Robert Saxon. Fue Olivas quien lo había sacado a la luz.

Bosch repasó la cronología. Casi todas las páginas correspondientes a las fechas de los primeros días de la investigación inicial estaban completamente llenas de anotaciones indicadas con fecha y hora. Sólo la página del 29 de septiembre tenía espacio en la parte inferior. Eso habría permitido a Olivas retirar la página de la carpeta, escribir la anotación de Saxon y devolverla a su sitio, preparando el escenario para su supuesto descubrimiento de esa conexión entre Waits y Gesto. En 1993, Bosch y Edgar cumplimentaban los 51 en una máquina de escribir de la sala de brigada de Hollywood. Ahora todo se hacía con ordenador, pero todavía había muchas máquinas de escribir en la mayoría de las salas de brigada para los polis de la vieja escuela —como Bosch— que no conseguían hacerse a la idea de trabajar en un ordenador.

Bosch sintió que una pesada mezcla de alivio y rabia empezaba a superarle. La carga de la culpa por el error que él y Edgar habían cometido se estaba desvaneciendo. Estaban a salvo y necesitaba contárselo a Edgar lo antes posible. Pero Bosch no podía abrazar esa sensación —todavía no— por la creciente rabia que sentía al haber sido víctima de Olivas. Se levantó y salió del cubículo. Abandonó la sala de consulta y accedió a la rotonda principal de la biblioteca, donde un mosaico circular en lo alto de las paredes contaba la historia de los fundadores de la ciudad.

Bosch tenía ganas de gritar, de exorcizar el demonio, pero se mantuvo en silencio. Un vigilante de seguridad pasó a toda prisa por aquella estructura oscura, quizá de camino a detener a un ladrón de libros o a un exhibicionista. Bosch observó cómo se alejaba y volvió a su trabajo.

De vuelta en el cubículo, intentó pensar en lo ocurrido. Olivas había alterado el expediente escribiendo una entrada de dos líneas en la cronología que haría creer a Bosch que había cometido un error garrafal en las primeras etapas de la investigación.

La anotación decía que Robert Saxon había llamado para informar de que había visto a Gesto en el supermercado Mayfair la tarde de su desaparición.

Eso era todo. No era el contenido de la llamada lo que era importante para Olivas. Era su autor. Olivas había querido meter de alguna manera a Raynard Waits en el expediente. ¿Por qué? ¿Para causar a Bosch algún tipo de complejo de culpa que le permitiera tener ventaja y controlar la investigación en curso?

Bosch descartó esta posibilidad. Olivas ya llevaba ventaja y tenía el control. Era el investigador jefe en el caso Waits y el hecho de que Bosch fuera propietario del caso Gesto no alteraría eso. Bosch iba a bordo, sí, pero no manejaba el timón. Olivas dirigía el rumbo y por consiguiente introducir el nombre de Robert Saxon no era necesario.

Tenía que existir otra razón.

Bosch reflexionó durante un rato, pero sólo se le ocurrió la débil conclusión de que Olivas necesitaba conectar a Waits con Gesto. Al poner el alias del asesino en el expediente, se remontaba trece años en el tiempo y vinculaba firmemente a Raynard Waits con Marie Gesto.

Pero Waits estaba a punto de reconocer que había asesinado a Gesto. No podía haber mayor vínculo que una confesión sin coerción. Incluso iba a conducir a las autoridades hasta el cadáver. La anotación en la cronología sería una conexión menor comparada con estas dos. Entonces, ¿por qué ponerla?

En última instancia, Bosch estaba confundido por el riesgo que había corrido Olivas. Había alterado el expediente oficial de una investigación de asesinato sin aparentemente ninguna razón ni beneficio. Había corrido el riesgo de que Bosch descubriera el engaño y lo acusara. Había corrido el riesgo de que algún día el engaño fuera posiblemente revelado en el tribunal por un abogado listo como Maury Swann. E hizo todo ello sabiendo que no tenía necesidad de hacerlo, sabiendo que Waits estaría sólidamente ligado al caso con una confesión.

Ahora Olivas estaba muerto y no podía ser confrontado. No había nadie para responder por qué.

Salvo quizá Raynard Waits.

«¿Qué pinta tiene ahora tu chanchullo?»

Y quizá Rick O'Shea.

Bosch pensó en ello y de repente lo comprendió todo. De repente supo por qué Olivas había corrido el riesgo y había puesto el espectro de Raynard Waits en el expediente de Marie Gesto. Lo vio con una claridad que no dejaba espacio para la duda.

Raynard Waits no mató a Marie Gesto.

Se levantó de un salto y empezó a recoger los archivos. Agarrándolos con ambas manos, se apresuró por la rotonda hacia la salida. Sus pisadas hicieron eco detrás de él en la gran sala como una multitud que lo persiguiera. Miró hacia atrás, pero no había nadie.

22

Bosch había perdido la noción del tiempo en la biblioteca. Llegaba tarde. Rachel ya estaba sentada y esperándolo. Tenía un gran menú de una página que oscurecía la expresión de enfado de su rostro cuando un camarero condujo a Bosch a la mesa.

—Lo siento —dijo Bosch al sentarse.

—Está bien —replicó ella—, pero ya he pedido. No sabía si ibas a aparecer o no.

Rachel le pasó el menú y él inmediatamente se lo devolvió al camarero.

—Tomaré lo mismo que ella —dijo—, y con el agua está bien.

Bebió del vaso que ya le habían servido mientras el camarero se alejaba. Rachel le sonrió, pero no de manera agradable.

—No te va a gustar. Será mejor que vuelvas a llamarlo.

—¿Por qué? Me gusta el pescado.

—Porque he pedido *sashimi*. La otra noche me dijiste que te gusta el pescado cocinado.

La noticia le dio que pensar un momento, pero decidió que se merecía pagar por su error de llegar tarde.

—Todo va al mismo sitio —dijo, descartando la cuestión—. Pero ¿por qué llaman a este sitio Water Grill si sirven la comida cruda?

—Buena pregunta.

—Olvídalo. Hemos de hablar. Necesito tu ayuda, Rachel.

—¿Con qué? ¿Qué pasa?

—No creo que Raynard Waits matara a Marie Gesto.

—¿Qué quieres decir? Te condujo a su cadáver. ¿Estás diciendo que no era Marie Gesto?

—No, la identificación se ha confirmado esta mañana en la

autopsia. Definitivamente es Marie Gesto la que estaba en esa tumba.

—¿Y Waits fue quien os llevó allí?

—Sí.

—¿Y Waits fue quien confesó haberla matado?

—Sí.

—¿En la autopsia la causa de la muerte coincidía con la confesión?

—Sí, por lo que he oído sí.

—Entonces, Harry, lo que dices es absurdo. Con todo eso, ¿cómo puede no ser el asesino?

—Porque está pasando algo que no sabemos, que yo no sé. Olivas y O'Shea tenían alguna jugada en marcha. No estoy seguro de cuál era, pero todo se fue al traste en Beachwood Canyon.

Ella levantó ambas manos para pedirle que parara.

—¿Por qué no empiezas por el principio? Cuéntame sólo los hechos. No teorías ni conjeturas. Sólo dime lo que tienes.

Le contó todo, empezando con la alteración del expediente del caso por Olivas y concluyendo con el relato detallado de lo que había ocurrido cuando Waits empezó a subir por la escalera en Beachwood Canyon. Le dijo lo que Waits había gritado a O'Shea y lo que se había eliminado de la cinta de vídeo de la expedición.

Tardó quince minutos y durante ese tiempo sirvieron la comida. Bosch pensó que era lógico que llegara deprisa. ¡No tenían que cocinarla! Se sentía afortunado de ser el que estaba llevando la conversación. Eso le daba una buena excusa para no comer el pescado crudo que le pusieron delante.

Cuando hubo terminado de recontar la historia, vio que la mente de Rachel se había puesto a pensar en todo ello. Estaba dándole vueltas a todas las posibilidades.

—Poner a Waits en el expediente no tiene sentido —dijo ella—. Lo conecta con el caso, sí, pero ya está conectado a través de su confesión y al llevaros al cadáver. Así que ¿por qué preocuparse por el expediente del caso?

Bosch se inclinó por encima de la mesa para responder.

—Dos cosas. Una: Olivas pensó que podría necesitar vender

la confesión. No tenía ni idea de si yo podría encontrar lagunas en ella, así que quiso asegurarse. Poner a Waits en el expediente era también una forma de condicionarme a creer la confesión.

—Vale ¿y dos?

—Aquí es donde se pone peliagudo —dijo—. Poner a Waits en el expediente era una forma de condicionarme, pero también se trataba de eliminarme de la caza.

Ella lo miró, pero no registró lo que él estaba diciendo.

—Será mejor que expliques eso.

—Es aquí donde salimos de los hechos conocidos y empezamos a hablar de lo que podrían significar. La teoría, la conjetura, como quieras llamarlo. Olivas puso esa línea en la cronología y me la tiró a la cara. Sabía que si la veía y la creía, también tendría que creer que mi compañero y yo la habíamos cagado bien en el noventa y tres, que había muerto gente por culpa de nuestro error. El peso de todas esas mujeres que Waits había matado desde entonces caería sobre mí.

—Vale.

—Y me conectaría con Waits en un plano emocional de puro odio. Sí, yo he perseguido al hombre que mató a Marie Gesto durante trece años. Pero añadir a esas otras mujeres y poner sus muertes sobre mí llevaría las cosas a una situación explosiva cuando finalmente me encontrara cara a cara con el tipo. Me distraería.

—¿De qué?

—Del hecho de que Waits no la mató. Él estaba confesando el asesinato de Marie Gesto, pero no la mató. Llegó a algún tipo de acuerdo con Olivas y probablemente con O'Shea para cargar con eso, porque ya iba a pagar por los demás casos. Yo estaba tan superado por mi odio que no tenía los ojos en mi presa. No estaba prestando atención a los detalles, Rachel. Lo único que quería era saltar por encima de la mesa y asfixiarlo.

—Estás olvidando algo.

—¿Qué?

Ahora ella se inclinó sobre la mesa, manteniendo la voz baja para no molestar al resto de los clientes.

—Él te condujo al cadáver. Si no la mató, ¿cómo sabía adónde ir en el bosque? ¿Cómo os guio directo a ella?

Bosch asintió con la cabeza. Era una buena pregunta, pero ya había pensado en ella.

—Podía hacerse. Olivas pudo haberle enseñado en su celda. Pudo ser un truco de Hansel y Gretel, un sendero marcado de tal manera que sólo lo notaran quienes lo marcaron. Esta tarde voy a volver a Beachwood Canyon. Mi intuición es que esta vez, cuando vuelva a recorrer el camino, encontraré las señales.

Bosch se estiró, cogió el plato vacío de Rachel y lo cambió por el suyo sin tocar. Ella no protestó.

—Estás diciendo que toda la expedición era una trampa para convencerte —dijo ella—. Que a Waits le hicieron tragar la información fundamental del asesinato de Marie Gesto y que él simplemente la regurgitó toda en la confesión y luego os llevó felizmente como Caperucita Roja por el bosque hasta el lugar donde estaba enterrada la víctima.

Bosch asintió.

—Sí, eso es lo que estoy diciendo. Cuando lo reduces a esto, suena un poco rocambolesco, lo sé, pero…

—Más que un poco.

—¿Qué?

—Más que un poco rocambolesco. En primer lugar, ¿cómo conocía Olivas los detalles para explicárselos a Waits? ¿Cómo sabía dónde estaba enterrada para poder marcar un camino para que Waits lo siguiera? ¿Estás diciendo que Olivas mató a Marie Gesto?

Bosch negó enfáticamente con la cabeza. Pensaba que ella se estaba pasando de la raya en su lógica de abogado del diablo y se estaba enfadando.

—No, no estoy diciendo que Olivas fuera el asesino. Estoy diciendo que fue llevado allí por el asesino. Él y O'Shea. El verdadero asesino acudió a ellos y les propuso una especie de trato.

—Harry, esto suena tan…

Ella no terminó. Movió el *sashimi* de su plato con los palillos, pero apenas comió. El camarero aprovechó el momento para acercarse a la mesa.

—¿No le ha gustado su *sashimi*? —le dijo con voz temblorosa.

—No, yo…

Rachel se detuvo al darse cuenta de que tenía una porción casi completa en el plato.

—Creo que no tenía mucha hambre.

—No sabe lo que se pierde —dijo Bosch, sonriendo—. Estaba fantástico.

El camarero se llevó los platos de la mesa y dijo que volvería con los menús de postres.

—«Estaba fantástico» —dijo Walling con voz socarrona—. Capullo.

—Lo siento.

El camarero volvió con los menús de postres y ambos se lo devolvieron y pidieron café. Walling se quedó en silencio y Bosch decidió esperarla.

—¿Por qué ahora? —preguntó ella al fin.

Bosch negó con la cabeza.

—No lo sé exactamente.

—¿Cuándo fue la última vez que sacaste el caso y trabajaste en él activamente?

—Hace cinco meses. El último vídeo que te mostré la otra noche, ésa fue la última vez que lo revisé. Sólo quería repasarlo otra vez.

—¿Qué hiciste además de llevar a Garland a comisaría otra vez?

—Todo. Hablé con todo el mundo. Llamé otra vez a las mismas puertas. Sólo interrogué a Garland al final.

—¿Crees que fue Garland quien contactó con Olivas?

—Para que Olivas y quizás O'Shea hicieran un trato tendría que haber alguien con pasta. Mucho dinero y poder. Los Garland tienen las dos cosas.

El camarero llegó con el café y la cuenta. Bosch puso una tarjeta de crédito en la mesa, pero el camarero ya se había marchado.

—¿Quieres que al menos paguemos a medias? —preguntó Rachel—. Ni siquiera has comido.

—Está bien. Oír lo que tenías que decirme ha hecho que mereciera la pena.

—Apuesto a que se lo dices a todas las chicas.

—Sólo a las que son agentes federales.

Ella negó con la cabeza. Bosch vio que la duda se abría paso de nuevo en su mirada.

—¿Qué?

—No sé, es sólo...

—Sólo ¿qué?

—¿Y si lo miras desde el punto de vista de Waits?

—¿Y?

—Está muy pillado por los pelos, Harry. Es como una de esas conspiraciones famosas. Coges todos los hechos después de que ocurran y los mueves para que encajen en una teoría rocambolesca. Marilyn Monroe no murió de sobredosis, los Kennedy recurrieron a la mafia para matarla. Algo así.

—Entonces, ¿qué pasa con el punto de vista de Waits?

—Sólo estoy diciendo que por qué lo haría. ¿Por qué iba a confesar un asesinato que no cometió?

Bosch hizo un gesto despreciativo con las manos, como si estuviera apartando algo.

—Esto es fácil, Rachel. Lo haría porque no tenía nada que perder. Ya iba a caer por ser el Asesino de las Bolsas de Echo Park. Si iba a juicio, sin duda iban a condenarlo a muerte, como Olivas le recordó ayer. Así que su única oportunidad de vivir era confesar sus crímenes; si resulta que el investigador y el fiscal quieren que añada otro asesinato más, ¿qué iba a decir Waits al respecto? ¿No hay trato? No te engañes, ellos tenían la posición de fuerza y si le hubieran dicho a Waits que saltara, él habría asentido con la cabeza y habría dicho: «¿Sobre quién?».

Rachel asintió.

—Y había algo más —añadió Bosch—. Sabía que habría una expedición, que saldría de prisión, y apuesto a que eso le dio esperanza. Sabía que quizá tuviera una oportunidad para escapar. Una vez le dijeron que nos conduciría por el bosque, esa posibilidad se hizo un poco más grande y seguro que su cooperación mejoró. Probablemente toda su motivación estaba en la expedición.

Ella asintió otra vez. Bosch no sabía si la había convencido de algo. Se quedaron un buen rato en silencio. Vino el camarero y se llevó la tarjeta de crédito de Bosch. La comida había terminado.

—Entonces, ¿qué vas a hacer? —preguntó ella.

—Como te he dicho, la siguiente parada es Beachwood Canyon. Después de eso, voy a encontrar al hombre que puede explicármelo todo.

—¿O'Shea? Nunca hablará contigo.

—Lo sé. Por eso no voy a ir a hablar con él. Al menos todavía no.

—¿Vas a encontrar a Waits?

Bosch percibió la duda en la voz de Rachel.

—Exacto.

—Se ha largado, Harry. ¿Crees que se quedaría aquí? Mató a dos polis. Su expectativa de vida en Los Ángeles es cero. ¿Crees que se quedaría aquí con todas las personas con pistola y placa del condado buscándolo y con licencia para matar?

Harry Bosch asintió lentamente.

—Sigue aquí —dijo con convicción—. Todo lo que has dicho está bien, salvo que olvidas una cosa. Ahora él tiene el poder. Cuando escapó, el poder pasó a Waits. Y si es listo, y parece que lo es, lo usará. Se quedará y exprimirá a O'Shea al máximo.

—¿Te refieres al chantaje?

—Lo que sea. Waits conoce la verdad. Sabe lo que ocurrió. Si puede hacer creíble que es un peligro para O'Shea y para toda su maquinaria electoral, y si puede contactar con O'Shea, ahora puede ser él quien obligue a saltar al candidato.

Ella asintió.

—El control es una buena cuestión —dijo ella—. ¿Y si esa conspiración tuya hubiera ido como estaba planeada? A ver, Waits carga con Gesto y con todas las demás y se va derecho a Pelican Bay o San Quintín a cumplir perpetua sin condicional. Entonces los conspiradores tienen a este tipo sentado en una celda y resulta que conoce todas las respuestas, y tiene el control. Sigue siendo un peligro para O'Shea y toda su maquinaria política. ¿Por qué iba a ponerse en semejante posición el futuro fiscal del distrito del condado de Los Ángeles?

El camarero le devolvió la tarjeta de crédito y la factura final. Bosch añadió una propina y firmó. Debía de ser la comida más cara que no había probado.

Miró a Rachel cuando estaba terminando de garabatear su rúbrica.

—Buena pregunta, Rachel. No conozco la respuesta exacta, pero supongo que O'Shea u Olivas o alguien tenía un plan para terminar el juego. Y quizá por eso Waits decidió huir.

Ella arrugó el entrecejo.

—No puedo convencerte de lo contrario, ¿no?

—Todavía no.

—En fin, buena suerte. Creo que vas a necesitarla.

—Gracias, Rachel.

Se levantó y lo mismo hizo ella.

—¿Tienes aparcacoches? —preguntó ella.

—No, he dejado el coche en el garaje de la biblioteca.

Eso significaba que saldrían del restaurante por puertas diferentes.

—¿Nos veremos esta noche? —preguntó Bosch.

—Si no me retraso... Corre el rumor de que nos llegará un caso desde Washington. ¿Y si te llamo?

Él le dijo que le parecía bien y salió con Rachel hasta la puerta que conducía al garaje donde esperaban los aparcacoches. Bosch la abrazó y le dijo adiós.

23

En el camino de salida del centro de la ciudad, Bosch tomó por Hill Street hasta Cesar Chavez y dobló a la izquierda. Pronto se convirtió en Sunset Boulevard y condujo por esta avenida hasta Echo Park. No es que esperara ver a Raynard Waits cruzando el semáforo o saliendo de una clínica hispana o de una de las oficinas de la *migra* que se alineaban en la calle. Pero Bosch estaba siguiendo su instinto en el caso y éste le decía que Echo Park seguía en juego. Cuanto más conducía por el barrio, más le tomaba la medida a éste y mejor sería en su búsqueda. Instinto al margen, estaba seguro de una cosa: Waits había sido detenido la primera vez cuando iba de camino a un destino específico en Echo Park. Bosch iba a encontrarlo.

Se metió en una zona de estacionamiento prohibido cerca de Quintero Street y caminó hasta el grill Pescado Mojado. Pidió camarones a la diabla y mostró la foto de ficha policial de Waits al hombre que le atendió y a los clientes que esperaban en la cola. Recibió la habitual negativa con la cabeza de cada cliente y la conversación en castellano entre ellos se apagó. Bosch se llevó el marisco a una mesa y se terminó rápidamente el plato.

Desde Echo Park se dirigió a casa para quitarse el traje y ponerse unos tejanos y un jersey. Luego puso rumbo a Beachwood Canyon y recorrió su camino hasta la cima de la colina. El descampado que se utilizaba de aparcamiento debajo de Sunset Ranch estaba vacío, y Bosch se preguntó si toda la actividad y la atención de los medios del día anterior habían mantenido alejados a los paseantes. Salió del coche y abrió el maletero. Sacó una cuerda enrollada de diez metros y se dirigió a los arbustos por el mismo camino que había tomado detrás de Waits el día anterior.

Sólo había avanzado unos pasos por el sendero cuando su teléfono móvil empezó a vibrar. Se detuvo, sacó el teléfono de los tejanos y vio en la pantalla que quien llamaba era Jerry Edgar. Bosch le había dejado antes un mensaje mientras se dirigía a casa.

—¿Cómo está Kiz?

—Mejor. Deberías visitarla, tío. Superar lo que tengas que superar con ella y visitarla. Ni siquiera llamaste ayer.

—No te preocupes, lo haré. De hecho, estaba pensando en salir temprano y pasarme. ¿Vas a estar allí?

—Tal vez. Llámame cuando vayas y trataré de reunirme contigo. En cualquier caso, no llamaba por eso. Hay un par de cosas que quería contarte. En primer lugar, tenían una confirmación de la identificación en la autopsia hoy. Era Marie Gesto.

Edgar se quedó un momento en silencio antes de responder.

—¿Has hablado con sus padres?

—Todavía no. Dan trabaja ahora vendiendo tractores. Pensaba llamar esta noche cuando él haya vuelto a casa y los dos estén juntos.

—Eso es lo que yo haría. ¿Qué más tienes, Harry? Hay un tipo aquí en una sala por violación y homicidio y voy a entrar a partirle el culo.

—Lamento interrumpir. Pensaba que me habías llamado tú.

—Lo he hecho, tío, pero te estaba contestando la llamada muy deprisa por si acaso era importante.

—Es importante. Pensaba que te gustaría saberlo. Creo que esa anotación que encontraron en los 51 de este caso era falsa. Creo que cuando todo se aclare, estaremos a salvo.

Esta vez no hubo vacilación en la respuesta de su antiguo compañero.

—¿Qué estás diciendo, que Waits no nos llamó entonces?

—Exacto.

—Entonces, ¿como llegó esa anotación a la crono?

—Alguien la añadió. Recientemente. Alguien que me quería joder.

—¡Maldita sea! —exclamó Edgar. Bosch percibió la rabia y el alivio en la voz de su antiguo compañero—. No he dormido desde que me llamaste y me contaste esta mierda, Harry. No sólo te han jodido a ti, tío.

—Eso es lo que suponía. Por eso he llamado. No lo he averiguado todo, pero es lo que parece. Cuando sepa toda la historia, te la contaré. Ahora vuelve a la sala de interrogatorios y acaba con ese tipo.

—Harry, eres mi hombre, acabas de alegrarme el día. Voy a ir a esa sala a crujirle los huesos a ese capullo.

—Me alegro de oírlo. Llámame si vas a ir a ver a Kiz.

—Lo haré.

Pero Bosch sabía que Edgar sólo iba a hacerlo de boquilla. No visitaría a Kiz, y menos si estaba a punto de resolver un caso como había dicho. Después de cerrar el teléfono y guardárselo en el bolsillo, Bosch miró a su alrededor y asimiló el entorno. Miró arriba y abajo, desde el suelo a la bóveda arbórea, y no vio ninguna señal obvia. Supuso que no había necesidad de un sendero de Hansel y Gretel mientras Waits permaneciera en el camino claramente definido. Si había señales, éstas se hallarían al pie de la pendiente fangosa del terraplén. Se dirigió hacia allí.

En la parte de arriba del terraplén ató la cuerda en torno al tronco de un roble blanco y consiguió bajar haciendo *rapel*. Dejó la cuerda en su sitio y de nuevo examinó el área desde el suelo a la bóveda arbórea. No vio nada que señalara de manera inmediata el camino al emplazamiento de la fosa en la que se había hallado a Marie Gesto. Empezó a caminar hacia la tumba, buscando marcas en los troncos de los árboles, cintas en las ramas, cualquier cosa de la que Waits pudiera haberse valido para encontrar el camino.

Bosch llegó al emplazamiento de la tumba sin ver una sola indicación de sendero señalizado. Estaba decepcionado. Esta falta de hallazgos topaba con la teoría que había perfilado para Rachel Walling. Sin embargo, Bosch estaba convencido de haber acertado y se negaba a creer que no había camino. Pensó que era posible que las marcas hubieran sido destruidas por la horda de investigadores y técnicos que habían acudido al bosque el día anterior.

Negándose a rendirse, regresó al terraplén y miró el emplazamiento de la tumba. Trató de poner su mente en la posición en la que estaba Waits. Él nunca había estado antes allí, sin embargo, enseguida eligió una dirección hacia donde ir mientras todos los demás observaban.

«¿Cómo lo hizo?»

Bosch se quedó inmóvil, pensando y mirando al bosque en la dirección de la tumba. No se movió durante cinco minutos. Después de eso tenía la respuesta.

A media distancia de la línea de visión hacia la tumba había un alto eucalipto. Se dividía a ras de suelo y dos troncos plenamente maduros se alzaban al menos quince metros a través de las copas de otros árboles. En la partición, a unos tres metros del suelo, una rama caída se había atascado horizontalmente entre los troncos. La formación del tronco partido y la rama creaban una «A» invertida que era claramente reconocible y que podía percibirse rápidamente por alguien que mirara al bosque buscando exactamente eso.

Bosch se dirigió hacia el eucalipto, convencido de que tenía la primera señal que había visto Waits. Cuando alcanzó la posición, miró una vez más en dirección a la sepultura. Inspeccionó cuidadosamente con la mirada hasta que detectó una anomalía que era obvia y única en términos de las inmediaciones. Caminó hacia ella.

Era un roble californiano joven. Lo que lo hacía distinguible desde cierta distancia era que había perdido su equilibrio natural. Había perdido la simetría porque faltaba una de las ramas inferiores. Bosch se acercó y miró el afloramiento quebrado del tronco donde debía de haber estado una rama de diez centímetros de grosor. Tras agarrarse de una rama inferior para trepar al árbol y examinar la rotura más de cerca, descubrió que no era una fractura natural. El afloramiento mostraba un corte suave en la mitad superior de la rama. Alguien la había serrado en ese punto y luego había tirado de ella para romperla. Bosch no era especialista en botánica, pero pensaba que el corte y la rotura parecían recientes. La madera interna expuesta era de color claro y no había indicación de regeneración o de reparación natural.

Bosch saltó al suelo y miró a su alrededor en los arbustos. La rama caída no estaba a la vista. Se la habían llevado para que no se avistara y causara sospecha. Para él era una prueba más de que habían dejado un camino de Hansel y Gretel para que Waits lo siguiera.

Se volvió y miró en la dirección de la explanada final. Estaba a menos de veinte metros de la tumba y localizó fácilmente la que creía que era la última señal. En lo alto del roble que hacía sombra sobre la tumba había un nido que parecía el hogar de un ave de grandes dimensiones, un búho o un halcón.

Caminó hasta la explanada y levantó la mirada. La banda elástica para el pelo que según Waits marcaba el lugar había sido retirada por el equipo forense. Mirando hacia más arriba, Bosch no veía el nido desde justo debajo. Olivas lo había planeado bien. Había usado tres señales reconocibles sólo desde cierta distancia. Nada que pudiera atraer una segunda mirada de aquellos que seguían a Waits, y aun así tres señales que podían conducirle fácilmente hasta la tumba.

Al bajar la mirada a la fosa abierta a sus pies, recordó que había percibido una alteración del suelo el día anterior. Lo había achacado a animales que hurgaban la tierra. Ahora creía que la alteración había sido dejada por la primera excavación para comprobar el emplazamiento de la fosa. Olivas había estado allí antes que ninguno de ellos. Había salido a marcar el sendero y a confirmar la tumba. O bien le habían contado dónde encontrarla o le había llevado allí el verdadero asesino.

Bosch llevaba varios segundos mirando la tumba y entendiendo el sentido del escenario antes de darse cuenta de que estaba oyendo voces. Al menos dos hombres conversaban, y las voces se estaban aproximando. Bosch oyó movimiento entre los arbustos, el sonido de pasos pesados en el barro y en el lecho de hojas caídas. Llegaban de la misma dirección por la que había llegado Bosch.

Harry recorrió con rapidez el pequeño descampado y se colocó detrás del gran tronco de roble. Esperó y enseguida se dio cuenta de que los hombres habían llegado al mismo claro del bosque.

—Aquí mismo —dijo la primera voz—. Estuvo aquí mismo trece años.

—No, mierda. Es aterrador.

Bosch no se atrevía a asomarse por el tronco y arriesgarse a exponerse. No importaba quién fuera —medios, polis o incluso turistas—, no quería que lo vieran allí.

Los dos hombres se quedaron en la explanada y conversaron de manera intrascendente durante unos momentos. Por fortuna, ninguno se acercó al tronco del roble y a la posición de Bosch. Finalmente, Bosch oyó que la primera voz decía:

—Bueno, terminemos y salgamos de aquí.

Los hombres se alejaron siguiendo la misma dirección por la que habían venido. Bosch se asomó por detrás del árbol y atisbó a ambos justo antes de que desaparecieran entre los arbustos. Vio a Osani y al otro hombre que suponía que también era de la UIT. Después de darles cierta ventaja, Bosch salió de detrás del tronco y cruzó el descampado. Ocupó una posición a cubierto de un viejo eucalipto y observó a los hombres de la UIT regresando al lugar que el deslizamiento de barro había cortado a pico.

Osani y su compañero hicieron tanto ruido caminando por los arbustos que para Bosch fue fácil elegir el rumbo hacia el terraplén. Protegido por el ruido llegó al eucalipto que constituía la primera señal para Waits y observó a los dos hombres cuando éstos se disponían a tomar medidas desde abajo hasta lo alto del terraplén. Bosch vio ahora una escalera colocada de manera muy similar a como lo había estado la del día anterior. Se dio cuenta de que los dos hombres estaban puliendo el informe oficial. Estaban tomando medidas que o bien se habían olvidado o se habían considerado innecesarias el día anterior. A la luz de la hecatombe política causada, todo era necesario.

Osani subió por la escalera mientras su compañero permanecía abajo. Sacó una cinta métrica de su cinturón y soltó una longitud considerable, pasando el extremo a su compañero. Tomaron medidas con Osani gritando las longitudes y su compañero anotándolas en una libreta. A Bosch le dio la impresión de que estaban midiendo diversas distancias desde el sitio en el suelo donde él había estado el día anterior a las posiciones en las que habían estado Waits, Olivas y Rider. Bosch no tenía ni idea de la importancia que tales medidas tendrían para la investigación.

El teléfono de Bosch empezó a vibrar en su bolsillo y él rápidamente lo sacó y lo apagó. Al apagarse la pantalla vio que el número de entrada tenía un prefijo 485, lo cual significaba Parker Center.

Al cabo de unos segundos, Bosch oyó sonar un teléfono móvil en el descampado donde Osani y el otro hombre estaban trabajando. Bosch se asomó por detrás del árbol y vio que Osani sacaba un teléfono de su cinturón. Escuchó y luego echó un vistazo por el bosque haciendo un giro de 360 grados. Bosch volvió a esconderse.

—No, teniente —dijo Osani—, no lo vemos. El coche está en el aparcamiento, pero no lo vemos. No vemos a nadie aquí.

Osani escuchó un rato más y dijo que sí varias veces antes de cerrar el teléfono y volver a guardárselo en el cinturón. Continuó con la cinta métrica y al cabo de aproximadamente un minuto los dos hombres de la UIT ya tenían lo que necesitaban.

El compañero de Osani subió por la escalera y ambos hombres tiraron de ella hasta el terraplén. Fue en ese momento cuando Osani se fijó en la cuerda atada en torno al tronco del roble blanco en el borde del terraplén. Dejó la escalera en el suelo y se acercó al árbol. Sacó la cuerda de alrededor del tronco y empezó a enrollarla. Miró al bosque al hacerlo y Bosch se ocultó detrás de uno de los dos troncos del eucalipto.

Al cabo de unos minutos se habían ido, regresando ruidosamente por el bosque hasta el descampado del aparcamiento y cargando con la escalera entre los dos. Bosch se acercó al terraplén, pero esperó hasta que dejó de oír a los hombres de la UIT antes de subir utilizando las raíces como asideros en su escalada.

Cuando llegó al descampado del aparcamiento no había rastro de Osani ni de su compañero. Bosch encendió otra vez el teléfono y esperó a que se pusiera en marcha. Quería ver si quien había llamado del Parker Center le había dejado un mensaje. Antes de poder escuchar, el teléfono empezó a vibrarle en la mano. Reconoció el número como una de las líneas de Casos Abiertos. Respondió la llamada.

—Soy Bosch.

—Harry, ¿dónde estás?

Era Abel Pratt y Bosch percibió un tono de urgencia en su voz.

—En ningún sitio. ¿Por qué?

—¿Dónde estás?

Algo le decía a Bosch que Pratt sabía exactamente dónde estaba.

—Estoy en Beachwood Canyon. ¿Qué está pasando?

Hubo un momento de silencio antes de que Pratt respondiera, con el tono de urgencia sustituido por uno de enfado.

—Lo que está pasando es que acabo de recibir una llamada del teniente Randolph de la UIT. Dice que hay un Mustang registrado a tu nombre en el aparcamiento de ahí arriba. Le he dicho que es realmente extraño, porque Harry Bosch está en casa, suspendido de servicio y se supone que a un millón de kilómetros de la investigación de Beachwood Canyon.

Pensando con rapidez, a Bosch se le ocurrió una escapatoria.

—Mire, no estoy investigando nada. Estoy buscando algo. Perdí mi moneda de la suerte ayer. Sólo la estoy buscando.

—¿Qué?

—Mi ficha de Robos y Homicidios. Debió de caérseme del bolsillo cuando me deslicé por el terraplén. Al llegar a casa anoche no estaba en mi bolsillo.

Al hablar, Bosch metió la mano en su bolsillo y sacó el objeto que reclamaba haber perdido. Era una pesada pieza de metal de aproximadamente el tamaño y el diámetro de una ficha de casino. Un lado mostraba la placa de detective y el otro la caricatura de un detective —traje, sombrero y mentón prominente— sobre una bandera americana de fondo. Se conocía como moneda o ficha de la suerte y era un remanente de la práctica de las unidades militares especializadas y de elite. Después de ser aceptado en una unidad, un soldado recibe una moneda de la suerte y se espera que la lleve siempre. En todo momento y lugar un compañero de unidad puede pedirle que le muestre la moneda. Esto suele ocurrir en un bar o una cantina. Si el soldado no lleva la moneda, ha de pagar la cuenta. La tradición se había observado durante muchos años en la División de Robos y Homicidios. A Bosch le habían dado su ficha al regresar de la jubilación.

—Al cuerno la moneda, Harry —dijo Pratt enfadado—. Puedes conseguir otra por diez pavos. Aléjate de la investigación. Vete a casa y quédate allí hasta que tengas noticias mías. Está claro.

—Muy claro.

—Además, ¿qué coño? Si perdiste la moneda allí, entonces la gente de Forense ya la habrá encontrado. Fueron a la escena con un detector de metales buscando cartuchos.

Bosch asintió.

—Sí, olvidé eso.

—Sí, Harry, lo olvidaste. ¿Me estás tomando el pelo?

—No, jefe, no. Lo olvidé. Estaba aburrido y decidí venir a echar un vistazo. Vi a la gente de Randolph y decidí mantenerme escondido. No pensaba que llamaran para comprobar mi matrícula.

—Bueno, lo hicieron. Y luego yo recibí la llamada. No quiero que me salpique esto, Harry. Lo sabes.

—Me voy a casa ahora mismo.

—Bien. Y quédate allí.

Pratt no esperó la respuesta de Bosch. Colgó y Bosch cerró su teléfono. Lanzó la pesada moneda al aire y cayó en su palma, con la placa boca arriba. Se la guardó y caminó hasta su coche.

24

Algo en el hecho de que le dijeran que se marchara a casa hizo que Bosch no fuera allí. Después de irse de Beachwood Canyon hizo una parada en Saint Joe para ver cómo estaba Kiz Rider. La habían cambiado de habitación otra vez. Ahora estaba fuera de la UCI, en planta. No tenía una habitación privada, pero la otra cama estaba vacía. Solían hacer eso por los polis.

Todavía le costaba esfuerzo hablar y el malestar de la depresión que había exhibido esa mañana no se había esfumado. Bosch no se quedó mucho. Le dio recuerdos de Jerry Edgar y finalmente se fue a casa como le habían ordenado, eso sí, cargado con las dos cajas y las carpetas que había recogido antes de la unidad de Casos Abiertos.

Puso las cajas en el suelo del comedor y esparció las carpetas sobre la mesa. Había un montón y sabía que tendría ocupación durante al menos un par de días con lo que se había llevado de la oficina. Se acercó al equipo de música y lo encendió. Ya tenía puesto el cedé de la colaboración de Coltrane y Monk en el Carnegie Hall. El reproductor estaba en aleatorio y la primera canción que sonó fue «Evidence». Bosch lo tomó como una buena señal al volver a la mesa.

Para empezar pensaba hacer inventario de lo que tenía exactamente para poder decidir cómo abordar su revisión del material. Lo primero, y lo más importante, era la copia del registro de la investigación en el caso en curso del que se acusaba a Raynard Waits. Se la había entregado Olivas, pero Bosch y Rider no la habían estudiado a fondo porque sus asignaciones y prioridades eran los casos Fitzpatrick y Gesto. Sobre la mesa, Bosch tenía también el expediente del caso Fitzpatrick que Rider había sacado de Archivos, así como su copia secreta del expediente Gesto, del cual ya había llevado a cabo una revisión completa.

Por último, en el suelo había dos cajas de plástico que contenían los registros de la casa de empeños que se habían salvado después de que el negocio de Fitzpatrick fuera arrasado por las llamas y luego empapado por las mangueras de los bomberos durante los disturbios de 1992.

Había un cajoncito en el lateral de la mesa del comedor. Bosch suponía que había sido diseñado para la cubertería, pero como utilizaba la mesa con más frecuencia para trabajar que para comer, el cajón contenía diversos bolígrafos y blocs. Retiró uno de cada, decidiendo que tenía que anotar los aspectos importantes de la investigación en curso. Después de veinte minutos y tres hojas arrancadas y arrugadas, sus pensamientos en forma libre ocupaban menos de media página.

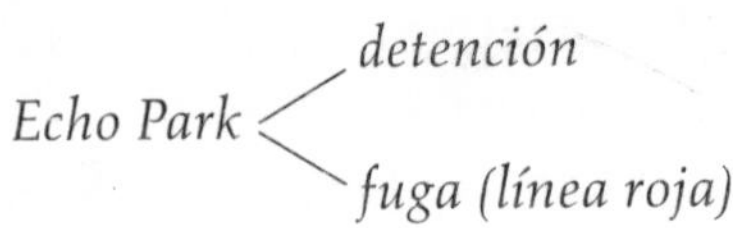

¿Quién es Waits? ¿Dónde está el castillo? (destino Echo Park)
Beachwood Canyon – montaje, falsa confesión
¿Quién se beneficia? ¿Por qué ahora?

Bosch examinó las notas durante unos segundos. Sabía que las dos últimas preguntas eran en realidad el punto de partida. Si las cosas hubieran ido según el plan, ¿quién se habría beneficiado de la falsa confesión de Waits? Para empezar Waits, al evitar la pena de muerte. Pero el auténtico ganador era el auténtico asesino. El caso se habría cerrado, todas las investigaciones se habrían detenido. El asesino real habría escapado a la justicia.

Bosch contempló de nuevo las dos preguntas. ¿Quién se beneficia? ¿Por qué ahora? Las consideró cuidadosamente y luego invirtió el orden y las consideró de nuevo. Llegó a una única conclusión. Sus investigaciones continuadas del caso Marie Gesto habían creado una necesidad de hacer algo en ese momento. No podía menos que pensar que había llamado demasiado fuerte a la puerta de alguien y que todo el plan de Beachwood Canyon se había concebido por la presión que él continuaba ejerciendo en el caso.

Esta conclusión llevaba a la respuesta a la otra pregunta formulada al pie de la hoja: ¿Quién se beneficia? Bosch anotó:

Anthony Garland – Hancock Park

Durante trece años el instinto de Bosch le había dicho que Garland era el culpable. Pero más allá de su instinto no había prueba que relacionara directamente a Garland con el asesinato. Bosch todavía no tenía conocimiento de las pruebas, si es que existían, que pudieran haberse hallado durante la exhumación del cadáver y la autopsia, pero dudaba de que después de trece años hubiera algo útil, ni ADN ni indicios forenses que vincularan al asesino con el cuerpo.

Garland era sospechoso por la teoría de la «víctima sustituta». Es decir, su rabia hacia la mujer que le había dejado le había llevado a matar a una mujer que se la recordaba. Los psiquiatras la habrían calificado de teoría pillada por los pelos, pero Bosch ahora la colocaría en el centro. «Calcula», pensó. Garland era el hijo de Thomas Rex Garland, adinerado barón del petróleo de Hancock Park. O'Shea estaba sumido en una batalla electoral sumamente disputada y el dinero era la gasolina que mantenía en funcionamiento el motor de la campaña. No era inconcebible que se hubiera llevado a cabo un acercamiento discreto a T. Rex y que de éste surgiera un acuerdo y la concepción de un plan. O'Shea consigue el dinero que necesita para ganar las elecciones, Olivas se lleva el puesto de investigador jefe y Waits carga con las culpas por Gesto mientras que Garland queda libre.

Se decía que Los Ángeles era un lugar soleado para gente sombría. Bosch lo sabía mejor que nadie. No vacilaba en creer que Olivas había formado parte de semejante trama. Y la idea de O'Shea, un fiscal de carrera, vendiendo su alma por una oportunidad al cargo máximo tampoco le detuvo demasiado.

«Corre, cobarde. ¿Qué pinta tiene ahora tu chanchullo?»

Abrió el teléfono móvil y llamó a Keisha Russell al *Times*. Después de varios tonos miró el reloj y vio que pasaban unos minutos de las cinco. Se dio cuenta de que probablemente estaba en la hora de cierre y no hacía caso de las llamadas. Dejó un mensaje en el contestador, pidiéndole que lo llamara.

Como era tarde, Bosch decidió que se había ganado una cerveza. Fue a la cocina y sacó una Anchor Steam de la nevera. Se alegró de haber apuntado alto la última vez que compró cerveza. Se llevó la botella a la terraza y observó la caravana de la hora punta en la autovía. El tráfico avanzaba a paso de tortuga y empezó el incesante sonido de todas las variedades de cláxones. La autovía estaba lo bastante lejos para que el ruido no resultara un incordio. Bosch se alegraba de no estar abajo metido en esa batalla.

Su teléfono sonó y Bosch lo sacó del bolsillo. Era Keisha Russell que le devolvía la llamada.

—Lo siento, estaba repasando el artículo de mañana con el corrector.

—Espero que hayas escrito mi nombre bien.

—La verdad es que en éste no sales, Harry. Sorpresa.

—Me alegro de oírlo.

—¿En qué puedes ayudarme?

—Ah, en realidad iba a pedirte que tú hicieras algo por mí.

—Por supuesto. ¿Qué puede ser?

—Ahora eres periodista política, ¿no? ¿Eso significa que miras las contribuciones de campaña?

—Lo hago. Reviso todas las contribuciones de cada uno de mis candidatos. ¿Por qué?

Volvió a entrar y pulsó el botón para silenciar el equipo de música.

—Esto es *off the record*, Keisha. Quiero saber quién ha apoyado la campaña de Rick O'Shea.

—¿O'Shea? ¿Por qué?

—Puedo decirte lo que puedo decirte. Sólo necesito la información ahora mismo.

—¿Por qué siempre me haces esto, Harry?

Era cierto. Habían bailado el mismo baile muchas veces en el pasado. Pero en su historia en común Bosch siempre cumplía su palabra cuando decía que lo contaría cuando pudiera contarlo. Él no la había decepcionado nunca. Y por eso sus protestas eran cháchara, un mero preámbulo antes de hacer lo que

Bosch quería que ella hiciera. Formaba parte de la coreografía.

—Sabes por qué —dijo Bosch, cumpliendo con su papel—. Ayúdame y habrá algo para ti cuando sea el momento.

—Algún día quiero decidir yo cuándo es el momento. Espera.

Russell desconectó y dejó el teléfono durante casi un minuto. Mientras esperaba, Bosch se cernió sobre los documentos extendidos en la mesa del comedor. Sabía que estaba dando pasos en falso con eso de O'Shea y Garland. En ese momento eran inabordables. Estaban protegidos por el dinero, la ley y las normas de las pruebas. Bosch sabía que el ángulo correcto de la investigación era ir a por Raynard Waits. Su trabajo era encontrarlo y resolver el caso.

—Vale —dijo Russell al volver a la línea—. Tengo el archivo actualizado. ¿Qué quieres saber?

—¿Cómo de actualizado?

—Lo entraron la semana pasada. El viernes.

—¿Quiénes son los contribuyentes principales?

—No hay nadie realmente grande, si te refieres a eso. Sobre todo es una campaña de base. La mayoría de los contribuyentes son compañeros abogados. Casi todos ellos.

Bosch pensó en el bufete de Century City que manejaba los asuntos de la familia Garland y que había obtenido las órdenes judiciales que impedían a Bosch interrogar a Anthony Garland si no era en presencia de un abogado. El cabeza de la firma era Cecil Dobbs.

—¿Uno de esos abogados es Cecil Dobbs?

—Ah... sí, C. C. Dobbs, dirección de Century City. Donó mil.

Bosch recordaba al abogado de su colección de interrogatorios en vídeo de Anthony Garland.

—¿Y Dennis Franks?

—Franks, sí. Mucha gente de esa firma contribuyó.

—¿Qué quieres decir?

—Bueno, según la ley electoral, has de dar la dirección de casa y la del trabajo al hacer una contribución. Dobbs y Franks tienen un domicilio laboral en Century City y, veamos, nueve, diez, once personas más dieron la misma dirección. Todos ellos donaron mil dólares. Probablemente son todos los abogados del mismo bufete.

—Así que trece mil dólares de ahí. ¿Es todo?

—De ese lugar, sí.

Bosch pensó en preguntarle específicamente si el nombre de Garland estaba en la lista de contribuyentes. No quería que ella hiciera llamadas telefónicas o metiera las narices en la investigación.

—¿No hay grandes contribuyentes empresariales?

—Nada de gran consecuencia. ¿Por qué no me dices qué estás buscando, Harry? Puedes confiar en mí.

Decidió ir a por ello.

—Has de guardártelo hasta que tengas noticias mías. Ni llamadas telefónicas ni preguntas. Te guardas esto, ¿vale?

—Vale, hasta que tenga noticias tuyas.

—Garland. Thomas Rex Garland, Anthony Garland, cualquiera así.

—Ummm, no. ¿No era Anthony Garland el chico que buscabas por Marie Gesto?

Bosch casi maldijo en voz alta. Esperaba que ella no estableciera la conexión. Una década antes, cuando era un diablillo de la sección policial, Russell había encontrado una solicitud de orden de registro que Bosch había presentado en un intento de registrar la casa de Anthony Garland. La solicitud fue rechazada por falta de causa probable, pero se trataba de un registro público, y en ese momento, Russell, la periodista siempre diligente, revisaba rutinariamente todas las solicitudes de órdenes de registro en el tribunal. Bosch la había convencido de que no escribiera un artículo identificando al vástago de la familia petrolera local como sospechoso en el asesinato Gesto, pero allí estaba al cabo de una década y recordaba el nombre.

—No puedes hacer nada con esto, Keisha —respondió.

—¿Qué estás haciendo? Raynard Waits confesó la muerte de Gesto. ¿Estás diciendo que es mentira?

—No estoy diciendo nada. Simplemente tengo curiosidad por algo, nada más. Ahora no puedes hacer nada con esto. Tenemos un trato. Te lo guardas hasta que tengas noticias mías.

—No eres mi jefe, Harry. ¿Cómo es que me hablas como si lo fueras?

—Lo siento. Simplemente no quiero que te pongas en marcha

como una loca con esto. Puede fastidiar lo que estoy haciendo. Tenemos un trato, ¿sí? Acabas de decir que puedo confiar en ti.

Pasó una eternidad antes de que ella respondiera.

—Sí, tenemos un trato. Y sí, puedes confiar en mí. Pero si esto va hacia donde creo que puede ir, quiero actualizaciones e informes. No voy a quedarme aquí sentada esperando a tener noticias tuyas cuando lo juntes todo. Si no tengo noticias tuyas, Harry, me voy a poner nerviosa. Cuando me pongo nerviosa hago algunas locuras, y algunas locas llamadas telefónicas.

Bosch negó con la cabeza. No debería haberla llamado.

—Entiendo, Keisha —dijo—. Tendrás noticias mías.

Cerró el teléfono, preguntándose qué nuevo infierno podía haber desatado en la tierra y cuándo volvería para morderle. Confiaba en Russell, pero sólo hasta el límite en que podía confiar en cualquier periodista. Se terminó la cerveza y fue a la cocina a por otra. En cuanto la destapó sonó su teléfono.

Era otra vez Keisha Russell.

—Harry, ¿has oído hablar de GO! Industries?

Había oído hablar. GO! Industries era el título corporativo de una empresa iniciada ochenta años antes como Garland Oil Industries. La compañía tenía un logo en el cual la palabra GO! tenía ruedas y estaba inclinada hacia delante como si fuera un coche que acelera.

—¿Qué pasa con ella? —respondió.

—Tienen la sede central en los rascacielos ARCO plaza. He contado doce empleados de GO! haciendo contribuciones de mil dólares a O'Shea. ¿Qué te parece?

—Está bien, Keisha. Gracias por volver a llamar.

—¿O'Shea ha cobrado por cargarle Gesto a Waits? ¿Es eso?

Bosch gruñó al teléfono.

—No, Keisha, no es lo que ocurrió y no es así como lo miro. Si haces alguna llamada en ese sentido, comprometerás lo que estoy haciendo y te pondrás a ti, a mí y a otros en peligro. Ahora ¿puedes dejarlo hasta que te diga exactamente lo que está pasando y cuándo puedes sacarlo?

Una vez más, Russell vaciló antes de responder, y fue en ese lapso de silencio cuando Bosch empezó a preguntarse si todavía podía confiar en ella. Quizá su paso de la sección policial a la de política había cambiado algo en ella. Quizá, como con la mayoría de los que trabajaban en el ámbito de la política, su sentido de la integridad se había desgastado por la exposición a la profesión más antigua del mundo: la prostitución política.

—Vale, Harry, lo entiendo. Sólo estaba intentando ayudar. Pero tú recuerda lo que he dicho. Quiero tener noticias tuyas. ¡Pronto!

—Las tendrás, Keisha. Buenas noches.

Cerró el teléfono y trató de sacudirse las preocupaciones respecto a la periodista. Pensó en la nueva información que ella le había proporcionado. Entre GO! y la firma legal de Cecil Dobbs, la campaña de O'Shea había recibido al menos veinticinco mil dólares en contribuciones de gente que podía relacionarse directamente con los Garland. Era abierto y legal pero, no obstante, era una fuerte indicación de que Bosch estaba en la pista correcta.

Sintió un tirón de satisfacción en las entrañas. Ahora tenía algo con lo que trabajar. Sólo tenía que encontrar el ángulo adecuado para hacerlo. Fue a la mesa del comedor y miró la variedad de informes policiales y registros extendidos ante él. Cogió la carpeta titulada «Historial Waits» y empezó a leer.

25

Desde el punto de vista de las fuerzas policiales, Raynard Waits era una singularidad como sospechoso de homicidio. Cuando pararon su furgoneta en Echo Park, el Departamento de Policía de Los Ángeles capturó a un asesino al que ni siquiera estaban buscando. En efecto, ningún departamento o agencia iba a por Waits. No había archivo sobre él en ningún cajón ni en ordenador alguno. No había perfil del FBI ni informe de antecedentes al que remitirse. Tenían un asesino y tenían que empezar de cero con él.

Esto presentaba un ángulo de investigación completamente nuevo para el detective Freddy Olivas y su compañero Ted Colbert. El caso les llegó con un impulso que simplemente los arrastró. De lo único de lo que se trataba era de avanzar hacia la acusación. Había poco tiempo o inclinación para ir hacia atrás. Waits fue detenido en posesión de bolsas que contenían restos de dos mujeres asesinadas. El caso era pan comido y eso excluía la necesidad de saber exactamente a quién habían detenido y qué le había llevado a estar en esa furgoneta en esa calle en ese momento.

En consecuencia, había poco en el archivo del caso que ayudara a Bosch. El expediente contenía registros del trabajo de investigación relacionado con los intentos de identificar a las víctimas y reunir las pruebas físicas para la inminente acusación.

La información de historial del expediente se limitaba a datos básicos sobre Waits que o bien habían sido proporcionados por el propio sospechoso u obtenidos por Olivas y Colbert durante búsquedas informáticas rutinarias. La conclusión era que sabían poco acerca del hombre al que iban a acusar, pero les bastaba con eso.

Bosch completó la lectura del expediente en veinte minutos. Cuando hubo terminado, una vez más tenía menos de media página de notas en su bloc. Había construido un sucinto cronograma que mostraba las detenciones y admisiones del sospechoso, así como el uso de los nombres Raynard Waits y Robert Saxon.

30-4-92 Daniel Fitzpatrick asesinado, Hollywood.

18-5-92 Raynard Waits, f/n 3-11-71, carné de conducir emitido en Hollywood

1-2-93 Robert Saxon, f/n 3-11-75, detenido por merodear identificado como Raynard Waits, f/n 3-11-71, a través de huella dactilar

9-9-93 Marie Gesto raptada, Hollywood

11-5-06 Raynard Waits, f/n 11-3-71, detenido 187 Echo Park

Bosch estudió el cronograma. Encontró dos elementos dignos de mención. Waits supuestamente no sacó una licencia de conducir hasta que tenía veinte años y, no importa qué nombre usara, siempre daba el mismo día y mes de nacimiento. Si bien una vez ofreció 1975 como su año de nacimiento en un intento de ser considerado un menor, uniformemente dijo 1971 en otras ocasiones. Bosch sabía que la última era una práctica frecuentemente utilizada por la gente que cambiaba de identidad: cambiar el nombre pero mantener algunos otros detalles personales para evitar confundirse u olvidar información básica, algo que delata de manera obvia, sobre todo si quien hace las preguntas es policía.

Bosch sabía por la búsqueda en los registros de esa misma semana que no había partida de nacimiento de Raynard Waits o Robert Saxon con la correspondiente fecha del 3-11 en el condado de Los Ángeles. La conclusión a la que habían llegado él y Kiz Rider era que ambos nombres eran falsos. Sin embargo, ahora Bosch consideró que quizá la fecha de nacimiento del 3-11-1971 no fuera falsa. Quizá Waits, o quienquiera que fuese, mantenía su fecha de nacimiento real pese a cambiar su nombre.

Bosch ahora empezaba a sentirlo. Como un surfista que espera la ola buena antes de empezar a remar, sentía que su momento estaba llegando. Pensó que lo que estaba contemplando era el nacimiento de una nueva identidad. Dieciocho días después de asesinar a Daniel Fitzpatrick a resguardo de los disturbios, el hombre que lo mató entró en una oficina de Tráfico de Hollywood y solicitó una licencia de conducir. Dio la fecha de nacimiento del 3 de noviembre de 1971 y el nombre de Raynard Waits. Tendría que proporcionar un certificado de nacimiento, pero eso no habría sido difícil de conseguir si conocía a la gente apropiada. No en Hollywood. No en Los Ángeles. Conseguir un certificado de nacimiento falso habría sido una tarea fácil y casi exenta de riesgo.

Bosch creía que el homicidio de Fitzpatrick y el cambio de identidad estaban relacionados. Eran causa y efecto. Algo en el crimen hizo que el asesino cambiara de identidad. Esto contradecía la confesión proporcionada por Raynard Waits dos días antes. Había caracterizado el asesinato de Daniel Fitzpatrick como un crimen de impulso, una oportunidad de regalarse una fantasía largo tiempo anhelada. Se había esforzado en mostrar a Fitzpatrick como una víctima elegida al azar, elegida únicamente porque estaba allí.

Pero si realmente era ése el caso y si el asesino no tenía relación previa con la víctima, entonces ¿por qué el asesino iba a actuar casi de inmediato para reinventarse con una nueva identidad? En el plazo de dieciocho días el asesino se procuró un certificado de nacimiento falso y obtuvo un carné de conducir. Raynard Waits había nacido.

Bosch sabía que existía una contradicción en lo que estaba considerando. Si el asesinato se había producido como Waits había confesado, entonces no existiría una razón para que él rápidamente creara una nueva identidad. Pero los hechos —el cronograma del asesinato y la emisión de la licencia de conducir— lo ponían en tela de juicio. La conclusión era obvia para Bosch. Había una conexión. Fitzpatrick no era una víctima casual. De hecho, podía relacionarse de algún modo con su asesino. Y ése era el motivo de que el asesino hubiera cambiado de nombre.

Bosch se levantó y se llevó su botella vacía a la cocina. Decidió que dos cervezas eran suficientes. Necesitaba mantenerse agudo y en la cresta de la ola. Volvió al equipo de música y puso el mejor disco: *Kind of Blue*. Siempre le daba una inyección de energía. «All Blues» era la primera canción del aleatorio y era como sacar un *blackjack* en una mesa de apuestas altas. Era su favorita y la dejó sonar.

De nuevo en la mesa abrió el expediente del caso Fitzpatrick y empezó a leer. Kiz Rider lo había visto antes, pero solamente había llevado a cabo una revisión para preparar la toma de la confesión de Waits. No estaba atenta a la conexión oculta que Bosch estaba buscando.

La investigación de la muerte de Fitzpatrick había sido conducida por dos detectives temporalmente asignados a la fuerza especial de Crímenes en Disturbios. Su trabajo era a lo sumo superficial. Se siguieron pocas pistas, en primer lugar porque no había muchas que seguir, y en segundo lugar por el pesado velo de futilidad que cayó sobre todos los casos relacionados con los disturbios. Casi todos los actos de violencia acaecidos en los tres días de inquietud generalizada fueron aleatorios. La gente robó, violó y asesinó de manera indiscriminada y a su antojo, simplemente porque podía hacerlo.

No se encontraron testigos de la agresión homicida a Fitzpatrick. No había pruebas forenses salvo la lata de combustible de mechero, y la habían limpiado. La mayoría de los registros de la tienda quedaron destruidos por el fuego o el agua. Lo que se salvó se puso en dos cajas y se olvidó. El caso se trató como un caso sin pistas desde el primer momento. Estaba huérfano y archivado.

El expediente del caso era tan delgado que Bosch terminó de leerlo en menos de veinte minutos. No había tomado notas, no se le habían ocurrido ideas, no había visto relaciones. Sentía que la marea refluía. Su cabalgada sobre la ola estaba llegando a su fin.

Pensó en sacar otra cerveza de la nevera y abordar el caso otra vez al día siguiente. En ese momento se abrió la puerta delantera y entró Rachel Walling con cajas de comida de Chinese Friends. Bosch apiló los informes en la mesa para hacer sitio a la cena. Rachel trajo platos de la cocina y abrió las cajas, y Bosch sacó las dos últimas Anchor Steam del refrigerador.

Charlaron durante un rato y entonces Bosch le habló de lo que había estado haciendo desde la hora de comer y lo que había averiguado. Sabía por los comentarios reservados de Rachel que no estaba convencida por su descripción de la pista que había encontrado en Beachwood Canyon. En cambio, cuando le mostró el cronograma que había elaborado, ella coincidió de buena gana con sus conclusiones acerca de que el asesino había cambiado de identidad después del asesinato de Fitzpatrick. Rachel Walling también estaba de acuerdo en que, aunque no tenían el verdadero nombre del asesino, podrían tener su fecha de nacimiento.

Bosch bajó la mirada a las dos cajas del suelo.

—Entonces supongo que vale la pena intentarlo.

Rachel se inclinó hacia un lado para poder ver lo que Bosch estaba mirando.

—¿Qué es eso?

—Sobre todo, recibos de empeños. Todos los documentos salvados del incendio. En el noventa y dos estaban empapados. Los dejaron en esas cajas y se olvidaron de ellos. Nadie los miró siquiera.

—¿Es eso lo que vamos a hacer esta noche, Harry?

Él la miró y sonrió. Asintió con la cabeza.

Una vez que terminaron de cenar decidieron que cogerían una caja cada uno. Bosch propuso que se las llevaran a la terraza de atrás para mitigar el olor a moho que desprenderían una vez que las abrieran. Rachel aceptó de inmediato. Bosch sacó las cajas y llevó dos arcas de cartón vacías del garaje. Se sentaron en las sillas de la terraza y empezaron a trabajar.

Enganchada en la parte superior de la caja que eligió Bosch había una tarjeta de 8 x 13 que decía «Archivador principal». Bosch levantó la tapa y la usó para tratar de dispersar el olor que se desprendió. La caja contenía básicamente recibos de empeños de color rosa y tarjetas de 8 x 13 que habían sido metidos allí de cualquier manera, como si lo hubieran hecho con una pala. No había nada ordenado o limpio en los registros.

El daño causado por el agua era elevado. Muchos de los recibos se habían pegado cuando estaban húmedos y la tinta de otros se había corrido y resultaba ilegible. Bosch miró a Rachel y vio que lidiaba con los mismos problemas.

—Esto está fatal, Harry —dijo.

—Lo sé. Pero haz lo que puedas. Podría ser nuestra última esperanza.

No había otra forma de empezar que no fuera zambullirse en la tarea. Bosch sacó un puñado de recibos, se los puso en el regazo y empezó a repasarlos, tratando de entender el nombre, dirección y fecha de nacimiento de cada cliente que había empeñado algo a través de Fitzpatrick. Cada vez que miraba un recibo, hacía una marca en la esquina superior con un bolígrafo rojo, que había sacado del cajón de la mesa del comedor, y lo dejaba en la caja de cartón que tenía al otro lado de su silla.

Llevaban una buena media hora trabajando sin conversación cuando Bosch oyó sonar el teléfono en la cocina. Pensó en dejarlo estar, pero sabía que podía ser una llamada de Hong Kong. Se levantó.

—Ni siquiera sabía que tuvieras un fijo —dijo Walling.

—Poca gente lo sabe.

Cogió el teléfono al octavo tono. No era su hija. Era Abel Pratt.

—Sólo quería controlarte —dijo—. Supongo que si te encuentro en tu teléfono de casa y dices que estás en casa, entonces de verdad estás en casa.

—¿Qué pasa, estoy bajo arresto domiciliario ahora?

—No, Harry, sólo estoy preocupado por ti, nada más.

—Mire, no habrá reacción por mi parte, ¿vale? Pero suspensión de empleo no significa que tenga que estar en casa veinticuatro horas al día, siete días a la semana. Lo he preguntado en el sindicato.

—Lo sé, lo sé. Pero significa que no participas en ninguna investigación relacionada con el trabajo.

—Bien.

—¿Qué estás haciendo ahora entonces?

—Estoy sentado en la terraza con una amiga. Estamos tomando una cerveza y disfrutando del aire de la noche. ¿Le parece bien, jefe?

—¿Alguien que conozca?

—Lo dudo. No le gustan los polis.

Pratt se rio y pareció que Bosch finalmente había conseguido tranquilizarlo respecto a lo que estaba haciendo.

—Entonces te dejaré en paz. Pásalo bien, Harry.

—Lo haré si deja de sonar el teléfono. Le llamaré mañana.

—Allí estaré.

—Y yo estaré aquí. Buenas noches.

Colgó, miró en la nevera por si había alguna cerveza olvidada o perdida y volvió a la terraza con las manos vacías. Rachel lo estaba esperando con una sonrisa y una tarjeta de 8 x 13 manchada de humedad en la mano. Unida a ésta con un clip había un recibo rosa de empeño.

—Lo tengo —dijo.

Rachel se lo pasó a Bosch y volvió a meterse en la casa, donde la luz era mejor. Primero leyó la tarjeta. Estaba escrita con tinta azul parcialmente corrida por el agua, pero todavía legible.

> Cliente insatisfecho, 12-02-92
>
> Cliente se queja de que la propiedad se vendió antes de que expirara el periodo de 90 días. Mostrado recibo y corregido. Cliente se queja de que los 90 días no deberían haber incluido fines de semana y festivos. Maldijo; portazo.
>
> DGF

El recibo de empeño rosa que estaba unido a la tarjeta de queja llevaba el nombre de Robert Foxworth, f/n 03-11-71 y una dirección en Fountain, Hollywood. El artículo empeñado el 8 de octubre de 1992 era un «medallón familiar». Foxworth había recibido ochenta dólares por él. Había un cuadrado para huellas dactilares en la esquina inferior derecha del recibo. Bosch veía los caballones de la huella dactilar, pero la tinta o bien se había borrado o se había filtrado del papel a causa de la humedad contenida en la caja de almacenamiento.

—La fecha de nacimiento coincide —dijo Rachel—. Además el nombre lo conecta en dos niveles.

—¿Qué quieres decir?

—Bueno, recurrió otra vez al Robert al usar el nombre de Robert Saxon y se llevó el Fox[3] al usar Raynard. Quizá de aquí parte todo este asunto de Raynard. Si su verdadero apellido era

3. Fox significa «zorro» en inglés. *(N. del T.)*

Foxworth, quizá cuando era niño sus padres le contaban historias de un zorro llamado Reynard.

—Si su verdadero apellido es Foxworth —repitió Bosch—. Quizás acabamos de encontrar otro alias.

—Quizá. Pero al menos es algo que no tenías antes.

Bosch asintió. Sentía que su excitación crecía. Rachel tenía razón. Finalmente tenían un nuevo ángulo de investigación. Bosch sacó el móvil.

—Voy a comprobar el nombre a ver qué pasa.

Llamó a la central y pidió a un operador de servicio que comprobara el nombre y la fecha de nacimiento que habían encontrado en el recibo de empeño. Salió limpio y sin registro de una licencia de conducir actual. Le dio las gracias al operador y colgó.

—Nada —dijo—. Ni siquiera un carné de conducir.

—Pero eso es bueno —dijo Rachel—. ¿No lo ves? Robert Foxworth estaría a punto de cumplir treinta y cinco años ahora mismo. Si no hay historial ni licencia actual, es una confirmación de que ya no existe. O bien murió o se convirtió en otra persona.

—Raynard Waits.

Ella asintió.

—Creo que esperaba una licencia de conducir con una dirección en Echo Park —dijo Bosch—. Supongo que eso era demasiado pedir.

—Quizá no. ¿Hay alguna forma de comprobar las licencias de conducir caducadas en este estado? Robert Foxworth, si es su verdadero nombre, probablemente se sacó el carné cuando cumplió dieciséis años en el ochenta y siete. Cuando cambió de identidad, éste caducó.

Bosch lo consideró. Sabía que el estado no había empezado a solicitar una huella dactilar a los conductores con licencia hasta principios de los noventa. Significaba que Foxworth podía haberse sacado una licencia de conducir a finales de los ochenta y no habría forma de relacionarlo con su nueva identidad como Raynard Waits.

—Puedo preguntar a Tráfico por la mañana. No es algo que pueda obtener de la central de comunicaciones esta noche.

—Hay algo más que puedes comprobar mañana —dijo ella—. ¿Recuerdas el perfil torpe y rápido que hice la otra noche? Dije que esos primeros crímenes no eran aberraciones. Evolucionó hasta ellos.

Bosch comprendió.

—Una ficha de menores.

Rachel asintió con la cabeza.

—Podrías encontrar un historial juvenil de Robert Foxworth, siempre y cuando sea su verdadero nombre. Tampoco habrían podido acceder desde la central.

Ella tenía razón. La ley estatal impedía seguir la pista de un delincuente juvenil en la edad adulta. El nombre podría haber surgido limpio cuando Bosch llamó para comprobarlo, pero eso no significaba completamente limpio. Igual que con la información de la licencia de conducir, Bosch tendría que esperar hasta la mañana, cuando podría ir a los registros de menores del departamento de Condicional.

Pero en cuanto se levantaron sus esperanzas él mismo volvió a derribarlas.

—Espera un momento, eso no funciona —dijo—. Sus huellas deberían haber coincidido. Cuando miraron las huellas de Raynard Waits, éstas tendrían que haber coincidido con las huellas tomadas a Robert Foxworth cuando era menor. Su registro podría no estar disponible, pero sus huellas estarían en el sistema.

—Quizá, quizá no. Son dos sistemas separados. Dos burocracias separadas. El cruce no siempre funciona.

Eso era cierto, pero era más una expresión de deseo que otra cosa. Bosch ahora reducía el ángulo del historial juvenil a una posibilidad remota. Era más probable que Robert Foxworth no hubiera estado nunca en el sistema de menores. Bosch estaba empezando a pensar que el nombre era sólo otra identidad falsa en una cadena de ellas.

Rachel trató de cambiar de tema.

—¿Qué opinas de ese medallón familiar que empeñó? —preguntó.

—No tengo ni idea.

—El hecho de que quisiera recuperarlo es interesante. Me hace pensar que no era robado. Quizá pertenecía a alguien de su familia y necesitaba recuperarlo.

—Eso explicaría que maldijera y diera portazos, supongo.

Rachel asintió con la cabeza.

Bosch bostezó y enseguida se dio cuenta de lo cansado que estaba. Había estado corriendo todo el día para llegar a ese nombre y a las incertidumbres que lo acompañaban. El caso le estaba embotando el cerebro. Rachel pareció darse cuenta.

—Harry, propongo que lo dejemos mientras vamos ganando y tomemos otra cerveza.

—No sé en qué vamos ganando, pero me vendría bien otra cerveza —dijo Bosch—. Sólo hay un problema con eso.

—¿Cuál?

—No hay más.

—Harry, ¿invitas a una chica a hacerte el trabajo sucio y a ayudarte a resolver el caso y lo único que le das es una cerveza? ¿Qué pasa contigo? ¿Y vino? ¿Tienes vino?

Bosch negó con la cabeza con tristeza.

—Voy a la tienda.

—Bien. Yo me voy a la habitación. Te esperaré allí.

—Entonces no me retrasaré.

—Yo quiero vino tinto.

—Estoy en ello.

Bosch se apresuró a salir de la casa. Había aparcado antes en la calle para que Rachel pudiera usar el garaje si venía. Al salir se fijó en un vehículo situado en el otro lado de la calle, dos casas más allá. El vehículo, un todoterreno plateado, le llamó la atención porque estaba en una zona roja. En ese bordillo estaba prohibido aparcar porque estaba demasiado cerca de la siguiente curva. Un coche podía doblar la curva y fácilmente colisionar con cualquier coche aparcado allí.

Al mirar calle arriba, el todoterreno arrancó de repente con las luces apagadas y aceleró hacia el norte doblando la curva y desapareciendo.

Bosch corrió a su coche, se metió en él y se dirigió hacia el norte detrás del todoterreno. Condujo lo más rápido que pudo sin riesgo de chocar. Al cabo de dos minutos había recorrido la calle de curvas y la encrucijada de Mulholland Drive. No había rastro del todoterreno y podía haber ido en cualquiera de las tres direcciones desde el stop.

—¡Mierda!

Bosch se quedó en el cruce durante unos segundos, pensando en lo que acababa de ver y en lo que podía significar. Decidió que o bien no significaba nada o significaba que alguien estaba vigilando su casa y por consiguiente vigilándolo a él. Pero en ese momento no había nada que hacer. Lo dejó estar. Se volvió y circuló por Mulholland a velocidad segura hasta Cahuenga. Sabía que había una tienda de licores cerca de Lankershim. Se dirigió hacia allí, sin dejar de mirar el espejo retrovisor por si lo estaban siguiendo.

26

Suspendido de empleo o no, Bosch se vistió con un traje antes de salir de casa a la mañana siguiente. Sabía que le daría un aura de autoridad y seguridad al tratar con burócratas del gobierno. Y a las nueve y veinte ya le había reportado dividendos. Tenía una pista sólida. El Departamento de Tráfico había emitido una licencia de conducir a Robert Foxworth el 3 de noviembre de 1987, el día en que cumplió dieciséis años, la edad mínima para conducir. La licencia nunca se renovó en California, pero en Tráfico no había constancia alguna de que el titular hubiera fallecido. Eso significaba que o bien Foxworth se había trasladado a otro estado y había renovado el carné allí o había decidido que ya no quería conducir o había cambiado de identidad. Bosch apostaba por la tercera opción.

La dirección de la licencia era la pista. La residencia de Foxworth que se hacía constar era el Departamento de Servicios a la Infancia y la Familia del condado de Los Ángeles, en el 3075 de Wilshire Boulevard, Los Ángeles. En 1987 había estado bajo tutela del condado. O bien no tenía padres o los habían declarado no aptos para educarlo y les habían retirado la custodia. La designación del DSIF como dirección significaba que o vivía en una de las residencias juveniles o bien había sido puesto en su programa de padres de acogida. Bosch sabía todo esto porque él también había tenido ese domicilio en su primera licencia de conducir. Él también había estado bajo la tutela del condado.

Al salir de las oficinas de Tráfico en Spring Street sintió una renovada inyección de energía. Se había abierto paso en lo que parecía un callejón sin salida y lo había convertido en una pista sólida. Al dirigirse a su coche, su móvil vibró y Bosch respondió sin perder el paso ni mirar la pantalla. Tenía la esperanza de que fuera Rachel y poder compartir con ella la buena noticia.

—Harry, ¿dónde estás? Nadie respondía la línea de tu casa.

Era Abel Pratt. Bosch se estaba cansando de su constante control.

—Voy a visitar a Kiz. ¿Le parece bien?

—Claro, Harry, salvo que se supone que has de fichar conmigo.

—Una vez al día. ¡No son ni las diez!

—Quiero tener noticias tuyas cada mañana.

—Perfecto. ¿Mañana sábado también he de llamarle? ¿Y el domingo?

—No te pases. Sólo estoy tratando de cuidarte, y lo sabes.

—Claro, jefe. Lo que usted diga.

—Supongo que has oído lo último.

Bosch se detuvo en seco.

—¿Han detenido a Waits?

—No, ojalá.

—Entonces, ¿qué?

—Está en todas las noticias. Todo el mundo anda como loco aquí. Anoche se llevaron a una chica de la calle en Hollywood. La metieron en una furgoneta en Hollywood Boulevard. La división instaló nuevas cámaras en las calles el año pasado y una de las cámaras grabó parte del rapto. No lo he visto, pero dicen que es Waits. Ha cambiado de aspecto (creo que se ha afeitado la cabeza), pero parece que es él. Hay una conferencia de prensa a las once y van a enseñar la cinta al mundo.

Bosch sintió un golpe sordo en el pecho. Había tenido razón en que Waits no se había ido de la ciudad. Lamentó no haberse equivocado. Mientras se sumía en estas reflexiones se dio cuenta de que todavía pensaba en el asesino como Raynard Waits. No importaba que en realidad se llamara Robert Foxworth, Bosch sabía que él siempre pensaría en él como Waits.

—¿Consiguieron la matrícula de la furgoneta? —preguntó.

—No, estaba tapada. Lo único que sacaron es que era una furgoneta blanca Econoline. Como la otra que usó, pero más vieja. Mira, he de colgar. Sólo quería controlar. Con un poco de suerte es el último día. La UIT terminará y volverás a la unidad.

—Sí, eso estaría bien. Pero, escuche, durante su confesión, Waits dijo que tenía una furgoneta diferente en los noventa. Quizá la fuerza especial podría poner a alguien a buscar en los viejos registros de Tráfico a su nombre. Podrían encontrar una matrícula que corresponda a la furgoneta.

—Vale la pena intentarlo. Se lo diré.

—De acuerdo.

—Quédate cerca de casa, Harry. Y dale recuerdos a Kiz.

—Sí.

Bosch cerró el teléfono, contento de que se le hubiera ocurrido la frase de Kiz en el acto. No obstante, también sabía que se estaba convirtiendo en un buen mentiroso con Pratt, y eso no le gustaba.

Bosch se metió en su coche y se dirigió a Wilshire Boulevard. La llamada de Pratt había incrementado su sentido de urgencia. Waits había raptado a otra mujer, pero nada en los archivos indicaba que matara a sus víctimas de manera inmediata. Eso significaba que la última víctima podía seguir con vida. Bosch sabía que si podía llegar a Waits, quizá podría salvarla.

Las oficinas del DSIF estaban abarrotadas y eran muy ruidosas. Esperó en un mostrador de registros durante quince minutos antes de captar la atención de una empleada. Después de tomarle la información a Bosch y anotarla en un ordenador, le dijo que sí había un expediente de menores relacionado con Robert Foxworth, nacido el 03-11-71, pero que para verlo necesitaría una orden judicial que autorizara la búsqueda de los registros.

Bosch se limitó a sonreír. Estaba demasiado exaltado por el hecho de que existiera un expediente como para enfadarse por una frustración más. Le dio las gracias y le dijo que volvería con la orden judicial.

Bosch salió otra vez a la luz del sol. Sabía que se hallaba en una encrucijada. Bailar en torno a la verdad acerca de dónde estaba durante las llamadas telefónicas de Abel Pratt era una cosa, pero solicitar una orden judicial para ver los registros del DSIF sin aprobación del departamento —en forma de un visto bueno del supervisor— sería pisar terreno muy peligroso. Estaría llevando a cabo una investigación ilegal y cometiendo una falta castigada con el despido.

Suponía que podía entregar lo que tenía a Randolph de la UIT o a la fuerza especial y dejar que se ocuparan ellos, o podía ir por la ruta del llanero solitario y aceptar las posibles consecuencias. Desde que había vuelto de la jubilación, Bosch se había sentido menos constreñido por las normas y regulaciones del departamento. Ya se había marchado una vez y sabía que si le empujaban a ello, podía volver a hacerlo. La segunda vez sería más fácil. No quería que ocurriera, pero podría asumirlo si tenía que hacerlo.

Sacó el teléfono e hizo la única llamada que sabía que podía ahorrarle la elección entre dos malas opciones. Rachel Walling contestó al segundo tono.

—Bueno ¿qué está pasando en Táctica? —preguntó.

—Ah, aquí siempre pasa algo. ¿Cómo te fue en el centro? ¿Has oído que Waits raptó a otra mujer anoche?

Rachel tenía la costumbre de formular más de una pregunta a la vez, sobre todo cuando estaba nerviosa. Bosch le dijo que había oído hablar del rapto y le relató sus actividades matinales.

—Entonces, ¿qué vas a hacer?

—Bueno, estaba pensando en ver si el FBI podría estar interesado en unirse al caso.

—¿Y si el caso pasara al umbral federal?

—Ya sabes, corrupción de agentes públicos, violación de las normas de financiación de campaña, secuestro, gatos y perros viviendo juntos, lo habitual.

Ella permaneció seria.

—No lo sé, Harry. Si abres esa puerta, no sabes adónde puede llevar.

—Pero yo tengo una *insider*. Alguien que me cuidará y salvaguardará el caso.

—Te equivocas. Probablemente no me dejarían ni acercarme. No es mi grupo y hay un conflicto de intereses.

—¿Qué conflicto? Hemos trabajado juntos antes.

—Sólo te estoy diciendo cómo es probable que lo reciban.

—Mira, necesito una orden judicial. Si me la juego para conseguir una, probablemente no podré volver. Sé que sería la gota que colma el vaso con Pratt, eso seguro. Pero si puedo decir que me han metido en una investigación federal, entonces eso me daría una explicación válida. Me daría una salida. Lo único que quiero es ver el expediente del DSIF de Foxworth. Creo que eso nos llevaría a lo que haya en Echo Park.

Ella se quedó un buen rato en silencio antes de responder.

—¿Dónde estás ahora mismo?

—Todavía estoy en el DSIF.

—Ve a buscar un donut o algo. Llegaré en cuanto pueda.

—¿Estás segura?

—No, pero es lo que vamos a hacer.

Rachel colgó el teléfono. Bosch cerró el suyo y miró a su alrededor. En lugar de un donut fue a buscar un dispensador de periódicos y sacó la edición matinal del *Times*. Se sentó en el macetero que recorría la fachada del edificio del DSIF y hojeó los artículos del periódico sobre Raynard Waits y la investigación de Beachwood Canyon.

No había artículo sobre el rapto en Hollywood Boulevard, porque eso había ocurrido por la noche, mucho después de la hora de cierre. La historia de Waits había pasado de la primera página a la sección estatal y local, pero la cobertura seguía siendo amplia. Había tres artículos en total. El informe más destacado era la búsqueda a escala nacional del asesino en serie fugado, hasta el momento infructuosa. La mayor parte de la información ya era obsoleta por los acontecimientos de la noche. Ya no había búsqueda a escala nacional. Waits continuaba en la ciudad.

El artículo se hallaba en el interior de la sección y estaba enmarcado por dos despieces laterales. Uno era una puesta al día de la investigación que proporcionaba algunos detalles de lo ocurrido durante el tiroteo y la fuga, y el otro era una actualización política. Este último artículo estaba firmado por Keisha Russell, y Bosch lo examinó rápidamente para ver si algo de lo que habían discutido sobre la financiación de la campaña de Rick O'Shea se había colado al periódico. Afortunadamente no había nada, y sintió que su confianza en ella se incrementaba.

Bosch terminó de leer los artículos y todavía no había rastro de Rachel. Pasó a otras secciones del periódico, estudiando los resultados de acontecimientos deportivos que no le interesaban en absoluto y leyendo críticas de películas que nunca vería. Cuando ya no le quedaba nada que leer dejó el periódico a un lado y empezó a pasear delante del edificio. Se puso ansioso, preocupado por haber perdido la ventaja que los descubrimientos de la mañana le habían proporcionado.

Sacó su teléfono móvil para llamarla, pero decidió llamar al hospital Saint Joseph y preguntar por el estado de Kiz Rider. Le pasaron al puesto de enfermeras de la tercera planta y luego le pusieron en espera. Mientras estaba esperando a que le conectaran vio que Rachel finalmente llegaba en un vehículo federal. Cerró el teléfono, cruzó la acera y se encontró con ella cuando estaba bajando del coche.

—¿Cuál es el plan? —dijo a modo de saludo.

—¿Qué, nada de «cómo estás» o «gracias por venir»?

—Gracias por venir. ¿Cuál es el plan?

Empezaron a entrar en el edificio.

—El plan es el plan federal. Entro y le tiro encima del hombre al mando toda la fuerza y el peso del gobierno de este gran país. Levanto el espectro del terrorismo y él nos da el expediente.

Bosch se detuvo.

—¿A eso llamas un plan?

—Nos ha funcionado muy bien durante más de cincuenta años.

Rachel no se detuvo y Bosch tuvo que apresurarse para darle alcance.

—¿Cómo sabes que hay un hombre al mando?

—Porque siempre hay un hombre al mando. ¿Hacia dónde?

Bosch señaló hacia delante en el vestíbulo principal. Rachel no perdió el ritmo.

—No he esperado aquí cuarenta minutos para esto, Rachel.

—¿Tienes una idea mejor?

—Tenía una idea mejor. Una orden de búsqueda federal, ¿recuerdas?

—Eso no iba a ninguna parte, Bosch. Te lo dije. Si abres esa puerta, caes en la trampa. Esto es mejor. Entrar y salir. Si te consigo el expediente, te consigo el expediente. No importa cómo.

Rachel estaba dos pasos por delante de él, avanzando con impulso federal. Bosch secretamente empezó a tener fe. Ella pasó por las puertas dobles que había bajo el cartel que decía ARCHIVOS con una autoridad y presencia de mando incuestionables

La empleada con la que Bosch había tratado antes estaba en el mostrador, hablando con otro ciudadano. Walling se colocó delante y no esperó a una invitación para hablar. Mostró sus credenciales del bolsillo del traje en un movimiento suave.

—FBI. Necesito ver a su jefe de oficina en relación con un asunto urgente.

La empleada la miró con expresión no impresionada.

—Estaré con usted en cuanto termi…

—Estás conmigo ahora, cielo. Ve a buscar a tu jefe o iré yo. Es una cuestión de vida o muerte.

La mujer puso una cara que parecía indicar que nunca se había encontrado con semejante grosería antes. Sin decir una palabra al ciudadano que tenía delante, ni a nadie más, se alejó del mostrador y se acercó a una puerta situada detrás de una fila de cubículos.

Esperaron menos de un minuto. La empleada volvió a salir por la puerta acompañada de un hombre que vestía una camisa blanca de manga corta y una corbata granate. Fue directamente a Rachel Walling.

—Soy el señor Osborne, ¿en qué puedo ayudarles?

—Hemos de ir a su despacho, señor. Es una cuestión sumamente confidencial.

—Por aquí, por favor.

Osborne señaló a una puerta giratoria situada al extremo del mostrador. Bosch y Walling se acercaron y la puerta se abrió electrónicamente. Siguieron a Osborne hasta la puerta de atrás de su despacho. Rachel dejó que mirara sus credenciales una vez que estuvo sentado detrás de un escritorio engalanado con *souvenirs* polvorientos de los Dodgers. Había un sándwich envuelto de Subway en el centro del escritorio.

—¿Qué es todo este…?

—Señor Osborne, trabajo en la Unidad de Inteligencia Táctica, aquí en Los Ángeles. Estoy segura de que entiende lo que eso significa. Y éste es el detective Harry Bosch del Departamento de Policía de Los Ángeles. Estamos colaborando en una investigación conjunta de suma importancia y urgencia. Su empleada nos dijo que existe un expediente correspondiente a un individuo llamado Robert Foxworth, fecha de nacimiento 3-11-71. Es de vital importancia que nos autoricen a revisar ese expediente de manera inmediata.

Osborne asintió con la cabeza, pero lo que dijo no se correspondía con el gesto.

—Lo entiendo. Pero aquí en el DSIF trabajamos con leyes muy precisas. Leyes estatales que protegen a los menores. Los registros de nuestros tutelados menores no están abiertos al público sin orden judicial. Tengo las manos ata...

—Señor. Robert Foxworth ya no es ningún menor. Tiene treinta y cuatro años. El expediente podría contener información que nos lleve a contener una amenaza muy grave para esta ciudad. Sin duda salvará vidas.

—Lo sé. Pero ha de comprender que no po...

—Lo entiendo. Entiendo perfectamente que si no vemos ese expediente ahora, estaremos hablando de pérdida de vidas humanas. No querrá eso en su conciencia, señor Osborne, y nosotros tampoco. Por eso estamos en el mismo barco. Haré un trato con usted, señor. Revisaremos el expediente aquí mismo en su oficina, con usted mirando. Entretanto, me pondré al teléfono y solicitaré a un miembro de mi equipo de Táctica que consiga la orden judicial. Me encargaré de que la firme un juez y se le entregue a usted antes del final de la jornada laboral.

—Bueno... tendría que pedirlo de Archivos.

—¿Los archivos están en el edificio?

—Sí, en el sótano.

—Entonces, por favor llame a Archivos y que suban ese expediente. No tenemos mucho tiempo, señor.

—Esperen aquí. Me ocuparé personalmente.

—Gracias, señor Osborne.

El hombre salió del despacho y Walling y Bosch ocuparon sendas sillas delante de su escritorio. Rachel sonrió.

—Ahora esperemos que no cambie de opinión —dijo.

—Eres buena —respondió Bosch—. Le digo a mi hija que puede convencer a una cebra de que no tiene rayas. Creo que tú puedes convencer a un tigre.

—Si te consigo esto, me deberás otra comida en el Water Grill.

—Vale. Pero nada de *sashimi*.

Esperaron el regreso de Osborne durante casi quince minutos. Cuando volvió a la oficina llevaba un expediente que tenía un dedo de grosor. Se lo presentó a Walling, que lo cogió al tiempo que se levantaba. Bosch la siguió y se levantó a su vez.

—Se lo devolveremos lo antes posible —dijo Walling—. Gracias, señor Osborne.

—¡Espere un momento! Ha dicho que iban a mirarlo aquí.

Rachel se dirigía a las puertas de la oficina, recuperando otra vez el impulso.

—Ya no hay tiempo, señor Osborne. Hemos de irnos. Se lo devolveremos mañana por la mañana.

Ya estaba cruzando el umbral. Bosch la siguió, cerrando la puerta tras él sobre las palabras finales de Osborne.

—¿Y la orden judi...?

Al pasar por detrás de la empleada, Walling le pidió que les abriera. Rachel mantenía dos pasos de ventaja sobre Bosch cuando enfilaron el pasillo. Le gustaba caminar detrás de ella y admirar cómo se manejaba. Presencia de mando al ciento por ciento.

—¿Hay algún Starbucks por aquí donde podamos sentarnos y mirar esto? Me gustaría verlo antes de volver.

—Siempre hay un Starbucks cerca.

En la acera caminaron hacia el este hasta que llegaron a un pequeño local con una barra con taburetes. Era mejor que seguir buscando un Starbucks, de manera que entraron. Mientras Bosch pedía dos cafés al hombre de detrás del mostrador, Rachel abrió el expediente.

Cuando llegaron los cafés al mostrador y pagaron, ella ya le llevaba una página de ventaja. Se sentaron uno al lado del otro y Rachel le pasaba cada hoja a Bosch después de terminar de revisarla. Trabajaron en silencio y ninguno de los dos probó el café. Pagar el café simplemente era pagar el espacio de trabajo en la barra.

El primer documento de la carpeta era una copia del certificado de nacimiento de Foxworth. Había nacido en el hospital Queen of Angels. La madre era Rosemary Foxworth, nacida el 21-6-54 en Filadelfia (Pensilvania) y el padre constaba como desconocido. La dirección de la madre correspondía a un apartamento en Orchid Avenue, en Hollywood. Bosch situó la dirección en medio de lo que en la actualidad se llamaba Kodak Center, parte del plan de renovación y renacimiento de Hollywood. Ahora era todo oropel, cristal y alfombras rojas, pero en 1971 era un barrio patrullado por prostitutas callejeras y drogadictos.

El certificado de nacimiento mencionaba también al médico que atendió el parto y una trabajadora social implicada en el caso.

Bosch hizo los cálculos. Rosemary Foxworth tenía diecisiete años cuando dio a luz a su hijo. No se mencionaba presencia paterna. Padre desconocido. La mención de una trabajadora social significaba que el condado iba a pagar por el parto y la ubicación del domicilio tampoco presagiaba un feliz comienzo para el pequeño Robert.

Todo esto llevaba a una imagen que se revelaba como una Polaroid en la mente de Bosch. Supuso que Rosemary Foxworth era una fugada de Filadelfia, que llegó a Hollywood y compartió apartamento barato con otras como ella. Probablemente trabajó en las calles vecinas como prostituta. Probablemente consumía drogas. Dio a luz al niño y en última instancia el condado intervino y le retiró la custodia.

A medida que Rachel le pasaba más documentos, la triste historia se fue confirmando. Robert Foxworth fue retirado de la custodia de su madre a los dos años y llevado al sistema del DSIF. Durante los siguientes dieciocho años de su vida estuvo en casas de acogida y centros de menores. Bosch se fijó en que una de las instituciones en las que había pasado tiempo era el orfanato McLaren de El Monte, un lugar donde el propio Bosch había pasado varios años de niño.

El expediente estaba repleto de evaluaciones psiquiátricas llevadas a cabo anualmente o tras los frecuentes regresos de Foxworth de casas de acogida. En total, el expediente trazaba la travesía de una vida rota. Triste, sí. Singular, no. Era la historia de un niño arrebatado a su único progenitor y luego igualmente maltratado por la institución que se lo había llevado. Foxworth fue de un lugar a otro. No tenía un hogar ni una familia verdadera. Probablemente nunca supo qué era que lo quisieran o lo amaran.

La lectura de las páginas despertó recuerdos en Bosch. Dos décadas antes de la travesía de Foxworth por el sistema de menores, Bosch había trazado su propio camino. Había sobrevivido con sus propias cicatrices, pero el daño no era nada comparado con la extensión de las heridas de Foxworth.

El siguiente documento que le pasó Rachel era una copia del certificado de defunción de Rosemary Foxworth. Falleció el 5 de marzo de 1986 por complicaciones derivadas del consumo de droga y la hepatitis C. Había muerto en el pabellón carcelario del Centro Médico County-USC. Robert Foxworth tenía catorce años.

—Aquí está, aquí está —dijo Rachel de repente.

—¿Qué?

—Su estancia más larga en cualquier casa de acogida fue en Echo Park. ¿Y la gente que se quedó con él? Harlan y Janet Saxon.

—¿Cuál es la dirección?

—Setecientos diez de Figueroa Lane. Estuvo allí desde el ochenta y tres al ochenta y siete. Casi cuatro años en total. Ellos debieron de gustarle y él debió de gustarles a ellos.

Bosch se inclinó para mirar el documento que estaba delante de ella.

—Estaba en Figueroa Terrace, a sólo un par de manzanas de allí, cuando lo detuvieron con los cadáveres —dijo—. Si lo hubieran seguido sólo un minuto más, habrían llegado al sitio.

—Si es allí adonde iba.

—Tiene que ser adonde iba.

Ella le entregó la hoja y pasó a la siguiente. Pero Bosch se levantó y se alejó de la barra. Ya había leído suficiente por el momento. Había estado buscando la conexión con Echo Park y ya la tenía. Estaba preparado para dejar de lado el trabajo de lectura. Estaba listo para actuar.

—Harry, estos informes psiquiátricos de cuando era adolescente… hay un montón de mierda aquí.

—¿Como qué?

—Mucha rabia hacia las mujeres. Mujeres jóvenes promiscuas. Prostitutas, drogadictas. ¿Sabes cuál es la psicología aquí? ¿Sabes lo que creo que terminó haciendo?

—No y no. ¿Qué?

—Estaba matando a su madre una y otra vez. ¿Todas esas mujeres y chicas desaparecidas que le han colgado, la última anoche? Para él eran como su madre. Y quería matarlas por haberle abandonado. Y quizá matarlas antes de que hicieran lo mismo, traer un hijo al mundo.

Bosch asintió.

—Es un bonito trabajo de psiquiatra exprés. Si tuviéramos tiempo, probablemente también podrías averiguar cuál era el dibujo de su babero. Pero ella no lo abandonó. Le retiraron la custodia.

Walling negó con la cabeza.

—No importa —dijo—. Abandono por el estilo de vida. El estado no tuvo más alternativa que intervenir y retirarle la custodia. Drogas, prostitución, todo. Al ser una madre inadecuada, ella lo abandonó a estas instituciones profundamente imperfectas donde estuvo atrapado hasta que tuvo la edad suficiente para caminar solo. En su imagen cerebral, eso constituía abandono.

Bosch asintió lentamente. Suponía que Rachel tenía razón, pero la situación en su conjunto le hacía sentirse incómodo. Para Bosch era demasiado personal, demasiado semejante a su propio camino. Salvo por algún giro puntual, Bosch y Foxworth habían seguido caminos similares. Foxworth estaba condenado a matar a su madre una y otra vez. Una psiquiatra del departamento de policía le había dicho a Bosch en cierta ocasión que él estaba condenado a resolver el asesinato de su propia madre una y otra vez.

—¿Qué pasa?

Bosch la miró. Todavía no le había contado a Rachel su propia historia sórdida. No quería que utilizara sus habilidades de *profiler* con él.

—Nada —dijo—. Sólo estoy pensando.

—Parece que hayas visto un fantasma, Bosch.

Él se encogió de hombros. Walling cerró la carpeta sobre la barra y finalmente levantó el café para tomar un sorbo.

—Y ahora ¿qué? —preguntó.

Bosch la miró un largo momento antes de responder.

—Echo Park —dijo.

—¿Y refuerzos?

—Primero voy a comprobarlo, luego pediré refuerzos.

Ella asintió.

—Te acompaño.

Cuarta parte

El perro que alimentas

27

Bosch y Walling usaron el Mustang de Bosch porque les daría al menos un pequeño grado de cobertura comparado con el vehículo federal de Rachel, que clamaba a gritos que pertenecía a una agencia del orden. Condujeron hasta Echo Park, pero no se acercaron a la casa de los Saxon en el 710 de Figueroa Lane. Había un problema. Figueroa Lane era un callejón para dar la vuelta que se extendía a lo largo de una manzana desde Figueroa Terrace y se curvaba por la cresta que había debajo de Chavez Ravine. No había forma de pasar despacio sin llamar la atención. Ni siquiera en un Mustang. Si Waits estaba allí vigilando la llegada de las fuerzas del orden, contaría con la ventaja de verlos primero.

Bosch detuvo el coche en el cruce de Beaudry y Figueroa Terrace, y tamborileó con los dedos en el volante.

—Eligió un buen sitio para el castillo secreto —dijo—. No hay forma de acercarse sin que te detecte. Sobre todo de día.

Rachel asintió.

—Los castillos medievales se construían en las cimas de las colinas por la misma razón.

Bosch miró a su izquierda, hacia el centro de la ciudad, y vio los edificios altos que se cernían sobre las casas de Figueroa Terrace. Uno de los edificios más altos y más cercanos era la sede central de la DWP, la compañía de agua y electricidad. Estaba justo al otro lado de la autovía.

—Tengo una idea —dijo.

Salieron del barrio y volvieron hacia el centro. Bosch entró en el garaje del edificio de la DWP y aparcó en uno de los lugares para visitantes. Abrió el maletero y sacó el equipo de vigilancia que siempre llevaba en el coche. Se trataba de unos prismáticos de alta potencia, una cámara y un saco de dormir enrollado.

—¿De qué vas a sacar fotos? —preguntó Walling.

—De nada. Pero tiene un teleobjetivo y puedes mirar si quieres, mientras yo uso los prismáticos.

—¿Y el saco de dormir?

—Puede que tengamos que tumbarnos en el tejado. No quiero que se ensucie tu elegante traje federal.

—No te preocupes por mí. Ocúpate de ti.

—Me preocupa esa chica que raptó Waits. Vamos.

Se dirigieron por la planta del garaje hacia los ascensores.

—¿Te has fijado en que todavía lo llamas Waits, aunque ahora estamos seguros de que se llama Foxworth? —preguntó ella cuando ya estaban subiendo.

—Sí, me he fijado. Creo que es porque cuando estuvimos cara a cara era Waits. Cuando empezó a disparar era Waits. Y eso se te queda.

Rachel Walling no dijo nada más al respecto, aunque Bosch supuso que tendría alguna interpretación psicológica.

Cuando llegaron al vestíbulo, Bosch fue a la mesa de información, mostró su placa y sus credenciales y pidió ver a un supervisor de seguridad. Le dijo al hombre del mostrador que era urgente.

Al cabo de menos de dos minutos, un hombre negro alto, con pantalones grises y americana azul marino sobre su camisa blanca y corbata, apareció en la puerta y fue directamente hacia ellos. Esta vez tanto Bosch como Walling mostraron sus credenciales y el hombre pareció adecuadamente impresionado por el tándem federal-local.

—Hieronymus —dijo, leyendo la identificación policial de Bosch—. ¿Le llaman Harry?

—Sí.

El hombre tendió la mano y sonrió.

—Jason Edgar. Creo que usted y mi primo fueron compañeros.

Bosch también sonrió, no sólo por la coincidencia, sino porque sabía que contaría con la cooperación del vigilante. Se puso el saco de dormir debajo del otro brazo y le estrechó la mano.

—Sí. Jerry me dijo que tenía un primo en la compañía de agua. Recuerdo que le pasaba información a Jerry cuando la necesitábamos. Encantado de conocerle.

—Igualmente. ¿Qué tenemos aquí? Si el FBI está implicado ¿estamos hablando de una situación de terrorismo?

Rachel levantó la mano en un gesto de calma.

—No es eso —dijo.

—Jason, sólo estamos buscando un sitio desde donde podamos vigilar un barrio del otro lado de la autovía, en Echo Park. Hay una casa en la que estamos interesados y no podemos acercarnos sin ser vistos, ¿me explico? Estábamos pensando que quizá desde una de las oficinas de aquí o desde el tejado podríamos disponer de un buen ángulo y ver qué ocurre allí.

—Tengo el mejor lugar —dijo Edgar sin dudarlo—. Síganme.

Los condujo de nuevo a los ascensores y tuvo que usar una llave para que se encendiera el botón de la decimoquinta planta. En el trayecto de subida explicó que se estaba llevando a cabo una renovación completa del edificio. En ese momento las obras se habían trasladado a la planta 15. La planta había sido vaciada y permanecía así a la espera de que viniera el contratista a reconstruirla según el plan de renovación.

—Tienen toda la planta para ustedes —dijo—. Elijan el ángulo que quieran para un PO.

Bosch asintió. PO, punto de observación. Eso le dijo algo de Jason Edgar.

—¿Dónde sirvió? —preguntó.

—Marines. «Tormenta del Desierto», todo el cotarro. Por eso no me uní al departamento. Ya tuve suficiente de zonas de guerra. Este trabajo es muy de nueve a cinco, menos estrés y lo bastante interesante, ya me entiende.

Bosch no lo entendía, pero asintió de todos modos. Las puertas del ascensor se abrieron y salieron a una planta que iba de pared a pared exterior de cristal. Edgar los condujo hacia el ventanal que daba a Echo Park.

—¿Cuál es el caso? —preguntó mientras se aproximaban.

Bosch sabía que llegarían a eso. Estaba preparado con una respuesta.

—Hay un sitio allí abajo que creemos que se está usando como piso franco de fugitivos. Sólo queremos comprobar si hay algo que ver. ¿Me entiende?

—Claro.

—Hay algo más que puede hacer para ayudarnos —dijo Walling.

Bosch se volvió hacia ella al mismo tiempo que lo hacía Edgar. Tenía la misma curiosidad.

—¿Qué necesita? —dijo Edgar.

—¿Puede comprobar la dirección en el ordenador y decirnos quién paga los servicios públicos?

—No hay problema. Deje que los sitúe antes.

Bosch hizo una señal de aprobación a Rachel. Era un buen movimiento. No sólo apartaría al inquisitivo Edgar durante un rato, sino que también les proporcionaría información valiosa acerca de la casa de Figueroa Lane.

Junto al ventanal de cristal de suelo a techo, en el lado norte del edificio, Bosch y Walling miraron hacia Echo Park, al otro lado de la autovía 101. Estaban más lejos del barrio de la colina de lo que Bosch había supuesto, pero seguían contando con un buen punto de vista. Señaló las coordenadas geográficas a Rachel.

—Allí está Fig Terrace —dijo—. Aquellas tres casas de la curva son Fig Lane.

Ella asintió con la cabeza. Figueroa Lane sólo tenía tres casas. Desde la altura y la distancia parecía una idea de último momento, un hallazgo del promotor inmobiliario que vio que podía encajar tres viviendas más en la colina después de que la calle principal ya se hubiera trazado.

—¿Cuál es el 710? —preguntó ella.

—Buena pregunta.

Bosch dejó el saco de dormir y levantó los prismáticos. Examinó las tres casas buscando una dirección. Finalmente enfocó un cubo de basura negro que estaba delante de la casa del medio. En grandes cifras blancas alguien había pintado 712 en el cubo en un intento de salvaguardarlo del robo. Bosch sabía que los números de las direcciones crecían a medida que la calle se alejaba del centro.

—La de la derecha es la 710.

—Entendido —dijo ella.

—Entonces, ¿ésa es la dirección? —preguntó Edgar—. ¿Setecientos diez Fig Lane?

—Figueroa Lane —dijo Bosch.

—Eso es. Dejen que vaya a ver qué puedo encontrar. Si alguien sube aquí y pregunta qué están haciendo, le dicen que me llame al tres-tres-ocho. Es mi busca.

—Gracias, Jason.

—De nada.

Edgar empezó a caminar hacia los ascensores. Bosch pensó en algo y lo llamó.

—Jason, este vidrio tiene película, ¿no? Nadie puede vernos mirando, ¿verdad?

—Sí, no hay problema. Pueden quedarse aquí desnudos y nadie los verá desde fuera. Pero no lo intenten de noche porque es otra historia. La luz interior cambia las cosas y se ve todo.

Bosch asintió.

—Gracias.

—Cuando vuelva, traeré un par de sillas.

—Eso estaría bien.

Después de que Edgar desapareciera en el ascensor, Walling dijo:

—Bueno, al menos podremos sentarnos desnudos delante de la ventana.

Bosch sonrió.

—Sonaba como si lo supiera todo por experiencia —dijo.

—Esperemos que no.

Bosch levantó los prismáticos y miró hacia abajo a la casa del 710 de Figueroa Lane. Era de diseño similar a las otras dos de la calle; construida alta en la ladera de la colina, con escalones que llevaban al garaje que daba a la calle y que estaba tallado en el terraplén debajo de la casa. Tenía un tejado de ladrillos curvados, pero mientras que las otras casas de la calle estaban pulcramente pintadas y conservadas, la 710 parecía descuidada. Su pintura rosa se había descolorido. El terraplén entre el garaje y la casa estaba poblado de malas hierbas. En el mástil que se alzaba en una esquina del porche delantero no ondeaba ninguna bandera.

Bosch afinó el foco de los prismáticos de campo y fue moviéndolo de ventana en ventana, buscando señales de que la casa estuviera ocupada, con la esperanza de tener suerte y ver al propio Waits mirando a la calle.

A su lado, oyó que Walling disparaba algunas fotos. Estaba usando la cámara.

—No creo que haya película. No es digital.

—No pasa nada. Es la costumbre. Y no esperaba que un dinosaurio como tú tuviera una cámara digital.

Detrás de los prismáticos, Bosch sonrió. Trató de pensar en una respuesta, pero lo dejó estar. Centró de nuevo su atención en la casa. Era de un estilo visto comúnmente en los antiguos barrios de las colinas de la ciudad. Mientras que en construcciones más nuevas el contorno del paisaje imponía el diseño, las casas del lado inclinado de Figueroa Lane eran de un estilo más conquistador. A ras de calle se había excavado un garaje en el terraplén. Luego, encima, la ladera estaba en terrazas y se había edificado una pequeña casa de una única planta. Las montañas y las colinas de toda la ciudad se moldearon de esta forma en los

años cuarenta y cincuenta, cuando Los Ángeles se extendió en el llano y trepó por las colinas como una marea arrolladora.

Bosch se fijó en que en lo alto de las escaleras que iban desde el lado del garaje al porche delantero había una pequeña plataforma de metal. Examinó otra vez la escalera y vio los raíles metálicos.

—Hay un elevador en la escalera —dijo—. Quien viva allí ahora va en silla de ruedas.

No advirtió movimiento detrás de ninguna de las ventanas que resultaban visibles desde aquel ángulo. Bajó el foco al garaje. Había una puerta de entrada a pie y puertas dobles de garaje que habían sido pintadas de rosa mucho tiempo atrás. La pintura, lo que quedaba de ella, se veía gris y la madera se estaba astillando en muchos lugares debido a la exposición directa al sol de la tarde. Daba la sensación de que habían cerrado la puerta del garaje en un ángulo desigual al pavimento. Ya no parecía operativa. La puerta de entrada a pie tenía una ventana, pero la persiana estaba bajada tras ella. Al otro lado del panel superior de cada una de las puertas del garaje había una fila de ventanitas cuadradas, pero les estaba dando la luz solar directa y el reflejo deslumbrante impedía a Bosch mirar en el interior.

Bosch oyó que el ascensor sonaba y bajó los prismáticos por primera vez. Miró por encima del hombro y vio que Jason Edgar se acercaba a ellos con dos sillas.

—Perfecto —dijo Bosch.

Cogió una de las sillas y la colocó cerca del cristal para poder sentarse del revés y apoyar los codos en el respaldo, en la clásica postura de vigilancia. Rachel colocó su silla para sentarse normalmente en ella.

—¿Ha tenido ocasión de mirar los registros, Jason? —preguntó.

—Sí —dijo Edgar—. Los servicios de esa dirección se facturan a Janet Saxon desde hace veintiún años.

—Gracias.

—De nada. Supongo que es cuanto necesitan de mí ahora mismo.

Bosch miró a Edgar.

—Jerry, perdón, Jason, nos ha sido de gran ayuda. Se lo agradecemos. Probablemente nos quedaremos un rato y luego nos iremos. ¿Quiere que se lo digamos o que dejemos las sillas en algún sitio?

—Ah, basta con que se lo digan al tipo del vestíbulo al salir. Él me mandará un mensaje. Y dejen las sillas. Yo me ocuparé.

—Lo haremos. Gracias.

—Buena suerte. Espero que lo cojan.

Todo el mundo se estrechó la mano y Edgar volvió al ascensor. Bosch y Walling volvieron a vigilar la casa en Figueroa Lane. Bosch le preguntó a Rachel si prefería que se turnaran, pero ella dijo que no. Le preguntó si prefería usar los prismáticos y Rachel contestó que se quedaría con la cámara. De hecho, su teleobjetivo le brindaba una visión más cercana que la que proporcionaban los prismáticos.

Transcurrieron veinte minutos y no apreciaron ningún movimiento. Bosch había pasado el tiempo moviendo los prismáticos adelante y atrás entre la casa y el garaje, pero ahora estaba centrando su foco en el espeso matorral de la cima del risco, buscando otra posible ubicación que los situara más cerca. Walling habló con excitación.

—Harry, el garaje.

Bosch bajó su foco y localizó el garaje. El sol se había movido detrás de una nube y el brillo había caído de la línea de ventanas a los paneles superiores de las puertas del garaje. Bosch vio el hallazgo de Rachel. A través de las ventanas de la única puerta que todavía parecía operativa vio la parte posterior de una furgoneta blanca.

—He oído que anoche usaron una furgoneta blanca en el rapto —dijo Walling.

—Eso mismo he oído yo. Está en la orden de busca y captura.

Bosch estaba nervioso. Una furgoneta blanca en la casa en la que había vivido Raynard Waits.

—¡Eso es! —dijo en voz alta—. Ha de estar ahí con la chica, Rachel. ¡Hemos de irnos!

Se levantaron y corrieron hacia el ascensor.

28

Debatieron sobre la posibilidad de pedir refuerzos mientras salían a toda velocidad del garaje de la compañía de agua y electricidad. Walling quería esperar refuerzos. Bosch no.

—Mira, lo único que tenemos es una furgoneta blanca —dijo—. Podría estar en esa casa, pero podría no estar. Si irrumpimos ahí con las tropas, podemos perderlo. Así que lo único que quiero es asegurarme desde más cerca. Podemos pedir refuerzos cuando estemos allí. Si los necesitamos.

Bosch creía que su punto de vista era ciertamente razonable, pero también lo era el de Walling.

—¿Y si está allí? —preguntó—. Nosotros dos podríamos meternos en una emboscada. Necesitamos al menos un equipo de refuerzo, Harry, para hacer esto de forma correcta y segura.

—Llamaremos cuando lleguemos allí.

—Entonces será demasiado tarde. Sé lo que estás haciendo. Quieres a este tipo para ti y no te importa poner en peligro a la chica ni a nosotros para conseguirlo.

—¿Quieres quedarte, Rachel?

—No, no quiero quedarme.

—Bien, porque yo quiero que estés ahí.

Decisión tomada, zanjaron la discusión. Figueroa Street discurría por detrás del edificio de la compañía de agua y electricidad. Bosch la tomó hacia el este por debajo de la autovía 101, cruzó Sunset y continuó en la misma calle, que serpenteaba en dirección este por debajo de la autovía 101. Figueroa Street se convirtió en Figueroa Terrace, y siguieron hasta donde terminaba y Figueroa Lane se curvaba trepándose a la cresta de la ladera. Bosch aparcó el coche antes de iniciar el ascenso por Figueroa Lane.

—Subimos caminando y nos mantenemos cerca de la línea de garajes hasta que lleguemos al 710 —dijo—. Si nos quedamos cerca, no tendrá ángulo para vernos desde la casa.

—¿Y si no está dentro? ¿Y si está esperándonos en el garaje?

—Pues nos ocuparemos de eso. Primero descartamos el garaje y luego subimos por la escalera hasta la casa.

—Las casas están en la ladera. Hemos de cruzar la calle de todas todas.

Bosch la miró por encima del techo del coche al salir.

—Rachel, ¿estás conmigo o no?

—Te he dicho que estoy contigo.

—Entonces vamos.

Bosch bajo del Mustang y empezaron a trotar por la acera hacia la colina. Sacó el móvil y lo apagó para que no vibrara cuando estuvieran colándose en la casa.

Estaba resoplando cuando llegaron a la cima. Rachel estaba justo detrás de él y no mostraba el mismo nivel de falta de oxígeno. Bosch no había fumado en años, pero el daño de veinticinco años de nicotina ya estaba hecho.

El único momento en que quedaban expuestos a la casa rosa del final de la calle llegó cuando alcanzaron la cima y tuvieron que cruzar a los garajes que se extendían en el lado este de la calle. Caminaron ese tramo. Bosch agarró a Walling del brazo y le susurró al oído.

—Te estoy usando para taparme la cara —dijo—. A mí me ha visto, pero a ti no.

—No importa —dijo ella cuando cruzaron—. Si nos ve, puedes contar con que sabe lo que está pasando.

Bosch no hizo caso de la advertencia y empezó a avanzar por delante de los garajes, que estaban construidos a lo largo de la acera. Llegaron rápidamente al 710 y Bosch se acercó al panel de ventanas que estaba encima de una de las puertas. Ahuecando las manos contra el cristal sucio, miró y vio que en el interior estaban la furgoneta y cajas apiladas, barriles y otros trastos. No percibió movimiento ni sonido alguno. Había una puerta cerrada en la pared del fondo del garaje.

Se acercó a la puerta de peatones del garaje e intentó abrirla.

—Cerrada —susurró.

Retrocedió y miró las dos puertas abatibles. Rachel estaba ahora junto a la puerta más alejada, inclinándose para oír ruidos del interior. Miró a Bosch y negó con la cabeza. Nada. Bosch miró hacia abajo y vio un tirador en la parte inferior de cada puerta abatible, pero no había un mecanismo exterior de cierre. Se agachó, agarró el primer tirador y trató de abrir la puerta. Ésta cedió un par de centímetros y luego se detuvo. Estaba cerrada por dentro. Lo intentó con la segunda puerta y obtuvo el mismo resultado. La puerta cedió unos centímetros, pero se detuvo. Por el mínimo movimiento que permitía cada puerta, Bosch supuso que estaban aseguradas por dentro con candados.

Bosch se levantó y miró a Rachel. Negó con la cabeza y señaló hacia arriba, dando a entender que era hora de subir a la casa.

Se acercaron a la escalera de hormigón y empezaron a subir en silencio. Bosch iba delante y se detuvo a cuatro peldaños del final. Se agachó y trató de contener la respiración. Miró a Rachel. Sabía que estaban improvisando. Él estaba improvisando. No había forma de acercarse a la casa, salvo ir directamente a la puerta delantera.

Dio la espalda a Rachel y estudió las ventanas una por una. No vio movimiento, pero le pareció oír el ruido de una televisión o una radio en el interior. Sacó la pistola —era una de repuesto que había sacado del armario del pasillo esa mañana— y abordó los peldaños finales, sosteniendo el arma a un costado mientras cruzaba en silencio el porche hasta la puerta delantera.

Bosch sabía que no era precisa una orden de registro. Waits había raptado a una mujer y la naturaleza de vida o muerte de la situación sin duda justificaba entrar sin llamar. Puso la mano en el pomo y lo giró. La puerta no estaba cerrada.

Bosch abrió lentamente, fijándose en que había una rampa de cinco centímetros colocada encima del umbral para subir una silla de ruedas. Cuando la puerta se abrió, el sonido de la radio se hizo más alto. Era una emisora evangelista, un hombre que hablaba del éxtasis inminente.

Entraron en el recibidor de la casa. A la derecha se abría un salón comedor. Directamente delante, a través de una abertura en arco, se hallaba la cocina. Un pasillo situado a la izquierda conducía al resto de las dependencias de la casa. Sin mirar a Rachel, Bosch señaló a la derecha, lo cual significaba que ella fuera hacia allí mientras él avanzaba y confirmaba que no había nadie en la cocina antes de tomar el pasillo hacia a la izquierda.

Al llegar a la entrada en arco, Bosch miró a Rachel y la vio avanzando por la sala de estar, con el arma levantada y sujetada con las dos manos. Él entró en la cocina y vio que estaba limpia y pulida, sin un plato en el fregadero. La radio estaba en la encimera. El predicador estaba diciendo a sus oyentes que aquellos que no creyeran quedarían atrás.

Había otro arco que conducía de la cocina al comedor. Rachel pasó a través de él, levantó el cañón de la pistola hacia el techo cuando vio a Bosch y negó con la cabeza.

Nada.

Eso dejaba el pasillo que conducía a las habitaciones y al resto de la casa. Bosch se volvió y regresó al recibidor pasando

bajo el paso en arco. Al volverse hacia el pasillo se sorprendió al ver en el umbral a una mujer anciana en una silla de ruedas. En su regazo tenía un revólver de cañón largo. Parecía demasiado pesado para que su brazo frágil lo empuñara.

—¿Quién anda ahí? —dijo la anciana con energía.

Tenía la cabeza torcida. Aunque tenía los ojos abiertos, éstos no estaban enfocados en Bosch, sino en el suelo. Era su oído el que estaba aguzado hacia él y el detective comprendió que era ciega.

Bosch levantó la pistola y la apuntó con ella.

—¿Señora Saxon? Tranquila. Me llamo Harry Bosch. Estoy buscando a Robert.

Las facciones de la anciana mostraron una expresión de desconcierto.

—¿Quién?

—Robert Foxworth. ¿Está aquí?

—Se ha equivocado, y ¿cómo se atreve a entrar sin llamar?

—Yo...

—Bobby usa el garaje. No le dejo usar la casa. Con todos esos químicos, huele fatal.

Bosch empezó a avanzar hacia ella, sin apartar la mirada de la pistola en ningún momento.

—Lo siento, señora Saxon. Pensaba que estaría aquí. ¿Ha estado aquí últimamente?

—Viene y va. Sube a pagarme el alquiler, nada más.

—¿Por el garaje? —Se estaba acercando.

—Eso es lo que he dicho. ¿Qué quiere de él? ¿Es amigo suyo?

—Sólo quiero hablar con él.

Bosch se inclinó y le cogió la pistola de la mano a la anciana.

—¡Eh! Es mi protección.

—No se preocupe, señora Saxon. Se la devolveré. Sólo creo que hay que limpiarla un poco. Y engrasarla. De esa forma será más seguro que funcione en caso de que alguna vez la necesite de verdad.

—La necesito.

—La voy a llevar al garaje y le diré a Bobby que la limpie. Luego se la devolveré.

—Más le vale.

Bosch verificó el estado de la pistola. Estaba cargada y parecía operativa. Se la puso en la cinturilla de la parte de atrás de los pantalones y miró a Rachel. La agente del FBI estaba de pie en la entrada, un metro detrás de él. Hizo un movimiento con la mano, haciendo el gesto de mover una llave. Bosch comprendió.

—¿Tiene una llave del garaje, señora Saxon? —preguntó.

—No. Vino Bobby y se la llevó.

—Vale, señora Saxon. Lo veré con él.

Bosch se dirigió a la puerta de la calle. Rachel se unió a él y ambos salieron. A medio camino de la escalera que conducía al garaje, Rachel le agarró el brazo y susurró.

—Hemos de pedir refuerzos. ¡Ahora!

—Llámalos, pero yo voy al garaje. Si está ahí dentro con la chica, no podemos esperar.

Bosch se desembarazó del brazo de Rachel y continuó bajando. Al llegar al garaje, miró una vez más por la ventana a los paneles superiores y no apreció movimiento en el interior. Tenía la mirada concentrada en la pared de atrás. Todavía estaba cerrada.

Se acercó a la entrada de a pie y abrió el filo de una navaja plegable que tenía atada al aro de las llaves.

Bosch empezó a ocuparse de la cerradura de la puerta y consiguió forzarla con la navaja. Hizo una señal a Rachel para que estuviera preparada y tiró de la puerta, pero ésta no cedió. Tiró una vez más con más fuerza, pero la puerta siguió sin ceder.

—Hay un cierre interior —susurró—. Eso significa que está ahí dentro.

—No. Podría haber salido por una de las puertas del garaje.

Bosch negó con la cabeza.

—Están cerradas por dentro —susurró—. Todas las puertas están cerradas por dentro.

Rachel comprendió y asintió con la cabeza.

—¿Qué hacemos? —respondió en otro susurro.

Bosch reflexionó un momento y luego le pasó sus llaves.

—Vuelve al coche. Cuando llegues aquí, aparca con la parte de atrás justo ahí. Luego abre el maletero.

—¿Qué estás…?

—Hazlo. ¡Vamos!

Walling corrió por la acera de delante de los garajes y luego cruzó la calle y se perdió de vista colina abajo. Bosch se colocó ante la puerta basculante que parecía cerrada de manera extraña. Estaba desalineada y sabía que era la mejor opción para intentar entrar.

Oyó el potente motor del Mustang antes de ver su coche coronando la colina. Rachel condujo con velocidad hacia él, que retrocedió contra el garaje para darle el máximo espacio para maniobrar. Rachel hizo casi un giro completo en la calle y retrocedió hacia el garaje. El maletero estaba abierto y Bosch inmediatamente buscó la cuerda que guardaba en la parte de atrás. No estaba. Recordó que Osani se la había llevado después de descubrirla en el árbol de Beachwood Canyon.

—¡Mierda!

Buscó rápidamente y encontró un tramo más corto de cuerda que había usado en una ocasión para cerrar el maletero cuando trasladaba un mueble al Ejército de Salvación. Rápidamente ató un extremo de la cuerda al gancho de acero para remolcar el vehículo que había debajo del parachoques y a continuación ató el otro extremo al tirador situado en la parte inferior de la puerta del garaje. Sabía que algo tendría que ceder: la puerta, el tirador o la cuerda. Tenía una posibilidad entre tres de conseguir su objetivo.

Rachel había salido del coche.

—¿Qué estás haciendo? —preguntó.

Bosch cerró silenciosamente el maletero.

—Vamos a abrirlo. Métete en el coche y avanza. Despacio. Un tirón rompería la cuerda. Adelante, Rachel. Date prisa.

Sin decir palabra, ella se metió en el coche, lo puso en marcha y empezó a avanzar. Rachel observó por el espejo retrovisor y Bosch hizo girar un dedo para indicarle que siguiera avanzando. La cuerda se tensó y Bosch oyó el sonido de la puerta del garaje crujiendo al aumentar la presión. Retrocedió al tiempo que desenfundaba una vez más su pistola.

La puerta del garaje cedió de repente y se levantó hacia fuera un metro.

—¡Basta! —gritó Bosch, consciente de que ya no tenía sentido seguir hablando en susurros.

Rachel paró el Mustang, pero la cuerda permaneció tensa y la puerta del garaje se mantuvo abierta. Bosch avanzó con rapidez y usó su impulso para agacharse y rodar por debajo de la puerta. Se levantó en el interior del garaje con la pistola en alto y preparada. Barrió el espacio con la mirada, pero no vio a nadie. Sin perder de vista la puerta situada en la pared de atrás, caminó hacia la furgoneta. Abrió de un tirón una de las puertas laterales y miró en el interior. Estaba vacía.

Bosch avanzó hasta la pared del fondo, abriéndose paso en una carrera de obstáculos de barriles boca arriba, rollos de plástico, pacas de toallas y otros elementos para limpiar ventanas. Se percibía un intenso olor a amoniaco y otros productos químicos. A Bosch empezaban a llorarle los ojos.

Las bisagras de la puerta de la pared de atrás estaban a la vista y Bosch sabía que bascularía hacia él cuando la abriera.

—¡FBI! —gritó Walling desde fuera—. ¡Entrando!

—¡Despejado! —gritó Bosch.

Oyó que Walling pasaba por debajo de la puerta del garaje, pero mantuvo su atención en la pared del fondo. Avanzó hacia ella, escuchando en todo momento por si oía algún sonido.

Tomando posición a un lado de la puerta, Bosch puso la mano en el pomo y lo giró. Estaba abierto. Miró atrás a Rachel por primera vez. Ella se encontraba en posición de combate, de perfil respecto a la puerta. Rachel le hizo una señal con la cabeza y en un rápido movimiento Bosch abrió la puerta y traspuso el umbral.

El cuarto carecía de ventanas y estaba oscuro. Bosch no vio a nadie. Sabía que de pie a la luz del umbral era como una diana y rápidamente entró en el cuarto. Vio una cuerda que encendía la luz del techo y tiró de ella. La cuerda se rompió en su mano, pero la bombilla del techo se balanceó ligeramente y se encendió. Estaba en una atestada sala de trabajo y almacenamiento de unos tres metros de profundidad. No había nadie en la sala.

—¡Despejado!

Rachel entró y se quedaron de pie examinando la estancia. A la derecha vieron una mesa de trabajo repleta de latas de pintura viejas, herramientas caseras y linternas. Había cuatro bicicletas oxidadas apiladas contra la pared de la izquierda, junto con sillas plegables y una pila de cajas de cartón que se había derrumbado. La pared del fondo era de cemento. Colgada de ella estaba la vieja y polvorienta bandera del mástil del patio delantero. En el suelo, delante de la bandera, había un ventilador eléctrico de pie, con las palas llenas de polvo y porquería. Parecía que en algún momento alguien había intentado sacar el olor fétido y húmedo de la sala.

—¡Mierda! —dijo Bosch.

Bajó la pistola y pasó junto a Rachel de nuevo en dirección al garaje. Ella lo siguió.

Bosch negó con la cabeza y se frotó los ojos para intentar eliminar parte del escozor producido por los productos químicos. No lo entendía. ¿Habían llegado demasiado tarde? ¿Habían seguido una pista equivocada?

—Comprueba la furgoneta —dijo—. Mira si hay señal de la chica.

Rachel cruzó por detrás de él hacia la furgoneta y Bosch fue a la puerta de peatones en busca de algún error en su razonamiento de que había alguien en el garaje.

No podía haberse equivocado. Había un candado en la puerta, lo cual significaba que había sido cerrada por dentro. Se acercó a las puertas del garaje y se agachó para mirar los mecanismos de cierre. Acertaba de nuevo. Ambas tenían candados en los cierres interiores.

Trató de desentrañarlo. Las tres puertas habían sido cerradas desde el interior. Eso significaba que o bien había alguien dentro del garaje o había un punto de salida que todavía no había identificado. Pero eso parecía imposible. El garaje estaba excavado directamente en la ladera del terraplén. No había posibilidad de una salida posterior.

Estaba comprobando el techo, preguntándose si era posible que hubiera un pasadizo que condujera a la casa, cuando Rachel le llamó desde el interior de la furgoneta.

—Hay un rollo de cinta aislante —dijo ella—. Hay trozos usados en el suelo con pelo.

El dato disparó la convicción de Bosch de que estaban en el lugar adecuado. Se acercó a la puerta lateral abierta de la furgoneta. Miró en el interior mientras sacaba el teléfono. Se fijó en el ascensor de silla de ruedas en la furgoneta.

—Pediré refuerzos y el equipo de Forense —dijo—. Se nos ha escapado.

Tuvo que volver a encender el teléfono y mientras esperaba que se pusiera en marcha se dio cuenta de algo. El ventilador de pie de la sala de atrás no estaba orientado hacia la puerta del garaje. Si quieres airear una estancia, orientas el ventilador hacia la puerta.

El teléfono zumbó en su mano y le distrajo. Miró la pantalla. Decía que tenía un mensaje en espera. Pulsó el botón para verificarlo y vio que acababa de perderse una llamada de Jerry Edgar. La atendería después. Pulsó el número de la central de comunicaciones y pidió al operador que le conectara con la fuerza especial de búsqueda de Raynard Waits. Contestó un oficial que se identificó como Freeman.

—Soy el detective Harry Bosch. Tengo...

—¡Harry! ¡Fuego!

Era Rachel quien había gritado. El tiempo transcurrió en cámara lenta. En un segundo, Bosch la vio en el umbral de la furgoneta, con la mirada fija por encima del hombro de él hacia la parte de atrás del garaje. Sin pensárselo, saltó hacia Rachel, abrazándola y tirándola al suelo de la furgoneta en un placaje. Sonaron cuatro disparos detrás de él seguidos instantáneamente por el sonido de balas incrustándose en el metal y rompiendo cristal. Bosch rodó de debajo de Rachel y surgió pistola en mano. Atisbó a una figura que se agazapaba en la sala posterior de almacenamiento. Disparó seis tiros a través del umbral y los estantes de la pared de su derecha.

—¿Estás bien, Rachel?

—Estoy bien. ¿Te han herido?

—¡Creo que no! ¡Era él! ¡Waits!

Hicieron una pausa y observaron la puerta de la sala de atrás. Nadie volvió a salir.

—¿Le has dado? —susurró Rachel.

—No creo.

—Pensaba que no había nadie en esa habitación.

—Yo también lo pensaba.

Bosch se levantó, manteniendo su atención en el umbral. Se fijó en que la luz del interior estaba ahora apagada.

—Se me ha caído el teléfono —dijo—. Pide refuerzos.

Empezó a avanzar hacia la puerta.

—Harry, espera. Podría…

—¡Pide refuerzos! Y no te olvides de decirles que estoy aquí dentro.

Se echó a su izquierda y se aproximó a la puerta desde un ángulo que le daría la visión más amplia del espacio interior. Sin embargo, sin la luz del techo, la habitación estaba poblada de sombras y no vio ningún movimiento. Empezó a dar pequeños pasos pisando primero con su pie derecho y manteniendo una posición de disparo. Detrás de él oyó a Rachel al teléfono identificándose y pidiendo que le pasaran con el Departamento de Policía de Los Ángeles.

Bosch llegó al umbral e hizo un movimiento de barrido con la pistola para cubrir la parte de la habitación sobre la cual no disponía de ángulo. Entró y se pegó a la pared de la derecha. No había movimiento ni rastro de Waits. El cuarto estaba vacío.

Miró el ventilador y confirmó su error. Estaba orientado hacia la bandera que colgaba en la pared de atrás. No se utilizaba para sacar aire húmedo. El ventilador se había usado para introducir aire.

Bosch dio dos pasos hacia la bandera. Se estiró hacia delante, la agarró por el borde y tiró hacia abajo.

En la pared, a un metro del suelo, vio la entrada a un túnel. Habían retirado una docena de bloques de cemento para crear una abertura cuadrada de un metro veinte de lado. La excavación en la ladera continuaba desde allí.

Bosch se agachó para mirar por la abertura desde la seguridad del lado derecho. El túnel era profundo y oscuro, pero vio un destello de luz diez metros más adelante. Se dio cuenta de que el pasadizo se doblaba y que había una fuente de luz al otro lado de la curva.

Bosch se inclinó más cerca y se dio cuenta de que podía oír un sonido procedente del túnel. Era un lloriqueo grave, un sonido terrible, pero hermoso a la vez. Significaba que al margen de los horrores que hubiera experimentado a lo largo de la noche, la mujer que Waits había raptado seguía viva.

Bosch se estiró hacia la mesa de trabajo y cogió la linterna más limpia que vio. Trató de encenderla, pero se habían agotado las pilas. Probó con otra y obtuvo un débil haz de luz. Tendría que bastar con eso.

Orientó la luz al túnel y confirmó que el primer tramo estaba despejado. Dio un paso hacia el interior del túnel.

—¡Harry, espera!

Se volvió y vio a Rachel en el umbral.

—¡Vienen refuerzos! —susurró.

Bosch negó con la cabeza.

—Ella está dentro. Está viva.

Se volvió de nuevo hacia el túnel y lo alumbró una vez más con la linterna. Todavía estaba despejado hasta la curva. Apagó la luz para conservarla. Miró a Rachel y se adentró en la oscuridad.

29

Bosch dudó un momento en la entrada del túnel para ajustar la visión y empezó a avanzar. No tenía que reptar. El túnel era lo bastante grande para recorrerlo en cuclillas. Con la linterna en la mano derecha y la pistola en la izquierda, Bosch mantenía la mirada en la tenue luz de delante. El sonido de la mujer llorando se hacía más audible a medida que avanzaba.

Tres metros en el interior del túnel, el olor mustio que había percibido fuera se convertía en un profundo hedor a descomposición. Por rancio que fuera, no era nuevo para él. Casi cuarenta años antes había sido una rata de los túneles en el ejército estadounidense, participando en más de un centenar de misiones en las galerías de Vietnam. El enemigo a veces enterraba a sus muertos en las paredes de arcilla de sus túneles. Eso los ocultaba de la vista, pero el hedor de la descomposición era imposible de ocultar. Una vez que se te metía en la nariz era igualmente imposible de olvidar.

Bosch sabía que se dirigía hacia algo terrorífico, que las víctimas desaparecidas de Raynard Waits estaban más adelante en el túnel. Ése había sido su destino en la noche en que pararon a Waits en su furgoneta de trabajo. Y Bosch no podía evitar pensar que quizás era también su propio destino. Habían transcurrido muchos años y había recorrido muchos kilómetros, pero le pareció que nunca había dejado atrás los túneles, que su vida siempre había sido un avance lento a través de espacios oscuros y reducidos hacia una luz parpadeante. Sabía que todavía era, y lo sería para siempre, una rata de los túneles.

Los músculos de los muslos le dolían por la tensión de avanzar en cuclillas. Los ojos empezaban a escocerle por el sudor. Y al acercarse al giro en el túnel, vio que la luz cambiaba y volvía a cambiar y supo que eso lo causaba la ondulación de una llama. La luz de una vela.

A un metro y medio de la curva, Bosch se detuvo, se apoyó sobre los talones y escuchó. Le pareció oír sirenas a su espalda. Los refuerzos estaban en camino. Trató de concentrarse en lo que oía por delante en el túnel, pero sólo era el sonido intermitente del llanto de la mujer.

Se enderezó y empezó a avanzar de nuevo. Casi inmediatamente la luz de delante se apagó y el lloriqueo cobró renovada energía y urgencia.

Bosch se quedó inmóvil. Luego oyó una risa nerviosa delante seguida por la familiar voz de Raynard Waits.

—¿Es usted, detective Bosch? Bienvenido a mi zorrera.

Hubo más risas, pero luego nada. Bosch esperó diez segundos. Waits no dijo nada más.

—¿Waits? Suéltela. Mándamela.

—No, Bosch. Ahora está conmigo. Al que entre aquí, lo mato. Me he guardado la última bala para mí.

—No, Waits. Escuche. Sólo déjela salir y entraré yo. Haremos un canje.

—No, Bosch. Me gusta la situación tal y como está.

—Entonces, ¿qué estamos haciendo? Hemos de hablar y ha de salvarse. No queda mucho tiempo. Suelte a la chica.

Al cabo de unos segundos surgió la voz de la oscuridad.

—¿Salvarme de qué? ¿Para qué?

Los músculos de Bosch estaban a punto de acalambrarse. Cuidadosamente descendió hasta quedar sentado con la espalda apoyada en el lado derecho del túnel. Estaba seguro de que la luz de vela procedía de la izquierda. El túnel se doblaba hacia la izquierda. Mantuvo la pistola levantada, pero ahora la empuñaba con las muñecas cruzadas y con la linterna igualmente levantada y a punto.

—No hay escapatoria —dijo—. Ríndase y salga. Su trato sigue en pie. No ha de morir. Y la chica tampoco.

—No me importa morir, Bosch. Por eso estoy aquí. Porque no me importa una mierda. Sólo quería que fuera en mis propios términos. No en los del estado ni en los de nadie. Sólo en los míos.

Bosch se fijó en que la mujer se había quedado en silencio. Se preguntó qué habría pasado. ¿La había silenciado Waits? ¿O la habría…?

—¿Qué pasa, Waits? ¿Está ella bien?

—Se ha desmayado. Demasiada excitación, supongo.

El asesino rio y luego se quedó en silencio. Bosch decidió que tenía que mantener a Waits hablando. Si estaba entretenido con Bosch, estaría distraído respecto a la mujer y a lo que sin duda se estaba preparando fuera del túnel.

—Sé quién es —dijo en voz baja.

Waits no mordió el anzuelo. Bosch lo intentó otra vez.

—Robert Foxworth. Hijo de Rosemary Foxworth. Educado por el condado. Casas de acogida, orfanatos. Vivió aquí con los Saxon. Durante un tiempo vivió en el orfanato McLaren en El Monte. Yo también, Robert.

La información de Bosch fue recibida con un largo silencio. Pero al cabo de unos segundos surgió una voz calmada de la oscuridad.

—Yo ya no soy Robert Foxworth.

—Entiendo.

—Odiaba ese sitio. McLaren. Los odiaba todos.

—Lo cerraron hace un par de años. Después de que muriera un chico allí.

—Que se jodan y a la mierda ese sitio. ¿Cómo encontró a Robert Foxworth?

Bosch sintió que la conversación iba tomando ritmo. Comprendió el pie que Waits le estaba dando al hablar de Robert Foxworth en tercera persona. Ahora era Raynard Waits.

—No fue muy difícil —respondió Bosch—. Lo descubrimos por el caso Fitzpatrick. Encontramos el recibo de empeño en los registros y coincidía con las fechas de nacimiento. ¿Qué era ese medallón que empeñó?

Un largo silencio precedió a la respuesta.

—Era de Rosemary. Era lo único que Robert tenía de ella. Tuvo que empeñarlo, y cuando volvió a recuperarlo ese cerdo de Fitzpatrick ya lo había vendido.

Bosch asintió con la cabeza. Waits estaba respondiendo preguntas, pero no había mucho tiempo. Decidió saltar al presente.

—Raynard, hábleme de la trampa. Hábleme de Olivas y O'Shea.

Sólo hubo silencio. Bosch lo intentó otra vez.

—Lo utilizaron. O'Shea lo utilizó y va a salir airoso. ¿Es lo que quiere? ¿Usted muere en este agujero y él se va tan campante?

Bosch dejó la linterna en el suelo para poder enjugarse el sudor de los ojos. Acto seguido tuvo que palpar en el suelo para encontrarla.

—No puedo darle a O'Shea ni a Olivas —dijo Waits en la oscuridad.

Bosch no lo entendió. ¿Se había equivocado? Volvió sobre sus pasos en su mente y empezó desde el principio.

—¿Mató a Marie Gesto?

Hubo un largo silencio.

—No —dijo finalmente Waits.

—Entonces, ¿cómo lo organizaron? ¿Cómo podía saber dónde…?

—Piénselo, Bosch. No son estúpidos. No iban a comunicarse directamente conmigo.

Bosch asintió. Lo comprendió.

—Maury Swann —dijo—. Él se ocupó del trato. Cuéntemelo.

—¿Qué quiere que le cuente? Era una trampa, Bosch. Dijo que todo estaba montado para que usted creyera. Dijo que estaba molestando a la gente equivocada y había que convencerlo.

—¿Qué gente?

—Eso no me lo dijo.

—¿Fue Maury Swann quien lo dijo?

—Sí, pero no importa. No podrá cogerlo tampoco a él. Esto es comunicación entre un abogado y su cliente. No puede tocarlo. Es privilegiado. Además, sería mi palabra contra la suya. No iría a ninguna parte y lo sabe.

Bosch lo sabía. Maury Swann era un abogado duro y un miembro respetado de la judicatura. También era encantador con los medios. No había forma de ir tras él sólo con la palabra de un cliente criminal, un asesino en serie por si fuera poco. Había sido una jugada maestra de O'Shea y Olivas usarlo a él de intermediario.

—No me importa —dijo Bosch—. Quiero saber cómo se hizo todo. Cuéntemelo.

Hubo un largo silencio antes de que Waits respondiera.

—Swann fue a verlos con la idea de hacer un trato. Yo aclaraba los casos a cambio de mi vida. Lo hizo sin mi conocimiento. Si me lo hubiera preguntado, le habría dicho que no se molestara. Prefiero la inyección que cuarenta años en una celda. Usted lo entiende, Bosch. Es un tipo de ojo por ojo. Me gusta eso de usted, lo crea o no.

Lo dejó ahí, y Bosch tuvo que incitarlo otra vez.

—Entonces, ¿qué ocurrió?

—Una noche que estaba en la celda me llevaron a la sala de abogados y allí estaba Maury. Me contó que había un trato sobre la mesa. Pero dijo que sólo funcionaría si me comía otro marrón, si admitía haber cometido otro crimen. Me dijo que habría una expedición y que tendría que conducir a cierto detective hasta el cadáver. Había que convencer a ese detective y la única forma de hacerlo era llevarlo hasta el cadáver. Ese detective era usted, Bosch.

—Y dijo que sí.

—Cuando dijo que habría una expedición dije que sí. Ésa era la única razón. Significaba luz del día. Vi una ocasión en la luz del día.

—¿Y le hicieron creer que esta oferta, este trato, procedía directamente de Olivas y O'Shea?

—¿De quién si no?

—¿Maury Swann los mencionó alguna vez en relación con el trato?

—Dijo que era lo que querían que hiciera. Dijo que procedía directamente de ellos. Que no harían un trato si no me comía el marrón. Tenía que añadir a Gesto y llevarle a usted hasta ella o no había trato. ¿Lo entiende?

Bosch asintió con la cabeza.

—Sí.

Sintió que se le calentaba la cara de ira. Trató de canalizarla, de dejarla a un lado para que estuviera lista para usarla, pero no en ese momento.

—¿Cómo supo los detalles que me dio durante la confesión?

—Swann. Los obtuvo de ellos. Dijo que tenían el expediente de la investigación original.

—¿Y le dijo cómo encontrar el cadáver en el bosque?

—Swann me dijo que había señales en el bosque. Me enseñó fotos y me explicó cómo conducir a todo el mundo hasta allí. Era fácil. La noche antes de mi confesión lo estudié todo.

Bosch se quedó en silencio mientras pensaba en la facilidad con que lo habían manipulado. Había querido algo con tanta fuerza y durante tanto tiempo que se había cegado.

—¿Y usted qué iba a sacar supuestamente de esto, Raynard?

—¿Se refiere a qué había para mí desde mi punto de vista? Mi vida, Bosch. Me estaban ofreciendo mi vida. Lo tomas o lo dejas. Pero la verdad es que eso no me importaba. Se lo he dicho, Bosch, cuando Maury dijo que habría una expedición supe que habría una oportunidad de escapar... y de visitar mi zorrera una última vez. Con eso me bastaba. No me importaba nada más. Tampoco me importaba morir en el intento.

Bosch trató de pensar en qué preguntar a continuación. Pensó en usar el móvil para llamar al fiscal del distrito o a un juez y que Waits confesara al teléfono. Volvió a bajar la linterna y buscó en su bolsillo, pero recordó que se le había caído el teléfono al saltar para placar a Rachel cuando se desató el tiroteo en el garaje.

—¿Sigue ahí, detective?

—Aquí estoy. ¿Y Marie Gesto? ¿Le dijo Swann por qué tenía que confesar el asesinato de Marie Gesto?

Waits rio.

—No tenía que hacerlo. Era bastante obvio. Quien matara a Gesto estaba tratando de quitárselo a usted de encima.

—¿No se mencionó ningún nombre?

—No, ningún nombre.

Bosch negó con la cabeza. No tenía nada. Nada contra O'Shea y nada contra Anthony Garland ni ningún otro. Miró por el túnel en dirección al garaje. No vio nada, pero sabía que habría gente allí. Habían oscurecido aquel extremo para evitar un alumbrado de fondo. Entrarían en cualquier momento.

—¿Y su fuga? —preguntó para mantener el diálogo en marcha—. ¿Estaba planeada o estaba improvisando?

—Un poco de cada. Me reuní con Swann la noche anterior a la expedición. Me explicó cómo conducirle hasta el cadáver. Me mostró las fotos y me habló de las señales en los árboles y de cómo empezarían cuando llegáramos a un desprendimiento de barro. Dijo que tendríamos que bajar escalando. Fue entonces cuando lo supe. Supe que podría tener una ocasión entonces. Así que le pedí que hiciera que me quitaran las esposas si tenía que escalar. Le dije que no mantendría el trato si tenía que escalar con las manos esposadas.

Bosch recordó a O'Shea imponiéndose a Olivas y diciéndole que le quitara las esposas. La reticencia de Olivas había sido una representación a beneficio de Bosch. Todo había sido un número dedicado a él. Todo era falso y le habían engañado a la perfección.

Bosch oyó el sonido de hombres que reptaban detrás de él en el túnel. Encendió la linterna y los vio. Era el equipo del SWAT. Kevlar negro, rifles automáticos, gafas de visión nocturna. Estaban viniendo. En cualquier momento lanzarían una granada de luz en el túnel. Bosch apagó la linterna. Pensó en la mujer. Sabía que Waits la mataría en el momento en que ellos actuaran.

—¿Estuvo realmente en McLaren? —preguntó Waits.

—Estuve allí. Fue antes que usted, pero estuve allí. Estaba en el barracón B. Estaba más cerca del campo de béisbol, así que siempre llegábamos los primeros a la hora del recreo y conseguíamos el mejor material.

Era una historia de pertenencia, la mejor que se le ocurrió a Bosch en el momento. Había pasado la mayor parte de su vida tratando de olvidarse de McLaren.

—Quizás estuvo allí, Bosch.

—Estuve.

—Y mírenos ahora. Usted siguió su camino y yo el mío. Supongo que alimenté al perro equivocado.

—¿Qué quiere decir? ¿Qué perro?

—¿No lo recuerda? En McLaren siempre nos decían que todos los hombres tienen dos perros dentro. Uno bueno y el otro malo. Luchan todo el tiempo porque sólo uno puede ser el perro alfa, el que manda.

—¿Y?

—Y el que gana es siempre el perro que tú has elegido alimentar. Yo alimenté al malo. Usted alimentó al bueno.

Bosch no sabía qué decir. Oyó un clic detrás de él en el túnel. Iban a lanzar la granada. Se incorporó rápidamente, con la esperanza de que no le dispararan por la espalda.

—Waits, voy a entrar.

—No, Bosch.

—Le daré mi pistola. Mire la luz. Le daré mi pistola.

Encendió la linterna y pasó el haz de luz por la curva que tenía delante. Avanzó y cuando llegó a la curva extendió la mano izquierda en el cono de luz. Sostuvo la pistola por el cañón para que Waits viera que no constituía ninguna amenaza.

—Ahora voy a entrar.

Bosch dobló la curva y entró en la cámara final del túnel. El espacio tenía al menos tres metros y medio de ancho, pero no era lo suficientemente alto para permanecer de pie. Se dejó caer de rodillas e hizo un movimiento de barrido con la linterna por toda la cámara. El tenue haz ámbar reveló una visión espantosa de huesos, calaveras y carne y cabello en descomposición. El hedor era insoportable y Bosch tuvo que contener las náuseas.

El haz de luz enfocó el rostro del hombre que Bosch había conocido como Raynard Waits. Estaba apoyado en la pared más alejada de su zorrera, sentado en lo que parecía un trono excavado en roca y arcilla. A la izquierda, la mujer que había raptado yacía desnuda e inconsciente en una manta. Waits sostuvo el cañón de la pistola de Freddy Olivas en la sien de su rehén.

—Tranquilo —dijo Bosch—. Le daré mi pistola. No le haga más daño.

Waits sonrió, sabiendo que tenía el control absoluto de la situación.

—Bosch, es usted un insensato hasta el final.

Bosch bajó el brazo y arrojó la pistola al lado derecho del trono. Cuando Waits se agachó a recogerla, levantó el cañón de la pistola con la que había estado apuntando a la mujer. Bosch dejó caer la linterna en ese mismo momento y echó la mano atrás, encontrando la empuñadura del revólver que le había quitado a la mujer ciega.

El largo cañón aseguró el tiro. Disparó dos veces, impactando en el centro del pecho de Waits con ambas balas.

Waits cayó de espaldas contra la pared. Bosch vio que sus ojos se abrían desmesuradamente y luego perdían la luz que separa la vida de la muerte. La barbilla de Waits se desplomó y su cabeza se inclinó hacia delante.

Bosch reptó hasta la mujer y le buscó el pulso. Seguía viva. La tapó con la manta sobre la que estaba tumbada. Enseguida gritó a los policías del túnel.

—Soy Bosch, ¡Robos y Homicidios! ¡No disparen! ¡Raynard Waits está muerto!

Una luz brillante destelló alrededor de la esquina en el túnel de la entrada. Era una luz cegadora y sabía que los hombres armados estarían esperando al otro lado.

No importaba, ahora se sentía seguro. Avanzó lentamente hacia la luz.

30

Después de emerger del túnel, Bosch fue sacado del garaje por dos agentes del SWAT equipados con máscaras de gas. Fue puesto en manos de los miembros de la fuerza especial que esperaban y de otros agentes vinculados con el caso. Randolph y Osani de la UIT también estaban presentes, así como Abel Pratt de la unidad de Casos Abiertos. Bosch miró a su alrededor en busca de Rachel Walling, pero no la vio en la escena.

A continuación sacaron del túnel a la última víctima de Waits. La joven fue conducida a una ambulancia que estaba esperando e inmediatamente transportada al centro médico County-USC para ser evaluada y tratada. Bosch estaba convencido de que su propia imaginación no podría igualar los horrores reales por los que había pasado la joven. Pero sabía que lo importante era que estaba viva.

El jefe de la fuerza especial quería que Bosch se sentara en una furgoneta y contara su historia, pero Harry dijo que no quería estar en un espacio cerrado. Ni siquiera al aire libre de Figueroa Lane podía quitarse de la nariz el olor del túnel y se fijó en que los miembros de la fuerza especial que se habían congregado en torno a él al principio retrocedían uno o dos pasos. Vio una manguera de jardín enganchada a un grifo junto a la escalera de la casa contigua a la 710. Se acercó, abrió el grifo y se inclinó mientras dejaba que el agua le corriera por el pelo, la cara y el cuello. Se empapó la ropa, pero no le importó. El agua arrastró buena parte de la suciedad, el sudor y el hedor, y Bosch sabía que de todas formas la ropa era para tirar.

El jefe de la fuerza especial era un sargento llamado Bob McDonald, que había sido reclutado de la División de Hollywood. Afortunadamente, Bosch lo conocía de días pasados en la división y eso sentaba las bases para un informe cordial. Bosch se dio cuenta de que era sólo un calentamiento. Tendría que someterse a una entrevista formal con Randolph y la UIT antes de que terminara el día.

—¿Dónde está la agente del FBI? —preguntó Bosch—. ¿Dónde está Rachel Walling?

—La están interrogando —dijo McDonald—. Estamos usando la casa de un vecino para ella.

—¿Y la anciana de la casa?

—Está bien —dijo McDonald—. Es ciega y va en silla de ruedas. Todavía están hablando con ella, pero resulta que Waits vivía aquí cuando era niño. Lo tuvieron acogido y su nombre real es Robert Foxworth. Ella no puede valerse por sí misma, así que básicamente se queda ahí arriba. La asistencia del condado le lleva comida. Foxworth la ayudaba económicamente alquilándole el garaje. Él guardaba material para limpiar ventanas ahí dentro. Y una vieja furgoneta. Tiene un ascensor de silla de ruedas dentro.

Bosch asintió con la cabeza. Suponía que Janet Saxon no tenía ni idea de para qué más usaba el garaje su antiguo hijo acogido.

McDonald le dijo a Bosch que era el momento de que contara su historia, y así lo hizo, ofreciendo un relato paso a paso de los movimientos que había llevado a cabo después de descubrir la conexión entre Waits y el prestamista Fitzpatrick.

No hubo preguntas. Todavía no. Nadie le preguntó por qué no había llamado a la fuerza especial, ni a Randolph ni a Pratt ni a nadie. Escucharon y simplemente cerraron su historia. Bosch no estaba demasiado preocupado. Él y Rachel habían salvado la vida de la chica y habían matado al criminal. Estaba seguro de que esos dos éxitos le permitirían alzarse por encima de todas las transgresiones al protocolo y las regulaciones para salvar su empleo.

Tardó veinte minutos en contar su historia, y luego McDonald le dijo que deberían tomar un descanso. Cuando el grupo que los rodeaba se disgregó, Bosch vio a su jefe esperándole. Sabía que esta conversación no sería fácil.

Pratt finalmente vio una oportunidad y se acercó. Parecía ansioso.

—Bueno, Harry, ¿qué te dijo ahí dentro?

Bosch estaba sorprendido de que Pratt no saltara sobre él por actuar por su cuenta, sin autoridad. Pero no iba a quejarse por eso. De manera abreviada explicó lo que había averiguado por Waits de la trampa en Beachwood Canyon.

—Me dijo que todo fue orquestado a través de Swann —explicó—. Swann era el intermediario. Llevó el acuerdo de Olivas y O'Shea a Waits. Waits no mató a Gesto, pero aceptó cargar con la culpa. Era parte de un acuerdo para evitar la pena de muerte.

—¿Eso es todo?

—Es bastante, ¿no?

—¿Por qué iban a hacer esto Olivas y O'Shea?

—Por la razón más antigua del mundo. Dinero y poder. Y la familia Garland tiene bastante de ambas cosas.

—Anthony Garland era tu sospechoso, ¿no? El tipo que tenía órdenes judiciales para mantenerte alejado.

—Sí, hasta que Olivas y O'Shea usaron a Waits para convencerme de lo contrario.

—¿Tienes alguna otra cosa además de lo que Waits dijo ahí dentro?

Bosch negó con la cabeza.

—No mucho. He rastreado veinticinco mil dólares en contribuciones a la campaña de O'Shea hasta los abogados de T. Rex Garland y de la compañía petrolera. Pero todo se hizo legalmente. Prueba una relación, nada más.

—Veinticinco me parece barato.

—Lo es. Pero veinticinco mil es todo cuanto sabemos. Si escarbamos un poco, probablemente habrá más.

—¿Has contado todo esto a McDonald y su equipo?

—Sólo lo que Waits me dijo ahí dentro. No les hablé de las contribuciones, sólo de lo que dijo Waits.

—¿Crees que irán a por Maury Swann por esto?

Bosch pensó un momento antes de responder.

—Ni hablar. Lo que se dijeran entre ellos era información privilegiada. Además, nadie irá tras él basándose en la palabra de un psicópata muerto como Waits.

Pratt pateó el suelo. No tenía nada más que decir o preguntar.

—Mire, jefe, lo siento —dijo Bosch—. Siento no haber sido sincero con usted sobre lo que estaba haciendo, la suspensión de empleo y todo.

Pratt desestimó la disculpa con un gesto de la mano.

—Está bien, Harry. Has tenido suerte. Has terminado haciendo bien y acabando con el criminal. ¿Qué voy a decir a eso?

Bosch asintió para darle las gracias.

—Además, yo me largo —continuó Pratt—. Otras tres semanas y serás el problema de otro. Él decidirá qué hacer contigo.

Tanto si Kiz Rider volvía como si no, Bosch no quería dejar la unidad. Había oído que David Lambkin, el próximo supervisor, procedente de Robos y Homicidios, era un buen jefe. Bosch confiaba en que cuando todo se aposentara él todavía formaría parte de la unidad de Casos Abiertos.

—¡Ahí está! —susurró Pratt.

Bosch siguió su mirada hasta un coche que acababa de aparcar en el perímetro, cerca de donde se hallaban los camiones de los medios y donde los periodistas se estaban preparando para tomar declaraciones y conseguir cortes de audio. Rick O'Shea estaba saliendo del asiento del pasajero. Bosch sintió que la bilis le subía inmediatamente a la garganta. Hizo ademán de ir hacia el fiscal, pero Pratt lo agarró del brazo.

—Tranquilo, Harry.

—¿Qué coño está haciendo aquí?

—Es su caso, tío. Puede venir si quiere. Y será mejor que actúes con calma. No le muestres la mano o nunca podrás llegar a él.

—¿Y qué, entretanto hace su numerito delante de las cámaras y convierte esto en otro anuncio de campaña? Es todo mentira. Lo que debería hacer es ir allí y patearle el culo delante de las cámaras.

—Sí, eso sería muy inteligente, Harry. Muy sutil. Facilitaría un montón la situación.

Bosch se liberó de la mano de Pratt, pero simplemente caminó y se apoyó en uno de los coches de policía. Dobló los brazos y mantuvo la cabeza baja hasta que estuvo más calmado. Sabía que Pratt tenía razón.

—Sólo manténgalo alejado de mí.

—Eso será difícil porque viene directo hacia ti.

Bosch levantó la cabeza justo cuando O'Shea y los dos hombres que formaban su comitiva llegaron hasta él.

—Detective Bosch, ¿está usted bien?

—Mejor que nunca.

Bosch mantuvo los brazos doblados delante del pecho. No quería que una de sus manos se soltara e involuntariamente le diera un puñetazo a O'Shea.

—Gracias por lo que ha hecho aquí hoy. Gracias por salvar a esa joven.

Bosch se limitó a asentir mientras miraba al suelo.

O'Shea se volvió hacia los hombres que lo acompañaban y Pratt, que se había quedado cerca por si acaso tenía que separar a Bosch del fiscal.

—¿Puedo hablar a solas con el detective Bosch?

Los adláteres de O'Shea se alejaron. Pratt dudó hasta que Bosch le hizo una señal con la cabeza para decirle que todo estaba bien. Bosch y O'Shea se quedaron a solas.

—Detective, me han informado de lo que Waits, o debería decir Foxworth, le ha revelado en el túnel.

—Bien.

—Espero que no dé ningún crédito a lo que un asesino en serie confeso y confirmado pueda decir de los hombres que lo estaban acusando, especialmente de uno que ni siquiera puede estar aquí para defenderse.

Bosch se apartó del guardabarros del coche patrulla y finalmente dejó caer los brazos a los costados. Tenía los puños apretados.

—¿Está hablando de su amigo Olivas?

—Sí. Y diría por su postura que realmente cree lo que supuestamente le dijo Foxworth.

—¿Supuestamente? ¿Qué, ahora soy yo el que está inventando?

—Alguien lo está haciendo.

Bosch se inclinó unos centímetros hacia él y habló en voz baja.

—O'Shea, apártese de mí. Podría pegarle.

El fiscal dio un paso atrás como si ya hubiera recibido un puñetazo.

—Se equivoca, Bosch. Waits estaba mintiendo.

—Estaba confirmando lo que ya sabía antes incluso de meterme en ese túnel. Olivas era corrupto. Metió esa entrada en el expediente que relacionaba falsamente a Raynard Waits con Gesto. Marcó una pista para que Waits la siguiera y nos condujera al cadáver. Y no habría hecho nada de eso sin alguien que se lo pidiera. No era esa clase de tipo. No era lo bastante listo.

O'Shea lo miró durante un largo momento. La implicación en las palabras de Bosch era clara.

—No puedo disuadirle de esa mentira ¿no?

Bosch lo miró y luego apartó la mirada.

—¿Disuadirme? Ni hablar. Y no importa cómo afecte o no afecte a la campaña, señor fiscal. Éstos son los hechos indisputables y no necesito a Foxworth o le que dijo para probarlos.

—Entonces supongo que tendré que apelar a una autoridad superior a la suya.

Bosch dio medio paso para acercarse. Esta vez invadió claramente su espacio personal.

—¿Huele esto? ¿Huele esto en mí? Es el puto hedor de la muerte. Lo llevó en todas partes, O'Shea. Pero al menos yo puedo lavarme.

—¿Qué se supone que significa eso?

—Lo que usted quiera que signifique. ¿Quién es su autoridad superior? ¿Va a llamar a T. Rex Garland en su oficina deslumbrante?

O'Shea respiró profundamente y negó con la cabeza, confundido.

—Detective, no sé lo que le ocurrió en ese túnel, pero no está hablando con mucho sentido.

Bosch asintió.

—Sí, bueno, tendrá sentido muy pronto. Antes de las elecciones, eso seguro.

—Ayúdeme, Bosch. ¿Qué es exactamente lo que me estoy perdiendo?

—No creo que se esté perdiendo nada. Lo sabe todo, O'Shea, y antes de que esto termine, también lo sabrá todo el mundo.

De alguna forma, de alguna manera, voy a acabar con usted y los Garland, y con cualquier otro que haya participado en esto. Cuente con ello.

Ahora O'Shea dio un paso hacia Bosch.

—¿Está diciendo que yo hice esto, que preparé todo esto para T. Rex Garland?

Bosch se echó a reír. O'Shea era un actor consumado hasta el final.

—Es bueno —dijo—. Eso se lo concedo. Es bueno. T. Rex Garland es un contribuyente válido de mi campaña. Directo y legal. ¿Cómo puede relacionar eso con...?

—Entonces, ¿por qué coño no mencionó que era un contribuyente válido y legal cuando yo saqué a relucir a su hijo el otro día y le dije que era mi sospechoso en Gesto?

—Porque eso habría complicado las cosas. Nunca he conocido ni he hablado con ninguno de los Garland. T. Rex contribuyó a mi campaña, ¿y qué? El tipo reparte dinero en todas las elecciones del condado. Haberlo sacado a relucir en ese punto habría sido alimentar sus sospechas. No quería eso. Ahora veo que sospecha de todos modos.

—Es un farsante. Usted...

—Váyase al cuerno, Bosch. No hay ninguna conexión.

—Entonces no tenemos nada más que decirnos.

—Sí. Yo tengo algo que decir. Inténtelo lo mejor que pueda con esta mentira y veremos quién termina en pie al final.

Se volvió y se alejó, ladrando una orden a sus hombres. Quería un teléfono con una línea segura. Bosch se preguntó quién sería el destinatario de su primera llamada, T. Rex Garland o el jefe de policía.

Bosch tomó una decisión rápida. Llamaría a Keisha Russell y le daría rienda suelta. Le diría que podía investigar esas contribuciones de campaña que Garland había canalizado a O'Shea. Metió la mano en el bolsillo y entonces recordó que su teléfono todavía estaba en el garaje. Caminó en esa dirección y se detuvo ante la cinta amarilla tendida en la puerta abierta de detrás de la furgoneta blanca, ahora completamente abierta.

Cal Cafarelli estaba en el garaje, dirigiendo el análisis forense de la escena. Se había bajado la mascarilla con filtro al cuello. Bosch vio en su cara que había estado en la macabra escena del final del túnel. Y nunca volvería a ser la misma. Le pidió que se acercara con un gesto.

—¿Cómo va, Cal?

—Va todo lo bien que se puede esperar después de ver algo como eso.

—Sí, lo sé.

—Vamos a quedarnos aquí hasta bien entrada la noche. ¿Qué puedo hacer por ti, Harry?

—¿Has encontrado un teléfono móvil ahí dentro? Perdí mi móvil cuando empezó todo.

Cafarelli señaló al suelo cerca del neumático delantero de la furgoneta.

—¿Es ése de allí?

Bosch miró y vio su teléfono en el suelo. La luz roja de los mensajes estaba parpadeando. Se fijó en que alguien había trazado un círculo con tiza en torno a él sobre el cemento. Mala señal. Bosch no quería que su teléfono fuera inventariado como prueba. Podría no recuperarlo nunca.

—¿Puedo recuperarlo? Lo necesito.

—Lo siento, Harry. Todavía no. Este sitio no ha sido fotografiado. Estamos empezando por el túnel e iremos saliendo. Tardaremos un rato.

—Entonces, ¿por qué no me lo das y lo uso aquí mismo y luego os lo devuelvo para que hagáis fotos? Parece que tengo mensajes.

—Vamos, Harry.

Sabía que su propuesta quebrantaba unas cuatro reglas del manejo de pruebas.

—Vale, dime cuándo podré recuperarlo. Con un poco de suerte antes de que se apague la batería.

—Claro, Harry.

Se volvió de espaldas al garaje y vio a Rachel Walling pasando por debajo de la cinta amarilla que delineaba el perímetro de la escena del crimen. Había un coche patrulla federal allí y un hombre con traje y gafas de sol esperándola. Aparentemente había llamado para pedir que la pasaran a recoger.

Bosch trotó hacia la cinta llamándola. Ella se detuvo y le esperó.

—Harry —dijo ella—, ¿estás bien?

—Ahora sí. ¿Y tú, Rachel?

—Estoy bien. ¿Qué ha pasado contigo?

Señaló su ropa mojada con la mano.

—Tenía que darme un manguerazo. Apestaba. Necesitaré una ducha de dos horas. ¿Te vas?

—Sí, han terminado conmigo por el momento.

Bosch señaló con la cabeza hacia el hombre con gafas de sol que estaba tres metros detrás de ella.

—¿Tienes problemas? —preguntó en voz baja.

—Todavía no lo sé. Debería estar bien. Acabaste con el malo y salvaste a la chica. ¿Cómo puede eso ser algo malo?

—Acabamos con el malo y salvamos a la chica —la corrigió Bosch—. Pero en todas las instituciones y burocracias hay gente que puede encontrar una forma de convertir algo bueno en mierda.

Ella lo miró a los ojos y asintió.

—Lo sé —dijo.

Su mirada lo dejó helado y supo que había algo diferente entre ellos.

—¿Estás enfadada conmigo, Rachel?

—¿Enfadada? No.

—Entonces, ¿qué?

—Entonces nada. He de irme.

—¿Me llamarás entonces?

—Cuando pueda. Adiós, Harry.

Walling dio dos pasos hacia el coche que la esperaba, pero finalmente se detuvo y se volvió hacia él.

—Era O'Shea el que estaba hablando contigo al lado del coche, ¿no?

—Sí.

—Ten cuidado, Harry. Si dejas que las emociones te gobiernen como hoy, O'Shea te va a hacer sufrir.

Bosch sonrió levemente.

—Sabes lo que dicen del sufrimiento, ¿no?

—No, ¿qué?

—Dicen que el sufrimiento no es más que la debilidad que abandona el cuerpo.

Ella negó con la cabeza.

—Estás como una cabra. No lo pongas a prueba si puedes evitarlo. Adiós, Harry.

—Nos vemos, Rachel.

Observó mientras el hombre de las gafas de sol sostenía la cinta para que ella pasara por debajo. Walling se metió en el asiento del pasajero y el hombre de las gafas de sol arrancó. Bosch sabía que algo había cambiado en la forma en que ella lo veía. La opinión que Rachel tenía de él había cambiado por sus acciones en el garaje y el hecho de que se metiera en el túnel. Bosch lo aceptó y supuso que quizá no volvería a verla. Decidió que eso sería una cosa más de las que culparía a Rick O'Shea.

Se volvió hacia la escena, donde Randolph y Osani estaban de pie esperándolo. Randolph estaba apartando su teléfono móvil.

—Otra vez vosotros dos —dijo Bosch.

—Va a ser una sensación de *déjà vu* otra vez —dijo Randolph.

—Algo así.

—Detective, vamos a tener que ir al Parker Center y llevar a cabo un interrogatorio más formal en esta ocasión.

Bosch asintió. Sabía de qué iba. En esta ocasión no se trataba de disparar a los árboles del bosque. Había matado a alguien, así que esta vez sería diferente. Necesitarían establecer con certeza cada detalle.

—Estoy preparado —dijo.

31

Bosch estaba sentado en una sala de interrogatorios en la Unidad de Investigación de Tiroteos, en el Parker Center. Randolph le había permitido ducharse en el vestuario del sótano y se había puesto unos tejanos y una sudadera de los West Coast Choppers, ropa que guardaba en una taquilla para las veces que estaba en el centro e inesperadamente necesitaba pasar desapercibido. En el camino de salida de los vestuarios había tirado su traje destrozado en una papelera. Ya sólo le quedaban dos.

La grabadora estaba encendida sobre la mesa y, de dos hojas de papel separadas, Osani le leyó sus derechos constitucionales así como la declaración de derechos de los agentes de policía. La doble capa de protección estaba concebida para salvaguardar al individuo y al agente de policía de un asalto desleal del gobierno, sin embargo, Bosch sabía que, cuando llegaba la hora, en una de esas pequeñas salas ningún trozo de papel le serviría de mucha protección. Tendría que, valerse por sí mismo. Dijo que entendía sus derechos y accedió a ser interrogado.

Randolph se ocupó a partir de ahí. A petición suya, Bosch recontó una vez más la historia de la muerte de Robert Foxworth, alias Raynard Waits, empezando con el hallazgo hecho durante la revisión de los archivos del caso Fitzpatrick y terminando con las dos balas que había disparado en el pecho de Foxworth. Randolph formuló pocas preguntas hasta que Bosch terminó su relato. A continuación se interesó por numerosos detalles relacionados con los movimientos que Bosch había hecho en el garaje y luego en el túnel. Más de una vez le preguntó a Bosch por qué no escuchó las palabras de advertencia de la agente del FBI Rachel Walling.

Esta pregunta no sólo le dijo a Bosch que Rachel había sido interrogada por la UIT, sino también que ella no había dicho cosas particularmente favorables a su caso. Harry se sintió decepcionado, pero trató de mantener sus pensamientos y sentimientos respecto a Rachel fuera de la sala de interrogatorios. Para Randolph repitió como un mantra la frase que creía que en última instancia le salvaría, al margen de lo que Randolph o Rachel o el que fuera pensara de sus actos y procedimientos.

—Era una situación de vida o muerte. Una mujer estaba en peligro y nos habían disparado. Sentía que no podía esperar refuerzos ni a nadie más. Hice lo que tenía que hacer. Utilicé la máxima precaución posible y recurrí a la fuerza mortal sólo cuando fue necesario.

Randolph continuó y centró muchas de las siguientes preguntas en los disparos sobre Robert Foxworth. Le preguntó a Bosch qué estaba pensando cuando Foxworth reveló que Bosch había sido engañado para que creyera que el caso Gesto estaba resuelto. Le preguntó a Bosch qué estaba pensando cuando vio los restos de las víctimas de Foxworth posicionados en la cámara al final del túnel. Le preguntó a Bosch qué estaba pensando cuando apretó el gatillo y mató al violador y asesino de aquellas víctimas.

Bosch respondió pacientemente cada una de las preguntas, pero finalmente llegó a su límite. Había algo viciado en el interrogatorio. Era casi como si Randolph estuviera siguiendo un guión.

—¿Qué está pasando aquí? —preguntó Bosch—. Estoy aquí sentado contándoles todo. ¿Qué es lo que no me están contando?

Randolph miró a Osani y luego otra vez a Bosch. Se inclinó hacia delante con los brazos sobre la mesa. Tenía la costumbre de girar un anillo de oro en su mano izquierda. Bosch se había fijado en que lo hacía la última vez. Sabía que era un anillo de la USC. Gran parte de la clase dirigente del departamento había ido a la facultad nocturna en la Universidad del Sur de California.

Randolph miró a Osani y se estiró para apagar la grabadora, pero mantuvo los dedos en los botones.

—Detective Osani, ¿puede ir a buscarnos un par de botellas de agua? Con tanto hablar me estoy quedando sin voz. Probablemente lo mismo le pasa al detective Bosch. Esperaremos hasta que vuelva.

Osani se levantó para irse y Randolph apagó la grabadora. No dijo nada hasta que la puerta de la sala de interrogatorios se cerró.

—La cuestión es, detective Bosch, que sólo tenemos su palabra sobre lo que ocurrió en ese túnel. La mujer estaba inconsciente. Sólo estaban usted y Foxworth, y él no salió vivo.

—Exacto. ¿Está diciendo que mi palabra no es aceptable?

—Estoy diciendo que su descripción de los hechos podría ser perfectamente aceptable. Pero los técnicos forenses podrían salir con una interpretación que difiera de su declaración. ¿Lo ve? Puede complicarse muy deprisa. Las cosas pueden quedar abiertas a la interpretación y a la mala interpretación. La pública y la política también.

Bosch negó con la cabeza. No entendía lo que estaba ocurriendo.

—Entonces, ¿qué? —dijo—. No me importa lo que piense el público o los políticos. Waits forzó la acción en ese túnel. Era claramente una situación de matar o morir, y yo hice lo que tenía que hacer.

—Pero no hay ningún testigo de la descripción de los hechos.

—¿Y la agente Walling?

—Ella no entró en el túnel. Le advirtió a usted de que no entrara.

—Mire, hay una mujer en County-USC que probablemente no estaría viva ahora mismo si yo no hubiera entrado. ¿Qué está pasando aquí, teniente?

Randolph empezó a juguetear con el anillo otra vez. Parecía un hombre al que le desagradaba lo que su deber le obligaba a hacer.

—Probablemente ya basta por hoy. Ha tenido un día muy intenso. Lo que vamos a hacer es mantener las cosas abiertas durante unos pocos días mientras esperamos que lleguen los resultados forenses. Continuará suspendido de empleo. Una vez lo tengamos todo en orden, le llamaré para que lea y firme su declaración.

—He preguntado qué está pasando, teniente.

—Y yo le he dicho qué está pasando.

—No me ha contado suficiente.

Randolph apartó la mano de su anillo. El gesto tenía el efecto de subrayar la importancia de lo que iba a decir a continuación.

—Rescató a esa rehén y proporcionó una resolución al caso. Eso es bueno. Pero fue imprudente en sus acciones y tuvo suerte. Si creemos su historia, disparó a un hombre que estaba amenazando su vida y la de otros. Los hechos y los datos forenses, no obstante, podrían con la misma facilidad conducir a otra interpretación, quizás una que indique que el hombre al que disparó estaba tratando de rendirse. Así que lo que vamos a hacer es tomarnos nuestro tiempo con ello. Dentro de unos días lo tendremos claro. Y entonces se lo comunicaremos.

Bosch lo estudió, sabiendo que estaba entregando un mensaje que no se hallaba tan oculto en sus palabras.

—Se trata de Olivas, ¿no? El funeral está previsto para mañana, el jefe estará allí y quieren mantener a Olivas como un héroe muerto en acto de servicio.

Randolph volvió a girar su anillo.

—No, detective Bosch, se equivoca. Si Olivas era corrupto, entonces nadie se va a preocupar por su reputación.

Bosch asintió con la cabeza. Ahora lo tenía.

—Entonces se trata de O'Shea. Recurrió a una autoridad superior. Me dijo que lo haría. Esa autoridad le ha dado órdenes a usted.

Randolph se apoyó en su silla y pareció buscar en el techo una respuesta apropiada.

—Hay un gran número de personas en este departamento, así como en la comunidad, que creen que Rick O'Shea sería un buen fiscal del distrito —dijo—. También creen que sería un buen amigo para tenerlo del lado del departamento.

Bosch cerró los ojos y lentamente negó con la cabeza. No podía creer lo que estaba oyendo. Randolph continuó.

—Su oponente, Gabriel Williams, se ha aliado con un electorado potencial que está en contra de las fuerzas del orden. No sería un buen día para el departamento que lo eligieran.

Bosch abrió los ojos y miró a Randolph.

—¿Realmente van a hacer esto? —preguntó—. Van a dejar

que este hombre quede impune porque creen que podría ser un amigo para el departamento.

Randolph negó con la cabeza, tristemente.

—No sé de qué está hablando, detective. Simplemente estoy haciendo una observación política. Pero sé esto: no hay prueba real o imaginada de esta conspiración de la que habla. Si cree que el abogado de Robert Foxworth hará otra cosa que negar la conversación que usted ha perfilado aquí, entonces es un estúpido. Así que no sea estúpido. Sea listo. Guárdeselo para usted.

Bosch tardó un momento en recuperar la compostura.

—¿Quién hizo la llamada?

—¿Disculpe?

—¿Hasta qué altura ha llegado O'Shea? No puede haber acudido directamente a usted. Habrá ido más alto. ¿Quién le dijo que me noqueara?

Randolph extendió las manos y negó con la cabeza.

—Detective, no tengo ni idea de lo que está hablando.

—Claro. Por supuesto que no.

Bosch se levantó.

—Entonces, supongo que lo redactará de la forma en que le han dicho que lo haga y yo lo firmaré o no. Tan sencillo como eso.

Randolph asintió, pero no dijo nada. Bosch se agachó y puso ambas manos en la mesa para poder acercarse a su cara.

—¿Va a ir al funeral del ayudante del sheriff Doolan, teniente? Es justo después de que entierren a Olivas. ¿Recuerda a Doolan, al que Waits le disparó en la cara? Pensaba que quizás iría al funeral para explicar a su familia cómo hubo que tomar ciertas decisiones y cómo el hombre que está directamente detrás de esa bala puede ser un amigo del departamento y por tanto no necesita afrontar las consecuencias de sus actos.

Randolph miró hacia delante, a la pared que estaba al otro lado de la mesa. No dijo nada. Bosch se enderezó y abrió la puerta, sorprendiendo a Osani que había estado de pie justo fuera. No llevaba ninguna botella de agua, Bosch pasó al lado del agente y se encaminó a la puerta de la sala de brigada.

En el ascensor, apretó el botón de subir. Mientras esperaba paseando con impaciencia pensó en llevarse sus agravios a la sexta planta. Se vio a sí mismo entrando a la carga en el gran despacho del jefe de policía y exigiendo saber si era consciente de lo que se estaba haciendo en su nombre y bajo su mando.

Sin embargo, cuando el ascensor se abrió desestimó la idea y pulsó el botón del 5. Sabía que las complejidades de la burocracia y la política en el departamento eran imposibles de comprender por completo. Si no cuidaba de sí mismo, podría terminar quejándose de todas las mentiras a la misma persona que las concibió.

La unidad de Casos Abiertos estaba desierta cuando llegó allí. Eran poco más de las cuatro y la mayoría de los detectives trabajaban en turnos de siete a cuatro, lo cual los ponía en el camino a casa justo antes de la hora punta. Si algo no estaba a punto de cerrarse, se iban a las cuatro en punto. Incluso un retraso de quince minutos podía costarles una hora en las autovías. El único que todavía estaba allí era Abel Pratt, y eso porque como supervisor tenía que trabajar de ocho a cinco. Las reglas de la compañía. Bosch saludó al pasar por delante de la puerta abierta de la oficina de Pratt de camino a su escritorio.

Se dejó caer en su silla, exhausto por los acontecimientos del día y el peso del tongo departamental. Miró y vio que su mesa estaba salpicada de notas rosas de mensajes telefónicos. Empezó a leerlas. La mayoría eran de colegas en diferentes divisiones y comisarías. Todos decían que volverían a llamar. Bosch sabía que querían decirle «buen disparo» o palabras por el estilo. Cada vez que alguien conseguía acabar con un criminal de manera limpia el teléfono se iluminaba.

Había varios mensajes de periodistas, incluida Keisha Russell. Bosch sabía que le debía una llamada, pero esperaría hasta llegar a casa. Había también un mensaje de Irene Gesto, y Bosch supuso que ella y su marido querrían saber si se había producido alguna novedad en la investigación. Les había llamado la noche anterior para decirles que su hija había sido encontrada y la identidad confirmada. Suspendido de empleo o no, les devolvería la llamada. Con la autopsia completada, entregarían el cadáver a la familia. Al menos, los Gesto podrían, finalmente y después de trece años, enterrar a su hija. Bosch no podía decirles que el asesino de Marie había sido llevado a la justicia, pero al menos podía ayudarles a llevarla a casa.

Había asimismo un mensaje de Jerry Edgar, y Bosch recordó

que su antiguo compañero le había llamado al móvil justo antes de que se desatara el tiroteo en Echo Park. Quienquiera que hubiera tomado el mensaje había escrito «Dice que es importante» en la nota y lo había subrayado. Bosch miró la hora de la nota y advirtió que la llamada también se había recibido antes del tiroteo. Edgar no había llamado para felicitarle por cargarse al criminal. Supuso que Edgar había oído que había visto a su primo y quería un poco de palique al respecto. En ese momento, Bosch no tenía ganas de eso.

Bosch no estaba interesado en ninguno de los otros mensajes, de manera que los apiló y los metió en uno de los cajones del escritorio. Sin nada más que hacer, empezó a ordenar los papeles y las carpetas de la mesa. Pensó en si debería llamar a Forense y averiguar si podía recuperar su teléfono y su coche en la escena del crimen de Echo Park.

—Acabo de enterarme.

Bosch levantó la cabeza. Pratt estaba de pie en el umbral de su oficina. Iba en mangas de camisa y llevaba la corbata suelta en el cuello.

—¿De qué?

—De la UIT. No te han levantado la suspensión de empleo, Harry. He de mandarte a casa.

Bosch bajó la mirada a su escritorio.

—No veo la novedad. Ya me estoy yendo.

Pratt hizo una pausa mientras trataba de interpretar el tono de voz de Bosch.

—¿Va todo bien, Harry? —preguntó de manera tentativa.

—No, no va todo bien. Hay tongo y cuando hay tongo no va todo bien. Ni mucho menos.

—¿De qué estás hablando? ¿Van a encubrir a Olivas y O'Shea?

Bosch lo miró.

—No creo que deba hablar con usted, jefe. Podría ponerlo en el punto de mira. No le gustaría el retroceso.

—Van en serio, ¿eh?

Bosch vaciló, pero respondió.

—Sí, van en serio. Están dispuestos a joderme si no les sigo el juego.

Se detuvo ahí. No le gustaba tener esa conversación con su supervisor. En la posición de Pratt, las lealtades iban en ambos sentidos del escalafón. No importaba que ahora sólo le faltaran unas semanas para la jubilación. Pratt tenía que continuar con el juego hasta que sonara la sirena.

—Tengo el móvil allí, es parte de la escena del crimen —dijo, estirándose hacia el teléfono—. Sólo he venido a hacer una llamada y me voy.

—Me estaba preguntando por tu teléfono —dijo Pratt—. Algunos de los chicos han estado tratando de llamarte y dijeron que no respondías.

—Los de Forense no me dejaban sacarlo de la escena. Ni el teléfono ni mi coche. ¿Qué querían?

—Creo que querían invitarte a una copa en Nat's. Puede que estén yendo hacia allí.

Nat's era un antro de cerca de Hollywood Boulevard. No era un bar de polis, pero todas las noches pasaba por allí un buen número de polis fuera de servicio. Los suficientes para que el dueño del local mantuviera la versión *hard* de The Clash de «I Fought the Law» en la máquina de discos durante veinte años. Bosch sabía que si aparecía en Nat's el himno punk estaría en constante rotación en saludo al recientemente fallecido Robert Foxworth, alias Raynard Waits. «Luché contra la ley, y ganó la ley...» Bosch casi podía oírlos a todos cantando el coro.

—¿Va a venir? —le preguntó a Pratt.

—Quizá más tarde. He de hacer algo antes.

Bosch asintió.

—Yo no tengo ganas —dijo—. Voy a pasar.

—Como quieras. Ellos lo entenderán.

Pratt no se movió del umbral, así que Bosch levantó el teléfono. Llamó al número de Jerry Edgar para poder seguir con la mentira de que tenía que hacer una llamada. Sin embargo, Pratt permaneció en el umbral, con el brazo apoyado en la jamba mientras examinaba la sala de brigada vacía. Realmente estaba tratando de sacar a Bosch de allí. Quizás había recibido la noticia de un lugar del escalafón más alto que el ocupaba el teniente Randolph.

Edgar respondió la llamada.

—Soy Bosch, ¿has llamado?

—Sí, tío, he llamado.

—He estado un poco ocupado.

—Lo sé. Lo he oído. Buen disparo hoy, compañero. ¿Estás bien?

—Sí, bien. ¿Por qué llamabas?

—Sólo por algo que pensé que querrías saber. No sé si ahora todavía importa.

—¿Qué es? —preguntó Bosch con impaciencia.

—Mi primo Jason me llamó desde la DWP. Dijo que te vio hoy.

—Sí, buen tipo, ayudó mucho.

—Sí, bueno, no estaba comprobando cómo te trató. Quería decirte que me llamó y dijo que había algo que quizá querrías saber, pero que no le dejaste tarjeta ni teléfono ni nada. Dijo que unos cinco minutos después de que tú y la agente del FBI que te acompañaba os marcharais, vino otro poli y preguntó por él. Preguntó en el mostrador por el tipo que estaba ayudando a los polis.

Bosch se inclinó hacia delante en su mesa. De repente estaba muy interesado en lo que Edgar le estaba contando.

—Dijo que ese tipo mostró una placa y explicó que estaba controlando tu investigación y preguntó a Jason qué queríais tú y la agente. Mi primo los llevó a la planta a la que habíais ido y acompañó a ese tipo a la ventana. Estaban allí mirando la casa de Echo Park cuando tú y la señora agente aparecisteis allí. Os vieron entrar en el garaje.

—¿Qué pasó entonces?

—El tipo se largó de allí. Cogió el ascensor y bajó.

—¿Tu primo consiguió el nombre de ese tipo?

—Sí, el tipo dijo que se llamaba detective Smith. Cuando le enseñó la identificación tenía los dedos sobre la parte del nombre.

Bosch conocía esa vieja treta que usaban los detectives cuando iban por libre y no querían que su verdadero nombre apareciera en circulación. Bosch la había usado en alguna ocasión.

—¿Y una descripción? —preguntó.

—Sí, me la dio. Dijo que era un tipo blanco, de un metro ochenta y ochenta kilos. Tenía el pelo gris plateado y lo llevaba corto. Unos cincuenta y cinco años, traje azul, camisa blanca y corbata a rayas. Llevaba una bandera americana en la solapa.

La descripción coincidía con la de unos cincuenta mil hombres del centro de Los Ángeles. Y Bosch estaba mirando a uno de ellos. Abel Pratt seguía en el umbral de su despacho. Estaba mirando a Bosch con las cejas enarcadas de modo inquisitivo. No llevaba la chaqueta del traje, pero Bosch la veía colgada en un gancho en la puerta, detrás de él. Había un pin con la bandera americana en la solapa.

Bosch volvió a mirar a su escritorio.

—¿Hasta qué hora trabaja? —preguntó en voz baja.

—Normalmente se queda hasta las cinco. Pero hay un puñado de gente por ahí, mirando la escena en Echo Park.

—Vale, gracias por el consejo. Te veré después.

Bosch colgó antes de que Edgar pudiera decir nada más. Levantó la cabeza y Pratt todavía estaba mirándolo.

—¿Qué era eso? —preguntó.

—Ah, algo del caso Matarese. El que cerramos esta semana. Parece que al final podríamos tener un testigo. Ayudará en el juicio.

Bosch lo dijo con la mayor indiferencia posible. Se levantó y miró a su jefe.

—Pero no se preocupe. Esperaré hasta que vuelva de mi suspensión.

—Bien. Me alegro de oírlo.

32

Bosch caminó hacia Pratt. Se acercó demasiado a él, invadiendo su espacio personal. Su superior retrocedió al interior de su oficina y se colocó tras su escritorio. Eso era lo que quería Bosch. Le dijo adiós y le deseó un buen fin de semana. A continuación se encaminó a la puerta de la sala de brigada.

La unidad de Casos Abiertos tenía tres coches asignados a sus ocho detectives y el supervisor. Los coches funcionaban sobre la base de que el que primero llegaba, primero elegía, y las llaves estaban colgadas en ganchos junto a la puerta de la sala de brigada. El procedimiento para que un detective cogiera un coche era escribir su nombre y el tiempo estimado de devolución en una pizarra colgada debajo de las llaves. Cuando Bosch llegó a la puerta la abrió del todo para bloquear a Pratt la visión de los ganchos con las llaves. Había dos juegos de llaves en los ganchos. Bosch cogió uno y se fue.

Al cabo de unos minutos salió del garaje de detrás del Parker Center y se dirigió hacia el edificio de la compañía de agua y electricidad. La alocada carrera para vaciar el centro de la ciudad sólo estaba empezando y Bosch recorrió las siete manzanas con rapidez. Aparcó ilegalmente delante de la fuente que se hallaba junto a la entrada del edificio y bajó del coche. Miró el reloj al acercarse a la puerta. Eran las cinco menos veinte.

Un vigilante de seguridad uniformado apareció en la puerta, haciéndole señas.

—No puede aparcar…

—Lo sé.

Bosch mostró su placa y señaló la radio que estaba en el cinturón del hombre.

—¿Puede llamar a Jason Edgar con eso?

—¿Edgar? Sí. ¿Qué es...?

—Localícelo y dígale que el detective Bosch le está esperando en la puerta. He de verlo lo antes posible. Llámelo ahora, por favor.

Bosch se volvió y se dirigió a su coche. Se metió dentro y pasaron cinco minutos hasta que vio a Jason Edgar saliendo a través de las puertas de cristal. Cuando se metió en el coche abrió la puerta del pasajero para mirar, no para entrar.

—¿Qué pasa, Harry?

—Recibí su mensaje. Suba.

Edgar entró en el coche con reticencia. Bosch arrancó cuando él estaba cerrando la puerta.

—Espere un momento. ¿Adónde vamos? No puedo irme sin más.

—No deberíamos tardar más que unos minutos.

—¿Adónde vamos?

—Al Parker Center. Ni siquiera bajaremos del coche.

—Lo he de comunicar.

Edgar sacó una radio del cinturón. Llamó al centro de seguridad de la compañía y dijo que estaría ilocalizable por un asunto policial durante media hora. Recibió un 10-4 y se guardó la radio en el cinturón.

—Tendría que haberme llamado antes —le dijo a Bosch—. Mi primo dijo que tiene la costumbre de actuar primero y preguntar después.

—Dijo eso, ¿eh?

—Sí, lo dijo. ¿Qué vamos a hacer al Parker Center?

—Identificar al poli que habló con usted después de que yo me fuera hoy.

El tráfico ya había empeorado. Había un montón de trabajadores de nueve a cinco que escapaban temprano a su casa de las afueras. Los viernes por la tarde eran particularmente brutales. Bosch finalmente entró de nuevo en el garaje de la policía a las cinco menos diez y rogó que no fuera demasiado tarde. Encontró un lugar para aparcar en la primera fila. El garaje era una estructura al aire libre y el espacio les proporcionaba una perspectiva de San Pedro Street, que discurría entre el Parker Center y el garaje.

—¿Tiene teléfono móvil? —preguntó Bosch.

—Sí.

Bosch le dio el número general del Parker Center y le dijo que llamara y preguntara por la unidad de Casos Abiertos. Con las llamadas transferidas desde el número principal no funcionaba el identificador de llamadas. El nombre y el número de Edgar no aparecerían en las líneas de Casos Abiertos.

—Sólo quiero ver si contesta alguien —dijo Bosch—. Si alguien lo hace, pregunte por Rick Jackson. Cuando le digan que no está, no deje mensaje. Sólo diga que le llamará al móvil y cuelgue.

La llamada de Edgar fue contestada y éste llevó a cabo las instrucciones que le había dado Bosch. Cuando terminó, miró a Bosch.

—Ha respondido alguien llamado Pratt.

—Bien. Sigue ahí.

—Entonces, ¿qué significa eso?

—Quería asegurarme de que no se había ido. Saldrá a las cinco y cuando lo haga cruzará esa calle de ahí. Quiero ver si es el tipo que le dijo que estaba controlando mi investigación.

—¿Es de Asuntos Internos?

—No. Es mi jefe.

Bosch bajó la visera como precaución para que no lo vieran. Habían aparcado a al menos treinta metros del paso de peatones que usaría Pratt para llegar al garaje, pero Bosch no sabía en qué dirección iría éste hasta que estuviera dentro de la estructura. Como supervisor de la brigada tenía derecho a aparcar un coche particular en el garaje de la policía, y la mayoría de los espacios asignados estaban en la segunda planta, a la cual podía accederse por dos escaleras y la rampa. Si Pratt subía por la rampa, pasaría justo junto a la posición de Bosch.

Edgar hizo preguntas sobre el tiroteo de Echo Park, y Bosch respondió con frases cortas. No quería hablar de ello, pero acababa de arrancar al tipo de su trabajo y tenía que responder de algún modo. Sólo trató de ser educado. Finalmente, a las 17:01 vio que Pratt salía por las puertas de atrás del Parker Center y bajaba la rampa situada junto a las puertas de entrada a los calabozos. Salió a San Pedro y se cruzó con un grupo de otros cuatro detectives supervisores que también se dirigían a sus casas.

—Ahora —dijo Bosch, cortando a Edgar en mitad de una pregunta—. ¿Ve a esos tipos que cruzan la calle? ¿Cuál ha ido hoy a la compañía?

Edgar examinó al grupo que cruzaba la calle. Tenía una perspectiva sin obstrucciones de Pratt, que iba caminando junto a otro hombre en la parte de atrás del grupo.

—Sí, el último tipo —dijo Edgar sin dudarlo—. El que se pone las gafas de sol.

Bosch miró. Pratt acababa de ponerse las Ray-Ban. Bosch sintió una punzada de rabia. Mantuvo sus ojos en Pratt y observó cómo se alejaba de su posición una vez que cruzaba la calle. Se estaba dirigiendo a la escalera más lejana.

—¿Ahora qué? ¿Va a seguirlo?

Bosch recordó que Pratt había dicho que tenía algo que hacer después de trabajar.

—Me gustaría, pero no puedo. He de llevarle de nuevo al trabajo.

—No se preocupe por eso, socio. Puedo caminar. Probablemente con este tráfico es lo más rápido.

Edgar abrió su puerta y se volvió para salir. Volvió a mirar a Bosch.

—No sé qué está pasando, pero buena suerte, Harry. Espero que encuentre lo que está buscando.

—Gracias, Jason. Espero verle otra vez.

Después de que Edgar se marchara, Bosch dio marcha atrás y salió del garaje. Tomó por San Pedro hasta Temple porque supuso que Pratt utilizaría esa ruta de camino a la autovía. Tanto si iba a casa como si no, la autovía era la opción más probable.

Bosch cruzó Temple y aparcó en una zona de estacionamiento prohibido. La posición le daba un buen ángulo sobre la salida del garaje policial.

Al cabo de dos minutos, un todoterreno plateado salió del garaje y se dirigió hacia Temple. Era un Jeep Commander con un diseño cuadrado *retro*. Bosch identificó a Pratt al volante. Inmediatamente encajó las dimensiones y el color del Commander con el todoterreno misterioso que había visto arrancar desde al lado de su casa la noche anterior.

Bosch se tumbó sobre el asiento cuando el Commander se

acercó a Temple. Oyó que el vehículo giraba y al cabo de unos segundos volvió a levantarse. Pratt estaba en Temple, en el semáforo de Los Ángeles Street, e iba a doblar a la derecha. Bosch esperó hasta que completó el giro y arrancó para seguirlo.

Pratt entró en los atestados carriles en dirección norte de la autovía 101 y se unió al lento avance del tráfico de la hora punta. Bosch bajó la rampa y se incorporó a la fila de coches, unos seis vehículos por detrás del Jeep. Tenía suerte de que el coche de Pratt tuviera una bola blanca con una cara encima de la antena de radio. Era una promoción de una cadena de comida rápida que permitió a Bosch seguir el coche sin tener que acercarse demasiado, ya que conducía un Crown Vic sin marcar que para el caso lo mismo podría haber llevado un neón en el techo donde destellara la palabra «Policía».

De manera lenta pero segura, Pratt avanzó hacia el norte con Bosch siguiéndolo a cierta distancia. Cuando la autovía atravesó Echo Park vio que la escena del crimen y la *soirée* de los medios seguían en pleno apogeo en Figueroa Lane. Contó dos helicópteros de la prensa que seguían sobrevolando el lugar en círculos. Se preguntó si la grúa se llevaría su coche de la escena del crimen o si podría pasar a recuperarlo después.

Mientras conducía, Bosch trató de componer lo que tenía sobre Pratt. Había pocas dudas de que Pratt le había estado siguiendo mientras él estaba suspendido de empleo. Su todoterreno coincidía con el que había visto en su calle la noche anterior, y Pratt había sido identificado por Jason Edgar como el poli que lo había seguido al edificio de la compañía de agua y electricidad. No era verosímil pensar que había estado siguiendo a Bosch simplemente para ver si estaba quebrantando las normas de la suspensión de empleo. Tenía que haber otra razón y a Bosch sólo se le ocurría una.

El caso.

Una vez llegó a esa hipótesis, otros detalles encajaron rápidamente y sólo sirvieron para atizar el fuego que ya estaba ardiendo en el pecho de Bosch. Pratt le había contado la anécdota de Maury Swann esa misma semana, y eso dejaba claro que se conocían. Al mismo tiempo, Pratt había soltado una historia negativa sobre el abogado defensor, lo cual podría haber sido una tapadera o un intento de distanciarse de alguien que en realidad era próximo y con el que posiblemente estaba trabajando.

A Bosch le pareció igualmente obvio el hecho de que Pratt era plenamente consciente de que él había considerado a Anthony Garland una persona de interés en el caso Gesto. De manera rutinaria, Bosch había informado a Pratt de sus actividades al reabrir el caso. Pratt también fue notificado cuando los abogados de Garland reactivaron con éxito una orden judicial que impedía a Bosch hablar con Anthony si no era en presencia de uno de los abogados de éste.

Por último, y quizá lo más importante, Pratt tenía acceso al expediente del caso Gesto. La mayor parte del tiempo estaba sobre la mesa de Bosch. Podía haber sido Pratt quien pusiera la conexión falsa con Robert Saxon, alias Raynard Waits. Podría haber introducido la falsa conexión mucho antes de que le dieran el expediente a Olivas. Podía haberlo hecho para que Olivas lo descubriera.

Bosch se dio cuenta de que todo el plan para que Raynard Waits confesara el asesinato de Marie Gesto y llevara a los investigadores hasta el cadáver podía haber sido completamente originado por Abel Pratt. Estaba en una posición perfecta como intermediario que podía controlar a Bosch, así como a las otras partes implicadas.

Y se dio cuenta de que, con Swann formando parte del plan, Pratt no necesitaba ni a Olivas ni a O'Shea. Cuanta más gente hay en una conspiración, más oportunidades existen de que fracase. Swann sólo tenía que decirle a Waits que el fiscal e investigador estaban detrás para colocar así una pista falsa para que Bosch la siguiera.

Bosch sentía el ardor de la culpa empezando a quemarle en la nuca. Se dio cuenta de que podía haberse equivocado en todo lo que había creído hasta media hora antes. Olivas, después de todo, quizá no había sido un policía corrupto. Quizá lo habían utilizado con la misma habilidad con que habían utilizado al propio Bosch, y quizás O'Shea no era culpable de otra cosa que no fuera la manipulación política, es decir, de ponerse medallas que no le correspondían y de sacarse de encima la culpa. O'Shea podría haber motivado el tongo departamental para contener las acusaciones de Bosch simplemente porque podían causarle un daño político, no porque fueran ciertas.

Bosch repensó una vez más toda esta nueva teoría y vio que se sostenía. No encontró aire en los frenos ni arena en el depósito de gasolina; era un coche que se podía conducir. La única cosa que faltaba era el motivo. ¿Por qué un tipo que había aguantado veinticinco años en el departamento y que estaba contemplando una jubilación a los cincuenta iba a arriesgarlo todo en una trama como ésa? ¿Cómo podía un tipo que había pasado veinticinco años persiguiendo criminales dejar que un asesino quedara en libertad?

Bosch sabía por haber trabajado en un millar de casos de homicidio que el motivo era con frecuencia el componente más escurridizo de un crimen. Obviamente, el dinero podía motivarlo, y la desintegración de un matrimonio podía desempeñar un papel. Pero eso eran denominadores comunes desafortunados en las vidas de muchas personas. No podían explicar fácilmente por qué Abel Pratt había cruzado la línea.

Bosch dio una fuerte palmada en el volante. Aparte de la cuestión del móvil, se sentía avergonzado y enfadado consigo mismo. Pratt lo había manipulado a la perfección y la traición era profunda y dolorosa. Pratt era su jefe. Habían comido juntos, habían investigado casos juntos, se habían contado chistes y habían hablado de sus respectivos hijos. Pratt se encaminaba a una jubilación que nadie en el departamento creía que fuera otra cosa que bien ganada y bien merecida. Era el momento de viajar barato, de recoger la pensión departamental y conseguir un empleo de seguridad lucrativo en las islas, donde el sueldo era alto y la jornada reducida. Todo el mundo tenía esas expectativas y a nadie le daba rabia. Era el cielo azul, el paraíso del policía.

Pero ahora Bosch vio a través de todo ello.

—Es todo mentira —dijo en voz alta en el coche.

33

Tras conducir durante treinta minutos, Pratt salió de la autovía en el paso de Cahuenga. Tomó por Barham Boulevard en dirección noreste hacia Burbank. El tráfico todavía era denso, y Bosch no tuvo problemas en seguirlo y mantenerse a una distancia prudencial. Pratt pasó junto al acceso trasero a los estudios Universal y la entrada delantera de Warner Bros. Después hizo unos pocos giros y aparcó delante de una hilera de casas similares en Catalina, cerca de Verdugo. Bosch pasó por delante deprisa, giró por la primera a la derecha y luego otra vez y una tercera. Apagó las luces antes de girar una vez más a la derecha y presentarse por segunda vez en la hilera de casas. Aparcó a media manzana del todoterreno de Pratt y se deslizó en su asiento.

Casi inmediatamente, Bosch vio a Pratt de pie en la calle, mirando a ambos lados antes de cruzar. Pero estaba tardando demasiado en hacerlo. La calle estaba despejada; sin embargo, Pratt seguía mirando a uno y otro lado. Estaba buscando a alguien o asegurándose de que no lo hubieran seguido. Bosch sabía que lo más difícil en el mundo era seguir a un poli que está pendiente de si lo siguen. Se agachó más en el coche.

Por fin Pratt empezó a cruzar la calle, todavía mirando adelante y atrás continuamente. Al llegar a la otra acera, se volvió y caminó de espaldas. Dio unos pocos pasos hacia atrás, examinando la zona en ambas direcciones. Al llegar al coche de Bosch, la mirada de Pratt se detuvo un largo momento.

Bosch se quedó helado. No creía que Pratt lo hubiera visto —estaba demasiado agachado—, pero podría haber reconocido el vehículo como un coche patrulla sin identificar de la policía o específicamente como uno de los asignados a la unidad de Casos Abiertos. Si iba a comprobarlo, Bosch sabía que lo habrían pillado sin demasiada explicación. Y sin pistola. Randolph le había confiscado por rutina su arma de repuesto para realizar análisis balísticos en relación con los disparos a Robert Foxworth.

Pratt empezó a caminar hacia el coche de Bosch. Bosch agarró el tirador de la puerta. Si lo necesitaba, saldría corriendo del coche hacia Verdugo, donde habría tráfico y gente.

Sin embargo, Pratt se detuvo de repente, y algo atrajo su atención a su espalda. Se volvió hacia la casa delante de la cual se había parado antes. Bosch siguió su mirada y vio que la puerta delantera de la casa estaba parcialmente abierta y que había una mujer mirando y llamando a Pratt mientras sonreía. Estaba oculta detrás de la puerta, pero uno de sus hombros desnudos estaba expuesto. Su expresión cambió cuando Pratt le dijo algo y le indicó que volviera a entrar. Ella hizo un mohín y le sacó la lengua. Desapareció de la puerta, dejándola abierta quince centímetros.

Bosch lamentó que su cámara estuviera en su coche, en Echo Park. No obstante, no necesitaba pruebas fotográficas para saber que reconocía a la mujer del umbral y que no era la esposa de Pratt; Bosch había conocido a la mujer de su jefe recientemente, cuando éste había anunciado su jubilación en una fiesta en la que estuvieron presentes todos los componentes de la brigada.

Pratt miró otra vez hacia el coche de Bosch. Dudó un momento, pero finalmente se volvió hacia la casa. Subió rápidamente los escalones, entró y cerró la puerta a su espalda. Bosch aguardó y, como esperaba, vio que Pratt descorría una cortina y miraba a la calle. Bosch se quedó agachado mientras los ojos de Pratt se entretenían en el Crown Vic. Sin duda alguna, el coche había atraído las sospechas de Pratt, pero Bosch supuso que el aliciente del sexo ilícito había podido con su instinto de verificar el coche.

Se oyó cierto alboroto cuando Pratt fue agarrado por detrás y se apartó de la ventana. La cortina volvió a quedar en su lugar.

Bosch se incorporó de inmediato, arrancó e hizo un giro de ciento ochenta grados desde el bordillo. Dobló a la derecha en Verdugo y se dirigió hacia Hollywood Way. Evidentemente el Crown Vic estaba quemado. Pratt lo buscaría activamente cuando saliera otra vez de la casa. Por fortuna para Bosch el aeropuerto de Burbank estaba cerca. Supuso que podría dejar el Crown Vic en el aeropuerto, alquilar un coche y volver a la casa en menos de media hora.

Mientras conducía trató de situar a la mujer a la que había visto mirando por la puerta de la casa. Recurrió a un par de técnicas de relajación mental que había empleado cuando los tribunales aceptaban la hipnotización de testigos. Pronto se estaba grabando la nariz y la boca de la mujer, las partes de ella que habían disparado su sensación de reconocimiento. Y enseguida lo tuvo. Era una joven y atractiva empleada civil del departamento que trabajaba en la oficina que había del otro lado del pasillo de Casos Abiertos. Era de la oficina de Personal, conocida por las tropas como Entradas y Salidas porque era el lugar donde ocurrían ambas cosas.

Pratt estaba echando una cana al aire, esperando que pasara la hora punta en un piso de Burbank. No era un mal plan si nadie se enteraba. Bosch se preguntó si la señora Pratt conocería las actividades extracurriculares de su marido.

Aparcó en el aeropuerto y entró en los carriles de aparcacoches, pensando que eso sería lo más rápido. El hombre de la chaqueta roja que le cogió el Crown Vic le preguntó cuando volvería.

—No lo sé —dijo Bosch, que no lo había considerado.

—He de escribir algo en el tique —dijo el hombre.

—Mañana —dijo Bosch—. Si tengo suerte.

34

Bosch regresó a Catalina Street en treinta y cinco minutos. Pasó en su Taurus alquilado por delante de la fila de casas iguales y localizó el Jeep de Pratt todavía junto al bordillo. Esta vez encontró un lugar en el lado norte de la casa y aparcó allí. Mientras se agachaba en el coche y buscaba signos de actividad, encendió el móvil que había alquilado junto con el coche. Llamó al número de Rachel Walling, pero le salió el buzón de voz. Terminó la llamada sin dejar mensaje.

Pratt no salió hasta que había anochecido por completo. Se quedó delante del complejo, bajo la luz de la farola, y Bosch se fijó en que se había cambiado de ropa. Llevaba tejanos azules y una camiseta oscura de manga larga. Bosch comprendió por el cambio de indumentaria que la relación con la mujer de Personal era probablemente más que un rollo ocasional. Pratt dejaba la ropa en su casa.

Una vez más, Pratt echó un vistazo a ambos lados de la calle. Su mirada se entretuvo más en el lado sur, donde el Crown Vic había atraído su atención antes. Aparentemente satisfecho de que el coche se hubiera ido y de que no lo hubieran vigilado, Pratt entró en el Commander y enseguida arrancó. Hizo un giro de ciento ochenta grados y se dirigió al sur hacia Verdugo. A continuación giró a la derecha.

Bosch sabía que si Pratt estaba buscando a un perseguidor, reduciría la marcha en Verdugo y controlaría por el retrovisor a cualquier vehículo que doblara desde Catalina en su dirección. Teniendo esto en cuenta, Bosch hizo un giro de ciento ochenta grados y se dirigió una travesía al norte hasta Clark Avenue. Giró a la izquierda y aceleró el débil motor del coche. Circuló cinco manzanas hasta California Street y dobló rápidamente a la izquierda. Al final de la manzana saldría a Verdugo. Era un movimiento arriesgado; Pratt podría haberse alejado mucho, pero Bosch estaba actuando siguiendo una corazonada. Ver el Crown Vic había asustado a su jefe. Estaría plenamente alerta.

Bosch acertó. Justo al llegar a Verdugo vio el Commander plateado de Pratt pasando delante de él. Obviamente se había demorado en Verdugo buscando un perseguidor. Bosch dejó que le sacara cierta distancia y giró a la derecha para seguirlo.

Pratt no hizo movimientos evasivos después de este primer esfuerzo por descubrir a un perseguidor. Se quedó en Verdugo hasta North Hollywood y luego giró al sur en Cahuenga. Bosch casi lo perdió en el giro, pero pasó el semáforo en rojo. Estaba claro que Pratt no iba a casa; Bosch sabía que vivía en la dirección opuesta, en el valle septentrional.

Pratt se dirigía a Hollywood y Bosch supuso que simplemente planeaba unirse a los otros miembros de la brigada en Nat's. Sin embargo, a medio camino del paso de Cahuenga, giró a la derecha por Woodrow Wilson Drive y Bosch sintió que se le aceleraba el pulso: Pratt se dirigía ahora a su casa.

Woodrow Wilson serpenteaba por la ladera de las montañas de Santa Mónica, una curva cerrada tras otra. Era una calle solitaria y la única forma de seguir a un vehículo era hacerlo sin luces y mantenerse al menos una curva por detrás de las luces de freno del coche de delante.

Bosch se conocía las curvas de memoria. Vivía en Woodrow Wilson desde hacía más de quince años y podía conducir medio dormido, lo cual había hecho en alguna ocasión. Sin embargo, seguir a Pratt, un agente de policía atento a un perseguidor, suponía una dificultad única. Bosch trató de permanecer dos curvas por detrás. Eso significaba que perdería de vista las luces del coche de Pratt de vez en cuando, pero nunca durante demasiado tiempo.

Cuando estaba a dos curvas de su casa, Bosch levantó el pie y el coche de alquiler se detuvo finalmente antes de la última curva. Bosch bajó del coche, cerró silenciosamente la puerta y trotó por la curva. Se quedó cerca del seto que custodiaba la casa y el estudio de un famoso pintor que vivía en esa manzana.

Avanzó a resguardo del seto hasta que vio el todoterreno de Pratt arriba. Había aparcado dos casas antes de llegar a la de Bosch. Las luces de Pratt estaban ahora apagadas y parecía que simplemente estaba allí sentado vigilando la casa.

Bosch miró a su casa y vio luces encendidas detrás de las ventanas de la cocina y el comedor. Vio la parte trasera de un coche sobresaliendo de su cochera. Reconoció el Lexus y supo que Rachel Walling estaba en su casa. Aunque se sintió animado por la perspectiva de que ella estuviera esperándole, Bosch estaba preocupado por lo que tramaba Pratt.

Al parecer estaba haciendo exactamente lo que había hecho la noche anterior, limitarse a observar y posiblemente tratar de determinar si Bosch estaba en casa.

Bosch oyó que se acercaba un coche detrás de él. Se volvió y empezó a caminar de nuevo hacia su Taurus de alquiler como si estuviera dando un paseo nocturno. El coche pasó a su lado lentamente, y entonces Bosch se volvió y se dirigió otra vez hacia el seto. Cuando el coche se acercó al Jeep de Pratt, éste arrancó otra vez y encendió las luces del todoterreno al tiempo que aceleraba.

Bosch se volvió y corrió de nuevo hacia su coche. Saltó al interior y arrancó. Mientras conducía pulsó el botón de rellamada en el teléfono de alquiler y enseguida sonó la línea de Rachel. Esta vez ella respondió.

—¿Sí?

—Rachel, soy Harry. ¿Estás en mi casa?

—Sí, he estado esperando...

—Sal. Voy a recogerte. Corre.

—Harry, ¿qué es...?

—Sal y trae tu pistola. Ahora mismo.

Colgó el teléfono y se detuvo ante la puerta de su casa. Vio el brillo de luces de freno desapareciendo en torno a la siguiente curva, pero sabía que pertenecían al coche que había asustado a Pratt. Éste estaba mucho más adelante.

Bosch se volvió y miró a la puerta de su casa. Ya iba a tocar el claxon, pero Rachel estaba saliendo.

—Cierra la puerta —gritó Bosch a través de la puerta abierta del pasajero.

Rachel cerró la puerta y corrió hacia el coche.

—Entra. ¡Deprisa!

Ella entró de un salto y Bosch arrancó antes de que Rachel cerrara la puerta.

—¿Qué está pasando?

Bosch le hizo un resumen mientras aceleraba por las curvas en el ascenso a Mulholland. Le contó que su jefe, Abel Pratt, era quien le había tendido la trampa, que él había planeado lo ocurrido en Beachwood Canyon. Le dijo que por segunda noche consecutiva estaba delante de su casa.

—¿Cómo sabes todo esto?

—Sólo lo sé. Podré probarlo más tarde. Por ahora es un hecho.

—¿Qué estaba haciendo fuera?

—No lo sé. Tratando de ver si yo estaba en casa, creo.

—Sonó tu teléfono.

—¿Cuándo?

—Justo antes de que me llamaras al móvil. No respondí.

—Probablemente era él. Algo está pasando.

Doblaron la última curva antes de llegar a la encrucijada de cuatro direcciones de Mulholland. Bosch vio las luces de posición de un vehículo grande justo cuando desaparecía hacia la derecha. Otro coche llegó al stop. Era el que había puesto en marcha a Pratt. Atravesó el cruce en línea recta.

—El primero ha de ser Pratt. Ha girado a la derecha.

Bosch llegó al stop y también giró a la derecha. Mulholland era una vía serpenteante que seguía la cresta de la montaña a lo largo de la ciudad. Sus curvas eran más suaves y no tan cerradas como las de Woodrow Wilson. También era una calle más transitada de noche. Podría seguir a Pratt sin levantar excesiva sospecha.

Enseguida alcanzaron al vehículo que había girado y confirmaron que era el Commander de Pratt. Bosch entonces frenó un poco y durante los siguientes diez minutos siguió a Pratt por la montaña. Las luces parpadeantes del valle de San Fernando se extendían a sus pies en el lado norte. Era una noche despejada y veían hasta las montañas en sombra en el lado más alejado de la expansión urbana. Se quedaron en Mulholland tras pasar el cruce con Laurel Canyon Boulevard y continuaron hacia el oeste.

—Estaba esperándote en tu casa para decirte adiós —dijo Rachel de repente.

Al cabo de un momento de silencio, Bosch respondió.

—Lo sé. Lo entiendo.

—No creo que lo entiendas.

—No te ha gustado cómo he sido hoy, la forma en que he ido tras Waits. No soy el hombre que pensabas que era. He oído eso antes, Rachel.

—No es eso, Harry. Nadie es el hombre que crees que es. Puedo soportarlo. Pero una mujer ha de sentirse segura con un hombre. Y eso incluye cuando no están juntos. ¿Cómo puedo sentirme segura cuando he visto de primera mano cómo trabajas? No importa si es la forma en que yo lo haría o no. No estoy hablando de nosotros de poli a poli. De lo que estoy hablando es de que nunca podría sentirme cómoda y segura. Todas las noches me preguntaría si ibas a volver a casa. No puedo hacer eso.

Bosch se dio cuenta de que estaba acelerando demasiado. Las palabras de Rachel habían hecho que inconscientemente pisará más a fondo el pedal. Se estaba acercando demasiado a Pratt. Frenó y se alejó a un centenar de metros de las luces de posición.

—Es un trabajo peligroso —dijo—. Pensaba que tú lo sabrías mejor que nadie.

—Lo sé, lo sé. Pero lo que he visto hoy era temeridad. No quiero tener que preocuparme por alguien que es temerario. Ya hay bastante por lo que preocuparse sin eso.

Bosch bufó. Hizo un gesto hacia las luces rojas que se movían delante de ellos.

—Vale —dijo—. Hablemos de eso después. Concentrémonos en esto por esta noche.

Como si le hubieran dado pie, Pratt viró bruscamente a la izquierda en Coldwater Canyon Drive y empezó a bajar hacia Beverly Hills. Bosch se entretuvo lo máximo que creía poder hacerlo e hizo el mismo giro.

—Bueno, todavía me alegro de que vengas conmigo —dijo.

—¿Por qué?

—Porque si termina en Beverly Hills, no necesitaré llamar a los locales porque estoy con una federal.

—Me alegro de poder hacer algo.

—¿Llevas tu pistola?

—Siempre. ¿Tú no llevas la tuya?

—Era parte de la escena del crimen. No sé cuándo la recuperaré. Y es la segunda pistola que me han quitado esta semana. Tiene que ser algún tipo de récord. Más pistolas perdidas en tiroteos temerarios.

La miró para ver si la estaba sacando de quicio, pero Rachel no mostró nada.

—Está girando —dijo.

Bosch volvió a centrar su atención en la calle y vio el intermitente de la izquierda parpadeando en el Commander. Pratt giró y Bosch continuó recto. Rachel se agachó para poder mirar por la ventana al cartel de la calle.

—Gloaming Drive —dijo—. ¿Todavía estamos en la ciudad?

—Sí. Gloaming se extiende bastante hacia allí, pero no hay forma de salir. He estado ahí antes.

La siguiente calle era Stuart Lane. Bosch la usó para dar la vuelta y enfilar otra vez Gloaming.

—¿Sabes adónde puede ir? —preguntó Rachel.

—Ni idea. A casa de otra amiguita.

Gloaming era otra calle de curvas montañosa. Pero ahí terminaba la semejanza con Woodrow Wilson Drive. Las casas de Gloaming eran de las que cuestan siete cifras, y todas tenían césped pulcramente cuidado y setos sin una sola hoja fuera de sitio. Bosch condujo despacio, buscando el Jeep Commander plateado.

—Ahí —dijo Rachel.

Señaló por la ventanilla a un Jeep aparcado en la rotonda de una mansión de diseño francés. Bosch pasó al lado y aparcó dos casas más allá. Salieron y desanduvieron el camino.

—¿West Coast Choppers?

Walling no había podido ver la parte delantera de la sudadera de Bosch cuando éste estaba conduciendo.

—Me ayudó a camuflarme en un caso una vez.

La verja del sendero de entrada estaba abierta. El buzón de hierro forjado no tenía nombre. Bosch lo abrió y miró en su interior. Estaban de suerte. Había correo, una pequeña pila unida con una goma. La sacó y giró el sobre de encima hacia una farola para leerlo.

—«Maurice.» Es la casa de Maury Swann —dijo.

—Bonita —dijo Rachel—. Supongo que tendría que haber sido abogado defensor.

—Lo habrías hecho bien trabajando con criminales.

—Vete a la mierda, Bosch.

La charla terminó cuando oyeron una voz procedente de detrás de un seto alto que recorría el lado izquierdo de la casa.

—¡He dicho que te metas ahí!

Se oyó un chapoteo y Bosch y Walling se dirigieron hacia el sonido.

35

Bosch registró el seto con la mirada, buscando un resquicio por el que colarse. No parecía haber ninguno en la parte delantera. Cuando se acercaron, le indicó a Rachel que siguiera el seto hacia la derecha mientras él se dirigía hacia la izquierda. Se fijó en que ella llevaba el arma al costado.

El seto tenía al menos tres metros de altura y era tan espeso que Bosch no veía la luz de la piscina o la casa a través de él. Sin embargo, al avanzar junto a él, oyó el sonido de chapoteo y voces, una de las cuales reconoció que pertenecía a Abel Pratt. Las voces estaban cerca.

—Por favor, no sé nadar. ¡No hago pie!

—Entonces ¿para qué tienes una piscina? Chapotea.

—¡Por favor! No voy a... ¿Por qué iba a contarle...?

—Eres abogado y a los abogados os gusta jugar a varias bandas.

—Por favor.

—Te estoy diciendo que sólo con que sospeche que me la estás jugando, la próxima vez no será una piscina. Será el puto océano Pacífico. ¿Lo entiendes?

Bosch llegó a una zona donde estaba la bomba del filtro de la piscina y el climatizador sobre una placa de hormigón. Había asimismo una pequeña abertura en el seto para que pasara un empleado de mantenimiento. Bosch se coló por el resquicio y accedió al suelo de baldosas que rodeaba una gran piscina ovalada. Estaba seis metros detrás de Pratt, que se hallaba de pie junto al seto, mirando a un hombre en el agua. Pratt sostenía una larga pértiga azul con una extensión curvada. Era para llevar a nadadores en apuros hasta el lado de la piscina, pero Pratt la sostenía justo fuera del alcance del hombre. Éste trataba de agarrarla desesperadamente, pero cada vez Pratt la alejaba de un tirón.

Era difícil identificar al hombre en el agua como Maury Swann. Las luces estaban apagadas y la piscina estaba a oscuras. Swann no llevaba gafas y el pelo parecía haber resbalado de su cuero cabelludo a la parte de atrás de su cabeza como víctima de un corrimiento de tierra. En su calva brillante había una tira de cinta adhesiva para mantener el peluquín en su sitio.

El sonido del filtro de la piscina daba cobertura a Bosch. Se acercó sin que repararan en él hasta colocarse a un par de metros de Pratt antes de hablar.

—¿Qué está pasando, jefe?

Pratt rápidamente bajó la pértiga para que Swann pudiera agarrar el gancho.

—¡Agárrate, Maury! —gritó Pratt—. Estás a salvo.

Swann se agarró y Pratt empezó a tirar de él hacia el borde de la piscina.

—Te tengo, Maury —dijo Pratt—. No te preocupes.

—No ha de molestarse con el número del salvavidas —dijo Bosch—. Lo he oído todo.

Pratt hizo una pausa y miró a Swann en el agua. Estaba a un metro del borde.

—En ese caso… —dijo Pratt.

Soltó la pértiga y llevó su mano derecha a la parte de atrás del cinturón.

—¡No!

Era Walling. Había encontrado su propia forma de atravesar el seto. Estaba en el otro lado de la piscina, apuntando a Pratt con su arma.

Pratt se quedó petrificado y pareció tomar una decisión sobre si desenfundar o no. Bosch se colocó tras él y le arrancó la pistola de sus pantalones.

—¡Harry! —gritó Rachel—. Yo lo tengo a él. Coge al abogado.

Swann se estaba hundiendo. La pértiga azul estaba hundiéndose con él. Bosch fue rápidamente al borde de la piscina y la agarró. Tiró de Swann hasta la superficie. El abogado empezó a toser y a escupir agua. Se agarró con fuerza a la pértiga y Bosch lo condujo hasta el lado poco profundo. Rachel se acercó a Pratt y le ordenó que pusiera las muñecas detrás de la cabeza.

Maury Swann estaba desnudo. Subió los escalones del lado menos hondo tapándose las pelotas arrugadas con una mano y tratando de colocarse bien el tupé con la otra. Rindiéndose con el peluquín, se lo arrancó del todo y lo tiró a las baldosas, donde aterrizó con un *paf*. Fue directamente a una pila de ropa que había junto a un banco y empezó a vestirse mientras seguía empapado.

—Bueno, ¿qué está pasando aquí, Maury? —preguntó Bosch.

—Nada que le concierna.

Bosch asintió.

—Ya lo pillo. Un tipo viene aquí para echarlo a la piscina y ver cómo se hunde, quizá hacer que parezca un suicidio o un accidente, y usted no quiere que nadie se preocupe al respecto.

—Era un desacuerdo, nada más. Me estaba asustando, no ahogándome.

—¿Eso significa que usted y él tenían un acuerdo antes de tener este desacuerdo?

—No voy a responder a eso.

—¿Por qué le estaba asustando?

—No voy a responder a ninguna de sus preguntas.

—Entonces quizá debería irme y dejar que ustedes dos terminen con su desacuerdo. Quizá sería lo mejor que se puede hacer aquí.

—Haga lo que quiera.

—¿Sabe lo que pienso? Creo que con su cliente Raynard Waits muerto, sólo hay una persona que puede relacionar al detective Pratt con los Garland. Creo que su socio estaba deshaciéndose de ese vínculo porque se estaba asustando. Estaría en el fondo de esa piscina si no hubiéramos llegado aquí.

—Puede hacer y pensar lo que quiera. Pero lo que le estoy diciendo es que teníamos un desacuerdo. Él pasó cuando me estaba dando mi baño nocturno y divergimos respecto a una cuestión.

—Pensaba que no sabía nadar, Maury. ¿No es lo que ha dicho?

—He terminado de hablar con usted, detective. Ahora puede irse de mi propiedad.

—Todavía no, Maury. ¿Por qué no termina de vestirse y se une a nosotros en el lado profundo?

Bosch dejó al abogado allí, tratando de meter las piernas mojadas en unos pantalones de seda. En el otro extremo de la piscina, Pratt estaba esposado y sentado en un banco de cemento.

—No voy a decir nada hasta que hable con un abogado —dijo.

—Bueno, allí hay uno que se está vistiendo —dijo Bosch—. Quizá pueda contratarlo.

—No voy a hablar, Bosch —repitió Pratt.

—Buena decisión —dijo Swann desde el otro extremo—. Regla número uno: no hablar nunca con los polis.

Bosch miró a Rachel y casi se le escapó la risa.

—¿Puedes creerlo? Hace dos minutos estaba intentando ahogar a este tipo y ahora él le está dando consejo legal gratis.

—Consejo legal sensato —dijo Swann.

Swann caminó hasta donde estaban esperando los demás. Bosch se fijó en que la ropa se le pegaba al cuerpo mojado.

—No estaba intentando ahogarlo —dijo Pratt—, estaba intentando ayudarle. Pero es lo único que voy a decir.

Bosch miró a Swann.

—Súbase la cremallera, Maury, y siéntese aquí.

Bosch señaló un lugar en el banco, al lado de Pratt.

—No, no creo que quiera —replicó Swann.

Se encaminó hacia la casa, pero Bosch dio dos pasos y lo cortó. Lo redirigió al banco.

—Siéntese —dijo—. Está detenido.

—¿Por qué? —repuso Swann con indignación.

—Doble homicidio. Los dos están detenidos.

Swann se rio como si estuviera tratando con un niño. Ahora que se había vestido estaba recuperando parte de su fanfarronería.

—¿Y qué homicidios son ésos?

—Detective Fred Olivas y ayudante del sheriff Derek Doolan.

Ahora Swann negó con la cabeza, con la sonrisa intacta en el rostro.

—Supongo que esos cargos entran dentro de la ley de muertes en la comisión de un delito, porque hay amplias pruebas de que nosotros no apretamos el gatillo que disparó las balas que mataron a Olivas y Doolan.

—Siempre es bueno tratar con un abogado. Detesto tener que explicar la ley constantemente.

—Es una pena que necesite que le expliquen la ley a usted, detective Bosch. La ley de muertes en la comisión de un delito se aplica cuando alguien fallece durante la comisión de un delito grave. Si se franquea ese umbral, entonces los conspiradores en la empresa criminal pueden ser acusados de homicidio.

Bosch asintió con la cabeza.

—Eso lo tengo —dijo—. Y le tengo a usted.

—Entonces sea tan amable de decir qué umbral criminal es el que he franqueado.

Bosch pensó un momento antes de responder.

—¿Qué le parece incitación al perjurio y obstrucción a la justicia? Podríamos empezar por ahí y subir a corrupción de un agente público, quizás instigar y facilitar la fuga de un custodiado de la justicia.

—Y también podemos terminar ahí —dijo Swann—. Yo estaba representando a mi cliente. No cometí ninguno de esos delitos y usted no tiene la menor prueba de ello. Si me detiene, lo único que conseguirá será su propia ruina y bochorno. —Se levantó—. Buenas noches a todos.

Bosch se acercó y puso la mano en el hombro de Swann. Lo condujo de nuevo al banco.

—Siéntese de una puta vez. Está detenido. Dejaré que los fiscales decidan sobre el umbral de los delitos. A mí me importa una mierda. Por lo que a mí respecta, dos polis están muertos y mi compañera va a terminar su carrera por su culpa, Maury. Así que a la mierda.

Bosch miró a Pratt, que estaba sentado con una ligera sonrisa en el rostro.

—Es bueno tener a un abogado en la casa, Harry —dijo—. Creo que lo que dice Maury es muy interesante. Quizá deberías pensar en ello antes de hacer ninguna temeridad.

Bosch negó con la cabeza.

—No se va a librar de esto —dijo—. Ni mucho menos.

Esperó un momento, pero Pratt no dijo nada.

—Sé que urdió la trampa —dijo Bosch—. Todo el asunto en Beachwood Canyon fue cosa suya. Fue usted quien hizo el trato con los Garland, y luego acudió a Maury para meter a Waits. Manipuló el expediente después de que Waits le proporcionara un alias. Puede que Maury tenga razón con el rollo las muertes en la comisión de un delito, pero hay más que suficiente para la obstrucción, y si consigo eso, entonces le tengo a usted. Eso quiere decir que no habrá ninguna isla y ninguna pensión, jefe. Eso significa que cae envuelto en llamas.

Los ojos de Pratt bajaron de Bosch a las aguas oscuras de la piscina.

—Yo quiero a los Garland y usted puede dármelos —prosiguió Bosch.

Pratt negó con la cabeza, sin apartar la mirada del agua.

—Entonces en marcha —dijo Bosch—. Vamos.

Hizo una señal a Pratt y Swann para que se levantaran. Ambos obedecieron. Bosch hizo volverse a Swann para poder esposarlo. Al hacerlo, miró a Pratt por encima del hombro del abogado.

—Cuando presentemos cargos, ¿a quién va a llamar para que pague la fianza, a su esposa o a la chica de Entradas y Salidas?

Pratt inmediatamente se sentó como si le hubieran dado un puñetazo. Bosch se lo había guardado como último cartucho. Mantuvo la presión.

—¿Cuál iba a acompañarle a la isla? ¿A su plantación de azúcar? Mi apuesta es «como se llame».

—Se llama Jessie Templeton. Y te vi vigilándome en su casa esta noche.

—Sí, y yo vi que me veía. Pero dígame, ¿cuánto sabe Jessie Templeton? ¿Y va a ser ella tan fuerte como usted cuando vaya a verla después de acusarle?

—Bosch, ella no sabe nada. Déjela al margen de esto. Y también deje a mi esposa y a los niños al margen.

Bosch negó con la cabeza.

—No funciona así. Lo sabe. Vamos a poner todo patas arriba y a agitarlo para ver qué cae. Voy a encontrar el dinero que le pagaron los Garland y lo relacionaré con usted, con Maury Swann, con todos. Sólo espero que no usara a su amiguita para esconderlo. Porque si lo hizo, ella también caerá.

Pratt se inclinó hacia delante en el banco. Bosch tenía la impresión de que si no hubiera tenido las manos esposadas a la espalda, las habría usado en ese momento para sostenerse la cabeza y ocultar la cara al mundo. Bosch había estado golpeándole como un leñador que asesta hachazos a un árbol. Ahora apenas se mantenía en pie. Bastaba con un pequeño empujón para derribarlo.

Bosch entregó a Swann a Rachel, que lo cogió por uno de los brazos, y se volvió hacia Pratt.

—Alimentó al perro equivocado —dijo Bosch.

—¿Qué se supone que significa?

—Todo el mundo toma decisiones y usted se equivocó. El problema es que no pagamos nosotros solos por nuestros errores. Arrastramos a gente en la caída.

Bosch caminó hasta el borde de la piscina y miró el agua. Temblaba en la parte superior, pero era impenetrablemente negra por debajo de la superficie. Esperó, pero el árbol no tardó en caer.

—Jessie no ha de ser parte de esto, y mi mujer no ha de saber de ella —dijo Pratt.

Era una oferta abierta. Pratt iba a hablar. Bosch pateó el borde embaldosado de la piscina y se volvió para mirarlo.

—No soy fiscal, pero apuesto a que podremos arreglar algo.

—Pratt, ¡estás cometiendo un gran error! —dijo Swann con urgencia.

Bosch se agachó hacia Pratt y le palpó los bolsillos hasta que encontró las llaves del Commander y las sacó.

—Rachel, lleva al señor Swann al coche del detective Pratt. Será mejor para transportarlo. Ahora iremos.

Le lanzó las llaves y la agente del FBI condujo a Swann hacia la abertura del seto por la que ella había entrado. Tuvo que empujarlo. El abogado miró por encima del hombro al caminar y se dirigió a Pratt.

—No hables con ese hombre —gritó—. ¿Me has oído? ¡No hables con nadie! ¡Nos meterás a todos en prisión!

Swann no paró de gritar su consejo legal a través del seto. Bosch esperó hasta que la puerta del coche se cerró y apagó su voz. Luego se puso de pie delante de Pratt y se fijó en que el sudor goteaba en el rostro de su jefe desde la línea de nacimiento del cabello.

—No quiero que ni Jessie ni mi familia estén involucrados —dijo Pratt—. Y quiero un trato. No quiero ir a prisión, se me permite retirarme y mantener mi pensión.

—Quiere mucho para ser un hombre que ha propiciado la muerte de dos personas.

Bosch empezó a pasear, tratando de buscar una fórmula que funcionara para los dos. Rachel volvió a entrar a través del seto. Bosch la miró y estaba a punto de preguntar por qué había dejado a Swann desatendido.

—Cerraduras a prueba de niños —dijo—. No puede salir.

Bosch asintió con la cabeza y centró su atención de nuevo en Pratt.

—Como he dicho, quiere mucho —dijo—. ¿Qué ofrece a cambio?

—Puedo darte fácilmente a los Garland —dijo Pratt desesperadamente—. Anthony me llevó allí hace dos semanas y me condujo al cadáver de la chica. Y a Maury Swann puedo servírtelo en una bandeja. Ese tipo es tan corrupto como...

No terminó.

—¿Como usted?

Pratt bajó la mirada y asintió lentamente con la cabeza.

Bosch trató de dejar todo lo demás de lado para poder pensar con claridad en la oferta de Pratt. Éste tenía las manos manchadas con la sangre de Freddy Olivas y del ayudante Doolan. Bosch no sabía si podría venderle el trato a un fiscal. No sabía si podía vendérselo ni siquiera a sí mismo. Sin embargo, en ese momento, deseaba intentarlo si eso significaba llegar finalmente al hombre que había matado a Marie Gesto.

—No hay promesas —dijo—. Iremos a ver a un fiscal.

Bosch pasó a la última pregunta importante.

—¿Y O'Shea y Olivas?

Pratt negó una vez con la cabeza.

—Están limpios en esto.

—Garland metió al menos veinticinco mil en la campaña de O'Shea. Está documentado.

—Sólo estaba cubriendo las apuestas. Si O'Shea empezaba a sospechar, T. Rex podría mantenerlo a raya porque habría parecido un soborno.

Bosch asintió. Sintió el resquemor de la humillación por lo que había pensado de O'Shea y lo que le había dicho.

—Eso no era lo único en lo que te equivocabas —dijo Pratt.

—Ah, ¿no?, ¿en qué más?

—Dijiste que fui a los Garland con esto. No lo hice. Vinieron ellos, Harry.

Bosch negó con la cabeza. No creía a Pratt por el simple motivo de que si los Garland hubieran tenido la intención de comprar a un poli, su primera opción habría sido la fuente de su problema: Bosch. Eso nunca ocurrió y por eso Bosch estaba convencido de que la trama había sido urdida por Pratt al tratar de hacer malabarismos con su jubilación, un posible divorcio, una amante y los otros secretos que pudiera contener su vida. Había acudido a los Garland con ello. Había acudido también a Maury Swann.

—Cuénteselo al fiscal —dijo Bosch—. Quizá a él le importe.

Miró a Rachel y ella asintió con la cabeza.

—Rachel, tú coge el Jeep con Swann. Yo llevaré al detective Pratt en mi coche. Quiero mantenerlos separados.

—Buena idea.

Bosch señaló a Pratt el camino.

—Vamos.

Pratt se levantó otra vez y se situó cara a cara con Bosch.

—Harry, has de saber algo antes.

—¿Qué?

—Se suponía que nadie iba a resultar herido. Era un plan perfecto en el que nadie resultaba herido. Fue Waits el que lo mandó todo a la mierda en el bosque. Si hubiera hecho lo que le pidieron, todo el mundo seguiría vivo y feliz. Incluso tú. Habrías resuelto el caso Gesto. Fin de la historia. Así es como se suponía que tendría que haber sido.

Bosch tuvo que esforzarse para contener su ira.

—Bonito cuento de hadas —dijo—. Salvo por la parte de la historia en que la princesa nunca se despierta y el verdadero asesino se queda tan ancho y todo el mundo vive feliz después. Siga contándose este cuento. Quizás algún día pueda vivir con él.

Bosch lo agarró con fuerza del brazo y lo condujo hacia la abertura en el seto.

Quinta parte

Echo Park

36

A las 10 de la mañana del lunes, Abel Pratt salió de su coche y cruzó el césped verde de Echo Park hasta un banco donde había un anciano sentado bajo los brazos protectores de la *Dama del Lago*. Había cinco palomas descansando en los hombros y en las manos orientadas hacia el cielo de la estatua y otra más en la cabeza, pero la dama no mostraba signos de molestia o fatiga.

Pratt metió el periódico doblado que llevaba en la papelera repleta que había junto a la estatua y se sentó en el banco al lado del anciano. Miró las aguas tranquilas del lago Echo, que estaba delante de ellos. El anciano, que sostenía un bastón junto a su rodilla y lucía un traje de calle de color habano con un pañuelo granate en el bolsillo del pecho, habló primero.

—Recuerdo cuando podías traerte a la familia aquí un domingo y no tenías que preocuparte de que te dispararan las bandas.

Pratt se aclaró la garganta.

—¿Es eso lo que le preocupa, señor Garland? ¿Las bandas? Bueno, le diré un secreto. Ésta es una de las horas más seguras en cualquiera de los barrios de la ciudad. La mayoría de los pandilleros no se levantan hasta la tarde. Por eso cuando vamos con órdenes judiciales nos presentamos por la mañana. Siempre los pillamos en la cama.

Garland asintió de manera aprobadora.

—Es bueno saberlo. Pero no es eso lo que me preocupa. Me preocupa usted, detective Pratt. Nuestro negocio había concluido. No esperaba volver a tener noticias suyas.

Pratt se inclinó hacia delante y examinó el parque. Estudió las hileras de mesas en el otro lado del lago, donde los ancianos jugaban al dominó. Su mirada recorrió los coches aparcados junto al bordillo que rodeaba el parque.

—¿Dónde está Anthony? —preguntó.

—Ya vendrá. Está tomando precauciones.

Pratt asintió con la cabeza.

—Las precauciones son buenas —dijo.

—No me gusta este sitio —dijo Garland—. Está lleno de gente desagradable. Y eso le incluye a usted. ¿Por qué estamos aquí?

—Espera un momento —dijo una voz detrás de ellos—. No digas una palabra más, papá.

Anthony Garland se había acercado por su lado ciego. Rodeó la estatua hasta el banco situado al borde del agua, se quedó de pie delante de Pratt y le pidió que se levantara.

—Arriba —dijo.

—¿Qué es esto? —protestó Pratt con suavidad.

—Sólo levántese.

Pratt hizo lo que le pidieron y Anthony Garland sacó una pequeña varilla electrónica del bolsillo de su americana. Empezó a pasarla arriba y abajo por delante de Pratt, de la cabeza a los pies.

—Si está transmitiendo una RF, esto me lo dirá.

—Bien. Siempre me había preguntado si tenía una RF. Con esas mujeres de Tijuana nunca se sabe.

Nadie rio. Anthony Garland pareció satisfecho con el escaneo de señales de radiofrecuencia y empezó a guardarse la varilla. Pratt empezó a sentarse.

—Espere —dijo Garland.

Pratt se quedó de pie y Garland empezó a pasar sus manos por el cuerpo de Pratt como segunda precaución.

—Nunca se puede estar seguro con un canalla como usted, detective.

Colocó las manos en la cintura de Pratt.

—Eso es mi pistola —dijo Pratt.

Garland siguió cacheando.

—Eso es mi móvil.

Las manos bajaron.

—Y eso son mis cojones.

Garland cacheó a continuación ambas piernas del policía y cuando quedó satisfecho le dijo a Pratt que podía sentarse. El detective volvió a acomodarse al lado del anciano.

Anthony Garland permaneció de pie junto al banco, de espaldas al lago y con los brazos cruzados delante del pecho.

—Está limpio —dijo.

—Vale, pues —dijo T. Rex Garland—. Podemos hablar. ¿De qué se trata, detective Pratt? Creía que se lo habíamos dejado claro. No nos llame. No nos amenace. No nos diga dónde estar ni cuándo.

—¿Habrían venido si no los hubiera amenazado?

Ninguno de los Garland respondió. Pratt sonrió con petulancia y asintió.

—A las pruebas me remito.

—¿Por qué estamos aquí? —preguntó el anciano—. Lo he dejado muy claro antes. No quiero que nada de esto salpique a mi hijo. ¿Por qué ha de estar él aquí?

—Bueno, porque no había vuelto a verlo desde nuestro paseíto por el bosque. Somos amigos, ¿verdad, Anthony?

Anthony no dijo nada. Pratt insistió.

—Quiero decir, uno espera tener cierta relación con un tipo que te lleva a un cadáver en el bosque. Pero no he tenido noticias de Anthony desde que estuvimos juntos en Beachwood.

—No quiero que hable con mi hijo —dijo T. Rex Garland—. No hable con mi hijo. Le compraron y le pagaron para eso, detective, ¿lo entiende? Es la única vez que convoca una reunión conmigo. Yo le llamaré. No me llame.

El anciano no miró en ningún momento a Pratt mientras hablaba. Sus ojos estaban orientados hacia el lago. El mensaje era claro. Pratt no merecía su atención.

—Sí, todo eso estaba bien, pero las cosas han cambiado —dijo Pratt—. Por si acaso no han leído los periódicos ni han visto la tele, las cosas se fueron a la mierda allá arriba.

El anciano permaneció sentado, pero extendió los brazos hacia delante y puso las palmas de ambas manos en la cabeza de dragón labrada en oro en la empuñadura de su bastón. Habló con calma.

—¿Y de quién es la culpa? Nos dijo que usted y el abogado

podían mantener a raya a Waits. Nos dijo que nadie resultaría herido. Lo llamó una operación limpia. Ahora miré en qué nos ha involucrado.

Pratt tardó unos segundos en responder.

—Se ha involucrado usted mismo. Quería algo y yo era el proveedor. No importa de quién es la falta, la conclusión es que necesito más dinero.

T. Rex Garland negó lentamente con la cabeza.

—Cobró un millón de dólares —dijo.

—Tuve que repartirlo con Maury Swann —respondió Pratt.

—Sus gastos de subcontratación no son de mi incumbencia.

—La tarifa se basaba en que todo funcionara sin complicaciones. Waits cargaba con Gesto, caso cerrado. Ahora hay complicaciones e investigaciones en marcha de las que ocuparse.

—Tampoco eso es de mi incumbencia. Nuestro trato está hecho.

Pratt se inclinó hacia delante en el banco y puso los codos en las rodillas.

—No está hecho del todo, T. Rex —dijo—. Y quizá debería preocuparle, porque ¿sabe quién me hizo una visita el viernes por la noche? Harry Bosch. Y le acompañaba una agente del FBI. Me llevaron a una pequeña reunión con el señor Rick O'Shea. Resulta que antes de que Bosch acabara con Waits el muy cabrón le dijo que él no mató a Marie Gesto. Y eso pone a Bosch con el aliento detrás de su nuca, Junior. Y de la mía. Casi han desenredado toda la historia relacionándome a mí con Maury Swann. Sólo necesitan que alguien llene los espacios en blanco, y como no pueden llegar a Swann, quieren que ese alguien sea yo. Están empezando a presionarme.

Anthony Garland gruñó y dio una patada en el suelo con sus caros mocasines.

—¡Maldita sea! Sabía que todo este asunto iba…

Su padre levantó una mano para calmarlo.

—Bosch y el FBI no importan —dijo el anciano—. Se trata de lo que haga O'Shea, y nos hemos ocupado de O'Shea. Está comprado y pagado. Sólo que todavía no lo sabe. Una vez que le comunique su situación, hará lo que yo le diga que haga, si quiere ser fiscal del distrito.

Pratt negó con la cabeza.

—Bosch no va a renunciar. No lo ha hecho en trece años y no lo hará ahora.

—Entonces ocúpese de eso. Es su parte del trato. Yo me ocupo de O'Shea y usted se ocupa de Bosch. Vamos, hijo.

El anciano empezó a incorporarse, apoyándose en el bastón. Su hijo se levantó para ayudarle.

—Esperen un momento —dijo Pratt—. No van a ninguna parte. He dicho que necesito más dinero y lo digo en serio. Me ocuparé de Bosch, pero luego he de desaparecer. Necesito dinero para hacerlo.

Anthony Garland señaló enfadado a Pratt en el banco.

—Maldito saco de mierda —dijo—. Fue usted el que acudió a nosotros. Todo esto es su plan desde el principio hasta el final. ¿Mataron a dos personas por su culpa, y ahora tiene las pelotas de volver a pedir más dinero?

Pratt se encogió de hombros y separó las manos.

—Estoy en una disyuntiva, igual que ustedes. Puedo quedarme quieto con las cosas como están y ver cuánto se acercan. O puedo desaparecer ahora mismo. Lo que deberían saber es que siempre hacen tratos con el pez pequeño para coger al grande. Yo soy el pez pequeño, Anthony. ¿El pez grande? Ése sería usted. —Se volvió hacia el anciano—. ¿Y el pez más gordo? Ése sería usted.

T. Rex Garland dijo que sí con la cabeza. Era un hombre de negocios pragmático y pareció entender la gravedad de la situación.

—¿Cuánto? —preguntó—. ¿Cuánto por desaparecer?

Pratt no dudó.

—Quiero otro millón de dólares y estará bien invertido si me lo dan. No pueden llegar a ninguno de ustedes sin mí. Si yo desaparezco, el caso desaparece. Así que el precio es un millón y no es negociable. Por menos que eso no merece la pena huir. Haré un trato con el fiscal y me arriesgaré.

—¿Y Bosch? —preguntó el anciano—. Ya ha dicho que no iba a rendirse. Ahora que sabe que Raynard Waits no...

—Me ocuparé de él antes de largarme —dijo Pratt, cortándolo—. Eso lo haré gratis.

Metió la mano en el bolsillo y sacó un trozo de papel con números escritos en él. Lo deslizó por el banco hasta el anciano.

—Ésta es la cuenta bancaria y el código de transferencia. El mismo que antes.

Pratt se levantó.

—¿Saben qué les digo?, háblenlo entre ustedes. Yo voy al cobertizo a mear. Cuando vuelva necesitaré una respuesta.

Pratt pasó muy cerca de Anthony y ambos hombres se sostuvieron una mirada de odio.

37

Harry Bosch estudió los monitores en la furgoneta de vigilancia. El FBI había trabajado toda la noche instalando cámaras en ocho puntos del parque. Uno de los laterales del interior de la furgoneta estaba completamente cubierto por un conjunto de pantallas digitales que mostraban diversas perspectivas del banco donde T. Rex Garland y su hijo estaban sentados esperando que volviera Abel Pratt. Las cámaras estaban situadas en cuatro de las farolas del parque, en dos lechos de flores, en el farol falso de encima del cobertizo y en la falsa paloma colocada en la cabeza de la *Dama del lago*.

Asimismo, los técnicos del FBI habían instalado receptores de sonido por microondas triangulando el banco. El barrido sónico se optimizaba gracias a micrófonos direccionales situados en la falsa paloma, un lecho de flores y el periódico doblado que Pratt había dejado en la papelera. Un técnico de sonido del FBI llamado Jerry Hooten estaba sentado en la furgoneta con unos enormes auriculares, manipulando la entrada de audio para producir el sonido más limpio. Bosch y los demás habían podido observar a Pratt y los Garland y oír su conversación palabra por palabra.

Los demás eran Rachel Walling y Rick O'Shea. El fiscal estaba sentado delante y en el centro, y las pantallas de vídeo estaban dispuestas ante él. Era su jugada. Walling y Bosch estaban sentados a ambos lados.

O'Shea se quitó los auriculares.

—¿Qué les parece? —preguntó—. Va a llamar. ¿Qué le digo?

Tres de las pantallas mostraban a Pratt a punto de entrar en los lavabos del parque. Según el plan, esperaría hasta que los lavabos estuvieran vacíos y llamaría al número de la furgoneta de vigilancia desde su teléfono móvil.

Rachel se bajó los cascos al cuello y lo mismo hizo Bosch.

—No lo sé —dijo ella—. Es cosa suya, pero no tenemos un reconocimiento del hijo en relación con Gesto.

—Eso es lo que estaba pensando —respondió O'Shea.

—Bueno —dijo Bosch—, cuando Pratt habló de que él lo condujo al cadáver, Anthony no lo ha negado.

—Tampoco lo ha admitido —dijo Rachel.

—Pero si un tipo está sentado ahí hablándote de encontrar un cadáver que tú enterraste y tú no sabes de qué está hablando creo que dirías algo.

—Sí, eso puede ser un argumento para el jurado —dijo O'Shea—. Sólo estoy diciendo que todavía no ha hecho nada que pueda calificarse como una confesión abierta. Necesitamos más.

Bosch asintió con la cabeza, admitiendo el punto de vista del fiscal. El sábado por la mañana se había decidido que la palabra

de Pratt no iba a ser suficiente. Su testimonio de que Anthony Garland lo había conducido al cadáver de Marie Gesto y de que había cobrado un soborno por parte de T. Rex Garland no bastaba para construir una acusación sólida. Pratt era un poli corrupto y edificar una estrategia sobre la base de su testimonio era demasiado arriesgado en una época en que los jurados sospechaban en gran medida de la integridad y el comportamiento de la policía. Necesitaban obtener admisiones de los dos Garland para que el caso se situara en terreno sólido.

—Miren, lo único que estoy diciendo es que creo que es bueno, pero todavía no lo tenemos —dijo O'Shea—. Necesitamos un recono…

—¿Y el viejo? —preguntó Bosch—. Creo que Pratt ha conseguido que se eche la mierda encima.

—Estoy de acuerdo —dijo Rachel—. Está acabado. Si lo vuelve a mandar, dígale que se concentre en Anthony.

Como si ése hubiera sido el pie, se oyó un zumbido grave que indicaba una llamada entrante. O'Shea, que no estaba familiarizado con el equipo, levantó un dedo sobre la consola y buscó el botón adecuado.

—Aquí —dijo Hooten.

Pulsó el botón y se abrió la línea del móvil.

—Aquí la furgoneta —dijo O'Shea—. Está en el altavoz.

—¿Cómo lo he hecho? —preguntó Pratt.

—Es un comienzo —dijo O'Shea—. ¿Por qué ha tardado tanto en llamar?

—Realmente tenía que mear.

Mientras O'Shea le decía a Pratt que volviera al banco y tratara una vez más de conseguir que Anthony Garland se delatara, Bosch volvió a colocarse los auriculares para oír la conversación que se desarrollaba en el banco.

Por lo que se veía en las pantallas, parecía que Anthony Garland estaba discutiendo con su padre. El anciano le estaba señalando con el dedo.

Bosch lo pilló a mitad.

—Es nuestra única salida —dijo Anthony Garland.

—¡He dicho que no! —ordenó el anciano—. No puedes hacer eso. No vas a hacerlo.

En la pantalla Anthony se alejó de su padre y luego volvió a acercarse. Era como si llevara una correa invisible. Se inclinó hacia su padre y esta vez fue él quien señaló con el dedo. Lo que dijo lo pronunció en voz tan baja que los micrófonos del FBI sólo captaron un murmullo. Bosch presionó las manos sobre los auriculares, pero no lo entendió.

—Jerry —dijo—, ¿puede afinar esto?

Bosch señaló las pantallas. Hooten se puso los auriculares y se afanó con los diales de audio. Pero era demasiado tarde. La íntima conversación entre padre e hijo había concluido. Anthony Garland acababa de enderezarse delante de su padre y le dio la espalda. Estaba mirando en silencio al otro lado del lago.

Bosch se echó atrás para poder ver la pantalla que mostraba un ángulo del banco desde una de las farolas situadas al borde del agua. Era la única cámara que captaba el rostro de Anthony en ese momento. Bosch vio la rabia en sus ojos. La había visto antes.

Anthony apretó la mandíbula y negó con la cabeza. Se volvió hacia su padre.

—Lo siento, papá.

Dicho esto, empezó a caminar hacia el cobertizo. Bosch vio

que caminaba con decisión hacia la puerta de los lavabos. Vio que metía la mano en la americana.

Bosch se quitó los auriculares.

—¡Anthony va a los lavabos! —dijo—. ¡Creo que lleva una pistola!

Bosch se levantó de un salto y empujó a Hooten para llegar a la puerta de la furgoneta. Tardó un poco en abrirla porque no conocía el sistema de apertura. Detrás de él oyó que O'Shea ladraba órdenes en el micrófono de la radio.

—¡Todo el mundo en marcha! ¡En marcha! El sospechoso va armado. Repito, el sospechoso va armado.

Bosch finalmente salió de la furgoneta y echó a correr hacia el cobertizo. No había rastro de Anthony Garland. Ya estaba dentro.

Bosch se encontraba en el otro extremo del parque y a más de cien metros de distancia. Otros agentes e investigadores de la oficina del fiscal del distrito se habían desplegado más cerca y Bosch los vio correr con armas en la mano hacia el cobertizo. Justo cuando el primer hombre, un agente del FBI, llegaba al umbral, el sonido de disparos hizo eco desde los lavabos. Cuatro disparos en rápida sucesión.

Bosch sabía que el arma de Pratt estaba seca. Formaba parte del atrezo. Tenía que llevar un arma por si los Garland lo cacheaban. Pero Pratt estaba bajo custodia y se enfrentaba a cargos. Le habían quitado las balas.

Mientras Bosch observaba, el agente del umbral se colocó en posición de combate, gritó «FBI» y entró. Casi inmediatamente se produjeron más disparos, pero éstos tenían un timbre diferente a los cuatro primeros. Bosch supo que eran de la pistola del agente.

Cuando Bosch llegó al lavabo, el agente salió con la pistola a un costado. Sostenía una radio junto a la boca.

—Dos caídos en los lavabos —dijo—. La zona está segura.

Exhausto por su carrera, Bosch tragó algo de aire y caminó hacia el umbral.

—Detective, es una escena del crimen —dijo el agente.

Puso una mano delante del pecho de Bosch. Bosch la apartó.

—No me importa.

Entró en los lavabos y vio los cuerpos de Pratt y Garland en el suelo sucio de cemento. Pratt había recibido dos disparos en la cara y otros dos en el pecho. Garland había recibido tres impactos en el pecho. Los dedos de la mano derecha de Pratt estaban tocando la manga de la americana de Garland. Había charcos de sangre en el suelo que se extendían desde ambos cadáveres y que enseguida se mezclaron.

Bosch observó durante unos momentos, estudiando los ojos abiertos de Anthony. La rabia que Bosch había visto momentos antes había desaparecido, sustituida por la mirada vacía de la muerte.

Salió de los lavabos y miró al banco. El anciano, T. Rex Garland, estaba sentado inclinado hacia delante, con la cara entre las manos. El bastón con la cabeza pulida de dragón había caído a la hierba.

38

Echo Park al completo estaba cerrado por la investigación. Por tercera vez en una semana, Bosch fue interrogado respecto a un tiroteo, sólo que en esta ocasión las preguntas las hacían los federales y su papel era secundario porque no había disparado su arma. Cuando terminó, caminó hasta una furgoneta que vendía marisco y estaba aparcada para atender a la multitud de mirones que se habían congregado al otro lado de la cinta amarilla. Pidió un taco de langostinos y una Dr. Pepper y se lo llevó a uno de los vehículos federales. Estaba apoyado en el guardabarros delantero tomando su almuerzo cuando se le acercó Rachel Walling.

—Resulta que Anthony Garland tenía permiso de armas —dijo ella—. Su equipo de seguridad lo requería.

Rachel se apoyó en el guardabarros a su lado. Bosch asintió con la cabeza.

—Supongo que deberíamos haberlo comprobado —dijo.

Dio el último mordisco, se limpió la boca con una servilleta e hizo una bola con el papel de aluminio que envolvía el taco.

—Me he acordado de tu historia —dijo ella.

—¿Qué historia? —preguntó Bosch.

—La que me contaste de Garland asustando a esos chicos en el campo de petróleo.

—¿Y?

—Dijiste que desenfundó el arma con ellos.

—Sí.

Walling no dijo nada. Miró al lago. Bosch negó con la cabeza como si no estuviera seguro de lo que estaba pasando. Walling habló finalmente.

—Sabías del permiso y sabías que Anthony iría armado, ¿verdad?

Era una pregunta, pero Walling la pronunció como una afirmación.

—Rachel, ¿qué estás diciendo?

—Estoy diciendo que lo sabías. Sabías desde hace mucho que Anthony iba armado. Sabías lo que podía pasar hoy.

Bosch separó las manos.

—Mira, esa historia con los chicos fue hace doce años. ¿Cómo iba a saber que tendría una pistola hoy?

Ella se separó del guardabarros y se volvió a mirarlo.

—¿Cuántas veces has hablado con Anthony a lo largo de los años? ¿Cuántas veces lo has cacheado?

Bosch apretó con más fuerza en su puño la bola de papel de aluminio.

—Mira, nunca...

—¿Me estás diciendo que en todas esas veces nunca te encontraste con una pistola? ¿Que no verificaste los permisos? ¿Que no sabías que había una probabilidad muy alta de que llevara un arma, y su rabia incontrolada, a una reunión como ésta? Si hubiéramos sabido que el tipo iba armado, nunca habríamos puesto esto en marcha.

Bosch sonrió de manera desagradable y negó con la cabeza con incredulidad.

—¿Qué decías el otro día de conspiraciones pilladas por los pelos? Marilyn no murió de sobredosis, la mataron los Kennedy. ¿Bosch sabía que Anthony traería una pistola a la reunión y que empezaría a disparar? Rachel, todo esto suena como...

—¿Y lo que dijiste de ser un verdadero detective? —Walling lo miró fijamente.

—Rachel, escúchame. No había forma de que nadie predijera esto. No había...

—Predecir, desear, poner en marcha accidentalmente... ¿cuál es la diferencia? ¿Recuerdas lo que le dijiste a Pratt el otro día junto a la piscina?

—Le dije muchas cosas.

La voz de Walling adoptó un tono de tristeza.

—Le hablaste de las decisiones que todos tomamos. —Señaló por encima de la hierba hacia el cobertizo—. Y, bueno, Harry, supongo que es el perro que decidiste alimentar. Espero que seas feliz así. Y espero que encaje a la perfección con las maneras del verdadero detective.

Walling se volvió y caminó de nuevo hacia el cobertizo y el grupo de investigadores agolpados en la escena del crimen.

Bosch la dejó marchar. No se movió durante un buen rato. Sus palabras le habían recorrido como los sonidos de una montaña rusa. Murmullos bajos y gritos agudos. Apretó la bola de papel de aluminio en la mano y la lanzó hacia la papelera que estaba junto a la furgoneta de marisco.

Falló por mucho.

39

Kiz Rider salió por las puertas dobles en una silla de ruedas. Le daba vergüenza, pero eran las normas del hospital. Bosch la estaba esperando con una sonrisa y un ramo que había comprado en un puesto de flores en la salida de la autovía, cerca del hospital. En cuanto la enfermera le dio permiso, Rider se levantó de la silla. Abrazó a Bosch cautelosamente, como si se sintiera frágil, y le dio las gracias por venir a llevarla a casa.

—He aparcado justo delante —dijo Bosch.

Con el brazo en torno a la espalda de su compañera, Bosch la acompañó al Mustang que esperaba. La ayudó a entrar, guardó en el maletero una bolsa llena de tarjetas y regalos que había recibido Rider y rodeó el coche hasta el asiento del conductor.

—¿Quieres ir a algún sitio antes? —preguntó una vez que estuvo en el coche.

—No, sólo a casa. No veo la hora de dormir en mi propia cama.

—Entendido.

Puso en marcha el coche y arrancó, dirigiéndose otra vez a la autovía. Condujo en silencio. Cuando llegó a la 134 el puesto de flores seguía en la mediana. Rider miró el ramo que tenía en la mano, se dio cuenta de que a Bosch se le había ocurrido en el último momento y se echó a reír. Bosch se le unió.

—Oh, mierda. Esto duele —dijo Rider, llevándose la mano al cuello.

—Lo siento.

—Está bien, Harry. Necesito reír.

Bosch asintió con la cabeza su conformidad.

—¿Va a pasarse hoy Sheila? —preguntó.

—Sí, después de trabajar.

—Bien.

Asintió porque no había mucho más que hacer. Cayeron otra vez en el silencio.

—Harry, seguí tu consejo —dijo Rider al cabo de unos momentos.

—¿Cuál?

—Les dije que no tenía ángulo de tiro. Les dije que no quería darle a Olivas.

—Bien hecho, Kiz.

Bosch reflexionó un momento.

—¿Significa eso que vas a conservar la placa? —preguntó.

—Sí, Harry, voy a conservar la placa... pero no a mi compañero.

Bosch la miró.

—He hablado con el jefe —dijo Rider—. Cuando termine con la rehabilitación voy a volver a trabajar en su oficina. Espero que te parezca bien.

—Lo que tú quieras hacer me parece bien. Ya lo sabes. Me alegro de que te quedes.

—Yo también.

Pasaron unos minutos más y cuando ella volvió a hablar era como si la conversación nunca se hubiera interrumpido.

—Además, en la sexta planta podré cuidar de ti, Harry. Quizá consiga mantenerte alejado de toda la política y los arañazos burocráticos. Dios sabe que aún vas a necesitarme de vez en cuando.

Bosch sonrió ampliamente. No pudo evitarlo. Le gustaba la idea de que ella estuviera una planta por encima de él. Vigilante y velando por él.

—Me gusta —dijo—. Creo que nunca había tenido un ángel de la guarda.

Agradecimientos

El autor quiere expresar su gratitud a diversas personas que le han ayudado en gran medida en la investigación y redacción de este libro. Entre ellos Asya Muchnick, Michael Pietsch, Jane Wood, Pamela Marshall, Shannon Byrne, Terrill Lee Lankford, Jan Burke, Pam Wilson, Jerry Hooten y Ken Delavigne. También han sido de gran ayuda para el autor Linda Connelly, Jane Davis, Mary-Elizabeth Capps, Carolyn Chriss, Dan Daly, Roger Mills y Gerald Chaleff. Muchas gracias asimismo al sargento Bob McDonald y a los detectives Tim Marcia, Rick Jackson y David Lambkin del Departamento de Policía de Los Ángeles.